Clare Swatman

Das Geheimnis meiner Mutter

Roman

Deutsch von
Sonja Rebernik-Heidegger

blanvalet

Die Originalausgabe erschien 2018 unter dem Titel
»The Mother's Secret« bei Pan Books,
an imprint of Pan Macmillan, London.

Sollte diese Publikation Links auf Webseiten Dritter enthalten,
so übernehmen wir für deren Inhalte keine Haftung, da wir uns
diese nicht zu eigen machen, sondern lediglich auf deren Stand
zum Zeitpunkt der Erstveröffentlichung verweisen.

Verlagsgruppe Random House FSC® N001967

1. Auflage
Copyright der Originalausgabe © 2018 by Clare Swatman
Copyright der deutschsprachigen Ausgabe © 2019
by Blanvalet in der Verlagsgruppe Random House GmbH,
Neumarkter Str. 28, 81673 München
Redaktion: Margit von Cossart
Umschlaggestaltung: Favoritbüro
Umschlagmotiv: © Nikaa/Trevillion Images
JF · Herstellung: sam
Satz: Buch-Werkstatt GmbH, Bad Aibling
Druck und Bindung: GGP Media GmbH, Pößneck
Printed in Germany
ISBN 978-3-7341-0721-4

www.blanvalet.de

Für Andrew, Lisa, Will und Megan

Prolog

Ich biege um die Ecke und merke sofort, dass etwas nicht stimmt. Mein Zuhause liegt vollkommen im Dunkeln, es wirkt im warmen Licht der Nachbarhäuser einsam und verloren.

Langsam gehe ich die Steintreppe vor der Eingangstür hoch und stecke den Schlüssel ins Schloss. Er lässt sich mühelos drehen, die Tür öffnet sich mit einem Klicken. Ich trete in den kühlen Flur, wo mich Stille umfängt, nur die Heizung gibt das gewohnte Ticken von sich. Als ich aus meinem Mantel schlüpfe und ihn an die Garderobe hänge, fällt mir auf, dass keine anderen Jacken zu sehen sind, was seltsam ist. Entlang der Wand stehen auch keine Schuhe. Ich trete meine Stiefel aus und lausche nach einem vertrauten Geräusch. Schritte, Atmen, das Blubbern des Wasserkochers. Irgendetwas. Doch da ist nichts.

Der Teppich verschluckt die Geräusche, als ich auf die angelehnte Wohnzimmertür zugehe. Ich drücke sie vorsichtig auf. Der Raum dahinter liegt ebenfalls im Dunkeln, nur das orangefarbene Licht der Straßenlaterne vor dem Haus sickert durch die schweren Vorhänge. Der Kamin ist kalt, und es sieht nicht so aus, als ob vor Kurzem jemand hier gewesen wäre. Ich erschaudere und mache mich auf den Weg den Flur hinunter. Die Tür der Küche steht offen, niemand ist darin. Ich tappe über den Fliesenboden und lege meine Hand auf den Wasserkocher, auf die Herdplatte und schließlich auf die Pfanne, die danebensteht. Kalt.

Auf dem Tisch sehe ich eine leere Kaffeetasse mit einem herzförmigen Lippenstiftabdruck am Rand. Ein angebissenes Plätzchen liegt auf einem Porzellanteller, um den Teller liegen Krümel verstreut. Es sieht so aus, als hätte jemand plötzlich erkannt, dass es Wichtigeres zu tun gab, worauf er einfach aufgestanden und gegangen ist.

Ich gehe die Treppe ins obere Stockwerk hoch, und mir stockt der Atem, als ich plötzlich ein Geräusch höre. Die Dachluke! Ich bleibe stehen, wage es nicht, nach oben zu sehen. Stattdessen lausche ich erneut. Nichts. Die Stille dröhnt in meinen Ohren.

Ich drücke die Tür zum Schlafzimmer meiner Mutter auf. Das Bett ist sorgfältig gemacht, auf dem Kopfkissen liegt ein pinkfarbenes Zierkissen. Mum legt viel Wert auf ein gepflegtes Äußeres, auch ihr Schlafzimmer ist immer sauber und aufgeräumt, doch als ich mit dem Finger über den Frisiertisch streiche, stelle ich fest, dass er von einer dicken Staubschicht überzogen ist. Genau wie alles andere. Es sieht aus, als wäre seit Jahren niemand mehr hier gewesen, obwohl wir doch erst am Morgen alle zusammensaßen.

Oder etwa nicht?

Ich eile ins nächste Zimmer, das ich mir mit meiner Schwester Kate teile, und drücke die Tür auf. Keine Ahnung, was ich erwartet habe, aber als ich einen Blick hineinwerfe, setzt mein Herz kurz aus. Normalerweise stehen zwei Betten an den Wänden, und dazwischen drängt sich ein kleiner Nachttisch – doch das Zimmer ist leer, als hätte seit einer Ewigkeit niemand mehr darin geschlafen. Auch hier ist alles von einer dicken Staubschicht bedeckt. In der Mitte des Raumes steht ein Tapeziertisch mit einer Tapetenrolle, darauf liegt ein eingetrockneter Pinsel. Ich gehe unsicher auf den Tisch zu und strecke die Hand nach der Tapete aus. Sie ist brüchig, zerfällt beinahe, aber es ist dieselbe, die in meinem Zimmer klebt, solange ich mich zurückerinnern kann.

Meine Knie werden weich, ich weiß nicht, wie lange ich noch aufrecht stehen kann, also hocke ich mich hin und presse die Hände auf die Augen, bis ich Sterne sehe.

Als ich sie wieder öffne, hat sich nichts geändert.

Ich weiche langsam in den Flur zurück und mache mich auf den Weg die Treppe hinunter, klammere mich ans Treppengeländer, um nicht zu fallen. Meine Beine zittern, und mein Herz schlägt so heftig, dass ich das Gefühl habe, es springt mir aus der Brust. Ich versuche, die Panik hinunterzuschlucken, bevor sie mich mit sich reißt. Im unteren Flur angekommen, sehe ich noch einmal in die Küche. Ich trete näher. Meine Augen spielen mir doch sicher einen Streich!

Wie angewurzelt bleibe ich in der Tür stehen. Es sieht aus, als hätte das Haus eine Zeitreise in die 1970er hinter sich. Die Küchenschränke sind blassblau, auf der Arbeitsplatte steht ein Aschenbecher mit einer brennenden

Zigarette. Eine Rauchsäule steigt auf und verliert sich in der eiskalten Luft.

Mein Atem geht stoßweise, als ich auf die Hintertür zugehe, die jetzt sperrangelweit offen steht. Ich trete in den Garten hinter dem Haus hinaus. Die eiskalte tiefschwarze Winternacht umfängt mich. Langsam wage ich mich weiter, meine Füße versinken im feuchten Gras. Trotzdem bleibe ich nicht stehen. Etwas zieht mich in den hinteren Winkel des Gartens, wo der Schuppen steht. Auch seine Tür steht offen, sie bewegt sich knarrend im Wind.

Ich bleibe stehen und senke den Blick. Es sieht so aus, als ob hier ein Loch ausgehoben und die Erde anschließend wieder festgedrückt worden wäre.

Wurde hier etwas gepflanzt? Oder eingegraben?

Ich sehe zum Haus zurück, das noch immer vollkommen im Dunkeln liegt, die Fenster scheinen wie schwarze Augen in die Nacht hinauszustarren.

Warum ist niemand hier? Wo sind die anderen?

Was zum Teufel ist hier los?

Ich hole tief Luft und versuche zu schreien, aber es kommt kein Ton heraus. Und so stehe ich mitten im Garten, brülle lautlos um Hilfe und hoffe doch verzweifelt, dass jemand mich rettet.

Das Bettlaken fühlt sich an wie eine Zwangsjacke, ich kann mich kaum bewegen. Ich bin schweißgebadet und warte darauf, dass sich mein Herzschlag beruhigt. Dann befreie ich meine Arme aus der Decke und stemme mich hoch. Ich werde einfach so lange sitzen bleiben, bis alles wieder okay ist.

Matt liegt schlafend neben mir, dem Wecker am Nachttisch zufolge ist es drei Uhr morgens.

Ich versuche weiter, ganz ruhig ein- und auszuatmen. Ich muss mich beruhigen! Es war nur ein Traum!

Auch wenn er in den letzten paar Jahren immer wiederkehrt und sich die Panik jedes Mal sehr real anfühlt.

TEIL EINS
Georgie

1

20. Oktober 2016

Georgie tritt nach einem Stein und beobachtet, wie er über den feuchten Sand davonrollt, an ein paar größeren Felsbrocken abprallt und schließlich gerade außer Reichweite der Brandung liegen bleibt. Sie bleibt stehen und sieht aufs Meer hinaus. Auf diese endlose graue Weite, die sich bis ins Nirgendwo erstreckt. Selbst der Horizont ist nur eine verschwommene, undeutliche Linie in weiter Ferne.

Sie schließt die Augen und legt den Kopf in den Nacken. Da ist nur noch das Pfeifen des Windes, der das Meer aufwirbelt. Die Wellen schlagen an die Küste, die Gischt spritzt ihr ins Gesicht.

Georgie öffnet die Augen wieder. Die Fahnen flattern im Wind, leere Chipspackungen und benutzte Taschentücher jagen über den beinahe menschenleeren Strand. Sie betrachtet ihre Füße. Ihr Blick gleitet über die Fußspuren, die sie im Sand hinterlassen hat und die ihr nun wie ein unheimlicher Schatten folgen, dem sie niemals entkommen wird.

Jemand hakt sich bei ihr unter, es ist ihre Schwester Kate.
»Hallo, du!«
»Hey.«

Sie gehen ein paar Schritte schweigend nebeneinander her. Die Sonne versteckt sich hinter den dichter werdenden Wolken, der Wind wird immer stärker. Er bläst ihnen die Haare ins Gesicht und treibt ihnen Tränen in die Augen. Georgie stemmt sich dagegen, bis sie beinahe vornüberkippt. Sie sieht, dass Kate in ihrem viel zu dünnen Mantel friert.

»Ist verdammt kalt, oder?« Georgie richtet sich wieder auf und rückt näher an Kate heran.

»Ja. Aber was erwartest du, wenn du immer solche Klamotten anziehst?«

»Hey!«

»Stimmt doch. Das ist nicht mehr als eine Jacke, die sich als Mantel ausgibt. Und deine Strumpfhose ist auch nur hauchdünn.«

Georgie wagt einen grinsenden Blick auf ihr Outfit. Sie liebt ihre Schnäppchen aus dem Secondhandladen wie die wild gemusterte Strumpfhose und die übergroße Jacke. Kate dagegen trägt am liebsten zweckmäßige Schuhe, schlichte einfarbige Oberteile und Bootcut-Jeans. Sie versteht Georgies Vorliebe für verschrobene Klamotten einfach nicht.

»Gutes Argument! Aber an deiner Stelle würde ich nicht zu sehr darauf herumreiten. Du zitterst doch selbst wie Espenlaub.«

»Stimmt.«

Sie sind unbewusst stehen geblieben, blicken aufs Meer hinaus. Sie sehen zu, wie sich Schaumkronen auf den Wellen bilden und wieder verschwinden. Derselbe Kreislauf. Immer und immer wieder. Kate stemmt ihre Füße in den

Boden, um nicht umgeweht zu werden, und Georgie klammert sich an ihr fest.

»Ich wünschte, Dad wäre hier.«

Es kommt wie aus dem Nichts, und Georgie ist sich nicht sicher, ob sie ihre Schwester richtig verstanden hat. Sie drückt sie kurz an sich.

»Was hast du gesagt?«

Kate bringt ihre Lippen an Georgies Ohr. »Ich wünschte, Dad wäre hier. Du nicht auch?«

Ihre Worte wirbeln im Wind, als müssten sie sich erst zurechtfinden. Als es endlich so weit ist, runzelt Georgie die Stirn. »Wo kommt denn das jetzt auf einmal her?«

Kate starrt aufs Meer hinaus und zuckt mit den Schultern. »Keine Ahnung. Ich denke in letzter Zeit öfter an ihn.«

Georgie folgt dem Blick ihrer Schwester und schweigt. Natürlich denkt sie auch manchmal an ihren Vater. Und sie fragt sich, wie ihr Leben verlaufen wäre, wenn er noch bei ihnen wäre. Wenn er nicht vor ihrer Geburt gestorben wäre. Wie hätte sie sich entwickelt? Wäre sie ein anderer Mensch geworden? Mutiger, stärker, widerstandsfähiger? Würde sie ihrer Mutter und ihrer Schwester so nahe stehen, wenn ihr Vater noch da wäre und ihre Liebe in Anspruch nähme? Doch bevor Georgie die Gelegenheit hat, etwas zu erwidern, redet ihre Schwester weiter. »Mir ist klar, dass ich ihn nicht wirklich vermissen kann. Ich meine, ich erinnere mich ja kaum an ihn. Aber … er fehlt mir trotzdem irgendwie. Vor allem jetzt, da Mum … nun mal so ist, wie sie ist.«

Georgie nickt. »Ja, mir fehlt er auch.« Ihre Stimme ist kaum mehr als ein Flüstern.

Sie stehen erneut schweigend nebeneinander und lassen ihre Gedanken die Leere füllen, die eigentlich Platz für mehr Worte geschaffen hat. Sie denken beide an den Mann auf dem Foto, das, solange sie sich erinnern können, auf dem Kaminsims in ihrem Elternhaus steht. An den Vater, den sie nie wirklich kennengelernt haben.

»Glaubst du, er wäre stolz auf uns?«

Georgie streicht sich eine Haarsträhne aus dem Gesicht und steckt sie vergeblich hinters Ohr, denn im nächsten Moment bläst der Wind sie erneut in ihr Gesicht.

»Ja, ich glaube schon.« Kate seufzt. »Aber wir beide wären bestimmt nicht dieselben, wenn er nicht gestorben wäre.« Sie dreht sich zu Georgie herum. »Oder?«

»Nein, vermutlich nicht.«

»Ich wette, du hättest dich nicht in den ersten Mann verliebt, den du geküsst hast, wenn wir einen Dad gehabt hätten ...«

»Hey, Moment mal!«

»Ich meine es doch nicht böse, Georgie. Wirklich nicht. Ich meine nur ... Na ja, Dad hätte Matt vermutlich nicht mal in deine Nähe gelassen. Zumindest nicht mit *dreizehn*.«

»Mum war auch nicht gerade erfreut darüber.«

»Stimmt. Aber das ist trotzdem etwas anderes. Du hättest Matt vielleicht nicht so dringend gebraucht, wenn Dad da gewesen wäre.« Sie bricht ab und denkt einen Augenblick nach. »Und seien wir mal ehrlich, Georgie. Ich wäre vermutlich auch nicht so ein Freak.«

»Ach, Kate, sag doch so was nicht!«

»Warum denn nicht? Es stimmt doch! Ich hatte keine

Freunde in der Schule, und ich war nie mit einem Jungen aus. Du warst meine einzige Freundin, Georgie.«

»Und du meine, Kate.«

»Ich weiß.« Kate zuckt mit den Schultern und wendet den Blick ab. »Vielleicht wäre es mit Dad anders gewesen. Wer weiß das schon? Jedenfalls glaube ich, dass er stolz auf uns wäre. Seien wir mal ehrlich: Es gäbe wirklich eine Menge, worauf er stolz sein könnte.«

Georgie lächelt. »Stimmt!«

Sie bleiben noch einen Augenblick stehen und reden über dies und das. Der Wind trägt ihre Stimmen aufs Meer hinaus.

Dann plötzlich fragt Kate: »Glaubst du, dass die Sache mit Mum anders gelaufen wäre, wenn Dad nicht gestorben wäre?«

Georgie spürt einen Kloß im Hals und legt eine Hand um ihre Kehle. Sie hebt den Blick. »Ich habe keine Ahnung.«

Kate schüttelt den Kopf und wendet sich wieder ab. »Ich auch nicht. Aber mir gefällt der Gedanke, dass es so wäre.« Und nach einem kurzen Moment des Schweigens fügt sie an: »Ich mache mir Sorgen um sie, Georgie.« Georgie nickt. Schon als Kate am Morgen einen Strandspaziergang vorschlug, war ihr klar gewesen, dass so etwas kommen würde. Nun waren die Worte ausgesprochen, und es gab keinen Weg zurück. »Dir ist doch klar, dass es immer schlimmer wird, oder?«

Georgie nickt erneut. »Ja. Ja, das ist mir klar. Ich war vor ein paar Tagen bei ihr, und sie stand total neben sich. Sie wollte sich mit Dad treffen. Ich habe versucht, ihr klarzumachen, dass sie da etwas falsch verstanden hat, aber sie erinnerte sich nicht daran, wer ich war und wovon ich redete.«

Kate hakt sich wieder bei Georgie unter. »Komm, trinken wir einen Kaffee!«, sagt sie und deutet auf das Café oberhalb des Strandes. Die Fenster sind beschlagen – es hat also trotz des miesen Wetters geöffnet.

»Eine gute Idee.«

Sie laufen rasch über den Sand und dann den kleinen Weg zum Café hoch. Es hat zu regnen begonnen, und Kate zieht die Kapuze ihres Mantels über den Kopf. Sie hält sie unterm Kinn fest.

Im Gegensatz zu draußen ist es im Café überheizt. Die Schwestern schlüpfen eilig aus Jacke und Mantel und hängen sie über ihre Stuhllehnen. Zehn Minuten später sitzen sie gemütlich mit Kaffee, heißer Schokolade und Kuchen an ihrem Tisch.

»Die Sache mit Mum macht mir riesige Angst, Georgie«, setzt Kate ihr Gespräch fort. »Es wird immer schlimmer. Und es geht so schnell. Erinnerst du dich an das Grillfest bei mir zu Hause?«

Georgie nickt und denkt an besagten Tag zurück.

Die ganze Familie war da. Kate, ihr Mann Joe, Georgie, Matt, ihre elfjährige Tochter Clementine, Sandy, die beste Freundin ihrer Mutter und viele andere. Die Party hatten Kate und Georgie als Überraschung zu Janes sechzigstem Geburtstag organisiert.

»Warum tut ihr mir so etwas an?«, schimpfte Jane mit ihren beiden Töchtern, bevor sie lächelnd murmelte: »Ihr seid unmög-

lich! Ich sagte doch, dass ich keine große Sache daraus machen möchte.«

»Du dachtest nicht wirklich, dass wir dich einfach so sechzig werden lassen, ohne es zu feiern, oder?«

»Doch, das dachte ich! Denn immerhin wollte ich genau das. Ich hab immerhin zwei wohlerzogene Mädchen ...«

Georgie grinste. »Ach, Mum, sieh dich mal um ...« Sie machte eine ausladende Handbewegung. »Alle sind nur wegen dir gekommen. Weil sie dich mögen. Also sei kein Miesepeter und genieß es.«

Jane nippte an ihrem Drink und stellte das Glas anschließend wieder zurück auf die Anrichte. »Okay, okay. Tut mir leid! Es war ein Schock, das ist alles. Danke, Mädchen, das ist wirklich sehr lieb von euch.«

Georgie drückte ihre Mutter. »Das haben wir wirklich sehr gern gemacht, Mum.«

»Warum gehst du nicht raus und mischst dich unter die Gäste?« Kate half ihrer Mutter vom Barhocker. »Einige haben eine lange Anfahrt in Kauf genommen, um dich heute zu sehen und mit dir zu feiern, und sie haben es sich redlich verdient, dass du sie mit deiner Aufmerksamkeit beehrst.«

»Aber natürlich.«

Jane hakte sich bei ihren Töchtern unter und trat lächelnd auf die Veranda. Es war ein dunstiger Tag, doch die Sonne schien warm auf ihre Arme, eine sanfte Brise sorgte dafür, dass es nicht zu stickig war. Vom Grill stieg Rauch auf, die Gäste standen in Grüppchen im Garten. Ein Kind saß lachend auf der Schaukel, aus der Sandkiste erklang begeistertes Kreischen. Sie machten sich auf den Weg zum Grill und den beiden Männern, die sich hinter einer Rauchwolke miteinander unterhielten.

Matt hielt eine Grillzange in der Hand, und ein Lächeln breitete sich auf seinem Gesicht aus. »Hallo, du!« *Er schlang einen Arm um Georgies Schultern und drückte sie an sich, bevor er Jane einen Kuss auf die Wange gab.* »Alles Gute zum Geburtstag! Gefällt dir die Party?«

»Ja das tut sie. Danke, Matthew.« *Jane beugte sich über den Grill.* »Ohhh, was gibt es denn Leckeres?«

»Wir haben Würstchen, Steaks, gegrillte Garnelen und natürlich auch etwas Halloumi für Clem.« *Er wandte sich an seine Frau.* »Gibt es hier sonst noch Vegetarier, Georgie?«

Sie schüttelte den Kopf. »Nein, ich glaube nicht.«

Jane sah zu Joe, der gerade einen Schluck Bier trank. »Hallo, ich bin Jane. Und wer sind Sie?«

»Äh ...« *Joe runzelte die Stirn, er hatte offenbar keine Ahnung, ob das ein Scherz sein sollte oder nicht.*

Kate und Georgie warfen sich einen schnellen Blick zu. »Mum, wovon redest du? Das ist Joe!«

»Joe?« *Ihr Gesicht war ein einziges Fragezeichen.*

Kate stieß ein nervöses Lachen aus. »Ha, ha! Sehr witzig! Mein Mann Joe. Du kennst ihn seit Jahren.« *Sie wollte unbeeindruckt klingen, aber man hörte die Anspannung in ihrer Stimme.*

Jane schüttelte verwirrt den Kopf. »Sei nicht albern, Kate! Ich würde mich doch an deinen Ehemann erinnern.« *Sie sah Matt an und verdrehte die Augen.* »Jetzt mal ehrlich, wollen die beiden ihre alte Mum auf den Arm nehmen?«

»Hm ... Ja, vermutlich ...« *Matts Blick huschte zu Georgie, die hilflos mit den Schultern zuckte.*

»Komm, Mum, wir holen dir noch etwas zu trinken.«

Georgie führte ihre Mutter auf die andere Seite des Gartens und ließ sie dort mit ihren Freunden allein. Sie nahm sich vor, später mit Kate über den Vorfall zu sprechen und herauszufinden, was zum Teufel gerade losgewesen war. Doch sie kam nicht dazu, denn kurz darauf kam es zu dem nächsten seltsamen Zwischenfall.

Georgie unterhielt sich gerade mit einigen Nachbarn, die sie schon seit ihrer Kindheit kannte, als sie plötzlich Geschrei hörte.

»Entschuldigt mich bitte einen Moment«, murmelte sie und eilte davon. Ihre Mutter, Kate und Sandy standen vor dem Gartentor hinter dem Haus.

»Ich hab doch gesagt, dass ich einen kleinen Spaziergang machen möchte!«

»Aber Mum, das hier ist deine Geburtstagsparty und außerdem ... Na ja ... außerdem hast du keine Schuhe an.«

Jane senkte den Blick und schien überrascht, als sie das Loch in ihrer Strumpfhose entdeckte. »Oh, okay! Da hast du natürlich recht. Wie ist denn das passiert?«

»Mum? Kate? Ist alles okay?«

»Ja, ja, alles in Ordnung, keine Angst. Deine Schwester macht nur einen riesigen Aufstand, das ist alles. Mir geht es gut. Ich hole mir jetzt einfach noch einen Drink. Kommst du mit, Sandy?«

Sandy sah Georgie an und zuckte mit den Schultern, woraufhin Georgie kaum merklich nickte. Dann brachte sie Jane zurück zu den anderen Gästen. Ihre Mutter wirkte wieder ganz normal. Glücklich und zufrieden. Was auch immer ihr Unbehagen bereitet hatte, war vorbei.

Kate hingegen sah alles andere als glücklich aus. Ihr Gesicht war gerötet, sie war den Tränen nahe.

»Was um alles in der Welt war denn los, Kate? Was geht hier vor?«, fragte Georgie.

»Ich weiß es nicht. Ich habe gesehen, wie Mum sich aus dem Staub machte, und bin ihr gefolgt, weil ich wissen wollte, was sie vorhat. Aber sie schien es selbst nicht zu wissen. Sie wollte bloß raus und einen Spaziergang machen. Ich habe ihr gesagt, dass sie doch bleiben und sich mit ihren Freunden unterhalten soll, da ... wurde sie richtig wütend auf mich.« Georgie umarmte ihre ältere Schwester. *»Ich mache mir echt Sorgen um sie, Georgie!«*, schloss Kate.

Georgie nickte nur. Ihr ging es ganz genauso.

Obwohl seit diesem Tag nur wenige Wochen vergangen sind, hat sich Janes Zustand dramatisch verschlechtert.

Kate reibt sich seufzend die Augen. »Ich habe sie gestern besucht. Wir saßen mit einer Tasse Tee im Wohnzimmer, doch dann meinte Mum wie aus heiterem Himmel, dass sie später noch ins Rathaus müsse, um mit Mr. Clarke über einen möglichen Zebrastreifen vor der Schule zu sprechen.«

Georgie runzelt die Stirn. »Es gibt doch schon einen Zebrastreifen vor der Schule.«

»Ja, genau. Und zwar seit vielen Jahren. Und Mr. Clarke ist vor drei Jahren in Rente gegangen. Aber Mum war überzeugt, dass das Treffen stattfinden sollte.«

»Und du?«

»Na ja, ich habe ihr gesagt, dass sie sich irrt, und sie hat vollkommen die Nerven verloren. Sie schrie mich an und warf mir vor, mich immer überall einzumischen. Ich hätte von nichts eine Ahnung, sagte sie, und dass sie jetzt gehen müsse. Ich sah hilflos zu, wie sie in ihren Mantel schlüpfte und das Haus verließ. Dann folgte ich ihr. Sie marschierte einmal um den Block und setzte sich im Park auf eine Bank. Ich ließ mich neben ihr nieder. Sie hatte sich ein wenig beruhigt, aber als ich sie fragte, ob alles in Ordnung sei, sah sie mich verwirrt an und wusste anscheinend nicht mehr, warum sie überhaupt auf dieser Parkbank saß. Also habe ich sie nach Hause gebracht und ihr noch eine Tasse Tee gekocht. Danach schien wieder alles okay.«

Georgie weiß nicht, was sie sagen soll. »O Mann!«, ist alles, was sie hervorbringt.

»Ich habe Angst, Georgie.«

»Ich weiß. Ich auch.«

Georgie nippt an ihrem Becher und hält ihn danach noch eine Weile in beiden Händen. Das Gesicht ihrer Schwester verschwimmt hinter dem aufsteigenden Dampf. Kate zeichnet mit ihrem manikürten Finger den runden Abdruck des Bechers auf dem Resopaltisch nach.

»Du hilfst mir doch, oder? Falls Mum Hilfe braucht?«

Georgie betrachtet ihre Schwester, die sie mit flehendem Blick ansieht. »Natürlich.«

»Danke!«

Sie sitzen eine Weile schweigend da und lassen sich von den Geräuschen im Café davontreiben. Das Summen des Kühlschranks, das Zischen und Rattern der Kaffeemaschine, das Klingeln der Glocke über der Tür, die Gespräche der anderen Gäste, die die Luft in dem beengten Raum noch stickiger zu machen scheinen.

Georgie denkt an einen besonders regnerischen Tag zurück, den sie mit Kate und ihrer Mutter zu Hause verbracht hat. Nur sie drei – wie immer.

Die Kindheit der beiden Schwestern ist nicht gerade normal verlaufen, und zwar nicht nur, weil sie ohne Vater aufgewachsen sind.

Es regnete, und sie konnten nicht raus. Wahrscheinlich waren Schulferien, denn Georgie und Kate saßen auf dem Teppich vor dem flackernden Kaminfeuer und spielten Karten. Draußen prasselte der Regen gegen das Fenster, drinnen lief das Kondenswasser die Scheibe hinunter und bildete eine Pfütze auf dem Fensterbrett, die der Kante bereits gefährlich nahe kam. Es war stickig im Wohnzimmer, und die Haare der Mädchen waren feucht vom Schweiß.

Georgies Blick wanderte immer wieder zum Kaminsims, wo halb versteckt zwischen Deko und ein paar Schulfotos von ihr und ihrer Schwester jene Schwarz-Weiß-Aufnahme ihrer Eltern stand, die sie so sehr liebte. Es war das einzige Foto, das sie in ihrem siebenjährigen Leben jemals von ihrem Vater zu Gesicht bekommen hatte und das noch vor Kates Geburt aufgenommen worden war. Ihr Vater und ihre Mutter standen auf einer Brücke. Offenbar war es ziemlich windig gewesen, denn Janes Haare waren ganz zerzaust. Dad grinste glücklich, er hatte den Arm um sie gelegt. Beide blickten auf einen Punkt jenseits der Kamera, als würde hinter dem Fotografen gerade etwas wirklich Witziges passieren.

Es war seltsam. Georgie hatte das Foto schon so oft angesehen, dass sie es mittlerweile gar nicht mehr richtig wahrnahm, doch jedes Mal, wenn ihr Blick daraufﬁel, überlegte sie, warum die beiden damals so gelacht hatten. Was hatten sie an diesem Tag unternommen? Wo waren sie gewesen? Was hatten sie zu Abend gegessen? Sie malte sich ein ganzes Leben für die beiden aus. Natürlich hatte sie ihre Mutter schon oft nach dem Bild gefragt, doch keine wirklichen Antworten bekommen.

»*Worüber habt ihr gelacht?*«
»*Weiß ich nicht mehr.*«
»*Hat Dad etwas Lustiges gesagt?*«
»*Vermutlich.*«
»*Wie war er so?*«
»*Liebevoll. Und wild.*«
»*Wie meinst du das?*«
»*Er war einfach verrückt. Albern.*«

Diese Beschreibung gefiel Georgie. Es klang, als hätte ihre Mutter viel Spaß mit ihm gehabt.

»*Hast du ihn geliebt?*«
»*Ja …*«

Und dann begannen die Tränen zu fließen. Georgie stellte keine weiteren Fragen, um ihre Mutter nicht noch mehr aus der Fassung zu bringen.

Georgie riss ihren Blick von dem Bild los, bevor ihre Mutter bemerkte, dass sie es wieder einmal anstarrte, und betrachtete stattdessen Jane. Sie stand wie immer am Bügelbrett, sprengte den Stoff mit Wasser ein, strich ihn glatt und glitt anschließend mit dem leise fauchenden, dampfenden Bügeleisen darüber. Ihre Mutter runzelte mal wieder die Stirn, die Falten hatten sich tief in ihre Haut gegraben. Irgendwann würde sie aufschauen, Georgies Blick auffangen und seufzen. Das anschließende Lächeln erreichte jedoch nie ihren Blick.

»Alles okay, mein Liebling?«

»Ja, Mummy.«

Georgie drehte sich wieder zu Kate herum, die schweigend Patience spielte und die Karten der Reihe nach auf dem geblümten Wohnzimmerteppich auslegte. Denn eigentlich war überhaupt nichts okay. *Nicht wirklich. Sie war zu einer Geburtstagsparty eingeladen, und ihre Mutter erlaubte ihr nicht hinzugehen. Was allerdings wenig überraschend war. Jane ließ sie im Grunde nie irgendjemanden besuchen.*

Georgie war sich sogar ziemlich sicher, dass Kate und sie ihr ganzes Leben im Haus verbringen müssten, wenn es nach ihr ginge. Lediglich Sandy, die beste Freundin ihrer Mutter, die sie »Tante« nannten, sorgte dafür, dass die Schwestern ab und zu mal rauskamen. Und auch an diesem Tag war es die Tante, die sie schließlich rettete.

Das Dampfbügeleisen fauchte erneut, und Georgie hatte das Gefühl, als würde dieser Tag niemals enden. Doch dann wurde die Langeweile Gott sei Dank durch ein Klopfen an der Tür unterbrochen, und sie und Kate sprangen auf und folgten ihrer Mutter in den Flur, um nachzusehen, wer sie besuchen kam. Jane öffnete die Tür, und ein vertrautes Gesicht strahlte ihnen entgegen.

»Tante Sandy!«, schrie Georgie, warf sich auf die Tante und umklammerte ihr Bein, während diese aus dem Regen in das Haus trat.

»Georgie, lass Tante Sandy herein, du Dummchen! Sie kann sich doch kaum bewegen, wenn du dich wie ein Äffchen an sie klammerst.«

Georgie ließ zögernd los.

»Ach du meine Güte, hier dampft es ja wie im Regenwald!«

Sandys Locken hafteten wie eine Nonnenhaube an ihrem Kopf. Sie wischte sich mit dem Ärmel übers Gesicht und schob sich die Haare aus den Augen.

»Komm und setz dich an den Kamin. Ich lege noch mal Holz nach.«

Wenige Minuten später loderte das Feuer erneut, und Jane hatte das Bügeleisen ausgemacht und die Wäsche in die Küche gebracht. Jane und Sandy setzten sich und tranken Kaffee aus zwei unterschiedlichen Tassen, Georgie und Kate bekamen Fruchtsaft. Georgies Blick huschte zu dem Teller mit knusprigen Plätzchen auf dem Couchtisch, sie wartete ungeduldig darauf, dass jemand zuerst zugriff.

»Also, was macht ihr Mädchen bei diesem Regenwetter denn so? Ich wette, ihr wart noch nicht im Garten, oder?«

Georgie schob die Unterlippe vor. »Nein, es ist echt langweilig.«

»Wie nett!« Jane lächelte und nippte an ihrem Kaffee, bevor sie sich an Sandy wandte. »Ich habe bis jetzt gearbeitet. Morgen wird ein ganzer Stapel Hemden abgeholt, deshalb hatten die Mädchen wohl leider einen ziemlich eintönigen Tag.« Sie zuckte mit den Schultern. »Du weißt ja, wie das ist.«

»Ach, Jany! Warum hast du nicht angerufen? Ich hätte sie dir einen Tag lang abgenommen.« Sandy zwinkerte den Mädchen zu. »Wir hätten uns schon amüsiert, nicht?«

»Ja!«, kreischten die Schwestern.

»Ich weiß, aber ich ... Na ja, ich will dich nicht andauernd damit nerven, und du weißt ja, wie ich bin ...«

»Wenn es darum geht, dass die Mädchen ohne dich unterwegs sind? Ja, das weiß ich, Jany, allerdings ...«

Sie brach ab. Ganz offensichtlich wollte sie nicht mehr sagen. Georgie und Kate wussten ohnehin, dass Sandy der Meinung war, ihre Mutter sollte sie viel öfter unter Leute schicken. Ihre Schulkameraden besuchten sich an den Nachmittagen gegenseitig, und Sandy hatte schon einige Male angeboten, auf sie aufzupassen, doch Jane nahm keine Notiz davon. Bis jetzt hatte sich jedenfalls nichts geändert.

»Weißt du, Tante Sandy, Georgie wurde zu einer Party eingeladen, aber Mum lässt sie nicht hingehen«, erklärte Kate plötzlich.

Georgie wurde rot. Mum hatte doch bereits Nein gesagt. Sie wusste nicht, warum Kate jetzt noch einmal davon anfing.

»Aha, ich verstehe.«

Sandy nippte an ihrem Kaffee und griff dann – endlich – nach einem Plätzchen. Beinahe im selben Moment schoss auch Georgies Hand vor, und sie biss ein Stück ab, sodass die Füllung darin zum Vorschein kam. Das Krachen dröhnte in ihren Ohren.

Die Tante hatte scheinbar nicht mehr zu Kates Vorwurf zu sagen, doch offensichtlich hatte ihre Mutter das Bedürfnis, ihre Entscheidung zu rechtfertigen. »Ich glaube einfach, dass sie noch zu jung für solche Dinge ist, das ist alles. Das verstehst du doch, mein Liebling, oder?«

Georgie nickte kauend, und Krümel flogen aus ihrem Mund auf den Teppich. Sie schluckte. »Ja, wenn ich größer bin, darf ich sicher gehen.«

Sandy ließ Georgie keine Sekunde aus den Augen. Langsam fühlte sie sich unter dem starren Blick der Tante unwohl. Endlich wandte diese sich ab.

»Wenn sie erst mal groß ist, darf sie auf alle Fälle auf Partys gehen, nicht wahr, Jany?«, fragte sie.
»Ja, ganz bald. Versprochen.«
Aber sie wussten alle, dass das nur ein leeres Versprechen war. Jane würde ihre Meinung niemals ändern.

»Erde an Georgie ...«

Georgie zuckt zusammen. Sie war so in Gedanken versunken, dass sie vergessen hat, wo sie ist, und Kate mustert sie besorgt. Sie ringt sich ein Lächeln ab.

»Wo warst du denn gerade, um Himmels willen?«

»Ich hab bloß nachgedacht. Über dich und mich. Und unsere Kindheit.«

»Aha.«

»Erinnerst du dich an die Ferien? Wir mussten all die langen Wochen im Haus bleiben, während Mum bügelte, und wir hatten nur uns beide zum Spielen.«

Kate nickte. »Aber es war nicht jeden Tag so. Wir sind auch ab und zu raus.«

»Mit Mum.«

»Ja, normalerweise schon.« Kate schiebt die letzten Kuchenkrümel mit der Gabel zusammen und steckt sie sich in den Mund.

»Was glaubst du, warum sie immer so überfürsorglich war?« Georgie fährt mit dem Finger durch die Buttercreme, die auf dem Teller klebt, und leckt sie ab. »War sie so, weil sie mit uns allein war?«

»Ich weiß es nicht, Georgie. Und mal ehrlich – so wie es im Moment aussieht, werden wir den Grund wohl nie erfahren.

Wir können Mum ja leider nicht mehr fragen. Sie kann sich nicht mal mehr erinnern, was sie vor dreißig Sekunden getan hat. Und das alles ist mittlerweile über dreißig *Jahre* her.«

»Wäre Mum mit Dad glücklicher gewesen?«

Kate zuckt mit den Schultern. »Vermutlich.«

»Eigentlich ... war Mum doch glücklich. Oder nicht?«

Kate betrachtet ihre Nägel und schweigt. Dann atmet sie tief durch. »Ich glaube ehrlich gesagt nicht, dass sie sonderlich glücklich war. Mum hat unsere ganze Kindheit über um Dad getrauert. So, als wäre ein Teil von ihr ebenfalls gestorben.«

»Oh.« Georgie streicht sich die Haare aus dem Gesicht. »Und deshalb gab es auch keinen neuen Mann in ihrem Leben?«

»Ja, ich denke.«

Georgie reibt sich die Schläfe. »Mein Gott, das ist so traurig. Und jetzt verliert sie sich vollständig.«

»Sag das nicht.«

»Wir sollten mit ihr zum Arzt gehen. Was meinst du?«

Kate sieht auf. »Oh ... Ich war mit ihr beim Arzt. Das habe ich dir noch gar nicht erzählt. Sie hat noch keine offizielle Diagnose erhalten, aber ich schätze, es ist wohl nur noch reine Formsache. Ihr Arzt ist sich ziemlich sicher, dennoch hat er mir geraten, einen Spezialisten aufzusuchen. Der wird uns mehr sagen können. Es ist einfach schrecklich, Georgie! Ich hasse es, wenn sie total verwirrt reagiert, weil sie etwas nicht mehr weiß, obwohl sie es schon eine Million Mal getan hat. Es bricht mir jedes Mal das Herz.«

Georgie nickt. Sie hat ihre Mutter in letzter Zeit nicht

oft genug besucht. Es fällt ihr nicht leicht, sie in diesem Zustand zu erleben. Ihr wird allerdings klar, dass es selbstsüchtig war, Kate sämtliche Verantwortung aufzubürden.

»Neulich am Telefon«, beginnt Georgie zu erzählen, »war sie ziemlich aufgewühlt. Sie hat ganz wirres Zeug geredet. Sie wollte nicht, dass irgendeine *Frau* etwas irgendwovon erfährt und hat geschworen, nichts zu sagen. Ich hatte keine Ahnung, wovon sie sprach, und als ich sie einige Zeit später noch einmal anrief, erinnerte sie sich kaum noch daran. Du hast also ganz sicher recht. Ihr Zustand verschlechtert sich definitiv. Es tut mir so leid.«

»Was denn?«

»Dass ich mich nicht mehr gekümmert habe. Ich habe so getan, als wäre alles in Ordnung, während du sie besucht und dich um sie gesorgt hast. Ich wollte es einfach nicht wahrhaben.«

»Sei doch nicht albern, Georgie! Du hast nichts falsch gemacht. Außerdem hilft auch Tante Sandy, so gut sie kann. Allerdings werde ich dich öfter brauchen, wenn Mum erst mal bei dem Spezialisten war und wir eine Diagnose haben. Wir müssen sie dann vermutlich ständig im Auge behalten und dafür sorgen, dass sie alles hat, was sie braucht. Und wir müssen auf eventuelle Verschlimmerungsanzeichen achten. Denn schlimmer wird es auf alle Fälle.«

»Ich weiß.« Der Druck in Georgies Kopf wird immer größer, und sie presst sich die Fingerspitzen an die Schläfen.

»Wir müssen sicherstellen, dass ihr nichts zustößt.«

»Okay. Ich werde tun, was ich kann, das verspreche ich dir. Du brauchst es nur zu sagen.«

»Das werde ich. Danke, Georgie. Ich weiß echt nicht, wie ich das ohne dich schaffen würde.«

Das Café leert sich langsam, kurz darauf beginnt der Kellner, die Krümel zusammenzufegen, die sich allerdings jedes Mal, wenn sich die Tür öffnet, erneut im ganzen Raum verteilen.

»Wir sollten gehen.« Kate steht auf und schlüpft in ihren Mantel. »Kommst du?«

Georgie nickt und steckt die Hände in ihre Jackentaschen. Sie zahlen und verlassen das Café, und wenig später sitzen sie in Kates Auto. Sie hat die Scheibenwischer angemacht und die Lüftung eingeschaltet und wartet darauf, dass die Scheiben wieder klar werden.

Als sie endlich ausparkt und auf die Straße biegt, meint Georgie: »Ich habe einen Entschluss gefasst.«

»Was denn?«

»Ich werde verreisen. Ins Ausland.«

»Wie bitte?« Kate fährt zu Georgie herum und das Auto kommt dem Randstein gefährlich nahe, bevor sie das Steuer gerade noch rechtzeitig herumreißt. »Woher kommt denn das jetzt so plötzlich?«

Georgie zuckt mit den Schultern. »Ich glaube einfach, dass es langsam Zeit wird.«

»Okay.« Kate dreht die Lüftung zurück und riskiert einen weiteren Blick auf ihre Schwester. »Aber warum gerade jetzt?«

»Ich bin mir nicht sicher. Vielleicht wegen Mum. Was, wenn mir irgendwann dasselbe passiert und ich mein Leben lang nur zu Hause hocke? Es muss doch noch mehr geben als Norfolk, und ich würde es für immer bereuen, wenn ich nichts von der Welt gesehen hätte, nur weil ich zu große Angst davor hatte.«

Die Worte hängen zwischen ihnen, und es sind nur das Prasseln des Regens auf der Windschutzscheibe und das Schaben der Scheibenwischer zu hören, die verzweifelt gegen die Wassermassen ankämpfen. Kate setzt den Blinker, fährt an den Straßenrand und macht den Motor aus. Die vorbeirasenden Autos begraben sie unter einem Wasserschwall, und die Welt um sie herum scheint zu versinken.

Kate lehnt sich zu Georgie hinüber und schlingt unbeholfen einen Arm um sie, Georgie erwidert die Umarmung. Sie ist dankbar für Kates Verständnis.

Als sie sich voneinander lösen, hat Kate Tränen in den Augen. »Ach, Georgie, das sind wunderbare Neuigkeiten! Und du meinst, dass du das schaffst?«

Georgie nickt. »Ja. Ich *muss* es versuchen, Kate. Sonst werde ich mir mein Leben lang wünschen, ich hätte es getan.«

»Denkst du an … Übersee?«

Georgie erschaudert merklich. »Ja. Ich kann … ich kann es mir nur nicht richtig vorstellen. Dass ich einfach so in ein Flugzeug steige und in den Himmel hinauffliege.« Sie hebt den Blick, doch durch die wassernasse Scheibe ist kaum etwas zu erkennen. Also versucht sie, sich einen Metallkoloss vorzustellen, der dort oben schwebt – mit ihr als Passagierin. Es gelingt ihr nicht. »Es scheint total unmöglich. Furchteinflößend. Und gleichzeitig magisch. Es ist schwer zu erklären.«

»Aber du weißt doch, dass es nicht gefährlich ist, oder? Dass es sicherer ist als in diesem Ding hier.« Kate macht eine ausladende Handbewegung.

Georgie nickt. »Ja, das weiß ich. Theoretisch. Das heißt trotzdem nicht, dass ich es auch glaube.«

»Und hast du schon genauere Pläne?«

Georgie schüttelt den Kopf. »Nein. Wohin genau ich will, darüber muss ich mir erst noch Gedanken machen. Ich weiß, dass ich das schon mal gesagt habe, aber dieses Mal bin ich fest entschlossen. Es ist nicht fair gegenüber Matt und Clementine, wenn ich mich wieder drücke. Wir sollten irgendwohin fliegen, wo es warm ist, wo wir am Strand in der Sonne liegen können, anstatt in Cromer zitternd unter einem Windsegel zu sitzen.« Sie stellt sich Clementines Gesicht vor, wenn sie ihr eröffnet, dass sie eine Flugreise machen werden.

»Glaubst du ...« Kate bricht ab. Sie will Georgie nicht beunruhigen. »Glaubst du, dass du deine Flugangst wirklich überwinden kannst? Ich meine ... beim letzten Versuch ... na ja ... da hat es nicht geklappt.«

»Ich weiß.« Der Gedanke zu fliegen ist vollkommen absurd, aber in Wahrheit *wollte* sie bis jetzt auch nirgendwo hin. Zu Hause fühlt sie sich am sichersten. Kate hat die ganze Welt bereist und Orte gesehen, von denen Georgie nur gelesen hat. Zuerst ist sie allein unterwegs gewesen, später mit Joe. Georgie ist stets zu Hause geblieben und hat sich um ihre Mutter gekümmert, die so zerbrechlich schien, dass man sie nie lange allein lassen konnte. »Aber ich will nicht so enden wie Mum. Gefangen in meinem eigenen Ich, ohne dass ich jemals irgendwo war.«

»Ich verstehe dich so gut.«

»Es gibt da nur noch eine Sache …« Kate sieht Georgie fragend an. »Ich habe keinen Reisepass.«

»Stimmt.«

»Und ich habe keine Ahnung, wo meine Geburtsurkunde ist.«

»Was meinst du damit? Ist sie nicht bei deinen anderen Dokumenten?«

Georgie fährt sich mit der Hand durch die Haare. »Nein. Ehrlich gesagt habe ich sie überhaupt noch nie gesehen.«

»Was?«

»Ja, du hast richtig gehört. Ich habe Mum zwar danach gefragt, aber sie hat sie mir nie gegeben.«

»Oh.«

»Dann hast du deine also?«

»Ja. Ich hatte immer schon eine Kopie. Mum hat sie mir vor Jahren gegeben, als ich meine erste große Reise gemacht habe. Und ich habe sie natürlich auch für die Trauung gebraucht.«

»Matt und ich haben ja nicht geheiratet, und weil ich nie ins Ausland gereist bin, hab ich mich nicht mehr darum gekümmert. Vermutlich hat Mum sie irgendwo. Aber ich kann sie kaum danach fragen – nicht in ihrem derzeitigen Zustand.«

»Nein, das kannst du nicht.« Kate überlegt einen Augenblick. »Ich schätze, du musst selbst danach suchen.«

»Diese Idee hatte ich auch schon. Wirst du mir dabei helfen?« Georgie sah ihre Schwester flehend an.

»Wie denn?«

»Du weißt, dass sie es nicht leiden kann, wenn jemand in ihren Sachen wühlt. Also musst du Mum aus dem Haus locken, während ich suche.«

»Aber sie verlässt das Haus doch so ungern für längere Zeit.«

»Ich weiß, Kate, ich bitte dich auch wirklich nicht gern darum. Trotzdem muss ich das durchziehen, bevor ich kalte Füße bekomme. Hilfst du mir?«

Kate seufzt und trommelt mit den Fingern aufs Lenkrad. »Klar helfe ich dir. Ich lade sie einfach zum Essen ein, das sollte dir genügend Zeit verschaffen, oder?«

»Hoffentlich.«

»Okay. Ich gebe dir dann Bescheid.«

»Danke. Aber, Kate?«

»Ja.«

»Was ist, wenn ich die Geburtsurkunde nicht finde?«

»Ich würde sagen, dass wir uns darüber erst Gedanken machen, wenn es so weit ist, okay? Allerdings wäre es besser, wenn wir das alles erledigen könnten, ohne Mums gewohnten Ablauf zu stören. Einverstanden?«

Georgie nickt. »Ja, auf jeden Fall.«

»Gut.«

Kate startet den Wagen und reiht sich wieder in den Verkehr ein. Georgie lehnt sich in ihrem Sitz zurück. Ihre Hände sind schweißnass vor Aufregung. Sie hat den ersten Schritt gemacht, nun muss sie es wirklich durchziehen. Sie muss ihre Angst überwinden.

Es gibt kein Zurück mehr.

2

24. Oktober 2016

Der Schlüssel lässt sich mühelos drehen, und die Tür öffnet sich mit einem Klicken. Georgie sieht sich nervös um. Sie hat das Gefühl, das Vertrauen ihrer Mutter zu missbrauchen. »Ich hoffe bloß, dass Mum nicht während des Essens plötzlich einen Anfall bekommt und wir früher nach Hause müssen«, hatte Kate am Morgen am Telefon gesagt. »Falls es doch passiert, schreibe ich dir. Sonst hast du etwa zwei Stunden Zeit.«

Georgie schließt die Tür hinter sich, und die Stille im Haus umfängt sie. Nur die Heizung gibt das gewohnte Ticken von sich, während sie langsam abkühlt. Sie schlüpft aus ihrem Mantel, hängt ihn an den Haken und erschaudert, als sie an ihren Traum zurückdenkt. Jetzt hängt da wenigstens noch ein anderer Mantel an der Garderobe, und sie stellt ihre Stiefel neben ein Paar Straßen- und ein Paar Hausschuhe. Sie lauscht nach einem vertrauten Geräusch. Schritte, Atmen, das Blubbern des Wasserkochers. Irgendetwas. Doch da ist nichts. Nur Stille.

Schatten tanzen über den Holzboden im Flur, der in der

Mitte ausgetreten und um einiges heller ist. Georgie tappt den Flur entlang und wendet sich der Wohnzimmertür zu. Sie steht einen Spalt breit offen, Georgie drückt sie vorsichtig auf. Auch hier herrscht Stille – abgesehen von dem Ticken der Uhr auf dem Kaminsims, die unbeirrt die Zeit anzeigt, obwohl niemand zu Hause ist. Das Zimmer ist ihr so vertraut und hat sich derart in ihre Erinnerungen eingebrannt, dass sie beinahe vor sich sieht, wie Kate und sie auf dem Teppich vor dem Kamin spielen, während der Dampf aus dem Bügeleisen den Raum erfüllt.

Das Zischen und Dampfen des Bügeleisens – der Soundtrack ihrer Kindheit.

Georgie geht leise zur Holzkommode an der Wand, als hätte sie Angst, dass jemand sie hört. Sie hat sich nie Gedanken darüber gemacht, was ihre Mutter in der Kommode aufbewahrt. Was sie wohl finden wird? Sie öffnet die erste Schublade, und ihr Blick fällt auf mehrere Gabeln, Löffel und Messer in verschiedenen Ausführungen, auf einen Mantelhaken, eine Rolle Klebeband, zwei Knöpfe, ein Nähkästchen, einen Flaschenöffner, einen Satz Karten und ein paar alte Quittungen.

Georgie schließt die Schublade und wendet sich der nächsten zu. Darin befinden sich mehrere Stapel alter Umschläge. Sie nimmt sie heraus und setzt sich in einen Sessel. Die blasse Wintersonne quält sich durch die Vorhänge und malt verschwommene Muster auf den Couchtisch, während Georgie die Umschläge durchgeht. Kurz darauf ist ihr klar, dass sie ihr nicht weiterhelfen werden, und sie legt sie zurück. Hinter der Doppeltür unter den Schubladen stehen

Teller und Tassen für besondere Anlässe, die jedoch nie stattgefunden haben und auch nie stattfinden werden. Eine kaum merkliche Staubschicht hat sich auf dem Geschirr gebildet, und Georgie schließt die Türen eilig.

Sie lässt den Blick langsam durch das Zimmer schweifen, und überlegt, wo sie noch suchen könnte. Schließlich macht sie sich auf den Weg in die Küche. Die Tür steht offen, und der Raum dahinter ist leer – wie in ihrem Traum. Sie tappt über den Fliesenboden und legt ihre Hand auf den Wasserkocher, obwohl ihr nicht wirklich klar ist, warum sie das tut. Sie weiß ja, dass ihre Mutter nicht zu Hause ist. Der Wasserkocher ist kalt. Auf dem Tisch steht eine leere Kaffeetasse mit einem herzförmigen Lippenstiftabdruck am Rand. Auf einem Porzellanteller daneben liegt ein angebissenes Plätzchen, um den Teller liegen Krümel verstreut. Georgie durchsucht die Küchenschubladen. Nichts.

Als ihr klar wird, dass sie im Erdgeschoß nichts finden wird, steigt sie die Treppe hoch. Hier oben ist es dunkler, und sie macht das Licht an, bevor sie den Kopf in den Nacken legt und zur Dachluke hochstarrt. Sie denkt an ihren Traum und an das Geräusch, das sie auf dem Dachboden zu hören geglaubt hat, doch dann schüttelt sie energisch den Kopf. Dort oben gibt es nichts, wovor man Angst haben müsste.

Solange Georgie in diesem Haus gelebt hat, hat sie Angst vor dem Monster auf dem Dachboden gehabt. Als schließlich eine neue Treppe eingebaut wurde, hat sie den Kopf durch die Luke gesteckt und nachgesehen. Doch sie hat bloß eine Menge Kartons entdeckt, einen Wassertank und zahllose Spinnennetze. Jedenfalls nichts Beunruhigendes.

Seit ihrem Auszug mit achtzehn Jahren hat sie nicht mehr über den Dachboden nachgedacht.

Heute hofft sie jedoch, dass sie dort oben genau das findet, wonach sie sucht.

Georgie nimmt den langen Stiel mit dem Haken, öffnet die Luke, klappt die schmale Holztreppe herunter und klettert hinauf. Kurz vor dem klaffenden schwarzen Loch hält sie inne. Gibt es auf dem Dachboden eigentlich Licht? Vermutlich wäre eine Taschenlampe sinnvoll …

Erst als Georgie den Kopf durch die Luke steckt, merkt sie, dass sie die ganze Zeit über den Atem angehalten hat, und lässt ihn langsam entweichen. Sie kneift die Augen zusammen, bis sie direkt auf Kopfhöhe einen Lichtschalter entdeckt, und macht das Licht an. Es erhellt nur die unmittelbare Umgebung, die Ecken des Dachbodens liegen nach wie vor im Dunkeln und werfen bedrohliche Schatten. Georgie zieht sich hoch und richtet sich auf, wobei sie den Kopf leicht einziehen muss, um sich nicht an den Dachbalken zu stoßen. Es ist eisig kalt hier oben, und sie wickelt sich ihre flauschige Jacke enger um den Körper, während sie sich langsam im Kreis dreht und sich umsieht.

Neben ihr befinden sich einige übereinandergestapelte Koffer und mehrere Plastikboxen, die sie kurz inspiziert. Im Grunde ist es egal, wo sie ihre Suche beginnt. Ein schneller Blick in die erste Kiste zeigt ihr, dass sich lediglich alte Schuhe darin befinden. Die zweite Kiste ist voller Klamotten. Georgies Blick fällt auf eine flauschige, wasserdichte Jacke, und sie fragt sich kurz, warum sie hier oben liegt und nicht benutzt wird.

Sie macht sich gebückt auf den Weg in die dunkleren Ecken des Dachbodens und versucht dabei, das Licht nicht mit ihrem Körper abzuschirmen.

»Igitt!«

Georgie schnappt nach Luft und wischt sich hektisch übers Gesicht. Sie ist direkt in ein Spinnennetz gelaufen.

Ein Blick in die Dunkelheit sagt ihr, dass es keinen Sinn hat, so fortzufahren, denn sie kann überhaupt nichts erkennen. Aber vielleicht reicht die Taschenlampe ihres Smartphones aus? Sie hält das Handy vor sich und sieht nun wenigstens, wo sie ihre Schritte hinsetzt. Abgesehen von den Staubkörnern, die im Licht tanzen und sie in der Nase jucken, entdeckt sie weitere Kartons am anderen Ende des Dachbodens. Vielleicht findet sie hier, wonach sie sucht.

Sie findet eine alte Decke, legt sie auf den Holzboden, lässt sich im Schneidersitz darauf nieder und stellt ihr Handy neben sich. Die Kartons sind nicht beschriftet, allerdings auch nicht zugeklebt, daher kann man sie mühelos öffnen. Staub wirbelt hoch, und Georgie beginnt zu husten. Dann beugt sie sich über den ersten Karton und sieht hinein.

Er enthält mit schwarzer Tinte beschriftete Ordner: *Quittungen, Hausdokumente, Autoversicherung* ... Georgie zieht einen Ordner heraus und blättert ihn durch. Die Unterlagen sind sorgfältig sortiert und abgeheftet, doch die neuesten sind mindestens drei Jahre alt, was auch den Staub auf den Kartons erklärt. Georgie runzelt nachdenklich die Stirn. Bewahrt ihre Mutter die neueren Unterlagen irgendwo anders auf, oder hat sie in den letzten Jahren schlichtweg vergessen, sie abzuheften? Egal, darüber wird sie sich später Gedanken machen. Jetzt muss sie sich beeilen.

Der nächste Karton ist halb leer, er enthält bloß ein paar alte Küchenutensilien und alte Blechdosen. Auf einem anderen steht *Weihnachtsdeko*, und tatsächlich fällt Georgies Blick gleich darauf auf bunte Glitzerschlangen, Christbaumkugeln und Lichterketten. Es geht ähnlich weiter. Sie findet Haushaltsartikel, die ihre Mutter anscheinend nicht wegwerfen wollte, für den Fall, dass sie sie irgendwann noch einmal braucht.

Georgie ist kurz davor, die Geduld zu verlieren. Sie zieht den letzten Karton mit einem heftigen Ruck an sich heran. Er ist mit Klebeband verschlossen. Georgie entfernt es vorsichtig und öffnet ihn. Ganz obenauf liegen Fotoalben, und Georgies Herz schlägt schneller. Vielleicht sind es Fotos von ihrem Vater, die sie noch nicht kennt? Sie greift zitternd nach dem obersten Album und öffnet es vorsichtig. Ein Foto fällt heraus, und sie hält es ins Licht der Lampe, um es sich genauer anzusehen. Es zeigt zwei kleine Mädchen und eine Frau, die zweifelsohne ihre Mutter ist. Kates blonde Locken und rote Wangen leuchten im Sonnenlicht – das andere Mädchen hat dunklere Haare und sieht ihrer Schwester und ihrer Mutter absolut nicht ähnlich. Es trägt Zöpfe und grinst breit in die Kamera. Das ist sie selbst, Georgie, und auch wenn sie sich nicht mehr erinnern kann, wann dieses Foto aufgenommen wurde – sie war damals in etwa zwei Jahre alt –, macht es sie unglaublich glücklich. Sie will unbedingt mehr Aufnahmen sehen, also öffnet sie das Album und schnappt im nächsten Augenblick überrascht nach Luft.

Es enthält Dutzende Fotos von Georgie und Kate, die im Garten spielen, am Strand in der Sonne liegen, sich unter einem Regenschirm drängen oder mit einer Eistüte in der Hand eine Strandpromenade entlangschlendern.

Erinnerungen erwachen zum Leben, und einige davon sind so stark, dass sie Georgie beinahe übermannen. Warum sieht sie das Album heute zum ersten Mal? Warum versteckt ihre Mutter es auf dem Dachboden, wo es langsam verstaubt?

Sie hätte gern den ganzen Tag hier gesessen, hätte die Bilder betrachtet und wäre in Erinnerungen geschwelgt, doch sie hat sich etwas vorgenommen, also reißt sie ihren Blick los, schließt das Album und nimmt das nächste zur Hand. Die ersten Seiten enthalten Schwarz-Weiß-Fotos, die jedoch bald den ersten verblassten Farbfotos Platz machen. Georgie entdeckt ihre Mutter als junges Mädchen, gleich darauf auch Tante Sandy, und beginnt erneut zu lächeln. Die beiden sehen so jung und unbeschwert aus. Die Fotos sind offensichtlich einige Zeit vor Georgies Geburt entstanden, die beiden Freundinnen mit den toupierten Haaren und den Miniröcken, die kaum ihre schlanken Oberschenkel bedecken, sind fast nicht wiederzuerkennen. Die ersten Seiten zeigen ähnliche Fotos, doch dann hält Georgie plötzlich inne, und ihr Herz beginnt erneut zu rasen.

Da ist ein Foto ihrer Mutter, die mit einem jungen Mann Händchen hält. Georgie hat ihn bis jetzt nur auf dem Foto gesehen, das auf dem Kaminsims im Wohnzimmer steht, doch sie erkennt ihn sofort wieder. Das hier ist ihr Vater. Die beiden stehen vor einem Motorrad, und Jane schirmt ihre Augen mit der freien Hand vor der Sonne ab, während die freie Hand ihres Vaters schützend auf dem Bauch ihrer Mutter liegt. Georgie wird schlagartig klar, dass ihre Mum damals bereits mit Kate oder ihr schwanger war – wohl eher mit Kate, denn es gibt nirgendwo einen Hinweis auf ein anderes Kind. Das Foto ist nicht vor dem Haus entstanden, in dem sie ihr ganzes Leben lang gewohnt hat. Haben ihre Eltern vielleicht in dem Haus auf dem Foto gelebt, bevor sie hergezogen sind und ihr Vater gestorben ist?

Georgie richtet die Taschenlampe ihres Handys auf das Foto, um es besser ansehen zu können. Sie will sich später an jedes Detail erinnern, und sie will mehr über den Mann erfahren, der darauf zu sehen ist. Das Foto ist nicht besonders scharf, dennoch nimmt sie alles in sich auf. Die dunklen Haare, die hohen Wangenknochen, die Lederjacke. Sie würde das Foto gern mitnehmen, doch sie wagt es nicht. Es muss einen Grund geben, warum ihre Mutter nicht will, dass sie es in die Hände bekommt, und es ist schon schlimm genug, dass sie es überhaupt gefunden hat. Es mit zu sich nach Hause zu nehmen, wäre der ultimative Verrat an ihrer Mutter.

Sie legt das Handy wieder beiseite und blättert zögernd weiter, doch es gibt keine weiteren Fotos – nur leere Seiten ohne jegliche Erinnerungen, als hätte die Welt nach dem letzten Bild aufgehört zu existieren.

Georgie erlaubt sich einen letzten Blick auf das Gesicht ihres Vaters, dann schließt sie das Album und sieht auf die Uhr. Es ist bereits eine Stunde vergangen.

Außer den Fotoalben befinden sich lediglich ein paar

Bilderrahmen in dem Karton, doch als Georgie sie herausnimmt, hält sie inne. Unten auf dem Boden liegt ein kleines, flaches Metallkästchen, das sie beinahe übersehen hätte. Sie nimmt es heraus. Es sieht irgendwie sehr persönlich aus, ihre Mutter hat es vermutlich hier versteckt, damit niemand es findet.

Georgie ist eigentlich nicht gekommen, um die Sachen ihrer Mutter zu durchwühlen, sie hat bereits ein schlechtes Gewissen wegen der Fotos, auf die sie zufällig gestoßen ist. Sie braucht doch nur ihre Geburtsurkunde! Sie will das Kästchen zurücklegen, ohne es zu öffnen, dann überlegt sie, was ist, wenn sich ihre Geburtsurkunde ausgerechnet darin befindet? Wenn sie nicht wenigstens einen schnellen Blick hineinwirft, wird sie das Dokument vielleicht nie finden. Was ist schon dabei?

Sie wischt den Staub vom Deckel. Es ist wirklich erstaunlich, wie er es immer wieder schafft, selbst durch die kleinsten Ritzen zu dringen. Sie öffnet das Kästchen behutsam und sieht hinein. Ihr Blick fällt auf einen nicht beschrifteten weißen Umschlag. Sie nimmt ihn heraus und ertastet, dass er keine Dokumente, sondern einen kleinen Gegenstand enthält. Also sicher nicht das, wonach sie sucht.

Trotzdem wäre es vermutlich besser, einfach nachzusehen. Nur für den Fall. Georgie öffnet den Umschlag und späht hinein. Darin liegt ein Kunststoffarmbändchen, wie es Babys auf den Geburtsstationen tragen.

Kathryn Susan Wood, 12. März 1977.

Es gehörte also Kate. Georgie lässt die Finger über den Schriftzug gleiten und versucht sich vorzustellen, wie klein ihre Schwester gewesen sein muss, dass ihre Hand hindurchgepasst hat. Dann legt sie das Bändchen vorsichtig zur Seite und wirft einen weiteren Blick in den Umschlag – in der Erwartung, ein zweites Armbändchen mit dem Namen Georgina Rae Wood und ihrem Geburtsdatum, 23. November 1979, zu ertasten.

Doch da ist nichts.

Seltsam. Sie runzelt die Stirn und schaut erneut in den Umschlag.

Nichts.

Georgie lässt die Hände mit dem Umschlag in den Schoß sinken. Warum hat ihre Mutter Kates Bändchen aufbewahrt und ihres nicht? Das ergibt doch keinen Sinn. Es sei denn, es gibt noch einen zweiten Umschlag. Ja, das muss es sein!

Georgie wirft einen letzten hoffnungsvollen Blick in das Metallkästchen, doch da ist nichts mehr. Es folgt ein weiterer schneller Blick in den Umschlag, und da ist tatsächlich noch etwas: ein sorgfältig in der Mitte gefaltetes Stück Papier. Georgies Herz setzt einen Augenblick aus. Ist das ihre Geburtsurkunde?

Sie hat plötzlich ein seltsames, unheilvolles Gefühl. Was ist, wenn das hier absolut nicht das ist, wonach sie sucht? Will sie wirklich einen Beweis dafür, dass ihre Mutter keine Erinnerungen an ihre Geburt aufbewahrt hat, als hätte sie keinerlei Bedeutung? Als würde sie gar nicht existieren?

Georgie hält hin- und hergerissen inne, doch sie weiß, dass ihr nichts anderes übrigbleibt, als nachzusehen. Das Papier ist so dünn, dass sie Angst hat, es würde jeden Moment zu Staub zerfallen, als sie es aus dem Umschlag zieht. Sie faltet es schließlich vorsichtig auseinander. Dann betrachtet sie es im Dämmerlicht des Dachbodens. Die Ecken sind bereits vergilbt, und die Schrift ist verblasst, aber man kann sie immer noch lesen. Es ist eine Geburtsurkunde, und der Name des Kindes lautet *Kathryn Susan Wood*.

Georgie schafft es einfach nicht, den Kloß in ihrem Hals hinunterzuschlucken. Sie stellt ein letztes Mal sicher, dass sie nichts übersehen hat. Es muss doch eine Erklärung dafür geben, warum ihre Mutter Kates Sachen aufbewahrt hat und ihre nicht. Vielleicht hat sie Georgies Umschlag verloren? Oder sie bewahrt ihn an einem anderen Ort auf.

Doch Georgie hat das Gefühl, dass mehr dahintersteckt. Sie muss in Ruhe nachdenken und dann versuchen, den Grund herauszufinden.

Sie denkt an ihre Kindheit zurück und daran, wie nah Kate und sie sich gestanden haben. Sie erinnert sich, dass Kate anfing zu reisen und irgendwann heiratete, und sie denkt an ihr eigenes Leben: Matt und sie konnten sich nie dazu durchringen, endlich zu heiraten, weshalb sie keinen Reisepass beantragt hat.

Ein Gedanke drängt an die Oberfläche, und Georgie versucht, ihn zu fassen und festzuhalten. Erinnerungen blitzen auf und verschwinden gleich darauf wieder. Ihre Mutter, die meint, dass eine Eheschließung nicht das Richtige für sie ist … Ihre Mutter, die sich bei Georgie über ihre Flugangst beklagt und ihr furchteinflößende Geschichten von Flugzeugabstürzen, Explosionen und Entführungen erzählt … Ihre Mutter, die ihr verspricht, ihre Geburtsurkunde zu suchen, und dann nie wieder darauf zurückkommt … Ihre

Mutter, die Kate die Welt erkunden lässt und Georgie gleichzeitig gesteht, wie froh sie ist, dass ihre zweite Tochter bei ihr bleibt und sich um sie kümmert.

Die Erlebnisbruchstücke laufen wie ein Film vor Georgies innerem Auge ab. Sie muss sie nur zusammensetzen und herausfinden, was sie ihr sagen wollen. Obwohl sie es im Grunde bereits weiß. Sie weiß, dass keine Geburtsurkunde von ihr existiert und dass ihre Mutter nicht wollte, dass sie das entdeckt. Deshalb sollte sie keinen Reisepass beantragen und nicht heiraten. Ihre Mutter hatte vor irgendetwas Angst.

Aber vor was?

Georgie wird bewusst, dass sie es herausfinden muss.

Plötzlich bekommt sie auf dem stickigen Dachboden keine Luft mehr. Sie krabbelt auf Händen und Knien zur Luke und klettert eilig die Dachbodentreppe hinunter. Der Wunsch, von ihrem Elternhaus fortzukommen, ist beinahe übermächtig.

Sie stolpert die Treppe ins Erdgeschoss hinunter, läuft in die Küche zur Hintertür und dreht den Schlüssel herum, der im Schloss steckt. Die Tür schwingt auf, und die kalte Herbstluft umfängt Georgie. Sie atmet tief ein und wieder aus und versucht gleichzeitig, ihr pochendes Herz zu beruhigen und den Schmerz, der in ihrem Inneren tobt, unter Kontrolle zu bringen.

Langsam hockt sie sich hin, wippt auf den Fußballen vor und zurück und starrt auf die Grashalme zwischen ihren Beinen. Georgie drückt sie mit der Hand nieder, doch sie trotzen dem Angriff und richten sich schon nach kurzer Zeit wieder auf. Also schlägt sie so lange darauf ein, bis sie leblos auf dem feuchten Boden liegen bleiben.

Dann stemmt sie sich schwankend hoch und geht zu dem kleinen Rasenstück hinter dem Haus, wo Kate und sie so viele Stunden miteinander gespielt, in der Sonne gelegen und sich unterhalten haben. Um diese Jahreszeit wirkt der Garten wie im Dornröschenschlaf. Die Pflanzen scheinen nur noch darauf zu warten, dass der Frühling wiederkehrt, dass sie wieder zu blühen beginnen und alles in bunte Farben tauchen können. Im Moment sind die vorherrschenden Farben Braun, Schwarz und das Dunkelgrün der winterharten Stauden und Sträucher.

Georgies Blick fällt auf den Schuppen, der grau und verlassen am Rand des Gartens steht, und sie erschaudert, als sie an ihren Traum zurückdenkt. An die aufgewühlte Erde und das seltsame Gefühl, das sie bei ihrem Anblick hatte.

Die Kälte dringt langsam in ihre Beine, weshalb sie eilig ins Haus zurückkehrt und sich an den Küchentisch setzt. Sie vergräbt den Kopf in den Händen und bleibt mehrere Minuten vollkommen regungslos sitzen, während sie darauf wartet, dass ihr Atem sich beruhigt und ihr Herz in seinen vertrauten Rhythmus zurückfindet. Schließlich hebt sie langsam und benommen den Kopf.

Sie kann nicht glauben, dass sie über all das noch nie nachgedacht hat – obwohl ihr natürlich bewusst ist, dass sie es im Grunde gar nicht wollte. Es ist faszinierend, wie viel man verdrängen kann, wenn man will.

Doch jetzt lassen die Erinnerungen sich nicht mehr verdrängen. Ihre Mutter hat ihr ganzes Leben lang ein

Geheimnis vor ihr verborgen. Es gibt da etwas ... einen unheimlichen Vorfall, der mit ihrem Start ins Leben zu tun hat.

Georgies Handy vibriert, und sie zieht es aus der Tasche. Kate.

Sind in 20 Minuten da. Hoffe, du hast alles gefunden. K

O Gott, sie sind bereits auf dem Heimweg! Georgie hat zwar keine Ahnung, wann ihre Mutter zum letzten Mal auf dem Dachboden war, aber sie darf kein Risiko eingehen. Sie muss wieder nach oben und aufräumen. Es muss so aussehen, als wäre sie nie dort gewesen.

Sie steht auf, kehrt ins Obergeschoss zurück und steigt die Dachbodentreppe wieder hoch. Die Taschenlampe ihres Smartphones leuchtet ihr den Weg in den hintersten Winkel, wo die Fotos und der Umschlag noch auf dem Boden liegen.

Georgie versucht, möglichst ruhig zu bleiben, während sie aufräumt. Als sie fertig ist, tritt sie einen Schritt zurück und betrachtet ihr Werk. Es sieht genauso aus wie vorher. Bevor sie wusste, welche Geheimnisse sich hier verbergen.

Sie klettert die Dachbodentreppe hinunter, klappt sie zusammen, schließt die Luke und wirft einen Blick auf ihr Handy. Noch zehn Minuten. Es ist wohl besser, wenn sie verschwindet. Sie will ihrer Mutter jetzt nicht begegnen. Und Kate auch nicht. Sie hat keine Idee, wie sie sich den beiden gegenüber verhalten soll. Sie muss zuerst weitere Nachforschungen anstellen.

Also tippt sie eine Antwort an ihre Schwester:

Danke. Alles erledigt. Bis später. G

Sie wartet, bis die Nachricht gesendet wird, dann macht sie sich auf den Weg in die Küche und schließt die Tür in den Garten. Anschließend schlüpft sie in ihre Stiefel und den Mantel und tritt durch die Eingangstür, ohne einen Blick zurückzuwerfen. Sie knallt die Tür zu und lässt das Haus so schnell wie möglich hinter sich.

Erst nach ein paar Metern merkt sie, wie angespannt ihr ganzer Körper ist. Dann beschleunigt sie ihre Schritte und lässt die kühle Luft tief in ihre Lunge dringen, bis sie vor Anstrengung keucht und ihre Beine schmerzen.

Es sind nur ein Stück Papier und ein winziges Armbändchen – trotzdem kann sie nicht aufhören, über die wahre Bedeutung dessen nachzudenken, was sie gerade auf dem Dachboden ihrer Mutter gefunden hat – oder besser: was sie *nicht* gefunden hat.

Sie hat keine Ahnung, was das alles zu bedeuten hat, und sie ist sich nicht einmal sicher, ob sie die Wahrheit überhaupt wissen will. Aber sie weiß, dass sie keine andere Wahl hat als weiterzusuchen.

3

25. Oktober 2016

Georgie sitzt seit geschlagenen fünfzehn Minuten am Küchentisch und beobachtet eine Spinne, die träge über den Fußboden krabbelt. Sie hat keine Kraft aufzustehen.

Als sie am Tag zuvor nach Hause gekommen ist, war sie noch voller Tatenddrang und wollte unbedingt das Geheimnis ihrer Mutter lüften. Mittlerweile ist sie wie gelähmt vor Angst vor dem, was sie möglicherweise herausfinden wird.

Sie hält so lange den Atem an, bis sich alles zu drehen beginnt. Erst dann lässt sie die Luft langsam wieder aus ihrer brennenden Lunge entweichen. Als nichts mehr übrig ist, verschwindet die Spinne endlich unter der Fußbodenleiste, und Georgie schnappt beinahe panisch nach Luft.

»Warum keuchst du so? Läuft ein guter Song im Radio?«

Die Stimme ihrer Tochter Clementine reißt sie aus ihrer Starre, und sie hebt abrupt den Blick. Clem steht an der Arbeitsplatte und holt gerade aus einem der oberen Küchenschränke eine Packung Frühstücksflocken. Sie schüttet ein paar in eine kleine Schüssel. Georgie sieht ihre Tochter wie durch einen fleckigen Spiegel, es gelingt ihr nicht, sich auf das Hier und Jetzt zu konzentrieren. Sie sieht Clem zu, wie sie Milch in die Schüssel gießt, sich einen Löffel aus der Besteckschublade holt und zum Tisch geht, wo sie sich neben Georgie niederlässt und beginnt, ihr Frühstück in sich hineinzuschaufeln.

Als Georgie merkt, dass Clem sie eingehend mustert, ringt sie sich ein Lächeln ab. Ihre Tochter will offenbar eine Antwort auf ihre Frage.

»Ich keuche doch gar nicht! Ich … ich sitze einfach bloß da.«

Der Löffel taucht geräuschvoll in die Schüssel ein und erscheint kurz darauf mit einer frischen Ladung Frühstücksflocken. Er macht sich auf den Weg zu Clems Mund, doch dann hält er plötzlich inne.

»Ist alles okay, Mum? Du wirkst irgendwie … seltsam.«

»Ja. Alles okay. Entschuldige, Süße. Ich war gerade mit den Gedanken woanders.« Georgie steht auf und schiebt den Küchenstuhl dabei so schwungvoll zurück, dass er beinahe umkippt. Die hölzerne Arbeitsplatte ist voller Milchspritzer, und sie greift nach einem Lappen und wischt sie gedankenverloren sauber. »Aber egal! Was hast du denn heute so vor?«

»Äh … ich gehe zur Schule …« Clem verzieht das Gesicht und wirft ihrer Mutter einen abschätzigen Blick zu. »Was sollte ich denn sonst tun?«

»Ha, ha! Ja, natürlich gehst du zur Schule. Ich meinte eigentlich, welche Fächer heute auf dem Programm stehen.«

Clem zuckt mit den Schultern. »Das Übliche. Mathe. Langweilig wie immer. Englisch. Und Sport natürlich. Es ist widerlich! Was hat Sport mit Schule zu tun? Es ist so entwürdigend.«

»Was ist entwürdigend?« Matt betritt die Küche und schenkt sich einen Kaffee ein.

»Ach, Clem erklärt mir gerade, warum es unfair ist, wenn die Lehrer darauf achten, dass die Schüler fit bleiben. Und dass es einer jungen Dame von Welt erlaubt sein sollte, einfach nur faul herumzusitzen.«

Matt grinst und wuschelt durch Clems Haar. »Daaad! Ich habe ewig für die Frisur gebraucht!«

Georgie und Matt sehen ihre Tochter eingehend an und beginnen zu lachen. Wer ist dieses seltsame Wesen, das sich über Nacht von einem niedlichen kleinen Mädchen in einen eitlen Teenager verwandelt hat, dessen Haar zu einem zotteligen Knoten zusammengefasst ist?

»Was ist denn?«, fragt Clem empört.

»Nichts, Süße. Deine Frisur sieht echt toll aus.« Matt grinst vielsagend, während er sich mit einer Tasse Kaffee neben Georgie niederlässt, und sie lächelt schwach. Er runzelt die Stirn. »Was ist los? Du wirkst irgendwie ... niedergeschlagen.« Er trinkt einen Schluck Kaffee und stellt die Tasse wieder ab.

»Mum ist heute Morgen echt seltsam drauf«, stimmt Clementine ihm zu und zupft sich ein Haar von der Schulter.

»Tatsächlich? Seltsamer als sonst?«

»Viel seltsamer. Sie hat mich angestarrt wie eine Außerirdische und hat sogar vergessen, dass ich heute zur Schule muss. Als würde ich unter der Woche irgendwo anders sein.«

Matt sieht Georgie fragend an, und sie zuckt mit den Schultern. »Ich schätze, ich bin einfach nur müde.«

Matt nickt. »Das wundert mich nicht. Du hast mich ja auch beinahe die ganze Nacht über wachgehalten, weil du dich ständig von einer Seite auf die andere geworfen hast. Wovon hast du denn geträumt?«

Georgie zuckt erneut mit den Schultern. Sie weiß natürlich, dass es nicht gerade höflich ist, aber sie kann Matt nicht sagen, dass kein Albtraum schuld an ihrem Zustand ist. Es sind vielmehr die Gedanken daran, was ihre Mutter womöglich vor ihr verheimlicht, die sie quälen und nicht zur Ruhe kommen lassen. Solange sie ihre Vermutungen mit niemandem teilt, können sie auch niemanden verletzen – doch sobald sie sie ausspricht, werden sie real.

Matt wirft einen Blick auf die Uhr. »Ich muss gleich los. Soll ich eine von euch mitnehmen?«

Clem schüttelt den Kopf. »Josie holt mich ab.«

Und auch Georgie lehnt ab. »Ich bleibe heute zu Hause. Ich habe mich diese Woche krankgemeldet, weil ich …« Sie bricht ab. Sie ist sich nicht sicher, wie sie erklären soll, dass sie den Gedanken an ihren Job in der Vorortbibliothek heute nicht erträgt, obwohl sie die Arbeit im Grunde liebt. »Du hattest recht. Die Nacht war schrecklich. Ich muss etwas Schlaf nachholen.«

Matt sieht sie misstrauisch an, er macht sich ganz offensichtlich Sorgen. Sie wird ihm natürlich erzählen, was los ist, sobald sie herausgefunden hat, ob es überhaupt etwas zu erzählen gibt.

»Bist du dir sicher, dass nicht mehr dahintersteckt?«

Georgie nickt. »Ja, auf alle Fälle.«

»Okay.«

Matt ist keineswegs überzeugt, aber damit muss sie sich im Moment abfinden. Sie sieht zu, wie er seinen Kaffee austrinkt, zur Spüle geht, seine Tasse ausspült und sie verkehrt herum auf das Abtropfgitter stellt. Seine Bewegungen sind so geschmeidig und sanft, und auf seinen Wangen ist ein Bartschatten zu sehen. Er hat wieder einmal versucht, sein Haar mit Wasser in Form zu bringen, aber es steht ihm immer wirr vom Kopf ab, egal was er macht. Er schlüpft in seinen Mantel, greift nach dem Hausschlüssel und lässt ihn in die Manteltasche gleiten – und plötzlich ist die Liebe für ihn so übermächtig, dass sie Georgie beinahe überwältigt.

Sie darf jetzt auf keinen Fall zu weinen beginnen! Sie blinzelt die Tränen fort, räuspert sich und hebt den Blick, nur um festzustellen, dass Matt ihr direkt in die Augen sieht.

Er beugt sich vor und drückt ihr einen Kuss auf die Nase. »Bist du sicher, dass alles okay ist? Du siehst blass aus.«

Georgie nickt, und Matt mustert sie noch einen Moment länger, bevor er ergeben nickt, sich aufrichtet und Clementines Wange küsst. »Tschüss, du Zwerg! Ich wünsch dir einen schönen Tag.«

»*Bye*, Dad.«

Und dann eilt er zur Tür, öffnet und schließt sie sanft hinter sich und ist verschwunden. Georgie ist ihm dankbar, dass er nicht auf dem Thema beharrt hat. Denn was hätte sie ihm sagen sollen? »Weißt du, ich habe gestern herausgefunden, dass Mum Kates Geburtsurkunde und das Armbändchen, das sie nach der Geburt bekommen hat, auf dem

Dachboden aufbewahrt, während meines nirgendwo zu finden ist. Und ich bin überzeugt, dass ein schreckliches Geheimnis dahintersteckt.«

Hätte sich das nicht verrückt angehört? Jeder normale Mensch hätte doch angenommen, dass sich die Geburtsurkunde und das Bändchen an einem anderen Ort befinden, anstatt sofort das Schlimmste zu befürchten.

Und obwohl Matt ihre Familie seit langer Zeit kennt, weiß Georgie mit Sicherheit, dass er ihre Befürchtungen nicht verstanden hätte.

Kurz darauf verlässt auch Clem eilig das Haus, und plötzlich senkt sich Stille über Georgie. Es sind nur das Brummen des Boilers, das Surren der Geschirrspülmaschine und das gelegentliche Reifenrumpeln der Autos zu hören, die am Küchenfenster vorbeifahren.

Georgie ist klar, dass sie etwas unternehmen muss. Sie muss sich endlich aufraffen und kann nicht den ganzen Tag in der Küche herumsitzen.

Sie ist sich ziemlich sicher, dass sich im Haus ihrer Mutter keine weiteren Hinweise befinden, denn dann hätte sie sie vermutlich entdeckt. Und auch eine Internetsuche fällt flach, da sie keine Ahnung hat, wonach sie eigentlich suchen soll.

Also beschließt sie, es zunächst einmal in einer Bibliothek zu versuchen. Sie weiß, wie man Bibliotheken ihre Geheimnisse entlockt. Die Zweigstelle, in der sie arbeitet, fällt allerdings flach – nicht nur, weil sie sich krankgemeldet hat, sondern weil sie dort auch nicht das finden wird, was sie zur Beantwortung ihrer Fragen benötigt.

Sie will sich auf die Suche nach Zeitungsartikeln aus dem Jahr ihrer Geburt machen.

Eine halbe Stunde später tritt Georgie bereits durch die Schiebetür ins Bibliotheksgebäude.

Sie liebt ihren Arbeitsplatz, aber diese Bibliothek im Zentrum von Norwich ist etwas vollkommen anderes. Es geht um einiges geschäftiger zu, überall sitzen Menschen, schieben Wägelchen voller Bücher herum und schmökern leise murmelnd in ausgewählten Exemplaren. Georgie fühlt sich sicher und geborgen. Hier kann ihr nichts passieren.

Oder etwa doch?

Sie macht sich auf den Weg in die Rechercheabteilung im Obergeschoss. Der Raum ist beinahe leer. Ihr Blick fällt auf die Reihen grauer Aktenschränke, die wie aufmerksame Wächter in Reih und Glied Aufstellung bezogen haben. Hier oben ist es ruhiger, und die Stimmung ist ernster, sodass sie sich sogar des gedämpften Klangs ihrer Schritte auf dem grauen Teppichboden mehr als bewusst ist.

Georgie holt einen Notizblock und einen Stift aus ihrer Tasche und verschließt diese anschließend in einem der bereitstehenden Schließfächer. Anschließend tritt sie durch das Drehkreuz aus Metall.

Jeder Aktenschrank ist mit einem Schild mit dem entsprechenden Jahr versehen und enthält Einträge sämtlicher Geburten, Todesfälle und Eheschließungen in diesem Zeitraum. Georgie hält vor dem Schrank mit der Aufschrift *1979* inne. Das Jahr, in dem sie geboren wurde.

Sie hofft immer noch, dass sich ihre Befürchtungen als

unbegründet herausstellen werden – sie muss nur den entsprechenden Eintrag finden, eine Kopie ihrer Geburtsurkunde ausdrucken und nach Hause zurückkehren, als wäre nichts passiert.

Georgie öffnet die Schublade, wie sie es schon so viele Male zuvor getan hat, und sucht, bis sie den richtigen Mikrofiche gefunden hat. Sie geht zum Lesegerät, legt ihn ein und scrollt bis zum entsprechenden Datum nach unten. 23. November 1979. Ihr Blick gleitet über die Namen der Kinder, die an diesem Tag in Norwich geboren wurden, doch ihr eigener Name ist nicht darunter. Sie hält kurz inne, als sie zwei Babys mit demselben Nachnamen entdeckt. Zwillinge, denkt sie lächelnd, bevor sie ihre Suche fortsetzt. Doch auch am nächsten und übernächsten Tag gibt es keinen Eintrag mit dem Namen *Georgina Wood*. Sie runzelt die Stirn und überprüft noch einmal das Datum und die Stadt. Alles korrekt.

Aber warum ist ihr Name dann nirgendwo zu finden?

Es gibt sicher eine ganz einfache Erklärung dafür! Sie steckt den Mikrofiche mit zitternden Fingern zurück in die Kassette, die sie anschließend sorgsam im Aktenschrank verstaut.

Sie ist sich nicht sicher, wonach sie sucht, will es jedoch noch einmal im Zeitungsarchiv versuchen. Vielleicht findet sie dort ja irgendeinen Hinweis. Es ist die Mühe sicher wert.

Georgie geht sämtliche Ausgaben der Regionalzeitung *The Eastern Daily Press* durch, bis sie auch hier das richtige Jahr gefunden hat. Sie bemüht sich, tief durchzuatmen, und lässt ihre Schultern kreisen, bevor sie den Mikrofiche vom

November 1979 aus der Kassette zieht und erneut zum Lesegerät geht. Es hilft, dass sie ganz genau weiß, was sie tut. Sie steckt den Mikrofiche auf das kleine Rädchen und befestigt den Anfang der Rolle auf dem Rädchen dahinter. Anschließend legt sie einen Schalter um, und der Bildschirm erwacht zum Leben.

Georgie dreht die Kurbel, bis die erste Titelseite erscheint. Sie ackert sich durch unwichtige Artikel über Sportveranstaltungen und einen Streik in einer Druckerei. Ihr Herz beginnt schneller und schneller zu schlagen, je näher sie ihrem Geburtsdatum kommt. Ihr Blick gleitet über die Schlagzeilen, bis ihr beinahe schwindlig wird.

Dann hält sie plötzlich inne. Eine Überschrift hat ihr Interesse geweckt: *BABY AUS KRANKENHAUS ENTFÜHRT!*

Georgie schließt die Augen und umklammert die Tischkante, um nicht vom Stuhl zu fallen. Die Wände der Bibliothek bewegen sich auf sie zu. Sie weiß, was jetzt kommt, aber sie ist sich nicht sicher, ob sie den Mut aufbringt, den Artikel zu lesen. Sie zwingt sich, die Augen zu öffnen und es einfach zu tun.

Ein neugeborenes Mädchen wurde gestern Nachmittag aus der Geburtsstation des Krankenhauses von Norwich entführt.

Eine bisher unbekannte Person nahm die kleine Louisa zwischen 16:00 und 16:30 Uhr aus dem Gitterbettchen am Fußende des Bettes ihrer verzweifelten Mutter Kimberley Foster, Louisas Zwillingsbruder Samuel ließ sie zurück.

Die achtzehnjährige Ms. Foster, wohnhaft in der Colindale

Avenue in Sprowston, steht unter Schock und konnte nicht befragt werden. Sie wird derzeit von ihrer Mutter Margaret betreut. Pamela Newsome, eine weitere junge Mutter, stand uns Rede und Antwort: »Das ist der schlimmste Albtraum jeder Mutter, und ich kann nicht glauben, dass so etwas tatsächlich passiert ist. Ich verstehe nicht, warum niemand etwas gesehen hat. Kim muss ihr Baby unbedingt wiederbekommen!«

Die Polizei sucht nach Zeugen oder Personen, die über Hinweise auf mögliche Täter verfügen. Bitte wenden Sie sich an die unten stehende Nummer oder an das Polizeirevier von Norwich.

Der Artikel ist am 24. November 1979 erschienen. Einen Tag nach Georgies Geburtstag.

Sie starrt auf das Foto neben dem Artikel. Es ist dunkel und körnig, doch die Augen der Frau, die in die Kamera blickt, sind so voller Schmerz, dass Georgie beinahe den Blick abwenden muss.

Ihr Körper bebt, während sie versucht, diese neuen Informationen zu verarbeiten und ihre Bedeutung zu verstehen. Für sich selbst – und für ihr Leben.

Das Grauen jagt ihr einen Schauer über den Rücken, und sie scrollt sich eilig durch die Artikel vom darauffolgenden Tag. Ihr Blick springt hektisch hin und her, während ihr Herz hämmert und das Blut in ihren Ohren dröhnt. Ihr ist übel, aber sie muss trotzdem herausfinden, was damals passiert ist. Und dann entdeckt sie es.

Der Nachfolgeartikel ist zwei Tage später erschienen.

*KEINE NEUEN HINWEISE IM FALL DER VER-
SCHWUNDENEN LOUISA*

Die flächendeckende Suche nach dem kleinen Mädchen, das vor drei Tagen aus der Geburtsstation des Krankenhauses von Norwich entführt wurde, blieb bis jetzt erfolglos.

Die Polizei durchsuchte das gesamte Krankenhausgelände und die nähere Umgebung, nachdem die kleine Louisa am letzten Freitag, dem 23. November, aus ihrem Bettchen entführt wurde, doch es traten keine neuen Spuren ans Tageslicht.

Die Tragödie geschah nur wenige Stunden nach Louisas Geburt. Ihr Zwillingsbruder Samuel lag unversehrt in seinem Bettchen, als die Mutter Kimberley in ihr Zimmer zurückkehrte.

Die polizeilichen Ermittlungen sind noch nicht abgeschlossen, aber im Moment sieht es so aus, als hätte niemand etwas Ungewöhnliches bemerkt, es gibt auch keine Zeugen.

Oberinspektor Henderson von der Norwich City Police: »Wir bitten alle, die etwaige Hinweise für uns haben, sich dringend bei uns zu melden. Wir müssen das kleine Mädchen finden und es so schnell wie möglich seiner Familie übergeben.«

Das Dröhnen in Georgies Ohren wird lauter, und sie sieht sich um. Ob die anderen Besucher das wohl auch hören? Ob irgendjemand im Raum merkt, dass ihre Welt gerade aus den Fugen geraten ist? Sofern sie das, was sie gerade gelesen hat, richtig interpretiert. Wenn sie die Bibliothek später verlässt, wird sie nicht mehr die Frau sein, die eine Stunde zuvor durch die Schiebetür ins Foyer getreten ist.

Sie druckt den Zeitungsartikel aus, scrollt zurück und druckt auch den ersten aus.

Sie muss alles noch einmal in Ruhe lesen, um vollkommen sicherzugehen, dass sie keine falschen Schlüsse gezogen hat. Sie steht auf, eilt zum Drucker und reißt die Seiten an sich, bevor jemand einen Blick darauf erhaschen kann. Anschließend kehrt sie zu ihrem Tisch zurück und legt die beiden Artikel vor sich hin.

Ihr Herz hämmert wie verrückt, als sie sich schließlich auf die Suche nach dem nächsten Bericht macht.

POLIZEI FINDET NEUE HINWEISE ZUM VERBLEIB DES ENTFÜHRTEN BABYS

Die Polizei geht auf ihrer Suche nach dem Baby, das in der vergangenen Woche aus der Geburtsstation des Krankenhauses von Norwich entführt wurde, neuen Hinweisen nach.

Der Vater des kleinen Mädchens wurde bereits befragt und gilt als unschuldig, doch die Polizei sucht nun nach einem weiteren Familienmitglied, um es eingehender zu befragen. Darüber hinaus gab es bis jetzt keine neuen Hinweise. Falls Sie über Informationen verfügen, wenden Sie sich bitte umgehend an die Polizei von Norwich.

Es gibt noch einen Artikel aus dem darauffolgenden Januar:

DIE POLIZEI GIBT DIE HOFFNUNG IM FALL DER VERSCHWUNDENEN LOUISA NICHT AUF

Die kleine Louisa Foster, die im vergangen November einige Stunden nach ihrer Geburt aus dem Krankenhaus von Norwich verschwand, wurde immer noch nicht gefunden, doch die Polizei will die Hoffnung nicht aufgeben.

Und wieder einige Monate später:

ENTFÜHRUNG DER KLEINEN LOUISA
Die Polizei gab bekannt, dass es keine weiteren Spuren im Fall der entführten Louisa gibt.
Louisa Foster ist im November letzten Jahres aus dem Krankenhaus von Norwich verschwunden. Unter anderem wurde damals Sheila Thomson (22), die Schwester des von der Mutter getrennt lebenden Vaters der Zwillinge der Tat verdächtigt, doch die darauffolgende Untersuchung kam zu dem Schluss, dass es keine stichhaltigen Beweise für Miss Thomsons Verwicklung in den Fall gibt.
Die kleine Louisa und ihr Bruder Samuel, der bei seiner Mutter Kimberley und seiner Großmutter Margaret in Sprowston lebt, entsprangen einer kurzen Beziehung zwischen Ms. Foster und Barry Thomson. Mr. Thomson (18) hat keinen Kontakt zu seinem Sohn, war der Polizei bei den Ermittlungen jedoch behilflich.
Mr. Thomson: »Meine Schwester hatte kurz vor der Geburt der Zwillinge ein Baby verloren, und die Polizei befürchtete, dass sie in irgendeiner Form in den Fall verwickelt sein könnte. Aber ich weiß, dass sie nie etwas Derartiges getan hätte und wollte einfach helfen, ihre Unschuld zu beweisen. Ich hoffe, dass die kleine Louisa bald gefunden wird.«

Georgie ballt die Hände zu Fäusten und presst sie sich an die Schläfen. Sie fühlt sich benommen, ihr Atem geht stoßweise. Die Worte auf dem Bildschirm verschwimmen beinahe vor ihren Augen.

Die Namen, die sie gerade gelesen hat, schwirren in

ihrem Kopf herum. Kimberley Foster, Louisa Foster. Louisas Zwillingsbruder Samuel. Sprowston. Louisas Vater Barry Thomson.

Ein Baby, das entführt wurde.

Entführt.

Entführt.

Entführt.

Es ist, als würde sich das Wort in einer Endlosschleife in ihrem Kopf weiterdrehen, und sie schüttelt ihn, um den Bann zu durchbrechen.

Ein Baby wurde aus dem Krankenhaus entführt, in dem Georgie geboren wurde. Zumindest, wenn man ihrer Mutter Glauben schenkt. Tatsächlich gibt es keine Aufzeichnungen, die bestätigen, dass an Georgies Geburtstag ein Baby mit ihrem Namen im Krankenhaus von Norwich zur Welt kam. Oder in irgendeinem anderen Krankenhaus.

Da gab es nur dieses kleine Mädchen. *Louisa Foster.*

Das Mädchen, das einige Stunden nach seiner Geburt aus dem Krankenhaus entführt wurde.

Die Informationen wirbeln in Georgies Kopf herum wie Puzzleteile. Sie muss sie nur noch zusammenfügen, und schon hat sie die Antwort.

Obwohl sie im Grunde bereits weiß, was damals geschehen ist. Sie will es nur nicht wahrhaben. Sie will nicht, dass es sich wirklich so zugetragen hat.

Doch welche Erklärung gibt es sonst?

Sie ist Louisa Foster. Kimberley Fosters Tochter. Jane, die Frau, die behauptet, ihre Mutter zu sein, hat sie kurz nach ihrer Geburt aus dem Krankenhaus entführt.

Georgie ist sich sicher, dass es genau so war.

Jetzt muss sie nur noch herausfinden, warum es dazu kam.

Georgie sitzt wie gelähmt vor dem Lesegerät. Die Stille dröhnt weiter in ihren Ohren. Wie kann ein Geräusch, das gar nicht existiert, einen solchen Lärm verursachen?

Ihr ist klar, dass sie etwas tun muss. Also scrollt sie wie in Trance zurück zum Anfang, steckt den Mikrofiche in die Kassette und kehrt zu dem Aktenschrank zurück, um sie wieder zu verstauen. Wie lange wird es wohl dauern, bis jemand die Artikel erneut liest? Tage? Wochen? Monate?

Vielleicht kommt es nie dazu.

Die Vorstellung, dass sie ungelesen bleiben, versetzt Georgie einen Stich. Diese Worte, das Leben dieser Menschen – sorgsam versperrt in einem Aktenschrank, um schließlich in Vergessenheit zu geraten. Es bricht ihr das Herz.

Sie kehrt zu den Aktenschränken, in denen die Geburten, Todesfälle und Eheschließungen vermerkt sind, zurück, doch dieses Mal interessiert sie sich nicht für die Geburtsurkunden, und auch die Heiratsurkunden werden ihr vermutlich nicht weiterhelfen – zumindest nicht, was ihre leibliche Mutter und ihren leiblichen Vater betrifft. Sie möchte nachsehen, ob ihre Mutter noch am Leben ist. Wenigstens weiß sie dann, wie ihre Suche weitergehen muss.

Georgie zieht den Mikrofiche mit den Todesanzeigen aus der Schublade, kehrt wie betäubt zum Lesegerät zurück und legt ihn ein. Eine lange Liste mit Namen erscheint, und sie scrollt langsam nach unten. Ihre Augen beginnen schon nach wenigen Minuten zu schmerzen, doch sie macht trotzdem weiter, bis sie sich schließlich eingesteht, dass sie nichts finden wird, und aufgibt. Jetzt noch die Hochzeitsanzeigen. Vielleicht haben ihre Mutter und ihr Vater ja irgendwann geheiratet. Doch auch hier wird schnell klar, dass sie nach der buchstäblichen Nadel im Heuhaufen sucht, und sie beendet ihre Recherche.

Ob sie online mehr Glück hat?

Sie nimmt sich vor, zu Hause weiterzurecherchieren. Jetzt ist sie zu müde. Sie verlässt die Bibliothek mit dem Gefühl, alles ihr Mögliche getan zu haben, und macht sich auf den Heimweg.

Draußen regnet es, die Menschen eilen mit Schirmen über den Platz vor der Kirche und stemmen sich gegen den starken Wind. Hätte sie bloß einen wärmeren Mantel angezogen! Sie zieht sich die Kapuze über den Kopf und geht wie in Trance zu ihrem Auto. Die Zeitungsartikel, die sie ausgedruckt hat, scheinen ein Loch in ihre Manteltasche zu brennen. Sie sehnt sich beinahe verzweifelt danach, sie noch einmal zu lesen, in alle Einzelheiten zu zerlegen und die Fakten wieder zusammenzufügen.

Sie muss ständig an Kimberley Fosters Gesicht denken.

Das Gesicht einer Mutter, die ihr Baby verloren hat.

Und dann denkt sie an die Mutter, die sie großgezogen hat, an ihre Kindheit und an die Tatsache, dass es immer nur Georgie, Kate und Jane gegeben hat. Das, was sie heute herausgefunden hat, erklärt einiges – nicht zuletzt Georgies einsame, beinahe isolierte Kindheit.

Wie tickt jemand, der einer anderen Mutter das Baby

stiehlt? Was muss passieren, dass eine Frau etwas so abgrundtief Böses tut? Und wie kann jemand, der so etwas getan hat, mit der Schuld und dem Schmerz weiterleben?

Georgie sieht erneut Kimberleys gepeinigtes Gesicht vor sich. Der Schmerz und die Falten auf der Stirn, die in diesem jungen Gesicht doch noch gar nichts verloren haben.

Sie fährt sich mit den Händen übers Gesicht und denkt daran, was das alles für sie bedeutet. Ihr Körper verkrampft sich. Sie weiß nicht mehr, wer sie eigentlich ist.

Sie ist Georgie – das ist klar. Aber sie ist jetzt auch Louisa.

Oder bedeutet die Tatsache, dass man nicht zwei Personen gleichzeitig sein kann, vielleicht, dass sie keine von beiden ist?

Ihre Gedanken spielen verrückt.

Im Auto zieht sie die Zeitungsausschnitte aus der Manteltasche, faltet sie auf und betrachtet Kimberleys Foto erneut. Es ist bereits siebenunddreißig Jahre alt und nicht richtig scharf. Es ist schwer, die Gesichtszüge auszumachen, dennoch ist Georgie sich sicher, dass dieses Mädchen aussieht wie sie, als sie etwa im selben Alter war. Die dunklen Haare, die sie immer der Familie ihres Vaters zugeschrieben hat und die sich so sehr von den hellen Haaren ihrer Mutter und ihrer Schwester unterscheiden, die in Falten gelegte Stirn, die geschwungenen Augenbrauen. Sie bildet es sich auf keinen Fall ein.

Kimberley Foster ist ihre Mutter.

Diese Erkenntnis ist so überwältigend. Georgie lässt sich in den Sitz zurücksinken und zerknüllt die Zeitungsartikel. Sie kann nicht abschätzen, was das alles für ihr bisheriges

Leben bedeutet, ja, sie schaffte es kaum, die Informationen zu verarbeiten, auf die sie gerade gestoßen ist. Sie wird Zeit brauchen, um herauszufinden, was sie daraus machen soll.

Aber zuerst muss sie mit der Frau sprechen, die vorgibt, ihre Mutter zu sein.

4

25.–27. Oktober 2016

Die kopierten Zeitungsartikel liegen glattgestrichen auf dem Küchentisch, Kimberleys dunkle Augen starren Georgie verzweifelt entgegen. Georgies Blick ruht auf dem Foto, das sie vor wenigen Stunden zum ersten Mal gesehen hat. Sie versucht, ihre Gedanken unter Kontrolle zu bringen und die neuen Informationen richtig einzuordnen.

Sie heißt Louisa und nicht Georgie.

Ihre leibliche Mutter Kimberley Foster hat Zwillinge zur Welt gebracht.

Sie hat einen Zwillingsbruder namens Samuel.

Kimberley wurde ungewollt schwanger.

Georgie wurde ihr weggenommen, als sie gerade einmal ein paar Stunden alt war.

Ihre Mutter Jane …

Georgie weiß nicht, ob sie es überhaupt noch erträgt, diese Frau als Mutter zu bezeichnen, also wird sie sie nur noch Jane nennen …

Jane hat sie entführt.

Sie hat Georgie belogen.

Kate ist gar nicht ihre Schwester.

Jane ist nicht ihre Mutter.

Ihr ganzes Leben ist eine Lüge.

Wie konnte Jane so etwas nur tun? Falls sie im Affekt gehandelt hat, warum hat sie ihren Fehler dann nie zugegeben und das Baby – heimlich – zurückgebracht, bevor es zu spät war? Wie wäre Georgies beziehungsweise Louisas Leben verlaufen? Und Kimberleys?

Doch Jane hat sie nicht zurückgebracht, sondern einfach behalten. Sie hat zugelassen, dass sich Kimberley all die Jahre fragen musste, ob ihre Tochter irgendwo dort draußen lebt. Oder ob sie vielleicht tot ist. Sie hat Kimberley das Herz gebrochen.

»Wie konntest du das nur tun?«, murmelt Georgie leise.

Das Geräusch eines Schlüssels, der sich im Schloss dreht, reißt sie schließlich aus ihren düsteren Gedanken, und sie rafft die Zeitungsausschnitte eilig zusammen, bevor sie einen schnellen Blick auf die Uhr wirft. Ihr ist gar nicht aufgefallen, dass es draußen bereits dämmert und die Küche in graues Licht getaucht ist. Georgie hebt den Blick. Sie hat ihre Tochter erwartet, aber es ist Matt.

Er tritt durch die Tür und bleibt wie angewurzelt stehen. »Was ist los? Warum sitzt du hier im Dunkeln?« Er macht das Licht an, und Georgie kneift geblendet die Augen zusammen. Eilig steht sie auf und hastet zur Spüle. Ihr ist bewusst, dass man ihr ihre Gefühle ganz genau ansieht, sie hat jedoch keine Ahnung, wie sie sie in Worte fassen soll. Also befeuchtet sie ein Küchentuch und wischt energisch die ohnehin bereits makellose Arbeitsplatte sauber. »Bitte hör auf damit!«

Matts Stimme ist lauter und schriller als sonst, und Georgie hält inne und dreht sich zu ihm um. Er mustert sie besorgt, und ihr ist klar, dass sie ihm sofort alles erzählen muss. Er wird wissen, was zu tun ist. Und wenn nicht, dann hört er ihr wenigstens zu. Sie braucht jemanden, mit dem sie reden kann.

Sie lässt das Küchentuch seufzend in die Spüle fallen und tritt vors Fenster, starrt in den beinahe in vollkommener Dunkelheit liegenden Garten hinaus. Die Bäume heben sich als schwarze Silhouetten vom grauen Himmel ab, der Tisch und die Stühle auf der Veranda scheinen sich ängstlich aneinanderzudrängen.

»Ich …«

Georgie spürt Matts Hand auf ihrer Schulter und zuckt zusammen. Langsam wendet sie sich zu ihm um. Er legt ihr auch die zweite Hand auf die Schulter und sieht ihr tief in die Augen.

»Bitte, Georgie! Sag mir, was passiert ist. Und sag nicht, dass nichts ist.«

Sie zögert, dann beginnt sie zu sprechen. »Ich habe etwas auf Mums Dachboden gefunden. Oder besser gesagt: Ich habe *nichts* gefunden.« Matt reagiert nicht, er wartet ab. »Da war … ein Umschlag. Mit einem Krankenhausarmbändchen, wie es neugeborene Babys tragen. Es gehört Kate. Außerdem war da auch noch ihre Geburtsurkunde.« Georgie verzieht das Gesicht. »Aber da war nichts von mir, Matt.«

Matt sieht ihr ernst in die Augen, und Georgie fragt sich, ob er womöglich bereits ahnt, was sie damit sagen will. Ob er versteht, wie groß ihre Angst ist.

»Das hat dich vollkommen aus der Fassung gebracht, richtig?« Georgie nickt. »Und wie geht die Geschichte weiter? Denn hier geht es doch offensichtlich um mehr, als um eine verschwundene Geburtsurkunde, oder?«

Sie nickt erneut und deutet auf den Küchentisch. »Lies das.«

Matt tritt näher, legt die Ausdrucke nebeneinander und beginnt zu lesen. Georgie beobachtet ihren Lebensgefährten. Sie will sehen, wie er reagiert. Matt hebt den Blick, er wirkt sorgenvoll. Dieses Gesicht, das sie vom ersten Augenblick an geliebt hat. Seit er damals mit dreizehn als neuer Schüler durch die Tür ihres Klassenzimmers getreten ist.

»Ich verstehe nicht ganz. Du glaubst doch nicht ... Oder etwa doch? Du glaubst, dass *du* das warst? Das Baby, das entführt wurde?«

»Ja«, erwidert sie leise.

»Aber Georgie! Deine Mum würde so etwas nie tun. Das ist vollkommen unmöglich. Dazu wäre sie nicht fähig. Vermutlich hast du da etwas falsch verstanden. Ja, das muss es sein!«

Er klingt, als müsste er nicht nur Georgie, sondern auch sich selbst überzeugen.

Georgie schüttelt den Kopf. »Sieh dir doch mal das Foto näher an, Matt!«, sagt sie und gibt ihm die Kopie des Zeitungsausschnittes. »Ihr Gesicht. Findest du nicht, dass sie aussieht wie ich?«

Matt betrachtet das unscharfe Foto und schüttelt den Kopf. »Die Frau ist kaum zu erkennen, Liebes. Das könnte irgendjemand sein.«

Georgie spürt Frustration in sich hochsteigen. Sie stößt mit dem Finger auf den Artikel. »Das hier bin ich, Matt! Louisa Foster. Ich bin mir absolut sicher. Warum hat Mum denn sonst keine Geburtsurkunde von mir?« Matt schüttelt den Kopf und setzt sich, während Georgie in der Küche auf und ab wandert. »Und das ist noch nicht alles, Matt. Ich war vorhin in der Bibliothek – dort bin ich ja erst auf diese Artikel gestoßen. Aber ich habe noch etwas anderes herausgefunden: An meinem angeblichen Geburtstag kam niemand mit meinem Namen auf die Welt. Und auch nicht kurz davor oder danach. Den Aufzeichnungen zufolge existiere ich gar nicht. Ich wurde nie geboren. Da war nur dieses kleine Mädchen. Es kam an meinem Geburtstag zur Welt und wurde kurz nach der Geburt entführt. Das ist doch mehr als ein verdammter Zufall, meinst du nicht auch?« Plötzlich dreht sich alles, und Georgie lässt sich auf den Küchenstuhl Matt gegenüber sinken. Sie stützt das Kinn in den Händen ab. Matt sagt nichts, also fährt sie fort. »Denk doch mal nach, Matt. Das würde so vieles erklären. Ich meine, sieh mich an! Ich habe dunkle Haut, dunkles Haar, dunkle Augen, Mum und Kate sind hellhäutig und blond. Mum hat immer behauptet, ich käme nach Dad, aber im Grunde konnte ich das nie wirklich glauben. Ich sehe ihm doch sonst überhaupt nicht ähnlich!« Matt scheint nicht wirklich überzeugt, weshalb Georgie unbeirrt weiterredet. »Außerdem erklärt es einiges aus meiner Kindheit. Denk doch mal nach! Sie hatte vielleicht Angst, dass mich jemand wiedererkennt oder so. Ich weiß auch nicht. Ich kann mir nicht vorstellen, was im Kopf eines Menschen vorgeht, der so etwas tut. Sie muss verrückt gewesen sein ...« Georgie bricht ab. Ihr Herz hämmert, sie hat die Hände zu Fäusten geballt. »Es würde einige der seltsamen Dinge erklären, die Mum in letzter Zeit von sich gibt. Sie hat anscheinend Angst, dass irgendeine Frau irgendetwas herausfindet. Ich dachte, sie redet wirres Zeug, aber es steckt wohl mehr dahinter.«

Matt liest die Zeitungsartikel noch einmal. Genau wie es Georgie schon Dutzende Male getan hat, seit sie darauf gestoßen ist. Sie wartet, bis er fertig ist und den Blick hebt.

»Ich habe recht, oder?«

»Ich ... ich weiß es nicht, Georgie. Ich meine, ja, es wäre durchaus möglich. *Theoretisch.* Aber mal ehrlich. Deine Mum? Das kann ich mir einfach nicht vorstellen! Es wäre zu weit hergeholt.«

Georgie zuckt mit den Schultern. »Das glaube ich nicht. Meiner Meinung nach würde es so viele Dinge erklären, dass es einfach nicht *nicht* wahr sein kann. Ich habe dir zwar erzählt, wie ich aufgewachsen bin. Dass Jane mich beinahe erstickt hat mit ihrer Liebe. Dass ich nirgendwohin durfte. Aber du warst nicht dabei. Du kannst es vermutlich kaum nachvollziehen. Das kann nur Kate. Es erklärt zudem, warum Mum nie wollte, dass ich ins Ausland oder sonst wohin reise. Ich dachte immer, sie hätte etwas dagegen, weil Kate so oft unterwegs war und sie nicht längere Zeit allein bleiben wollte. Also bin ich Idiotin bei ihr geblieben. Für sie. Und erinnerst du dich, dass sie uns ständig von einer Hochzeit abgeraten hat? Weißt du noch, was sie immer gesagt hat, wenn wir mit dem Gedanken spielten?«

Matt nickt. »Sie meinte, eine Ehe sei sinnlos und wir

würden damit bloß unsere gute Beziehung aufs Spiel setzen.«

»Genau. Ich dachte mir nie viel dabei, weil wir sowieso nicht wirklich vorhatten zu heiraten. Aber du weißt, was ich meine, oder? Sie war nicht dagegen, weil sie nicht wollte, dass wir heiraten, sondern weil sie keine Geburtsurkunde von mir hat. Und sie wollte nicht, dass ich dahinterkomme.« Georgie verstummt und fährt sich mit der Hand durch die Haare. Sie hat alles gesagt, was es zu sagen gibt.

»Hast du deine Mum schon darauf angesprochen?« Georgie schüttelt den Kopf. »Warum nicht?«

»Ich weiß es nicht, Matt. Ich war noch nicht bereit, mit jemandem darüber zu sprechen. Diese Sache ist viel zu wichtig. Es würde alles ändern, auch für Mum.«

»Das muss es nicht.«

»Wie meinst du das? Natürlich ändert es alles! Es bedeutet, dass unsere ganze Kindheit eine Lüge war. Es bedeutet, dass ich nicht mehr ich selbst bin.« Tränen kullern über ihre Wangen, und sie wischt sie fort. Matt kommt zu ihr und streicht sanft mit dem Daumen über ihre feuchte Wange.

»Du bleibst immer du selbst, Georgie. Daran kann niemand etwas ändern.«

Sie schüttelt den Kopf und schmiegt sich an seine Brust. »Es ist zu spät. Ich bin bereits eine andere. Ich meine … ich habe einen *Bruder*, Matt. Stell dir das mal vor!«

Matt zieht sie näher an sich heran, und Georgie versinkt in seiner Umarmung. »Ich finde, du solltest mit Kate reden.«

»Worüber soll sie mit Tante Kate reden?« Clementine hat unbemerkt die Küche betreten und beißt gerade in einen

Apfel aus der Obstschale neben der Tür. Georgie löst sich von Matt und rafft eilig die Ausdrucke zusammen, bevor ihre Tochter einen Blick darauf werfen kann.

»Nichts. Es geht nur um Grandma.«

Ihre Stimme zittert, und sie hofft, dass Clem es nicht bemerkt. Clem vergöttert ihre Großmutter, Georgie kann sich nicht vorstellen, wie verletzt sie reagieren wird, wenn sie ihr irgendwann erzählt, was sie herausgefunden hat. Clems Blick wandert von Georgie zu ihrem Dad und wieder zurück, und sie runzelt die Stirn.

»Warum weinst du denn, Mum? Was ist los? Ist Grandma krank?«

»Nein, Süße. Ich bin heute bloß ein bisschen daneben.« Georgies Finger ruhen auf den Ausdrucken am Küchentisch, und sie erschaudert. Sie hasst es, ihre Tochter anzulügen, aber Clem darf nichts von dieser Sache erfahren. Zumindest noch nicht.

Georgie muss zuerst mit ihrer Schwester sprechen.

Clem mustert ihre Mum noch einen Augenblick länger, dann zuckt sie mit den Schultern, lässt sich aufs Sofa im Wohnzimmer fallen und holt ihr Handy heraus.

Georgie senkt ihre Stimme zu einem Flüstern: »Ich werde mit Kate reden. Gleich morgen, versprochen.«

Sie drückt Matt einen Kuss auf die Nase und geht in ihr Schlafzimmer. Sie hat das Bedürfnis zu schlafen. Nur noch zu schlafen.

Georgie hatte noch nie Hemmungen, mit Kate über etwas zu reden, doch als sie sich am Morgen auf den Weg zum

Haus ihrer Schwester macht, klopft ihr Herz bis zum Hals. Ihre schweißnassen Hände rutschen beinahe vom Lenkrad. Sie ist total erschöpft, und ihre Augen sind gerötet, weil sie fast die ganze Nacht wach gelegen hat, aber es gibt kein Zurück.

Kate war überrascht, als Georgie sie am Morgen angerufen hat. »Ja, ich bin zu Hause«, hat sie gesagt, »ich muss mich allerdings auf den Unterricht vorbereiten. Eine halbe Stunde hätte ich Zeit, falls du auf eine Tasse Kaffee vorbeikommen willst.«

Das ist zwar nicht viel, aber es muss reichen. Georgie hat sich für elf Uhr angekündigt. Bis dahin hat sie in der Küche gesessen und ängstlich zugesehen, wie die Zeiger der Uhr immer weiter vorgerückt sind.

Jetzt sitzt sie im Auto und versucht, nicht daran zu denken, wie ihre Schwester auf die Neuigkeiten reagieren wird. Sie geht nicht davon aus, dass das Gespräch gut verläuft, bemüht sich jedoch, sich keine Gedanken darüber zu machen, was bald geschehen wird. Stattdessen denkt sie an die Vergangenheit – und natürlich vor allem an ihre Zeit mit Kate.

Ihre Kindheit ist nicht gerade konventionell verlaufen. Mit der Zeit haben sie und Kate sich zwar daran gewöhnt, ohne einen Dad zu leben, die Situation haben sie trotzdem hinterfragt. Schon damals war Georgie klar, dass ihr Zuhause nicht so war wie das der anderen Kinder, doch es ist ihr nicht gelungen, ihre Vermutung an einem bestimmten Beispiel festzumachen. Manchmal kam ihr vor, als würde sie regelrecht in der Falle sitzen.

Nur Kate war immer für sie da, und sie haben alles zusammen gemacht. Sie waren die besten Freundinnen – zum Teil, weil sie es so wollten, und zum Teil, weil sie keine andere Wahl hatten.

Georgie fährt die regennasse Straße entlang, und während die Scheibenwischer quietschend versuchen, der Regenschauer Herr zu werden, denkt sie an einen bestimmten Tag zurück. Sie war damals vierzehn Jahre alt, und abgesehen vom heutigen Tag war es das einzige Mal, dass sie Angst davor hatte, mit ihrer Schwester zu reden.

Jane bat Georgie und Kate, das Abendessen vorzubereiten, weil sie noch die Wäsche fertigbügeln musste, doch sobald sie die Küche verlassen hatte, drehte Georgie sich zum Küchenfenster über der Spüle herum. Die Sonne drang durch die Jalousie und malte Muster auf die Arbeitsplatte, den Fußboden und die gegenüberliegende Wand.

»Wir müssen doch nicht gleich anfangen, oder? Wir könnten noch kurz in den Garten und uns in die Sonne legen.« Georgie schirmte ihre Augen mit der Hand ab und sah sehnsüchtig aus dem Fenster.

Kate wagte einen eiligen Blick ins Wohnzimmer, aus dem das Fauchen des neuen Dampfbügeleisens drang. Sie hörten Gelächter. Offenbar sah ihre Mutter sich eine der schrecklichen Serien an, die um diese Uhrzeit im Fernsehen liefen.

»Wenn wir uns die Arbeit einteilen, brauchen wir nicht länger als zehn Minuten, und dann gehen wir raus, okay?«

»Okay, Boss.«

»Gut.«

Kate holte eine Zwiebel und ein paar Möhren aus dem Kühlschrank und legte sie auf die Arbeitsplatte.

»Du schneidest die Zwiebel, und ich schäle die Möhren.«

»Ich muss beim Zwiebelschneiden doch immer weinen.«

»Jammerlappen!«

»Stimmt doch gar nicht! Ich muss nur andauernd *die Zwiebel schneiden!«*

»Klar. Mum hat nun mal mir *das Kommando übertragen.«*

»Hat sie nicht!«

»Doch, hat sie. Sie hat mich *gebeten, das Abendessen vorzubereiten, und du sollst mir helfen. Und das bedeutet, dass ich hier das Sagen habe und du die Zwiebel schneidest.«*

»Na gut, du Wichtigtuerin.«

Sie arbeiteten schweigend, und eine Zeit lang war lediglich das Kratzen der Messer auf den Holzbrettern zu hören. Georgie warf ihrer Schwester immer wieder verstohlene Blicke zu, als wollte sie etwas Wichtiges loswerden. Doch im letzten Moment schien sie es sich anders zu überlegen und sagte nichts.

Irgendwann hielt sie es nicht mehr aus. »Kann ich dir ein Geheimnis verraten?« Ihre Wangen waren gerötet, und ein kaum merkliches Lächeln umspielte ihre Lippen.

»Immer«, erwiderte Kate. Sie musterte Georgie und wartete schweigend darauf, dass sie weitersprach.

»Es geht um Matt. Und mich.« Kate sagte immer noch nichts. »Wir ... wir wollen miteinander schlafen.« Kates Wangen begannen zu glühen, und sie wandte eilig den Blick ab. »Kate? Hast du mich gehört?«

Kate nickte, nahm die nächste Möhre zur Hand und begann regelrecht, sie zu zerhacken.

»Ja.« Ihre Stimme klang rau, und sie räusperte sich.

»Und? Was sagst du dazu?«

Kate schüttelte den Kopf. Sie sah Georgie, ihre kleine Schwester, erneut an, sehr ernst dieses Mal.

»Tut mir leid, Georgie, ich bin nur ...« Sie brach ab und schien nicht zu wissen, was sie sagen sollte.

Georgie fand die Reaktion ihrer Schwester seltsam. Oder war Kate eifersüchtig? Nicht unbedingt darauf, dass Georgie mit Matt zusammen war, sondern vielmehr auf die Tatsache, dass sie überhaupt einen Freund hatte. Die arme Kate war immerhin älter als sie und hatte noch nicht mal einen Jungen geküsst.

Eine Träne lief über Kates Wange. Sie wischte sie eilig fort, doch Georgie hatte sie bereits gesehen.

»Alles in Ordnung?« Georgie musterte ihre Schwester genauer. *»Weinst du etwa?«*

Kate schüttelte den Kopf. »Nein, natürlich nicht! Tut mir leid. Das ist vermutlich die Zwiebel.« Georgie runzelte zweifelnd die Stirn, und in diesem Moment schob sich eine Wolke vor die Sonne, sodass es mit einem Mal dunkel in der Küche wurde. Dann war der Augenblick auch schon wieder vorüber, und Kate rang sich ein Lächeln ab. Sie warf erneut einen Blick ins Wohnzimmer, wo der Fernseher immer noch plärrte und das Bügeleisen sanft über den Stoff glitt. *»Komm, wir werfen alles in den Topf, dann gehen wir raus und reden.«*

Sie brieten Zwiebel und Möhren an, gaben etwas Minze und eine Dose Tomaten dazu und legten den Deckel auf den Topf.

»Das können wir jetzt eine Weile schmoren lassen.«

Kate schloss die Hintertür auf, und sie traten ins warme

Sonnenlicht hinaus. Anschließend schlossen sie die Tür hinter sich, damit ihre Mutter sie nicht hören konnte.

Die Sonne hatte noch einige Kraft, doch es zog auch immer wieder ein kalter Wind durch den Garten, sodass die Blätter in den Bäumen tanzten und die Härchen auf ihren Armen zu Berge standen.

Sie und Kate ließen sich auf dem einzigen Rasenstück nieder, das nicht im Schatten der Mauer, des Zaunes oder der Bäume lag und hörten dem Klappern von Mr. Pritchards Schere zu. Ihr Nachbar zwei Grundstücke weiter schnitt die Hecke, obwohl sie gar nicht geschnitten werden musste. Irgendwo in der Nähe bellte ein Hund, und ein kleines Kind kreischte voller Freude. Georgie legte sich ins Gras und verschränkte die Arme hinter dem Kopf, Kate blieb sitzen und hielt lediglich ihr Gesicht in die Sonne. Ein Flugzeug glitt träge über den blassblauen Himmel und zog einen weißen Streifen hinter sich her.

»Okay, schieß los. Aber sag bloß nicht, dass ihr es bereits getan habt!« Georgie sah besorgt zur Hintertür. »Keine Sorge, Mum kann uns hier draußen nicht hören«, beruhigte Kate sie.

Sie wandte sich erleichtert zu Kate um und grinste verlegen, ihre Wangen glühten.

»Ich weiß, dass es seltsam ist, Katie, aber ich ... Na ja, ich kann wohl kaum mit Mum darüber reden, oder? Sie ist sowieso nicht wirklich begeistert, dass Matt und ich miteinander gehen. Und deshalb ... deshalb brauche ich deine Hilfe.«

»Meine Hilfe? Wobei denn?« Georgie richtete sich auf, und in diesem Moment fuhr der Wind unter ihren Rock und entblößte ihre schlanken gebräunten Beine. Kate starrte auf ihre eigenen käsigen und ziemlich stämmigen Schenkel, die unter dem zweck-

mäßigen Rock ihrer Schuluniform hervorragten. »*Ich brauche ...*«
Georgie brach ab und wurde noch roter.

»*Du willst, dass ich Kondome besorge, oder?*«

Georgie nickte und blickte auf ihre Schuhspitzen.

»*Aber Georgie, du bist doch erst vierzehn!*«

»*Ich bin fast fünfzehn! Und eigentlich ist das ja auch der Grund, warum ich dich darum bitte. Du bist alt genug, um welche zu kaufen.*«

»*Du bist vierzehneinhalb, und ich glaube, du hast dir das alles nicht wirklich gut überlegt, Georgie.*«

»*Bitte, Kate! Ich würde dasselbe für dich tun, das weißt du doch!*«

Kates Blick wurde weicher, und Georgie wusste, dass sie sie herumbekommen hatte, sie hätte alles für ihre kleine Schwester getan. Jetzt blähte sie die Wangen auf und seufzte ergeben.

»*Na gut.*«

»*Danke, Kate! Du bist ein Engel.*« *Georgie beugte sich zu ihr hinüber und schlang die Arme um ihren Hals.*

»*Aber ...*« *Kate löste sich ungelenk von ihr.* »*Ich mache es nur unter einer Bedingung.*« *Georgie nickte.* »*Versprich mir, dass du aufpasst und es niemandem erzählst.*«

»*Das sind zwei Bedingungen.*«

»*Georgie!*«, *fauchte Kate.*

»*Okay. Versprochen! Ich will nicht, dass du Schwierigkeiten bekommst.*«

»*Und ich will nicht, dass Mum es herausfindet. Sie bringt mich um, wenn sie es erfährt.*«

»*Ich schweige wie ein Grab. Danke, Katie! Du bist einfach die Beste.*«

»Ich weiß.«

In diesem Moment durchschnitt ein gellender Schrei die Stille, und die Hintertür flog auf. »Um Himmels willen, Mädchen! Da bittet man euch um eine Sache, und nicht einmal das bekommt ihr hin!«

Die beiden sprangen schuldbewusst auf.

»Wir haben doch schon gekocht. Wir machen bloß eine kleine Pause.«

»Ihr solltet euch lieber mal ansehen, was aus dem Abendessen geworden ist. Es ist bis zur Unkenntlichkeit verbrannt.«

Georgie und Kate zogen sich kleinlaut ins Haus zurück. Sie schämten sich in Grund und Boden.

Georgie muss unwillkürlich lächeln, als sie an diesen Tag zurückdenkt. Es ist ein wehmütiges Lächeln. Normalerweise erinnert sie sich gern an die Dinge, die Kate und sie gemeinsam unternommen und erlebt haben, doch heute ist da auch ein ungewohnter Schmerz. Es kommt ihr so vor, als wären diese Dinge eigentlich jemand anderem passiert und als würden sie langsam verblassen wie die Farben eines alten Fotos.

Als Georgie vor dem Haus ihrer Schwester ankommt und ihr Blick über die sorgfältig geschnittenen Rosen im Vorgarten, die schwere Eingangstür und die makellos sauberen Fenster gleitet, zittern ihre Hände. Sie hat ihrer Schwester etwas zu sagen, das ihr ganzes bisheriges Leben aus den Fugen heben wird.

Sie schließt kurz die Augen, um gegen das Schwindelgefühl anzukämpfen, das sie überkommt, dann wirft sie erneut einen Blick in ihre Tasche, um sicherzugehen, dass sie die Kopien der Zeitungsartikel dabeihat. Sie nimmt den ersten heraus. Mittlerweile kennt sie ihn auswendig, doch sie will ihn so lesen, wie ihre Schwester es in wenigen Minuten tun wird. Es gelingt ihr nicht. Zum ersten Mal in ihrem Leben hat Georgie keine Ahnung, wie Kate reagieren wird.

Sie atmet tief durch, dann wird ihr klar, dass sie es nicht mehr länger hinauszögern kann.

Rasch verstaut sie die Artikel wieder in ihrer Tasche, öffnet den Sicherheitsgurt und steigt aus. Ihr Herz hämmert, während sie den schmalen Pfad zur Haustür entlanggeht, und sie schüttelt den Kopf. Das ist doch lächerlich! Hier geht es immerhin um *Kate* – also um jenen Menschen, den Georgie auf dieser Welt am allermeisten liebt. Abgesehen von Matt und Clem natürlich. Kate, mit der sie ihre dunkelsten Geheimnisse und Befürchtungen teilt. Es gibt nichts, wovor sie Angst haben muss.

Sie drückt die Klingel, und Sekunden später hört sie Schritte. Panik steigt in ihr hoch, und sie schnappt eilig nach Luft, bevor Kate die Tür mit einem freundlichen Lächeln öffnet, das jedoch sofort verblasst, als sie Georgies Gesicht sieht. Kate runzelt die Stirn, und Georgie packt die Angst.

»Georgie! Was ist denn los, um Himmels willen? Du siehst aus, als müsstest du dich gleich übergeben.«

»Nein, es ist alles okay.«

Georgie weiß, dass sie nicht sehr überzeugend klingt, aber sie muss sich etwas Zeit verschaffen. Sie kann die Bombe doch nicht hier zwischen Tür und Angel platzen lassen. Das wäre unfair.

Kate tritt mit gerunzelter Stirn beiseite, und Georgie schlüpft aus ihren Schuhen. Sie macht sich auf den Weg in die Küche. Die Verandatüren stehen offen, kühle Luft zieht durchs Haus. Es hat zwar aufgehört zu regnen, aber die Glastüren sind noch voller Wassertropfen. Es riecht nach Kaffee, und tatsächlich stehen bereits zwei volle Tassen neben der teuren Kaffeemaschine auf der glänzenden Arbeitsplatte. Es ist picobello sauber, auf dem Küchentisch liegt lediglich ein ordentlicher Stapel Hefte, die Kate anscheinend gerade durchgesehen hat. Georgie zieht einen Stuhl unter dem Tisch hervor und setzt sich, Kate steht noch in der Tür und beobachtet sie verwirrt.

Georgie nimmt sich die Zeit, ihre Schwester zu betrachten. Die blonden, zu einem Bob geschnittenen Haare, die schmalen Lippen, die sie so fest aufeinanderpresst, dass sie kaum zu erkennen sind. Sie ist mollig, ihre zweckmäßigen Klamotten tragen auch nicht gerade dazu bei, ihre unförmige Taille und den ausladenden Busen zu kaschieren. Kates Haut ist so blass, dass sie fast durchsichtig wirkt.

Georgie ist viel dunkler. Ihr Haar schimmert schwarz, ihre Haut ist beinahe olivfarben. Sie ist auch viel kleiner und zarter als die stämmige Kate, sodass sie neben ihr manchmal wie ein Zwerg wirkt. Es ist so offensichtlich, dass sie nicht miteinander verwandt sind, dass Georgie sich fragt, warum es ihr nicht schon viel früher aufgefallen ist. Georgie und Kate haben immer angenommen, dass Georgie nach ihrem Vater geraten ist, der auf dem einzigen Foto, das sie von ihm kennen, ziemlich dunkel und mysteriös wirkt. Offenbar haben sie sich geirrt.

Aber wem sieht sie dann ähnlich? Der Frau auf dem Foto, die der Kummer vorzeitig hat altern lassen? Dem Mann, mit dem ihre leibliche Mutter eine kurze, folgenschwere Affäre hatte? Georgie hat keine Ahnung.

Sie zwingt sich, den Blick von ihrer Schwester abzuwenden. Kate war ihr immer so vertraut – jetzt ist sie eine Fremde. Die unübersehbaren Unterschiede zwischen ihnen scheinen Georgie zu verhöhnen, und sie senkt den Blick auf ihre Hände. Sie zittern, deshalb schiebt sie sie eilig unter die Oberschenkel.

»Also …« Kates Stimme hallt durch die Küche, und Georgie hebt überrascht den Kopf, als hätte sie vergessen, warum sie hergekommen ist. Ihre Schwester starrt sie immer noch an, ihr Gesichtsausdruck lässt sich nicht deuten. Da Georgie kein Wort herausbringt, spricht Kate weiter: »Sagst du mir jetzt endlich, was passiert ist? Oder muss ich raten? Geht es um Matt?« Sie schnappt entsetzt nach Luft. »Es ist Clem, oder? Geht es ihr nicht gut?«

»Doch, es geht ihr gut.« Georgies Stimme klingt lauter als beabsichtigt, und sie zuckt zusammen. Sie schüttelt den Kopf, um endlich einen klaren Gedanken zu fassen. »Tut mir leid, ich …« Sie bricht ab. »Ich muss mit dir reden. Über … Mum.«

»Über Mum?«

Kate klingt überrascht, und das ist ihr gutes Recht. Immerhin besucht sie ihre Mutter sehr viel öfter als Georgie. Sie ist es auch, die alles daransetzt, endlich herauszufinden, was mit Jane los ist, und die mit ihr von einem Arzt zum nächsten fährt. Kate ist diejenige, die die Gedächtnisausfälle ihrer Mutter vor Sorge beinahe um den Verstand bringen.

Georgie nickt kaum merklich und überlegt, wie sie beginnen soll. Schließlich holt sie einfach die Zeitungsausschnitte aus ihrer Tasche und legt sie auf den Tisch. Endlich kommt Kate näher. Ihr Blick wandert von den Artikeln zu Georgie und wieder zurück. Sie liest ein paar Zeilen, dann sieht sie Georgie fragend an.

»Warum zeigst du mir das?«

»Lies alles!«

Georgie will es nicht näher erklären. Sie will es nicht laut aussprechen. Sie will, dass ihre Schwester selbst dahinterkommt, obwohl sie natürlich weiß, wie unfair das ist. Kate ahnt ja nicht einmal, was sie auf dem Dachboden gefunden hat.

»Na gut.«

Dieses Mal beugt Kate sich hinunter, um zu lesen, als würde sie sich verbrennen, wenn sie die Artikel noch einmal anfasst. Am Ende ist ihr Gesicht kalkweiß. Sie sieht Georgie an und wartet anscheinend auf eine Erklärung.

»In dem Artikel geht es um mich, verstehst du?«

Georgie wollte nicht einfach so damit herausplatzen, aber jetzt ist es nun mal passiert. Vielleicht ist es ohnehin besser, als zu lange um den heißen Brei herumzureden.

»Wie bitte? Wovon sprichst du, um Himmels willen?«, faucht Kate.

Georgie deutet mit dem Kopf auf den Artikel. »Das Mädchen. Das bin ich.« Ihre Stimme zittert, es ist ihr egal.

Kate starrt sie an, und das Blut schießt ihr ins Gesicht.

»Das ist verdammt noch mal nicht witzig, Georgie!« Sie klingt so wütend, dass Georgie zum ersten Mal in ihrem Leben Angst vor ihrer großen Schwester bekommt.

»Es ist kein Scherz, Kate.« Sie deutet auf den Zeitungsausschnitt. »Das hier bin ich. Das Baby. Mum hat mich entführt.«

»Aber ...« Kate bricht ab, reibt sich den Nacken und hebt den Blick. Sie bewegt sich ungelenk, als würde die Wut ihren Körper lähmen. »Mach dich doch nicht lächerlich! Wovon sprichst du, zum Teufel noch mal?«

Georgie hat Kate noch nie so wütend erlebt. Sie ist froh, dass sie sitzt, weil sie Angst hat, dass ihre Beine sonst unter ihr nachgeben würden.

»Ich ... ich weiß nicht, wo ich anfangen soll.«

»Na dann fang doch *irgendwo* an! Komm schon, was ist hier los?«

Die Worte klingen seltsam abgehackt, und Georgie hat mit einem Mal Angst, dass Kate die Beherrschung verliert.

»Okay ... Als ich vor ein paar Tagen auf Mums Dachboden war, habe ich dort bloß *deine* Geburtsurkunde und ein Krankenhausarmbändchen mit *deinem* Namen gefunden. Von mir nichts.« Kate nickt knapp und wartet. »Ich war verwirrt, denn es ergab keinen Sinn. Doch irgendetwas sagte mir, dass mehr dahintersteckt, Kate.«

Kate trommelt mit den Fingern auf dem Tisch und hebt eine Augenbraue. »Es soll also mehr dahinterstecken?« Ihre Worte triefen vor Verachtung. Georgie nickt schwach. Sie hat sich genau überlegt, mit welchen Argumenten sie ihre Schwester überzeugen will, doch Kates Reaktion bringt sie vollkommen aus der Fassung. »Nur weil Mum deine Geburtsurkunde nicht gleich aus dem Hut zaubert, gehst du davon aus, dass du das entführte Baby bist? Dass Mum so etwas Schreckliches getan hat? Was für ein Mensch muss man sein, um derartige Schlüsse zu ziehen? Bist du vollkommen verrückt geworden?«

Die Worte treffen Georgie wie Ohrfeigen, und ihr wird übel. Im Grunde hat sie bereits geahnt, dass Kate so reagieren wird. Und es ist ja auch verständlich. Es klingt tatsächlich, als hätte sie den Verstand verloren. Trotzdem muss sie Kate dazu bringen, ihr zu glauben, denn sie weiß, dass sie es ohne ihre Schwester nicht schaffen wird.

»Hör zu, Kate, bitte! Ich weiß, dass es verrückt klingt, aber ich verspreche dir, dass ich geistig vollkommen gesund bin. Denk doch mal nach, was Mum alles getan hat, um mich von der Suche nach meiner Geburtsurkunde abzuhalten. Sie hat mich mit ihrer Flugangst angesteckt, sodass ich nicht ins Ausland wollte, denn dann hätte ich die Urkunde gebraucht, um einen Pass zu beantragen. Sie hat mich emotional erpresst, damit ich bei ihr blieb, als du schließlich die Welt erkundet hast. Sie hat mich regelrecht angefleht, nicht auch noch fortzugehen. Sie meinte, sie bräuchte mich …«

»Hey, jetzt warte mal!«

»Nein, Kate! Genau so war es! Du warst ja nicht dabei. Sie fühlte sich vollkommen verlassen, wann immer du fort warst, und ich war für sie da. Und auch danach hatte ich ständig das Gefühl, als dürfte ich sie nicht allein lassen und müsste sie beschützen. Und jetzt dieses ständige Gemurmel über diese Unbekannte, die was auch immer auf keinen Fall herausfinden darf. Vielleicht bringt ihre Krankheit etwas ans Tageslicht, das sie jahrelang verdrängt hat. Und das ist noch nicht alles. Ich war in der Rechercheabteilung der Bibliothek, um eine Kopie meiner Geburtsurkunde auszudrucken, aber da war nichts.«

»Wie meinst du das?«

»Meine Geburtsurkunde existiert nicht. Ich wurde nicht am 23. November 1979 im Krankenhaus von Norwich geboren, wie Mum immer behauptet hat. Es gibt keine Eintragung mit meinem Namen.«

Georgie wartet, bis Kate die neuen Informationen verarbeitet hat. Sie beobachtet ihre Schwester genau.

»Aber …« Kate hält inne, ihr Blick huscht durchs Zimmer. »Vielleicht war es bloß ein Eingabefehler? Natürlich wurdest du an diesem Tag geboren! Warum sollte Mum lügen?«

Georgie deutet auf die Zeitungsartikel. »Das könnte der Grund dafür sein, Kate«, erwidert sie sanft. Sie will, dass ihre Schwester sie versteht, dennoch möchte sie sie nicht unnötig verletzen. Sie sieht zu, wie Kate den Artikel noch einmal liest und die Details auf sich wirken lässt. Das Datum, den Ort … genau wie Georgie es viele Male getan hat, seit sie darauf gestoßen ist. Sie hat versucht, eine andere Erklärung zu finden, hat verzweifelt nach einem Hinweis Ausschau gehalten, den sie übersehen hat. Doch es gibt nichts, was ihre Mutter entlasten könnte.

Kate hebt den Blick und mustert verzweifelt Georgies Gesicht. »Könnte es nicht doch irgendjemand anders sein,

Georgie?« Ihr Blick springt zwischen dem Ausschnitt und ihrer Schwester hin und her.

»Ja, schon. Aber du glaubst auch nicht daran, oder?«

Kates Körper scheint in sich zusammenzufallen, als hätte sie den Kampf aufgegeben. »Trotzdem kannst du nicht sicher sein, dass du das bist! Und dass Mum so etwas Schreckliches getan hat. Im Grunde kann sie es unmöglich getan haben! Ich meine, wir sprechen hier von unserer *Mum*. Das ist doch lächerlich«, sagt Kate.

Doch sie klingt nicht mehr so überzeugt. Georgie weiß, dass ihre Schwester langsam Zweifel hegt, dass sie zu glauben beginnt, was sie gerade gelesen hat.

»Was soll es denn sonst bedeuten, Katie?«

Kate zuckt mit den Schultern. »Es könnte alles Mögliche bedeuten. Sicher gibt es eine Menge Erklärungen – Dinge, die uns nicht im Traum einfallen würden. Du kannst doch nicht einfach davon ausgehen, dass Mum ein Baby entführt hat, Georgie. Ich meine, hör dir doch mal zu. Sie würde so etwas nie tun!«

Georgie nickt. »Ich weiß. Das habe ich zuerst auch gedacht.«

Kate setzt sich auf den gegenüberliegenden Stuhl, stützt die Ellbogen den Tisch und lässt den Kopf in die Hände sinken.

»O Gott!« Ihre Stimme ist nur noch ein Flüstern. »Ich kann es nicht glauben. Ich kann nicht glauben, dass das hier gerade wirklich passiert.«

Georgie will nichts lieber, als zu ihr zu gehen, sie in die Arme zu nehmen und ihr zu sagen, dass alles gut wird.

Doch das ist unmöglich, denn im Grunde glaubt sie selbst nicht daran. Also sitzt sie regungslos da und wartet, dass Kate etwas sagt.

Endlich hebt ihre Schwester den Kopf und sieht ihr in die Augen. »Du hast Mum doch noch nicht darauf angesprochen, oder?«

»Nein. Ich habe es erst gestern herausgefunden.«

»Gott sei Dank! Sie würde einen solchen Schock im Moment sicher nicht verkraften.«

»Ich kann aber nicht so tun, als wäre nichts passiert, Kate. Ich brauche Antworten, und Mum ist die Einzige, die sie mir geben kann.«

»Wag es ja nicht!«, faucht Kate, und Georgie zuckt entsetzt zusammen. »Der Schock würde ihren Zustand drastisch verschlechtern. Und er ist doch jetzt schon sehr bedenklich, Georgie. Du weißt, was ein solches Gespräch mit ihr anstellen könnte.«

»Ich muss es trotzdem tun, Kate. Verstehst du das denn nicht? Was ich entdeckt habe, erklärt so vieles. Unsere Kindheit und warum Mum immer so überfürsorglich war. Aber vor allem erklärt es, wer ich wirklich bin. Ich meine, sieh uns doch mal an. Wir sehen einander überhaupt nicht ähnlich, und wir sind auch charakterlich vollkommen verschieden. Ich liebe dich, Kate, und daran wird sich nie etwas ändern, aber ich muss trotzdem die Wahrheit erfahren. Ich muss sie aus Mums Mund hören.«

Sämtliche Farbe ist aus Kates Gesicht gewichen, sie zittert am ganzen Körper. »Das alles ist doch irre, Georgie! Absolut irre! Aber wenn es tatsächlich stimmt, bedeutet das, dass du …«, ihre Stimme bricht, »… dass du nicht mehr meine Schwester bist.«

Dieser Gedanke ist Georgie natürlich auch schon gekommen. Sie steht auf, geht zu ihrer Schwester und nimmt sie in die Arme. Kates Herz schlägt viel zu schnell – genau wie ihr eigenes. Georgie löst sich von ihr und sieht den Schmerz in ihren Augen.

»Ach Kate, du wirst immer meine Schwester bleiben«, sagt sie wehmütig. »Daran wird sich nie etwas ändern. Dennoch kann ich nicht so tun, als hätte ich diese Artikel nicht gelesen. Ich muss mehr darüber herausfinden, verstehst du?«

»Ja, ich glaube schon«, erwidert Kate schwach. »Nur …« Sie hält inne, steckt sich eine Haarsträhne hinters Ohr und sieht ihrer Schwester in die Augen. »Ich kann dir nicht helfen, Georgie. Mit Mum, meine ich … und falls du dich irgendwann entschließt, dich auf die Suche nach deiner richtigen Familie zu machen … Ich kann es einfach nicht.«

Georgie nickt mit aufeinandergepressten Lippen. »Verstehe.«

»Wirklich? Denn es ist nicht so, dass ich dir nicht helfen *will*. Ich glaube lediglich, dass du einen riesigen Fehler machst. Natürlich verstehe ich, warum du das Bedürfnis hast, deine leiblichen Verwandten ausfindig zu machen, aber du hast doch keine Ahnung, wer diese Leute sind. Es macht mich traurig, wenn ich nur daran denke, und ich kann dir nicht dabei zusehen. Das kann ich Mum nicht antun. Selbst wenn sie dir Unrecht angetan hat. Es tut mir leid.« Kate senkt den Blick erneut auf den Tisch.

Georgie sammelt die Zeitungsausschnitte ein und steckt

sie vorsichtig zurück in ihre Tasche. Sie fühlt sich kraftlos, als wären ihre Beine und Arme aus Blei.

»Ich muss trotzdem mit Mum reden, auch wenn du nicht dabei sein willst. Vielleicht kann Tante Sandy kommen, um mir beizustehen? Ganz ehrlich ... bin ich mir nicht mal sicher, ob ich das, was Mum mir eventuell zu sagen hat, hören will. Soll ich dich trotzdem auf dem Laufenden halten?«

Kate schüttelt den Kopf. »Nein, ich glaube nicht. Noch nicht.«

Georgie nickt und blinzelt die Tränen fort. »Okay.« Sie nimmt ihre Tasche. »Dann gehe ich jetzt wohl besser. Wir sehen uns.«

Kate nickt und blickt ins Leere. »Bis bald, Georgie.«

Georgie wendet sich ab und verlässt die Küche ihrer Schwester – und zum ersten Mal in ihrem Leben weiß sie nicht, ob und wann sie zurückkehren wird. Sie fühlt sich Kate so fremd wie nie zuvor, und es ist ein schreckliches Gefühl.

Trotzdem muss sie herausfinden, wer sie wirklich ist. Auch wenn es bedeutet, ihre Mum und ihre Schwester zu verlieren.

Wieder wird sie von einer Erinnerung übermannt.

Es war eine ziemlich seltsame Familienzusammenkunft: Jane, Tante Sandy, Georgie und Matt, die alle geduldig auf Kate warteten, die als Einzige noch fehlte. Die glorreichen Fünf. Oder etwas in der Art. Georgie fragte sich, wo Kate blieb. Es war extrem untypisch für sie, dass sie zu spät kam. Tatsächlich empfand Kate Unpünktlichkeit als grobe Unhöflichkeit – im Gegensatz zu ihr selbst, die ihre Zeiteinteilung immer schon ein wenig freier interpretiert hatte. Genau wie alles andere, wenn man es genau nahm. Und trotzdem saßen sie nun hier und warteten auf Kate.

Georgie drehte die Gabel herum, sodass sich die Zacken in das gestärkte weiße Tischtuch bohrten, immer wieder, bis die ersten kleinen Löcher zu sehen waren. Die anderen Gäste unterhielten sich leise murmelnd. Es war ein vornehmes Restaurant, in dem gedämpfte Gespräche geführt wurden und die Damen hübsche Frisuren trugen.

Georgie rutschte nervös auf ihrem Stuhl hin und her und rückte ihren BH-Träger zurecht, der in die zarte Haut an ihrer Schulter schnitt. Langsam wurde sie ungeduldig. Matt und sie hatten eine wichtige Ankündigung zu machen, und sie wollte es endlich hinter sich bringen. Allerdings nicht ohne Kate. Sie seufzte übertrieben.

Ihre Mutter riss abrupt den Kopf hoch, die Falte zwischen ihren Augenbrauen wirkte noch tiefer als sonst. »Alles in Ordnung, mein Liebling?«

Georgie nickte. »Klar. Ich bin bloß hungrig.«

Sie lächelte, und Matt griff unter dem Tisch nach ihrer Hand. Natürlich war alles in Ordnung. Sie war lediglich ungeduldig.

In diesem Moment kam Kate zur Eingangstür herein. Sie schlüpfte aus ihrem Mantel und gab ihn dem Kellner. Kate sah an diesem Tag anders aus als sonst. Zuallererst fiel Georgie ihr ungewohntes Lächeln auf. Außerdem hatte sie die Lippen mit einem dunkelroten Lippenstift nachgezogen, was sie sonst fast nie tat. Ihre Schwester kam durch das Restaurant auf sie zu, und Georgie merkte, dass sie von innen heraus strahlte. Ihre Haut schimmerte, ihre Haare waren leicht zerzaust, und sie lächelte glück-

lich. Georgie warf einen schnellen Blick auf ihre Mutter, die den Auftritt ihrer älteren Tochter mit ernstem Blick verfolgte. Später wusste keiner mehr genau, wann ihnen eigentlich aufgefallen war, dass der Mann, der hinter Kate herging, ihr nicht zufällig folgte, sondern sie vielmehr an den Tisch begleitete. Doch irgendwann war wohl allen klar, was los war – Kate war verliebt.

Sie trat verlegen an den Tisch, und auch der Mann hielt abrupt inne.

»Hallo, zusammen! Entschuldigt, dass ich zu spät komme!« Kate drehte sich grinsend um. »Entschuldigt, dass wir zu spät kommen.« Ihr Begleiter trat einen Schritt vor, nickte knapp und lächelte verlegen.

»Leute, das ist Joe. Joe, das ist meine Familie.«

»Hallo, Joe!« Es war Matt, der als Erster aufstand und Joe die Hand schüttelte. »Es freut mich, Sie kennenzulernen.« Joe entspannte sich kaum merklich, und so schob auch Georgie ihren Stuhl zurück, stand auf und drückte dem neuen Freund ihrer Schwester einen schnellen Kuss auf die Wange.

Schließlich wurden alle einander vorgestellt, und während heftig durcheinandergeredet wurde, beobachtete Georgie ihre Mutter, deren starrer Blick auf Kate und Joe ruhte. Ein Lächeln umspielte ihre Lippen, doch ihr Blick wirkte ernst. Georgie fragte sich, was wohl in ihrem Kopf vorging.

Erst einige Zeit später schaffte Georgie es schließlich, ihre Schwester allein zu erwischen, und obwohl sie hinter den Topfpflanzen am Toiletteneingang vor neugierigen Blicken geschützt waren, senkte sie die Stimme zu einem Flüstern.

»Wie kommt es eigentlich, dass ich noch rein gar nichts von ihm weiß?«

Kate starrte auf den Boden. »*Ich wollte es einfach eine Weile für mich behalten.*«

»*Mhm.*« *Georgie verschränkte mürrisch die Arme vor der Brust.*

Kate sah auf. »*Magst du ihn?*« *Es war offensichtlich, dass sie auf Georgies Zustimmung hoffte.*

»*Natürlich mag ich ihn! Er scheint sehr nett zu sein.*« *Georgie sah zum Tisch hinüber.* »*Und er ist ebenfalls Lehrer?*«

»*Ja. Er hat letzten Monat angefangen. Er unterrichtet Mathe.*«

»*Dann seid ihr also in der Besenkammer übereinander hergefallen? Hat er dich zwischen den Putzmitteln leidenschaftlich an die Wand gedrückt?*«

»*Georgie!*«

»*Ach, komm schon, Kate! War doch nur ein Scherz. Ist es …*«, *sie steckte sich eine Haarsträhne hinters Ohr.* »*… ist es was Ernstes?*«

Kate wurde rot. »*Ja*«, *hauchte sie.* »*Ich glaube schon.*«

Georgie hatte ihre Schwester noch nie so erlebt. Sie war Mitte zwanzig und hatte noch keine richtige Beziehung gehabt. Nun stand sie vor ihr und war zum ersten Mal verliebt. Damals wusste noch niemand, dass Kate und Joe zwei Jahre später heiraten und anschließend fünf Jahre lang erfolglos versuchen würden, ein Baby zu bekommen. In diesem Moment war alles perfekt.

»*Hör mal, ich habe auch Neuigkeiten, aber ich will jetzt nicht davon anfangen, da du uns heute deinen Freund vorgestellt hast.*«

»*Was ist denn los, Georgie?*«

Nun wurde Georgie rot. Seit sie es herausgefunden hatte, sehnte sie sich danach, ihrer Schwester davon zu erzählen.

»Ich bin schwanger.«

»Schwanger?«, kreischte Kate.

Georgie nickte kaum merklich, und bevor sie etwas sagen konnte, hatte Kate sie in die Arme geschlossen. Sie erdrückte sie beinahe. Georgie hatte zwar gehofft, dass Kate sich für sie freuen würde, sie hatte jedoch auch befürchtet, dass sie eifersüchtig sein könnte. Anscheinend hatte sie ihre Schwester falsch eingeschätzt.

»Ist das hier eine Privatveranstaltung oder darf sich eure arme alte Mutter zu euch gesellen?«

Die beiden Schwestern wandten sich um, und da stand Jane, deren blondes Haar ihr Gesicht wie ein Heiligenschein umgab.

»Oh! Hi, Mum!«

Jane musterte ihre beiden Töchter eingehend.

»Also, sagt ihr mir, was hier los ist, oder muss ich raten?«

Kate und Georgie warfen sich einen schnellen Blick zu, dann begannen beide zu grinsen.

»Ich ... ich bekomme ein Baby.«

Georgie war sich nicht sicher, was sie erwartet hatte. Eine Umarmung vielleicht. Ein ausgelassenes Lachen. Oder wenigstens ein Lächeln. Sie hatte jedenfalls nicht mit diesem abgrundtiefen, endlosen Schweigen gerechnet.

Schließlich fasste Kate sich ein Herz.

»Mum? Sagst du denn gar nichts dazu?«

»Ich ...« Jane brach ab und sah ihre Töchter an, als hätte sie erst jetzt erkannt, wo sie war und was von ihr erwartet wurde. »Ich ... Es tut mir leid, Georgie! Es kam nur so überraschend. Ich ...« Sie fuhr sich mit der Hand über das kalkweiße Gesicht. »Ich freue mich sehr für dich.«

Sie trat einen Schritt vor und schlang die Arme um ihre jüngere

Tochter, doch da war nichts von Kates Wärme und ehrlicher Freude zu spüren. Es wirkte eher, als hätte ihre Mutter Angst, ihr wehzutun. Kurz darauf löste sich Jane von Georgie, wischte sich eine Träne von der Wange und verschwand auf der Toilette.

Georgie wandte sich an Kate. »War das nicht seltsam?«

Kate nickte. »Ja, schon irgendwie. Aber vermutlich war sie lediglich total überrascht.« Sie klang, als wäre sie sich alles andere als sicher.

»Ja. Es steckt sicher nicht mehr dahinter.«

Die beiden kehrten ohne ein weiteres Wort an den Tisch zurück, um das Abendessen fortzusetzen. Janes seltsame Reaktion wurde nie wieder erwähnt.

Georgie hat eine unruhige Nacht gehabt. Sie hat ihre Mutter seit einigen Tagen nicht mehr gesehen. Sie geht ins Bad, zieht sich an und kämmt sich die Haare, während sie sich vorstellt, wie es wäre, Clem zu verlieren. Doch sie schafft es nicht.

Als sie klein war, ist Clem ihr wie ein Schatten überallhin gefolgt. Sie wollte immer in der Nähe ihrer Mutter bleiben. Mittlerweile ist da ein zumindest kleiner Teil ihres Lebens, der Georgie vollkommen fremd ist. Der Gedanke daran fühlt sich an, als hätte ihr jemand ein Stück ihres Herzens herausgerissen.

Als Clem auf die Welt gekommen ist, hat Georgie sich geschworen, dass die Kindheit ihrer Tochter niemals so sein würde wie ihre eigene. Sie wollte, dass ihr kleines Mädchen völlig frei aufwuchs, so wie sie selbst es nie gekannt hatte. Natürlich wollte Georgie ihre Tochter in Watte packen und am liebsten den ganzen Tag bei sich im Haus halten, damit ihr nichts zustieß, aber das hätte sie nie getan.

Georgie wirft einen letzten Blick in den Spiegel, bevor sie nach unten geht und ihren Autoschlüssel vom Regal nimmt.

Es ist nur eine kurze Fahrt zum Haus ihrer Mutter, sie kennt die Strecke auswendig, doch als sie schließlich in der Auffahrt hält, fällt die Angst wie ein Schleier über sie. Die Luft im Auto ist plötzlich so zäh wie Sirup. Sie atmet keuchend ein und zwingt sich, ruhig zu bleiben.

Rasch steigt sie aus, geht den kurzen Weg zur Eingangstür hoch und klopft. Sie hat natürlich einen Schlüssel, aber heute wäre es nicht richtig, sich selbst ins Haus zu lassen. Wenige Sekunden später schwingt die Tür auf, und Sandy steht freundlich lächelnd vor ihr. Sie ist tatsächlich gekommen, um ihr beizustehen.

»Hallo, Georgie! Schön dich zu sehen!«, sagt sie.

Sie umarmen sich kurz, und Georgie atmet den vertrauten Geruch ein, bevor die älteste Freundin ihrer Mum beiseitetritt, um sie vorbeizulassen.

Im Wohnzimmer angekommen, hält Georgie abrupt inne und schnappt nach Luft. Jane sitzt kerzengerade auf der Sofakante. Ihr ganzer Körper wirkt verkrampft, ihre Hände umklammern einander im Schoß, und ihr Gesicht ist ernst. Sie wirkt klein und zerbrechlich. Georgie wirft Sandy einen fragenden Blick zu, doch diese zuckt nur mit den Schultern. Also wendet sich Georgie wieder an ihre Mutter. Sie muss es hinter sich bringen – egal, wie hart es ist.

»Mum, ich muss mit dir reden«, erklärt Georgie sanft und hält den Blick auf das Gesicht ihrer Mutter gerichtet.

Doch Jane weigert sich standhaft, ihr in die Augen zu sehen. Georgie fragt sich, ob sie ahnt, was ihre Tochter ihr zu sagen hat. Obwohl sie unmöglich wissen kann, dass Georgie ausgerechnet an diesem Tag hergekommen ist, um endlich die Wahrheit zu erfahren.

»Deine Mum ist ungehalten, weil sie heute eigentlich etwas anderes vorhatte«, murmelt Sandy leise.

»Lass das, Sandy! Du musst ihr nichts erklären, ich kann für mich selbst sprechen.«

»Das weiß ich doch, Jany! Aber Georgie wirkt verwirrt. Warum erzählst du ihr nicht, warum du so unglücklich bist?«

Jane wendet sich an ihre Tochter, sieht ihr allerdings noch immer nicht in die Augen. Sie richtet den Blick auf einen Punkt an der Wand hinter Georgie.

»Du hast den ganzen Tag ruiniert, junge Dame! Ich wollte mit deinem Vater ausgehen, stattdessen musste ich hierherkommen, weil du dich unbedingt mit mir treffen wolltest.« Sie speit Georgie die Worte entgegen, als wäre ein Treffen mit ihr das Schlimmste überhaupt.

Georgie sieht ihre Mutter schockiert an. Was soll sie erwidern? Natürlich weiß sie, dass sich Janes Zustand in letzter Zeit dramatisch verschlechtert hat – Kate hat ihr ja erzählt, wie sich ihre Mutter manchmal verhält. Trotzdem ist es etwas anderes, es mit eigenen Augen zu sehen. Georgie ist entsetzt, wie sehr sich Jane verändert hat, seit sie das letzte Mal bei ihr war.

Sandy legt ihrer Freundin sanft eine Hand auf den Arm. »Aber du kannst dich doch gar nicht mit dem Vater der

Mädchen treffen, Jane. Er ist längst tot. Weißt du denn nicht mehr? Wir haben vorhin darüber gesprochen.«

Jane dreht sich wutentbrannt zu Sandy um, die sich neben ihr auf dem Sofa niedergelassen hat. »Er ist doch nicht *tot* – mach dich nicht lächerlich! Ich habe ihn erst heute Morgen gesehen. Wie kannst du nur so etwas Furchtbares sagen?« Sie zieht ruckartig ihren Arm zurück, verschränkt die Hände erneut im Schoß und fährt zu Georgie herum. »Also, worüber willst du mit mir reden? Bringen wir es hinter uns!«

Georgie wirft Sandy einen verzweifelten Blick zu. Sie hat keine Ahnung, wie sie ihre Mutter in deren jetzigem Zustand zur Rede stellen soll. Janes Unruhe scheint sich von Sekunde zu Sekunde zu steigern, ihre Hände bewegen sich unablässig.

Sandy zuckt mit den Schultern. »Vermutlich ist es das Beste, wenn du einfach sagst, was du auf dem Herzen hast, Schätzchen. Deshalb bist du doch hier, oder?«

»Okay.«

Georgie atmet tief durch und überlegt, wie sie ihre Frage am besten formulieren soll. Auf der Hinfahrt war sie so zornig gewesen. Sie hatte vor, ihrer Mutter sämtliche Vorwürfe ins Gesicht zu schleudern, um sie so dazu zu bringen, ihr endlich die Wahrheit zu sagen. Doch jetzt steht sie ihrer Mutter – steht sie *Jane* zum ersten Mal seit ihren Entdeckungen wieder gegenüber, und ihre Wut ist verraucht. Sie hat sich in etwas anderes verwandelt. Georgie ist sich allerdings nicht sicher, ob sie dieses neue Gefühl ans Ziel bringen wird.

Also sagt sie gar nichts, sondern holt stattdessen einen der

Zeitungsausschnitte aus der Tasche, faltet ihn auseinander und legt ihn vor Jane auf den Tisch. Genau so, wie sie es bei Kate und Matt getan hat. Es ist besser, wenn die Leute ihre eigenen Schlüsse ziehen.

Janes Blick wandert zu dem Artikel, sie beugt sich vor, um ihn zu lesen. Ihre Augen weiten sich erschrocken, und ihr Gesicht wird kalkweiß. Georgie sieht von Jane zu Sandy, die mehr oder weniger dieselbe Reaktion zeigt. Die beiden Frauen sitzen wie erstarrt nebeneinander.

»Woher hast du das?«, kreischt Jane, bevor sie nach dem Artikel greift, ihn zerknüllt und durchs Zimmer schleudert.

Georgie schnappt erschrocken nach Luft und reißt dadurch auch Sandy aus ihrer Starre. Die Freundin ihrer Mutter schaut sie entsetzt an.

»Ich ... ich habe diesen und weitere Artikel in der Bibliothek gefunden.«

Jane springt auf. Ihre Beine zittern so stark, als würde sie jeden Moment zu Boden gehen. »Warum? Was gibt dir das Recht, deine Nase in Angelegenheiten zu stecken, die dich absolut nichts angehen?«

Sandy legt eine Hand auf Janes Unterarm und zieht sie sanft zurück aufs Sofa. Jane lässt es mit sich geschehen.

»Ich bin mir nicht sicher, ob heute der richtige Zeitpunkt ist, um mit deiner Mum über das hier zu reden«, bemerkt Sandy mit zitternder Stimme. »Sie hat einen ziemlich schlechten Tag.« Sie wirft Georgie einen flehenden Blick zu.

»Dafür gibt es nie einen richtigen Zeitpunkt«, faucht Georgie. »Ich will unbedingt wissen, was meine Mutter zu dieser Sache zu sagen hat.«

Sie wirft Sandy einen trotzigen Blick zu und wendet sich dann an Jane, die ihre Arme um die Mitte geschlungen hat und einen Punkt auf dem Fußboden fixiert. Sie wirkt apathisch. Georgie wird klar, dass sie hier nur ihre Zeit verschwendet.

Doch plötzlich sieht sie, dass ihre Mutter kaum merklich die Lippen bewegt, und sie beugt sich zu ihr vor, um sie besser zu verstehen.

»Ich habe dich geliebt«, murmelt sie. »So sehr geliebt. Du hast nur mir gehört.«

TEIL ZWEI
Jane

5

1975

Ich konnte es immer spüren, wenn ein Fremder in unsere Stadt kam. Cromer war ja nicht sonderlich groß, und es fühlte sich jedes Mal so an, als würde alles näher zusammenrücken, um mehr Platz zu schaffen.

Genau das geschah an dem Tag, als Ray Wood zum ersten Mal auftauchte. Danach war nichts mehr, wie es einmal war – zumindest nicht für mich.

Ich sah ihn zuerst. Shirley behauptete natürlich, dass sie es war, aber ich entdeckte ihn, ganze fünf Minuten, bevor sie überhaupt in seine Richtung schaute. Ich beobachtete schweigend, wie er von seinem Motorrad stieg. Er nahm seinen Helm ab, lehnte sich an die Hafenmauer und holte eine Zigarette hervor. Seine Wangen wölbten sich nach innen, als er den Rauch tief in seine Lunge inhalierte, und seine Lippen öffneten sich kaum merklich, um ihn im nächsten Moment in den Wind zu blasen. Ray trug eine enge braune Lederjacke, sein dunkles Haar wurde vom Wind zerzaust.

Elvis Presley stattete Cromer einen Besuch ab.

Ray hatte sich dem Wasser zugewandt, sodass wir nicht

direkt in seinem Blickwinkel waren. Wir saßen in dicke Strickjacken gehüllt auf unserem Stammplatz vor dem Bluebird Café, wo wir beinahe jeden Tag unsere Mittagspause verbrachten, Limonade tranken und uns unterhielten. Pamela erzählte gerade von ihrer letzten Verabredung, und der Wind trug unser Lachen aufs Meer hinaus. Ich tat so, als würde ich zuhören, und lächelte ab und zu, damit die anderen nicht merkten, wie abgelenkt ich war.

Plötzlich meinte Shirley: »Hey, seht euch den dort mal an!«

Mir war natürlich klar, dass sie Ray meinte, obwohl ich damals natürlich noch nicht wusste, dass er Ray hieß, aber ich sah mich genauso überrascht um wie die anderen, und wir starrten einige Augenblicke in ehrfürchtigem Schweigen zu ihm hinüber. Sein Blick glitt jetzt suchend über die Häuser entlang der Hafenmauer, dann hielt er inne. Er hatte uns ertappt! Meine Wangen begannen zu glühen.

»Er hat uns gesehen«, zischte ich und griff eilig nach meiner Limo.

»Na und?«, fragte Sandy lachend.

»O Gott, er kommt rüber.« Pamela stöhnte.

Ich brannte darauf, jeden seiner Schritte zu beobachten, doch ich wollte nicht, dass irgendjemand dachte, ich würde mich für ihn interessieren, also hielt ich den Blick starr auf den Edelstahltisch gerichtet. Kurz danach fiel ein dunkler Schatten auf den Tisch. Jemand stand direkt neben mir.

»Hallo, Ladys!«

Seine Stimme war überraschend laut und tief. Ich sah blinzelnd zu ihm hoch und schirmte meine Augen mit einer

Hand vor der Sonne ab. Er war nur eine dunkle Silhouette vor dem strahlend blauen Himmel, die Tatsache, dass er mein Gesicht sehen konnte, während seines im Verborgenen blieb, behagte mir nicht gerade.

»Hi!« Pamela kicherte albern, und ich verdrehte die Augen.

»Ich …« Er brach ab und schien sich nicht sicher, was er sagen sollte. »Seid ihr von hier?« Wir nickten. »Super!« Er sprach jetzt leiser mit einem kaum merklichen Londoner Akzent. »Könnt ihr mir dann vielleicht sagen, wo ich die nächste Werkstatt finde? Mein Motorrad macht seltsame Geräusche.«

Es war beinahe lächerlich, wie enttäuscht ich war. Er würde also nicht lange bleiben, war lediglich auf der Durchreise. Wir würden ihn vermutlich nie mehr wiedersehen. Ich war mir nicht sicher, warum mir bei diesem Gedanken schwer ums Herz wurde, aber so war es tatsächlich. Ich musste etwas sagen, bevor sich eine der anderen zu Wort meldete.

»Ich bringe dich hin!«

Schnell sprang ich auf, und in diesem Moment sah ich sein Gesicht zum ersten Mal aus der Nähe. Er hatte einen Dreitagebart. Seine dunklen Augen lagen tief in ihren Höhlen, die Nase war lang und gerade. Rays volle Lippen waren leicht geöffnet und gaben den Blick auf eine Reihe strahlend weißer Zähne frei. Er fuhr sich mit den Fingern durchs Haar.

»Hey, danke!«

Er lächelte, und um seine Augen bildeten sich kleine

Fältchen, sodass sein Gesicht mit einem Mal sehr viel sanfter wirkte. Mir war klar, dass mich die anderen Mädchen aufmerksam beobachteten und sich fragten, was ich wohl vorhatte, aber ich zwang mich, sie zu ignorieren. Ich wandte mich ab und ging zielstrebig über die Straße auf Rays Motorrad zu. Ich drehte mich nur einmal kurz um, um sicherzugehen, dass er mir folgte. Erst als ich mein Ziel erreicht hatte, blieb ich stehen. Mein Herz klopfte wie verrückt. Das hier sah mir absolut nicht ähnlich! Dieser Fremde ließ mich meine Zurückhaltung völlig vergessen. Ich sah lächelnd zu ihm hoch, während er die letzten Schritte auf mich zumachte, und hielt meinen Rock mit einer Hand fest, damit ihn der Wind nicht hochblies.

»Also …« Ich brach ab. Ich hatte keine Ahnung, was ich sagen sollte, meine Schüchternheit war plötzlich wieder da.

»Also …«, wiederholte er und sah mir tief in die Augen. »Wo sollen wir hin?«

Es gab Dutzende Orte, wo ich gern mit ihm hingefahren wäre, aber ich wusste natürlich, was er meinte.

»Am besten fahre ich mit und zeige es dir. Die Werkstatt ist nicht leicht zu finden.« Ich deutete mit dem Kopf auf das Motorrad. Ich war noch nie mit einem gefahren und fand es aufregend und furchteinflößend zugleich.

Er warf einen Blick auf das Motorrad und anschließend auf mich. »Ich habe nur keinen zweiten Helm …«

»Ist schon okay. Es ist ja nicht weit.«

Er zuckte mit den Schultern und stieg auf. »Wenn du meinst.«

Ich nickte und bemühte mich, ihm nicht zu zeigen, wie

nervös ich war. Schnell setzte ich mich hinter ihn, klemmte meinen Rock unter den Oberschenkeln fest und schlang meine Arme um seinen Oberkörper. Dann drückte ich mein Gesicht an seine Lederjacke und versuchte, nicht darüber nachzudenken, wie nahe ich diesem vollkommen Fremden gerade kam.

Er wandte den Kopf zu mir herum. »Ich heiße übrigens Ray.«

»Und ich bin Jane.«

»Freut mich, dich kennenzulernen, Jane.«

Und damit trat er den Starter nach unten und raste mit mir davon – den Hügel hinauf und in ein neues Leben.

Na gut, das klingt jetzt vielleicht ein wenig melodramatisch. Allerdings ist es eine Tatsache, dass Ray mein Herz an diesem Tag im Sturm eroberte, ohne sich großartig anzustrengen. Seine dunklen Augen, die Grübchen auf seinen Wangen, wenn er lachte, und dieser Hauch von Gefahr, der ihn stets umgab – das alles berührte mich tief in meinem Innersten, und ich fühlte mich wie benebelt.

Der Mechaniker hatte gerade Zeit, und Ray und ich unterhielten uns, während das Motorrad repariert wurde. Er hatte in einem fort eine Zigarette in der Hand und blies ständig den Rauch in mein Gesicht. Es war mir unangenehm, aber ich wollte nicht, dass er es merkte, also versuchte ich, mich unauffällig zur Seite zu drehen. Er war zweiundzwanzig, und damit nur drei Jahre älter als ich, doch er wirkte sehr viel reifer und erfahrener.

»Es hat mich wirklich sehr gefreut, dich kennenzulernen,

Jane«, erklärte er, als er schließlich den Helm aufsetzte und auf sein Motorrad stieg. »Gibst du mir deine Telefonnummer, damit ich dich anrufen kann? Ich würde dich sehr gern wiedersehen.«

In meinem Kopf drehte sich alles, und mein Herz schlug mir erneut bis zum Hals, doch ich schaffte es irgendwie, einen Stift herauszuholen und ihm die Telefonnummer des Bekleidungsgeschäftes, in dem ich arbeitete, auf die Rückseite einer alten Rechnung zu kritzeln.

Er warf einen schnellen Blick darauf. »Ich verspreche, dass ich dich anrufe, okay?«

Ich nickte. »Okay.«

Und dann war er fort. Ich sah ihm nach, wie er den Hügel hinunterfuhr, um die Ecke bog und verschwand. Erst danach atmete ich seufzend aus. Ich hatte gar nicht bemerkt, dass ich den Atem angehalten hatte.

Er rief mich tatsächlich an – aber er ließ sich mehrere Tage Zeit. Tage, in denen ich stundenlang trübselig in der Wohnung hockte, die ich mir mit meiner Freundin Sandy teilte, bis ich ihr dermaßen auf die Nerven ging, dass sie mich in einen Pub schleppte und mich mit Bier zuschüttete.

Ich heulte mir die Augen aus dem Kopf. Immerhin hatte ich die Liebe meines Lebens verloren.

»Sei nicht albern, du hast dich gerade mal eine Stunde lang mit ihm unterhalten! Krieg dich bitte wieder ein. Außerdem hast du erst vor gefühlten fünf Minuten mit Alan Schluss gemacht. Du solltest es langsam angehen.«

Ach ja, der arme Alan. Der zuverlässige, langweilige

Alan, der in dem Büro oberhalb des Ladens arbeitete und der nur resigniert genickt hatte, als ich ihm erklärt hatte, dass die Sache mit uns nicht funktionieren würde. »Es ist besser, wenn wir Freunde bleiben«, meinte ich. Wir beide wussten, dass wir nicht einmal das sein würden. Er sah mich an wie ein ausgesetzter Hund am Straßenrand und akzeptierte klaglos sein Schicksal. Wir hatten ohnehin keine besonders leidenschaftliche Beziehung geführt. Mehr als Händchenhalten im Kino und ein gemeinsamer Milchshake im Strandcafé war nicht passiert. Es war also kein großer Verlust.

»Ich weiß, es tut mir leid. Es ist echt erbärmlich …«
»Ja, ein bisschen.«
Ich schüttelte den Kopf. Ich konnte mich hundertprozentig auf Sandy verlassen, und ich wusste, dass sie mir immer die Wahrheit sagen würde – aber manchmal war das einfach nicht das, was ich hören wollte.

Am nächsten Tag klingelte das Telefon im Laden, und Sandy nahm den Anruf entgegen. Ich erkannte an dem Grinsen, das sich langsam auf ihrem Gesicht ausbreitete, wer am Apparat war – Ray. Meine Freundin war genauso erleichtert wie ich, auch wenn sie es aus vollkommen anderen Gründen war.

Meine Hände bebten, als ich den Hörer entgegennahm. »Hallo?« Ich räusperte mich, damit er nicht bemerkte, dass meine Stimme zitterte.

»Jane, bist du das?« Er klang blechern und wie aus weiter Ferne.

»Mhm …« *Sehr* professionell!

»Jane, ich bin's. Ray. Wir haben uns vor ein paar Tagen kennengelernt.«

Als müsste er mich daran erinnern, wer er war. Allein der Klang seiner Stimme ließ mich beinahe vor Freude losjubeln, und ich wandte mich eilig von Sandy ab, die mich interessiert beobachtete.

»Hallo, Ray.«

»Es tut mir leid, dass es so lange gedauert hat. Ich wollte nicht absichtlich geheimnisvoll wirken. Ich war nur … beschäftigt. Du weißt schon …«

Ich konnte beinahe hören, wie er mit den Schultern zuckte. Ich nickte, doch dann fiel mir ein, dass er mich ja nicht sehen konnte.

»Schon okay.«

Wir schwiegen einige Sekunden, die sich wie Stunden anfühlten, aber ich wusste einfach nicht, was ich sagen sollte. Ich war nicht gut in diesen Dingen, und Telefonieren machte mich nervös. Also sagten wir beide nichts, sondern lauschten bloß dem Knacken und Summen in der Leitung, während ich mir das Telefonkabel um den Finger wickelte. Ich hörte, wie Sandy seufzte, und wandte mich zu ihr um. Ich starrte sie so lange an, bis sie den Wink verstand und sich in die kleine Küche im hinteren Teil des Ladens verzog.

»Also …«

»Ich wollte …«

Wir hatten uns offenbar beide zur selben Zeit entschlossen, doch etwas zu sagen, und nun begannen wir zu lachen. Irgendwie lief es nicht so richtig, und es war wohl das Beste, das Telefonat so schnell wie möglich hinter mich zu bringen.

»Okay, du zuerst!«

Er räusperte sich. »Ich habe mich gefragt, ob du wohl gern einen Ausflug mit dem Motorrad machen würdest. Die Küste hinauf.«

Ich nickte. »Ja, sehr gern.«

»Super!«

Erneutes Schweigen.

»Ich habe morgen frei.«

»Morgen? Ich … äh …« Er dachte nach. »Ja, morgen würde passen.«

»Okay.«

»Soll ich dich gegen elf abholen?«

»Ja, das wäre toll.« Ich überlegte fieberhaft, was ich noch sagen konnte, doch mir fiel nichts ein. Ich konnte nur hoffen, dass sich am nächsten Tag mehr Gesprächsstoff finden würde. »Gut, dann sehen wir uns morgen.«

Ich wollte gerade auflegen, als ich hörte, dass er mir noch etwas zurief: »Warte! Ich brauche doch deine Adresse!«

»Oh! Ja genau. Tut mir leid.«

Ich gab sie ihm, dann legte ich auf und ließ erleichtert sämtliche Luft aus meiner Lunge entweichen. Anschließend saß ich einen Moment lang einfach bloß da und starrte das Telefon an. Mein Herz pochte so heftig, dass sich alles drehte. Ich wischte mir die Hände an meinem Rock trocken und ging in die Küche. Sandy lehnte an der Arbeitsplatte und grinste schief.

»Da sieht ja jemand sehr zufrieden aus! Ich nehme an, du hast ein Date mit Mr. Bike?«

»Ja, sieht so aus.« Ich konnte das Grinsen nicht mehr länger zurückhalten. »Er heißt Ray, aber das weißt du ja schon. Und er holt mich morgen ab.«

»Das ist ja aufregend. Wohin fahrt ihr?«

»Keine Ahnung. Die Küste rauf.«

»Du solltest ihn aber vorher unbedingt fragen, wohin er will. Wir kennen ihn doch gar nicht. Vielleicht ist er ein Mörder ...«

»Danke vielmals, Sandy. Jetzt bin ich gleich viel weniger nervös.«

»Tut mir leid.« Sandy stieß sich grinsend von der Arbeitsplatte ab und kam auf mich zu. Sie legte mir die Hände auf die Schultern, sodass ich keine Wahl hatte, als ihr in die Augen zu sehen, dann meinte sie ernst: »Es ist nur ... Ich mache mir Sorgen um dich. Du warst bis jetzt erst mit zwei Männern aus, und du bist ... Na ja, du bist zu vertrauensselig, Jany, das ist alles. Versprich mir, dass du vorsichtig bist.«

Ich nickte und wandte den Blick ab. »Ja, das bin ich. Versprochen!«

Sie umarmte und drückte mich. »Gut. Und jetzt geh nach Hause und nimm ein schönes Bad – ich kann hier allein die Stellung halten. Sieh du lieber zu, dass du morgen unglaublich aussiehst. Eine Dame kann doch nicht mit buschigen Augenbrauen und zerzausten Haaren zu ihrer ersten Verabredung gehen.«

Ich lächelte. Das musste sie mir nicht zweimal sagen.

»Danke, Sandy!«

Und das war der letzte Tag der »Zeitrechnung vor Ray«. Denn obwohl ich es damals natürlich noch nicht wusste, veränderte der nächste Tag mein ganzes restliches Leben.

Es war ein strahlend sonniger Vormittag, und ich war ziemlich erleichtert, da ich mir nicht vorstellen konnte, im strömenden Regen auf einem Motorrad zu sitzen. Ich hatte vor lauter Aufregung kaum geschlafen und war müde und aufgekratzt zugleich, als ich schließlich am Fenster stand und auf Ray wartete. Sandy wanderte hinter mir auf und ab und redete unablässig auf mich ein. Ich hörte ihr kaum zu, aber ich versuchte zumindest, an den richtigen Stellen zu nicken oder ein zustimmendes Murmeln von mir zu geben.

»Ruf mich an, wenn dir etwas seltsam vorkommt, versprochen?«

»Mhm.«

»Lass nicht zu, dass er dich irgendwohin bringt, wo es zu abgeschieden ist.«

»Mhm.«

»Du hörst mir überhaupt nicht zu, oder?«

»Mhm.« Schweigen. Dann wurde mir klar, was sie gerade gesagt hatte. »Oh! Tut mir leid, Sandy. Ich bin total nervös.«

Sie lächelte. »Ich weiß. Aber das musst du nicht sein. Es wird alles gut gehen, Jany. Er wird sich sofort in dich verlieben. Wie denn auch nicht?«

»Danke.«

Wir zuckten zusammen, als plötzlich das Dröhnen eines Motorrads vor dem Haus erklang, und meine Wangen begannen zu glühen. Ich warf einen Blick aus dem Fenster und beobachtete, wie Ray sich den Helm vom Kopf zog und sich mit den Fingern durchs Haar fuhr. Diese Geste kannte ich schon. Er sah so gut aus, dass mein Herz einen Moment lang aussetzte. Es war schwer zu glauben, dass ein attraktiver und geheimnisvoller Mann wie er jemanden wie mich mögen konnte. Ein ganz normales Mädchen, das in einem kleinen Küstenort in einem Bekleidungsgeschäft arbeitete. Ich hoffte bloß, dass ich es nicht vermasseln würde und ihm am Ende klar wurde, dass es ein riesiger Fehler gewesen war, mit mir auszugehen.

»Okay, los geht's! Wir sehen uns später.«

Ich hauchte Sandy einen schnellen Kuss auf die Wange, nahm meine Tasche, rannte die Treppe hinunter und riss die Eingangstür auf. Ray saß mit dem Helm in der Hand auf seinem Motorrad, vor ihm lag ein zweiter Helm. Er stellte den Motor ab, damit ich ihn besser hören konnte.

»Ich hab dir einen Helm gekauft. Ich dachte, wir bleiben heute lieber auf der sicheren Seite.«

»Danke.«

Er musterte mich von oben bis unten. »Du siehst toll aus.«

Meine Wangen brannten. Ich hatte Stunden damit verbracht, mir ein passendes Outfit zu überlegen. Im Grunde hatte ich natürlich keine Ahnung, was man zu einem Date auf einem Motorrad trug, und so hatte ich mich für eine Caprihose, flache Schuhe und einen hübschen Pullover entschieden. Ich hoffte nur, dass ich für eine flotte Fahrt entlang der Küste warm genug angezogen war.

»Danke.« Ich nahm mir einen Moment lang Zeit, ihn

ebenfalls zu mustern. Er sah noch besser aus, als ich ihn in Erinnerung hatte, und er war frisch rasiert, als hätte er sich eigens für mich ins Zeug gelegt. Sein Haar war streng zurückgekämmt, mit seinen dunklen Augen betrachtete Ray mich aufmerksam. »Du auch.«

Das war zwar nicht gerade einfallsreich, aber ich konnte ihm wohl kaum sagen, was ich wirklich fühlte.

Er grinste, und ich nahm den Helm und setzte ihn auf. Ich schaffte es allerdings nicht, ihn ordentlich zu schließen, sodass er mir dabei helfen musste. Als seine Hand mein Kinn berührte, hätte ich beinahe hörbar nach Luft geschnappt. Ich war mir sicher, dass er spürte, wie meine Haut unter seiner Berührung Feuer fing.

Ray schloss den Helm und lächelte. »So. Jetzt bist du gut geschützt.« Er deutete mit dem Kopf hinter sich. »Möchtest du aufsteigen?«

Ich nickte stumm. Schnell schwang ich mein Bein über den Sitz und merkte, dass ich bei dem Gedanken daran, ihm bald wieder so nahe zu sein, zu zittern begonnen hatte. Ich musste irgendetwas sagen, um die Spannung zu lösen.

»Wo... Wohin fahren wir eigentlich?« Meine Stimme bebte, und ich hoffte inständig, dass er es nicht bemerkte.

»Es ist ein echt schöner Tag, also hab ich mir überlegt, dass wir einfach mal die Küste entlangfahren und sehen, wohin es uns verschlägt. Ich kenne mich hier noch nicht so gut aus, es wäre toll, die Umgebung zu erkunden.« Ich verriet ihm lieber nicht, dass ich die Küste von Norfolk so gut kannte wie meine Westentasche, ich wollte seine Begeisterung nicht dämpfen, also bejahte ich nur. »Und vielleicht können wir irgendwo anhalten, etwas zu Mittag essen und uns näher kennenlernen«, schlug er vor und wandte sich zu mir um. »Na, wie klingt das?«

Er klang so vielsagend, dass ich erschauderte und prompt erneut errötete. »Perfekt.«

Er drehte sich wieder nach vorne, und ich legte unsicher meine Hände an seine Taille.

»Du solltest noch näher heranrücken«, rief er, während er den Motor startete. »Schling die Arme um meinen Bauch, und drück dich so fest es geht an mich. Ich beiße schon nicht.«

Ich folgte seinem Ratschlag, mein Herz wäre beinahe aus meiner Brust gesprungen. Meine Arme umfassten seine Mitte, sodass meine Hände auf seinem Bauch lagen, und ich rutschte vor, bis sich meine Brust gegen seinen Rücken drückte. Ich spürte jeden einzelnen Wirbel und die sehnigen, ausgeprägten Muskeln, wenn er sich bewegte. Um ehrlich zu sein, überraschte es mich, dass ich nicht in Ohnmacht fiel, bevor wir überhaupt losfuhren, aber ich schaffte es irgendwie, mich zusammenzureißen.

Und dann ging es los! Wir bogen langsam aus der kleinen Gasse auf die Hauptstraße, die ans Meer führte. Die ersten Minuten konnte ich nur daran denken, wie nahe ich Ray gerade war, doch als wir uns allmählich der Küste näherten, sah ich plötzlich Menschen mit Zuckerwatte, die am Strand entlangschlenderten, Kinder mit Eimern und Spaten, und Väter in Socken und Sandalen, deren kalkweiße Beine aus ihren Shorts ragten. Ich begann, mich zu entspannen.

Die um diese Jahreszeit normalerweise ziemlich eintönig

graue Nordsee glitzerte im Sonnenlicht, der Himmel war strahlend blau. Ein kleines rotes Boot segelte träge am Horizont entlang, und der Strand war voller Menschen, die sich nach ein wenig Wärme sehnten. Der Wind war kühl, der Pullover war eine gute Entscheidung gewesen, auch wenn mir an Rays Rücken wohlig warm war.

Wir fuhren den Hügel hoch und aus der Stadt hinaus, vorbei an Campingplätzen und zahllosen Ginsterbüschen, kilometerweit kurvige Straßen hinauf und hinunter, durch winzige Dörfer, vorbei an kleinen Steincottages und übergroßen Kirchen, bis sich die Landschaft langsam veränderte. Das Umland wurde flacher, und es taten sich hektargroße, von Schilfgürteln durchzogene Sumpfgebiete auf, die sich bis an die Küste hinunter erstreckten.

Langsam wurden meine Beine taub. Gerade, als ich Ray bitten wollte, einen Zwischenstopp einzulegen, kamen wir in das kleines Feriendorf Wells-next-the-Sea, wo ich schon viele glückliche Wochenenden verbracht hatte.

Auf der Strandpromenade herrschte geschäftiges Treiben. Menschen mit in Zeitungspapier gewickelten Pommes frites, zusammengerollten Strandmatten und Taschen voller Badetücher bevölkerten die Straße. Ray fuhr an den Rand und parkte sein Motorrad in einer kleinen Lücke zwischen zwei Autos. Er stellte den Motor aus. Die plötzliche Stille war so ohrenbetäubend, dass mich erneut die Schüchternheit packte. Ich sprang vom Motorrad, als hätte ich mich verbrannt.

»Du hast es aber eilig.« Ray grinste, und die Grübchen auf seinen Wangen waren wieder zu sehen.

»Tut mir leid.« Ich fragte mich, warum ich ständig das Bedürfnis hatte, mich für alles zu entschuldigen.

»Gehen wir ein wenig spazieren und sehen uns nach einem netten Plätzchen fürs Mittagessen um. Was meinst du?«

»Das klingt toll.«

Er verstaute unsere Helme in der Packtasche des Motorrads, und wir schlenderten die Strandpromenade entlang. Die Wellen schlugen sanft ans Ufer, doch der Wind war immer noch frisch. Ein weiteres Boot tuckerte am Horizont entlang, über uns flatterten Dutzende Möwen.

Ich liebte das Meer. Die Geräusche, die Gerüche, die frische Luft in meiner Lunge. Hier war ich aufgewachsen, und hier fühlte ich mich zu Hause. Es war, als würde es direkt an meine Seele rühren. Ich konnte mir nicht vorstellen, jemals woanders zu leben. Irgendwo, wo man abends im Bett nicht das Kreischen der Möwen hörte und wo man nicht während der langen Wintermonate aus dem Fenster sehen und beobachten konnte, wie der Sturm die Wellen gegen die Klippen peitschte.

Doch Tage wie dieser waren mir natürlich am liebsten. Eine sanfte Brise, Sonnenschein und flauschige weiße Wölkchen, die weit draußen über den Himmel zogen. Schöner konnte es nicht sein. Ich fragte mich nur, ob Ray es auch so empfand.

In diesem Moment griff er nach meiner Hand, und mein ganzer Körper erschauderte. Einen Moment lang konnte ich an nichts anderes denken als an seine warme Handfläche, die sich an meine drückte. Ich war derart selbstsichere

Männer nicht gewöhnt. Meine bisherigen Verabredungen waren sehr viel zurückhaltender verlaufen.

Dass Ray meine Hand einfach ungefragt genommen hatte, gefiel mir irgendwie. Wir gingen nebeneinanderher, und ich überwand meine Verlegenheit so selbstsicher, als wäre es total normal.

»Also, was machst du so?«

Er warf mir einen Blick zu, und schon machte seine Nähe mich wieder so nervös, dass ich keinen klaren Gedanken fassen konnte.

»Was ich mache?«

»Na ja, ich meine ... was *arbeitest* du?«

»Ach so. Ich arbeite in einem Bekleidungsgeschäft bei uns in der Stadt. Dazu gehört auch die Telefonnummer, die ich dir gegeben habe.«

»Gefällt dir dein Job?«

Ich nickte. »Meistens schon. Aber ... Na ja, es ist nicht mein Traumjob.«

Ich sah aus den Augenwinkeln, dass er den Kopf zu mir umwandte, doch ich blickte weiter geradeaus. »Was wäre denn dein Traumjob?«

»Mein Traumjob?« Ich klang wie ein Papagei.

»Ja. Was würdest du machen, wenn dir alle Türen offen stünden?«

»Keine Ahnung.«

»Jetzt komm schon! Jeder träumt doch von irgendetwas. Was wäre dein größter Wunsch?«

Ich hatte tatsächlich einen Traum, von dem ich allerdings noch nie jemandem erzählt hatte, weil es viel zu albern und unrealistisch war. Aber ich wollte Ray nicht enttäuschen. Ich wollte interessant wirken – aufregender als die langweilige Jane, die in einem einfachen Klamottenladen arbeitete. Ich wollte, dass er mich anziehend fand. Also verriet ich es ihm.

»Ich würde gern Kleider entwerfen.«

»Echt? Das ist ja cool!«

Seine Anerkennung brachte meine Wangen erneut zum Glühen. »Ich habe immer schon gern meine eigenen Sachen genäht oder umgestaltet wie diese Hose hier zum Beispiel. Aber es ist im Grunde kein richtiger Berufswunsch. Zumindest nicht für jemanden wie mich.«

»Für jemanden wie dich? Was soll das heißen?«

»Na ja, du weißt schon ...« Ich zuckte mit den Schultern. »Für ein normales Mädchen. Ich ... ich habe keine Eltern mehr. Sie sind früh gestorben, und jetzt bin ich ganz allein für mich verantwortlich. Ich muss mir meinen Lebensunterhalt selbst verdienen und darf nichts riskieren.«

Ray schwieg, doch ich war so beschäftigt mit der Frage, woher diese plötzliche Offenheit kam, dass ich mir ausnahmsweise keine Gedanken darüber machte, was er von mir hielt. Ich hatte noch nie mit jemandem über diese Dinge gesprochen. Was hatte Ray an sich, dass ich ihm gegenüber so ehrlich war? Ich kannte ihn doch kaum!

»So etwas solltest du nicht sagen! Jeder kann alles erreichen, wenn er es nur wirklich will. Du kannst auf jeden Fall Designerin werden. Was spricht denn dagegen?«, meinte er schließlich.

Ich zuckte erneut mit den Schultern, denn mir fiel nichts darauf ein.

Wir schlenderten eine Weile schweigend die Promenade entlang. Ein kleines Mädchen rauschte auf einem Fahrrad an uns vorbei. Es hatte die Beine weit von sich gestreckt, seine beiden Zöpfchen wehten hinter ihm her, sein Kleid flatterte im Wind. Ein Junge lief einer Möwe nach. Seine Eltern schrien ihm nach, dass er endlich stehen bleiben solle. Für die Menschen entlang der Promenade ging das Leben ganz normal weiter. Doch für mich gab es nur Rays warme Hand, die meine festhielt.

Ich räusperte mich. Es wurde Zeit, das Thema zu wechseln. »Und was ist mit dir? Was machst du so?«

»Ich? Na ja … im Grunde nicht viel, eigentlich.«

Ich runzelte die Stirn. Er hatte so unerschütterlich dafür plädiert, etwas Bedeutsames aus seinem Leben zu machen. Warum wich er meiner Frage aus?

»Du musst doch irgendetwas tun.«

»Also, ich spiele Bassgitarre in einer Band, aber abgesehen davon habe ich gerade keinen Job. Ich bin … auf der Suche. Früher war ich … im Verkauf.«

Ich spürte, wie mein Herz einen Moment lang aussetzte, als er seine Band erwähnte. Es war ein furchtbares Klischee, es hörte sich trotzdem so wahnsinnig cool an. Vollkommen anders als mein bisheriges Leben. Was sah Ray wohl in mir?

Natürlich wollte ich mehr über ihn erfahren, aber ich erlebte ihn gerade zum ersten Mal verlegen, und ich fragte mich, was wohl der Grund dafür war. Hatte er etwas zu verbergen?

Mir blieb keine Zeit, um mir nähere Gedanken darüber zu machen, denn in diesem Moment blieb Ray abrupt stehen. Ich sah ihn an. Sein Gesichtsausdruck war so ernst, dass mein Herz zu pochen begann.

»Was …?«

Doch bevor ich meine Frage zu Ende stellen konnte, war er auch schon einen Schritt auf mich zugetreten, und im nächsten Augenblick presste er seine Lippen auf meine. Sie waren warm und schmeckten leicht süßlich, und als seine Zunge sanft meine Lippen auseinanderdrängte, erschauderte ich erneut. Er legte mir eine Hand auf den Rücken und zog mich an sich, und es war mir egal, dass ich mitten auf einer geschäftigen Promenade geküsst wurde. Es gab nur noch Ray und mich.

Ich habe keine Ahnung, wie lange der Kuss dauerte. Vielleicht waren es bloß Sekunden, vielleicht mehrere Stunden. Doch irgendwann löste er sich schließlich von mir und hob mein Kinn an.

»Dann war das also okay für dich?«

»Ich …« Meine Stimme versagte. »Ja, mehr als okay.«

Er sah mir tief in die Augen, und ich hatte das Gefühl, dass er bis in mein Innerstes vordrang. Als wüsste er genau, was ich für ihn empfand. Mein Gesicht brannte. Und dann griff er erneut nach meiner Hand und zog mich weiter. Vorbei an einem kleinen, reetgedeckten Café, den vielen Kiosks, die Eiscreme und Zuckerwatte verkauften, und zu einem Pub mit Blick auf das Watt.

Im Pub war es ziemlich dunkel. Ray führte mich in eine düsterere Ecke, wo wir uns schließlich an einem Holztisch gegenübersaßen und einander anstarrten. Die Jukebox spielte *Yesterday Once More* von den Carpenters.

»Okay, ich bestelle ein paar Sandwiches. Was möchtest du trinken?«

Ich trank im Grunde nie tagsüber und wusste nicht, was ich sagen sollte. »Äh ... ein Pint bitte.«

»Kommt sofort, Ma'am.« Er deutete eine kleine Verbeugung an und verschwand in Richtung Bar, sodass ich ein paar Minuten für mich allein war.

Meine Gedanken spielten regelrecht verrückt, doch im Grunde drehten sich alle nur um Ray – um das Gefühl seiner Lippen auf meinen, um den sanften Kuss, der so gar nicht zu Rays geheimnisvollem, leidenschaftlichem Auftreten zu passen schien. Und in diesem Moment wurde mir klar, dass ich mehr über den Mann mit den sinnlichen dunklen Augen erfahren wollte.

Ich erschauderte, als Ray schließlich mit den Drinks zurückkam und sich mir gegenüber niederließ, wobei etwas Bier auf den Tisch schwappte.

»Also ... Erzähl mir mehr über dich!«

Mein Blick ruhte auf seinen Lippen, während er sprach – auf diesen Lippen, die sich noch vor wenigen Minuten auf meine gepresst hatten –, und ich stellte mir vor, wie ich mich zu ihm hinüberbeugte und ihn erneut küsste. Wie ich die Hand ausstreckte und mit meinen Fingern über seine Lippen strich. Doch ich war nicht mutig genug, und so erzählte ich ihm stattdessen von meinem bisherigen Leben.

»Mein Dad starb, als ich noch ein Baby war. Mum und ich waren viele Jahre allein. Sie war meine beste Freundin, und wir machten alles zusammen. Doch als ich etwa zwölf war, erkrankte sie an Krebs.« Ich brach ab und atmete tief durch. »Sie starb wenige Monate später.«

»Oh, nein.« Ich hob den Blick, und Ray sah mir direkt in die Augen.

»Sie ... Ich habe sie sehr vermisst. Es war, als hätte mir jemand das Herz aus der Brust gerissen. Nach ihrem Tod zog ich zu meiner Großmutter – der Mutter meiner Mum –, doch wir kamen nicht miteinander zurecht. Sie sah es ganz offensichtlich nicht als ihre Aufgabe an, sich um mich zu kümmern, ich hatte immer das Gefühl, dass sie es mir übel nahm, dass ich bei ihr wohnte. Also zog ich aus, sobald es rechtlich möglich war. Mit sechzehn. Ich schmiss die Schule, suchte mir einen Job und eine Wohnung. Dort wohne ich jetzt zusammen mit Sandy, meiner besten Freundin. Wir haben uns bei der Arbeit kennengelernt.« Mir wurde schlagartig klar, dass ich endlos lange geredet hatte, ohne Ray eine einzige Frage zu stellen, und brach verlegen ab. Ich hob den Blick und sah in sein ernstes Gesicht, das mir das Gefühl gab, als wäre ich die interessanteste Frau der Welt. Als hätte nichts anderes eine Bedeutung als wir beide im Hier und Jetzt. »Also, jetzt weißt du alles über mich«, schloss ich. »Und was ist mit dir?«

»Ach, weißt du, da gibt es nicht viel zu erzählen. Ich habe im Moment keinen festen Job. Meine Eltern leben in London, aber ich sehe sie praktisch nie.«

»Warum bist du hierhergezogen? Es ist nicht gerade eine Gegend, die man sich einfach so aussucht.«

Ray zuckte mit den Schultern. »Ich schätze, ich brauchte

mal eine Abwechslung. Ich wollte raus aus London. Noch mal von vorne anfangen.«

Er legte den Kopf in den Nacken, leerte sein Pint und stellte das Glas anschließend heftig auf dem Tisch ab. Ich brannte darauf, ihn zu fragen, wovor er davongelaufen war, aber es war offensichtlich, dass das Gespräch für ihn beendet war.

Kurz darauf wurden unsere Sandwiches serviert, und wir aßen zu Mittag, dann brachte er mich wieder nach Hause. Ich bot ihm noch eine Tasse Tee an, doch er lehnte ab. Wir verabredeten jedoch, am folgenden Freitag ins Kino zu gehen. Ray schwang sich auf sein Motorrad und verschwand, während ich mit einem dämlichen Grinsen auf dem Bürgersteig stand und ihm nachsah.

Ich ging in unsere Wohnung und erzählte Sandy alles.

»Ich mag ihn echt gern, Sandy.«

»Was du nicht sagst«, erwiderte sie grinsend. »Aber du versprichst mir doch, dass du vorsichtig bist, nicht wahr, Jany?«

»Ja, versprochen.«

Erst später, als ich schlaflos in meinem Bett lag, weil mich die Gedanken an unsere Verabredung und diesen unglaublichen Kuss wachhielten, wurde mir klar, dass Ray mir absolut nichts über sich erzählt hatte. Ich wusste nur, dass er (im Moment) arbeitslos war, dass er aus irgendeinem Grund (den er mir verschwieg) aus London fortwollte, dass er Bassgitarre in einer Band spielte und dass er Motorrad fuhr.

Als mir wenig später doch die Augen zufielen, träumte ich von Ray. Von seinen dunklen, geheimnisvollen Augen, von seinem dunklen Haar, durch das der Wind fuhr, von den Bartstoppeln, die ihm ein gefährliches, verruchtes Aussehen verliehen. Ich vermutete, dass ich nie wieder an etwas anderes als an ihn denken konnte.

Mir war klar, dass ich mich verliebt hatte – und es fühlte sich toll an.

Gleichzeitig wusste ich damals schon, dass mein Leben mit Ray eine vollkommen andere Richtung einschlagen würde. Und ich konnte es kaum erwarten.

6

Ich ließ mich rücklings in den Sand fallen und blickte zu den Sternen hinauf. Der Himmel erstreckte sich wie eine unendliche funkelnde Kuppel über mir, und der Mond starrte herausfordernd zu mir herunter.

Ich bekam Schluckauf und begann zu kichern.

Rasch richtete ich mich auf, und die Welt kippte zur Seite. Ich starrte zum Horizont, der kaum merklich schwankte, und rieb mir die Augen.

»Ups, ich habe wohl etwas zu viel erwischt.« Ich presste mir eine Hand auf den Mund, bevor der Schluckauf mich erneut packte, und im nächsten Moment lag ich auch schon wieder im Sand. Ray beugte sich über mich, sein Gewicht drückte mich nach unten. Um seinen Kopf herum funkelten die Sterne. Sein warmer Atem strich über meine Haut, und sein Haar fiel auf meine Stirn. Offenbar hatte selbst das beste Haargel keine Chance gegen die Schwerkraft. Es kitzelte, und ich begann erneut zu kichern. »Ich bekomme keine Luft, du Grobian.« Ich atmete erleichtert ein, als Ray etwas Gewicht von mir nahm. Trotzdem blieb er, wo er war, und sah mit ernstem Blick auf mich hinunter. »Was ist denn? Warum schaust du mich so an?«

»Ich schau doch nur. Das darf ich doch, oder?«
»Ja, ich glaube schon.«

Er starrte mich noch einen Augenblick schweigend an, dann senkte er quälend langsam den Kopf und drückte seine Lippen auf meine. Sie schmeckten nach Salz, Bier und frischer Luft und waren warm und trocken. Ich erwiderte seinen Kuss gierig und wand mich unter ihm.

Doch im nächsten Moment rollte er sich auch schon wieder von mir, setzte sich auf und zündete sich eine Zigarette an.

Ich richtete mich ebenfalls auf, griff danach und nahm einen Zug. Ich war das Rauchen noch nicht gewöhnt, sodass mein Blick mit einem Mal verschwamm. Ray grinste und holte eine zweite Zigarette aus der Packung.

Ich war gern in der Nacht am Strand. Es war so ruhig und friedlich, der Himmel schien nur für uns zu leuchten. Der Zigarettenrauch stieg langsam hoch, die Asche fiel in den Sand und glühte noch einige Sekunden lang, bevor sie erlosch.

Ich warf einen Blick auf Ray, der so hastig rauchte, als hinge sein Leben davon ab. Er sog den Rauch gierig ein und stieß ihn in Form kleiner Os wieder aus. Ich betrachtete sein Profil im Licht der Promenade hinter uns. Die gerade Nase, die vollen Lippen. Sein Gesicht war mir in den letzten drei Monaten so vertraut geworden, dass ich es in- und auswendig kannte. Unsere Beziehung hatte nach unserer ersten Verabredung auf dem Motorrad rasant an Fahrt aufgenommen, und mittlerweile drehte sich mein Leben nur noch um diesen Mann, der mir nach wie vor ein Rätsel war, obwohl ich ihn jeden Tag besser kennenlernte. Aber ich liebte die Herausforderung. Mir gefiel die Vorstellung, dass es immer noch etwas Neues an Ray zu entdecken gab. Das verlieh dem Leben Spannung.

Wir verbrachten beinahe jeden freien Tag miteinander, und wenn ich arbeitete, wartete er am Ende meiner Schicht auf der anderen Straßenseite auf mich. Dort stand er dann an sein Motorrad gelehnt, rauchte eine Zigarette nach der anderen und sah dabei aus wie mein ganz persönlicher James Dean. Mein Herz schwoll jedes Mal vor Liebe und Stolz an, wenn ich auf sein Motorrad stieg und meine Arme um ihn schlang, und ich hoffte, dass uns die anderen Frauen eifersüchtig nachsahen – ich für meinen Teil hätte es jedenfalls getan.

Ray hatte mir immer noch nicht verraten, warum er nach Norfolk gekommen war – vielleicht gab es auch gar keinen bestimmten Grund –, aber er hatte mittlerweile zumindest zugegeben, dass er praktisch obdachlos war und jede Nacht bei Freunden auf dem Sofa oder auf dem Fußboden schlief.

»Du kannst auch bei mir übernachten, wenn du willst«, schlug ich – ohne Sandy zu fragen, ob sie einverstanden war –, kaum eine Woche nachdem wir uns kennengelernt hatten, vor. Ich hatte Angst, dass sie ablehnen würde, und als er schließlich eines Abends mit einem Rucksack in der Hand vor unserer Tür stand, war es zu spät. Seit diesem Tag war seine Zahnbürste ein Dauergast in unserem Badzimmer, seine Klamotten hingen auf einem Stuhl in meinem Zimmer.

Natürlich war Sandy nicht gerade begeistert, dennoch sagte sie nichts. Sie wusste, dass ich glücklich war, das war alles, was für sie zählte, und ich liebte sie dafür. Ray und ich übernachteten zusammen in meinem schmalen Bett, eng umschlungen, aber vollständig bekleidet. Ich war noch nicht bereit, mit ihm zu schlafen. Egal, wie sehr ich mich danach sehnte.

Obwohl Ray keinen Job hatte, war er den ganzen Tag unterwegs. »Ich treffe mich mit allen möglichen Leuten, die vielleicht Arbeit für mich haben«, erklärte er. Und obwohl sich nie etwas daraus ergab, hatte er immer gerade genug Geld, um über die Runden zu kommen. Er tankte sein Motorrad, er kaufte Lebensmittel, und er führte mich zum Essen aus.

»Womit verdienst du eigentlich dein Geld?«, fragte ich ihn eines Abends, nachdem ich für uns gekocht hatte. Es gab Schweinekoteletts mit Kartoffeln und Erbsen. Ray aß mit großem Appetit, schnitt sich ein Stück Fleisch ab und steckte es sich in den Mund. Ich wartete, bis er gekaut und geschluckt hatte. Er legte Messer und Gabel ordentlich auf den Teller und stützte die Ellenbogen auf den Tisch.

»Ich kaufe und verkaufe Kleinigkeiten, das ist alles. Nichts Großes. Nur so viel, um flüssig zu bleiben, bis ich einen richtigen Job gefunden habe. Damit ich dich weiter ausführen kann.« Er nahm einen Schluck Bier und wischte sich mit dem Ärmel über den Mund. »Das Kotelett ist übrigens ausgezeichnet. Danke.«

Und damit war die Unterhaltung beendet. Ray verstand es großartig, ein Gespräch abzuwürgen, wenn er nichts mehr zu dem Thema sagen wollte.

Und ich drängte ihn nicht. Ehrlich gesagt war ich mir gar nicht sicher, ob ich überhaupt wissen wollte, wie er sein Geld verdiente. Solange er über die Runden kam und nicht in Schwierigkeiten geriet, spielte es keine große Rolle.

An den meisten Abenden blieben wir zu Hause, lagen im Bett und sahen zu, wie sich der Zigarettenrauch um die Lampe in meinem Zimmer bauschte. Dann wieder saßen wir mit Sandy im Wohnzimmer, sahen fern oder hörten Musik von David Cassidy, den Rolling Stones oder Fleetwood Mac. Manchmal gingen wir auch aus – und das genoss ich.

An diesem Abend waren wir bei einem Auftritt von Rays Band gewesen, die in einem Pub in der Nähe von Norwich gespielt hatte. Danach waren wir an den Strand gefahren.

»Du warst heute Abend einfach brillant«, sagte ich zu ihm, während der Zigarettenrauch in den Himmel stieg.

»Danke. Aber bin ich das nicht jeden Abend?«

»Ha, ha! Du weißt genau, was ich meine.«

»Ja, klar. Danke.«

»Wie hieß das Stück am Ende?«

»Das ist ein neuer Song, den wir gerade eingespielt haben. Er heißt *Killing Me Softly*. Hat er dir gefallen?«

Ich nickte. »Ja, sehr.«

»Gut. Genau das hatte ich gehofft.«

Ich malte schweigend ein Herz in den Sand. »Ich glaube, die Mädchen in der ersten Reihe mochten ihn auch.«

Es folgte ein Augenblick betretener Stille, bevor er antwortete. »Welche Mädchen?«

»Du weißt genau, welche Mädchen. Diese stark geschminkten jungen Frauen in den kurzen Röcken, die ganz vorne standen und dich angesabbert haben.«

»Hm.«

Mein Kopf fuhr herum. »Was soll denn das heißen?«

Er zuckte mit den Schultern. »Nichts. Die sind mir gar nicht aufgefallen.«

»Echt jetzt?«

Er nickte. »Ja, echt jetzt. Ich meine, ich habe sie natürlich gesehen. So wie die anderen Leute im Publikum. Es sind immer irgendwo ein paar Mädchen, aber das spielt keine Rolle. Zumindest nicht für mich.«

»Verstehe«, erwiderte ich kurz angebunden und starrte aufs Meer hinaus, während sich meine Augen mit Tränen füllten. Ich schniefte hörbar.

Ray wandte sich zu mir um. »Du musst dir keine Sorgen machen, weißt du?«

Ich hielt den Blick stur aufs Wasser gerichtet. »Nicht?«

»Nein.« Seine Stimme klang nun sehr viel sanfter, und er rückte näher, bis sich unsere Hüften berührten. Er legte mir eine Hand auf die Wange, und ich sah ihn an. »Du bist die Einzige, die mich interessiert.«

»Die Einzige?« Meine Stimme war nicht mehr als ein Flüstern im Dunkeln.

»Ja.« Er nickte und senkte kurz den Blick, bevor er mir erneut in die Augen sah. »Ich liebe dich, Jane.«

Ich wollte nach Luft schnappen und begann eilig zu husten, damit er es nicht bemerkte. *Er liebte mich! Er liebte mich!* Ich wäre beinahe in Ohnmacht gefallen.

»Hast du mir denn gar nichts zu sagen? Lässt du mich jetzt einfach so hängen?«

»Tut mir leid, ich ...« Ich räusperte mich und zwang mich, ihm zu antworten. »Du meine Güte, Ray! Ich liebe dich auch.« Das Blut schoss mir in die Wangen, und ich war froh, dass er in der Dunkelheit nicht sehen konnte, wie ich errötete. Im nächsten Augenblick drückte er mich erneut in den Sand und küsste mich – und von diesem Moment an war Ray alles, was zählte.

Wie bei den meisten Dingen hielt die erste Aufregung einige Monate, bevor die Normalität Einzug hielt. Ich stellte Ray meinen Freunden vor, und sie mochten ihn.

»Du solltest ihn lieber an die kurze Leine nehmen«, erklärte Pamela grinsend.

»Ja, ich bin mir nicht sicher, ob es mir gefallen würde, wenn mein Freund ständig mit anderen Frauen in den Pubs abhängt«, stimmte Shirley ihr zu und sah mich an, als hätte ich nicht alle Tassen im Schrank.

Ich wusste natürlich, was die beiden meinten. Die meisten Frauen schienen auf Ray abzufahren. Er war wie ein Magnet und wurde ständig von Mädchen umschwärmt, die an seinen Lippen hingen. Aber das spielte keine Rolle, denn er schien tatsächlich nur Augen für mich zu haben. Jedes Mal, wenn sich unsere Blicke über die toupierten Frisuren seiner weiblichen Fans hinweg trafen, verzog sich sein Mund zu einem Lächeln.

Außerdem war ich ohnehin die meiste Zeit mit ihm zusammen. Wir fuhren auf seinem Motorrad die Küste entlang, aßen im Sonnenschein am Strand Fritten oder zogen uns in einen gemütlichen Pub zurück, wenn es draußen kalt und feucht war. Manchmal blieben wir auch einfach nur in Cromer, gingen zum Pier und sahen den Austernfischern zu. Ich liebte es, auf der alten Metallbank zu sitzen, während der Wind in mein Haar fuhr, und mit Ray zusammen zu sein und zuzusehen, wie die Wellen übers Wasser tanzten. Es fühlte sich an wie ein Blick in die Zukunft auf das alte Ehepaar, das wir vielleicht eines Tages sein würden. Obwohl ich tief im Inneren ahnte, dass Ray nicht viel von der Ehe hielt.

Wenn es regnete, gingen wir ins Kino. Wir kauften Karten für den neuesten James Bond oder einen anderen Film, der gerade lief, und saßen anschließend die meiste Zeit über knutschend in der letzten Reihe, wobei ich versuchte, nicht zu laut nach Luft zu schnappen, wenn Ray die Hand unter meine Bluse schob und meinen BH umfasste.

Manchmal gingen wir auch mit meinen Freundinnen aus, schlenderten den Pier entlang zur Spielhalle und steckten eine Münze nach der anderen in die Automaten. Die Lichter um uns blitzten, bis uns schwindelig wurde, die Geldstücke fielen klappernd in die Metallbehälter, und die Musik dröhnte genauso wie die Stimmen der anderen Besucher.

Ab und zu begleitete ich Ray zu seinen Auftritten in die Pubs der Umgebung. Wir fuhren zu zweit auf seinem Motorrad, oder ich folgte ihm zusammen mit meinen Freundinnen im Bus. Wir stöckelten in unseren High Heels und Hotpants zur Bushaltestelle und stiegen eine Stunde später in Norwich wieder aus.

Ich war jedes Mal so stolz, wenn ich Ray mit der Bassgitarre auf der Bühne sah und sich die hellen Lichter in seinen dunklen Augen brachen, während er sich vollkommen in der Musik verlor. Das Schönste war allerdings, wenn die Band Pause machte und er zu uns an die Bar kam. Mir war natürlich klar, dass es armselig war, aber ich genoss die eifersüchtigen Blicke der anderen Mädchen, wenn Ray mir einen Kuss auf die Lippen drückte. Ich hatte so etwas noch nie erlebt, und es fühlte sich toll an.

Allerdings gab es da ein bestimmtes noch sehr junges Mädchen, das ich bereits öfter auf Rays Konzerten gesehen hatte und das daher meine Aufmerksamkeit besonders auf sich zog. Es war immer allein unterwegs und stand am rechten Bühnenrand, also auf der Seite, wo sich Ray normalerweise aufhielt. Dieses Mädchen sang jedes Lied mit und streckte beim Tanzen die Arme hoch in die Luft, sodass seine langen Haare hin und her schwangen. Den anderen fiel das vermutlich nicht auf, mir dagegen war sofort klar, dass es nur wegen Ray da war. Es ließ ihn kaum aus den Augen, und wenn er am Ende des Abends zu mir kam und seine Arme um mich schlang, stand es auf der anderen Seite des Raumes und beobachtete uns, bevor es schließlich verschwand.

Eines Abends beschloss ich, Ray darauf anzusprechen, als er von der Bühne kam. Sein Gesicht war schweißbedeckt.

»Sie ist schon wieder da.«

»Wer?« Er schob sich das Haar, das ihm in die Augen fiel, aus der Stirn und wischte sich die Hand anschließend an seiner Jeans trocken.

»Die mit den langen dunklen Haaren dort drüben. Sie taucht ständig auf, wenn du spielst.«

Ich deutete mit dem Kopf in Richtung meiner Rivalin. Sie nippte an ihrem Drink und wandte den Blick ab, als Ray sich zu ihr umdrehte, aber er wusste auch so, wen ich meinte.

»Ach die. Ja, sie kommt zu den meisten Gigs.«

Er legte den Kopf in den Nacken, um einen Schluck von dem Bier zu trinken, das ich ihm besorgt hatte, dann sah er mich erneut an.

»Findest du nicht, dass das seltsam ist?«

Er zuckte mit den Schultern. »Eigentlich nicht. Vielleicht gefällt ihr unsere Musik.«

Ich hätte beinahe meinen Wodka Orange auf sein Shirt geprustet. »Ach, komm schon, Ray! Du weißt doch, dass es mehr ist als das. Sie lässt dich nicht aus den Augen, solange du auf der Bühne stehst, und auch später nicht, wenn du mit mir zusammen bist. Sie glaubt vermutlich, dass es niemand merkt, aber es ist irgendwie unheimlich.«

»Ignorier sie einfach. Das mache ich auch.«

Ich warf einen Blick auf die Dunkelhaarige, die gerade so tat, als würde sie ihre Handtasche durchwühlen. Sie war groß und schlank. Ihr kurzer Rock schmiegte sich an ihre dünnen Schenkel. Ich warf einen Blick auf die Schlaghosen, die ich mir gekauft hatte, weil ich sie cool fand, und mir wurde mit einem Mal klar, dass sie nicht gerade sexy waren. Ich verzog das Gesicht.

»Aber ich mache mir Sorgen, Ray.«

»Worüber denn?«

»Na ja ...« Ich nestelte an meinen Blusenknöpfen. »Was

ist an den Abenden, an denen ich nicht dabei bin? Du sagst zwar, du würdest dich nicht für sie interessieren, aber sie steht ganz offensichtlich auf dich. Und wenn sie es darauf anlegt, dann ...«

Ray nahm mein Kinn und drehte meinen Kopf sanft zu sich herum. »Hör mir zu: Ich weiß nicht, wer sie ist und warum sie hier ist, trotzdem musst du mir eines glauben: Ich habe kein Interesse an ihr. Absolut nicht. Und daran wird sich auch nichts ändern. Du musst mir vertrauen.«

Sein Gesicht war mir so nahe, dass ich seinen Atem riechen konnte. Es war eine Mischung aus Bier, Zigaretten und noch etwas anderem, Moschusartigem. Ich atmete tief ein. Ich musste damit aufhören und ihm vertrauen. Ich wusste doch, dass er mich liebte, das hatte er mir selbst gesagt. Was wollte ich denn noch?

Langsam ließ ich die Luft wieder entweichen. »Es tut mir leid«, murmelte ich. »Ich weiß. Ich vertraue dir ja. Es ist bloß ...«

Es war einfach so, dass ich diesem Mädchen nicht vertraute – was ich Ray natürlich nicht sagte. Ich lehnte mich vor und drückte ihm einen Kuss auf die Lippen, und als ich mich schließlich von ihm löste, war die mysteriöse Fremde verschwunden.

An einem der seltenen Abende, an denen Ray unterwegs und ich zu Hause geblieben war, ließ ich mich schließlich neben Sandy aufs Sofa fallen. Sie sah gerade fern, und ich setzte mich in den Schneidersitz und fragte: »An wen denkst du andauernd?«

Ihr Kopf fuhr herum. »Wie bitte?«

Ich grinste. »Komm schon, du bist seit Wochen ständig mit den Gedanken woanders. Da gibt es doch sicher jemanden.«

Sandy wurde rot, wandte den Blick ab und beschäftigte sich eingehend mit einem nichtexistenten Loch in ihrer Socke.

»Stimmt doch gar nicht!«, fauchte sie, aber ich wusste, dass sie es nicht böse meinte.

»Oh, okay! Entschuldige, mein Fehler.« Ich stand auf, strich meine Hose glatt und machte mich auf den Weg zur Tür.

»Warte ... Vielleicht gibt es da doch jemanden.«

Ich machte triumphierend auf dem Absatz kehrt. »Ha! Ich wusste es!« Schnell setzte ich mich wieder neben sie und zog die Beine hoch. »Dann mal los. Erzähl mir von ihm.«

Sandy wurde noch roter und räusperte sich. Ich hatte sie noch nie so unsicher gesehen. Allerdings hatte ich auch noch nie erlebt, dass sie sich ernsthaft für einen Mann interessierte. Das war ziemlich aufregend.

»Äh ... Na ja ...« Sie fuhr sich mit der Hand übers Gesicht und sah mich an. »Es ist Mal, okay?«

Ich schnappte nach Luft. »Mal? *Rays* Mal?«

Mal war der Drummer in Rays Band, und mir war bisher nicht aufgefallen, dass Sandy Interesse an ihm hatte. Er war immer so ruhig und in Gedanken versunken und sprach selten mit irgendjemandem – vor allem nicht mit Sandy.

Sie nickte. »Du musst mir versprechen, es niemandem zu sagen. Nicht mal Ray. *Vor allem* nicht Ray.«

»Ha! Ich wusste, dass es da jemanden gibt. Aber warum darf ich es niemandem erzählen? Mal ist doch sehr nett, und er mag dich sicher. Stell dir nur mal vor: Wir könnten auf Doppeldates gehen und zusammen fortfahren ...« Ich brach ab.

»Nein!«, erwiderte Sandy bestimmt. »Du darfst es ihm nicht sagen.«

»Warum denn nicht?«

»Na ja«, begann sie und steckte sich eine Haarsträhne hinters Ohr. »Wenn er mich nicht mag, kann ich nie wieder mit euch losziehen. Das würde alles kaputtmachen, Jane.«

»Aber er mag dich bestimmt, Sandy! Warum sollte dich irgendjemand nicht mögen?«

Sie zuckte mit den Schultern. »Es ist einfach zu peinlich.« Sie sah mich flehend an. »Versprichst du mir, dass du nichts sagst?«

Ich musterte sie eingehend. Ich war verwirrt darüber, dass Sandy plötzlich so unsicher und ängstlich war. Doch dann dachte ich an die vier Jahre zurück, die ich sie bis jetzt kannte. Sie war nie mit jemandem ausgegangen und hatte auch nie Interesse an einem Mann gezeigt. Ganz offensichtlich war das hier eine sehr große Sache für sie.

»Ja, ich verspreche es dir.«

»Danke, Jane.« Sie stand auf und verließ das Wohnzimmer. Wenige Minuten später hörte ich, wie sie in ihr Schlafzimmer und gleich darauf zu Bett ging.

Ich wollte mein Versprechen natürlich halten. Ehrlich! Aber ich hatte das Gefühl, ich würde platzen, wenn ich es Ray nicht erzählte, also tat ich es schließlich. Und als wir uns einige Abende später hübsch herausgeputzt zum Tanzabend im örtlichen Jugendzentrum trafen, wusste ich sofort, dass Ray es Mal weitergesagt hatte.

»Wie konntest du nur?«, zischte ich. »Du hast es versprochen!«

Er zuckte mit den Schultern. »Ja, und *du* hast es Sandy versprochen. Man sieht ja, wohin das geführt hat.« Er grinste. »Abgesehen davon ist es schon okay. Er mag sie auch. Und wenn du uns schon alle zwingst, zum Tanzen zu gehen, sollten wir wenigstens ein bisschen Spaß haben.«

Ich knuffte ihn spielerisch in den Arm. »Dann hoffen wir mal, dass du nicht alles ruiniert hast, sonst kannst du was erleben!«

Er grinste. »Wir werden ja sehen.«

Ich hatte mich seit Wochen auf diesen Abend gefreut. Es war zwar nur eine einfache Tanzveranstaltung, aber es war das erste Mal, dass ich mit einem Freund hinging, der immerhin älter war als ich. Ich war unglaublich stolz. Normalerweise saß ich an solchen Abenden in einer Ecke mit den Mädchen, wo wir versuchten, nur ja nicht die Aufmerksamkeit der Jungs auf der anderen Seite des Raumes auf uns zu ziehen. Als Draufgabe hatte Ray seine Bandkollegen überzeugt, ebenfalls mitzukommen – Mal, den Drummer, Tom, den Sänger, und Ken, den Gitarristen. Zum ersten Mal in meinem Leben hatte ich das Gefühl, zu den Coolen zu gehören.

Als wir vor dem Jugendzentrum ankamen, hörten wir bereits Al Greens *Tired of Being Alone*, das jedes Mal aus dem

Saal drang, wenn sich die Tür öffnete, und mein Herz begann, heftiger zu schlagen. Ich war tatsächlich hier und hielt Rays Hand! Noch nie war ich glücklicher gewesen als in diesem Moment. Als wir schließlich durch die Tür traten, ruhten die Blicke auf uns. Alle fragten sich, wer wohl diese fremden Männer waren. Ich platzte fast vor Glück.

Wir kauften uns etwas zu trinken und ließen uns an einem der Tische nieder. Mal saß neben Sandy, ich hoffte, dass er sich den Platz absichtlich ausgesucht hatte. Ray legte unter dem Tisch eine Hand auf mein Knie, und ich grinste ihn an. Seine Hand fühlte sich warm an, doch ich erschauderte trotzdem, als er sie langsam zum Saum meines Rockes hochwandern ließ.

Er lehnte sich zu mir herüber, und ich spürte seinen warmen Atem auf meinem Ohr.

»Ist das okay für dich?«

Ich nickte. Alles drehte sich, ich hatte Angst, vom Stuhl zu fallen, als er die Hand schließlich unter meinen Rock schob und sich an mein Höschen herantastete. Er schmiegte sein Gesicht an meinen Hals, während seine Finger langsam immer weiterwanderten, sodass ich kaum noch Luft bekam. Mein Herz hämmerte, und einige Sekunden lang waren Ray und ich vollkommen allein im Saal. Ich sehnte mich so sehr nach ihm.

Dann zog er seine Hand plötzlich zurück und ließ von meinem Hals ab. Ich warf ihm einen fragenden Blick zu.

»Nicht hier«, hauchte er.

Obwohl ich unglaublich enttäuscht war und sich mein ganzer Körper nach ihm verzehrte, wusste ich, dass er recht hatte. Ich wollte, dass das erste Mal etwas Besonderes wurde und kein schnelles Gefummel unter dem Tisch im Gemeindesaal. Ich rückte von ihm ab und stand auf.

»Wollen wir tanzen?«

Er nahm meine Hand, erhob sich und deutete eine leichte Verbeugung an. »Sehr gern.«

Wir schwebten zu Stevie Wonders *My Cherie Amour* über die beinahe menschenleere Tanzfläche, und zum ersten Mal in meinem Leben machte es mich nicht verlegen, dass mir alle zusahen. Ich spürte Rays Arm um mich und war einfach nur glücklich. Kurz darauf erhoben sich auch Sandy und Mal und gesellten sich zu uns. Ich lächelte den beiden zu, bevor ich meinen Kopf auf Rays Schulter legte und mich von der Musik davontreiben ließ.

Einige Stunden später – wir tanzten schwitzend und lachend zu den Rolling Stones – nahm Ray plötzlich meine Hand und zog mich zur Tür hinaus. Sie schwang hinter uns zu, und ich schnappte überrascht nach Luft, als mich kühler Nebel umfing. Ray legte mir seine Lederjacke um die Schultern und drückte mir einen Kuss auf die Lippen.

»Lass uns von hier verschwinden.«

Ich nickte. Ich wusste, was er meinte. Ich hatte mich den ganzen Abend nach seinen Berührungen gesehnt, und da Sandy mit Mal beschäftigt war, hofften wir, dass uns zumindest ein paar Stunden blieben, bevor sie nach Hause kam.

»Okay, gehen wir.«

Ich nahm seine Hand, zog ihn hinter mir her zum Strand

und zurück zu mir nach Hause. Wir stolperten die Treppe hoch und in mein Schlafzimmer, und sobald sich die Tür hinter uns geschlossen hatte, begannen wir auch schon, uns aus unseren Kleidern zu schälen. Mein Rock und sein Hemd gingen zu Boden, doch seine viel zu enge Hose weigerte sich standhaft. Ich kicherte, als Ray sich aufs Bett setzte und frustriert daran herumzerrte.

»Mein Gott, Jane, es tut mir leid! Das hier gehört nicht zum Plan.«

Er grinste verlegen, und als er seine Knöchel endlich aus der Hose befreit hatte, sprang er hoch, drückte mich aufs Bett und legte sich auf mich. Ich hatte das Gefühl, ich müsste explodieren, als seine Lippen zärtlich über meinen Hals, meine Schultern, meinen Bauch wanderten. Schon immer hatte ich gehofft, dass das erste Mal unglaublich werden würde, und ich wusste, dass dieser Wunsch mit Ray in Erfüllung gehen würde.

Er war der Richtige.

Er gehörte mir.

Und in dieser Nacht gab ich mich ihm vollkommen hin.

7

1976

Die nächsten sechs Monate waren das pure Glück. Ich begleitete Ray auf seine Konzerte, und wir hatten Doppeldates mit Sandy und Mal, die immer mehr Zeit miteinander verbrachten. Ich war froh, dass Sandy nun ebenfalls verliebt war, ich fühlte mich so auch weniger schuldig, wenn ich Zeit mit Ray verbrachte. Wir machten Ausflüge mit Rays Motorrad, gingen auf Partys, tranken Bier und aßen Pommes frites am Strand. Ich dachte, es würde ewig so weitergehen.

Natürlich kam es anders. Das ist doch immer so.

Ich hatte Neuigkeiten für Ray, und ich hatte keine Ahnung, wie er sie aufnehmen würde. Um ehrlich zu sein, wusste ich nicht einmal, was ich *selbst* davon hielt, und ich war vollkommen ratlos, wie ich es ihm beibringen sollte. Ich nahm mir ein paar Tage frei, und eines Tages während des Frühstücks platzte ich einfach damit heraus.

»Ray, ich bin schwanger.«

Er starrte mich über den Resopaltisch voller Frühstückskrümel hinweg an, als suchte er nach einer anderen Bedeutung in dem, was ich ihm gerade gesagt hatte. Mein Herz pochte, und meine Hände zitterten. Ich wagte es nicht, ihm weiter in die Augen zu sehen, denn ich hatte Angst vor dem, was ich womöglich in ihnen entdecken würde. Ich befürchtete, dass uns diese drei kurzen Worte für immer entfremden würden. Ein Baby passte wohl kaum in das Leben, das Ray derzeit führte. Oder besser gesagt: *in unser Leben*. Ich hatte mich selbst noch nicht an den Gedanken gewöhnt. Immerhin wurde ich in diesem Jahr erst zwanzig.

Ich wartete, während er den Rauch durch die Nase ausstieß und die Zigarette schließlich auf dem Tellerrand ausdrückte. Sein Gesicht glich einer Maske.

»Bist du dir sicher?« Er sprach langsam und bedacht, seine Stimme war ausdruckslos.

Ich nickte. »Ja, ziemlich sicher.«

»Wie sicher?«

Ich schluckte den Kloß in meinem Hals hinunter, weil ich auf keinen Fall vor Ray weinen wollte. »Ganz sicher.« Er nickte und fuhr sich mit der Hand durch die Haare. Sie standen ihm kreuz und quer vom Kopf ab, sodass er irgendwie irre wirkte. Sein Blick sprang durch das Zimmer und blieb überall hängen, außer an mir. Er schwieg so lange, dass ich mich langsam fragte, ob er überhaupt noch etwas sagen würde. Schließlich ergriff ich noch einmal selbst das Wort. »Ray? Ray, ist das ... okay für dich?« Meine Stimme zitterte, und ich hoffte, dass er es nicht bemerkte.

Endlich hielt sein Blick irgendwo über meiner linken Schulter inne, er starrte durch das Fenster hinaus aufs Meer. Ray sagte immer noch nichts, und ich fragte mich, ob er mich überhaupt gehört hatte.

Als er mir schließlich in die Augen sah, schnappte ich entsetzt nach Luft. Diesen Blick kannte ich nicht. Er wirkte verletzt, verwirrt und ... wütend. Ich erkannte ihn kaum wieder, hatte keine Ahnung, was ich sagen sollte.

Ich hatte von Anfang an Angst gehabt, dass Ray irgendwann einmal erkennen würde, dass ich nichts Besonderes war, sondern bloß die alte Jane aus Cromer, und dass er mich daraufhin verlassen würde. In diesem Moment hatte ich zum ersten Mal *tatsächlich* das Gefühl, dass genau das passieren würde.

Mein Herz setzte aus, als er ruckartig seinen Stuhl zurückschob und aufstand. Er schien den kleinen Raum beinahe auszufüllen, die Luft war plötzlich zu schwer zum Atmen.

»Ich ...« Er brach ab und senkte den Blick. Ich wartete darauf, dass er weitersprach. »Es tut mir leid, Jane. Das ist ... es ist ein ziemlicher Schock. Ich ...« Er hielt erneut inne und fuhr sich mit der Hand durch die Haare. Er schien es kaum zu ertragen, mich anzusehen.

»Es ist auch für mich ein Schock«, erwiderte ich leise und hasste mich dafür, dass ich so erbärmlich klang. Ich musste ihm klarmachen, dass er mich in seinem Leben brauchte. Er durfte nicht denken, dass ich nicht auch allein zurechtkam. »Können wir ... darüber reden?«

Ray atmete scharf ein, ließ die Luft ruckartig entweichen und stützte sich mit den Händen am Tisch ab. Er wirkte geschlagen.

»Macht es dir etwas aus, wenn wir das auf später verschieben? Ich brauche ein bisschen Zeit zum Nachdenken. Allein.«

»Okay. Ja, sicher.«

»Danke, Jane. Wir sehen uns.«

Ray warf mir noch einen letzten Blick zu, bevor er sich abwandte und verschwand. Er polterte die Treppe hinunter, und wenig später fiel die Tür ins Schloss. Ich stand auf und trat ans Fenster. Er stieg gerade auf sein Motorrad, startete und raste davon, hatte sich nicht mal mehr umgewandt. Und obwohl ich mir fest vorgenommen hatte, nicht zu weinen, spürte ich jetzt, wie mir die Tränen in die Augen schossen und schließlich über meine Wangen liefen.

Das war total schiefgelaufen.

Ich setzte mich wieder an den Tisch und ließ den Tränen freien Lauf. Was, wenn ich ihn nun für immer verloren hatte? Wenn er mich verließ und ich allein klarkommen musste? Würde ich das überhaupt schaffen? Ich legte eine Hand auf meinen Bauch, der – das bildete ich mir jedenfalls ein – bereits eine leichte Wölbung erkennen ließ. Abgesehen davon deutete nichts darauf hin, dass sich darin ein kleiner Mensch befand.

Aber ich wusste es. Ich *spürte* es einfach.

»Dann sieht es wohl so aus, als müssten wir beide allein klarkommen, mein Kleines«, flüsterte ich.

Ich musste eingeschlafen sein, denn als ich aufwachte, stand die Sonne hoch am Himmel, und ich lag angezogen auf dem Bett. Es roch nach Rays Shampoo und nach Zigarettenrauch, doch da war auch noch ein anderer vertrauter Geruch, den ich allerdings nicht beschreiben konnte. Ich streckte mich und spürte, wie die Spannung langsam nachließ. Im nächsten Moment kam die Erinnerung zurück und raubte mir beinahe den Atem.

Ich richtete mich auf und sah mich um. War Ray zurückgekommen, während ich geschlafen hatte? Nein, da war nichts. In der Wohnung herrschte absolute Stille. Sandy war im Laden, und ich wollte zu ihr und über alles reden. Ich hatte ihr noch nicht gesagt, dass ich schwanger war, denn ich hatte es unbedingt zuerst Ray erzählen wollen.

Sandy wusste sicher, was jetzt zu tun war. Das tat sie immer. Ich musste warten, bis sie von der Arbeit nach Hause kam.

Ich stand auf, ging in die Küche, kochte mir eine Tasse Tee und setzte mich ans Fenster, starrte hinaus aufs Meer, das im Sonnenlicht funkelte. Normalerweise hätte mich dieser Anblick mit Freude erfüllt, an diesem Tag schien es mir jedoch, als wollte es mich verhöhnen.

Ich ließ den Blick immer wieder auf die schmale Gasse wandern und hoffte, Ray auf seinem Motorrad zu entdecken, der zurückkam, um mir zu sagen, dass es ihm leidtat und dass alles gut werden würde. Dass er bei mir bleiben würde und wir für den Rest unseres Lebens glücklich sein würden.

Doch da war keine Spur von ihm.

Ich wusste nicht, was ich tun sollte. Ich wollte nicht raus, für den Fall, dass Ray wiederkam, und in der Wohnung gab es kaum etwas zu tun. Also saß ich einfach so da, hörte Radio, trank Tee und rauchte eine Zigarette nach der anderen, bis die Küche von blauem Dunst erfüllt war. Ich starrte aus dem Fenster, bis die Sonne schließlich durch das Glas brannte und das Zimmer in einen Backofen verwandelte.

Als sie schließlich langsam hinter den gegenüberliegenden Gebäuden verschwand und lange Schatten in die Gasse und unsere Küche warf, geschah plötzlich ein Wunder.

Jemand klopfte an die Tür. Es war mehr ein Hämmern, und ich lief mit pochendem Herzen die Treppe hinunter, um zu öffnen. Meine Gebete waren erhört worden, denn vor der Tür stand Ray.

Ich hatte sein Motorrad gar nicht gehört, und als ich einen Blick auf die Gasse warf, sah ich, dass es nicht da war. Er merkte mir meine Verwirrung wohl an.

»Ich hatte ein paar Gläser zu viel.« Er lallte kaum merklich, seine Augen glänzten. »Da hab ich mich herfahren lassen.«

Er stolperte auf mich zu, und ich nahm ihn am Arm und führte ihn nach oben in die Küche. Jetzt roch ich den Alkohol in seinem Atem und den abgestandenen Rauch, der sich mit dem Geruch von fremdem Parfüm mischte. Ich versuchte, nicht darüber nachzudenken, wo er gewesen war und mit wem. Wichtig war nur, dass er zu mir zurückgekommen war.

Wir ließen uns auf den beiden Stühlen nieder, auf denen wir ein paar Stunden zuvor schon gesessen hatten. Er schwieg und starrte mich nur mit einem verlegenen Lächeln an, bis ich begann, mich unwohl zu fühlen.

Ich wusste nicht, was ich sagen sollte, also wartete ich darauf, dass er den Anfang machte. Es dauerte eine Ewigkeit, bis er schließlich etwas vor sich hinmurmelte.

»Wie bitte?«

Er versuchte es noch einmal. »Es tut mir schrecklich leid, Jane. Ich ... ich liebe dich.«

Es mag erbärmlich klingen, aber das war alles, was ich hören musste. Ich sprang auf, schlang meine Arme um ihn und warf ihn dabei beinahe vom Stuhl. Er hielt mich fest und saß eine Weile leicht schwankend da, bis mir klar wurde, dass er langsam einschlief. Also kletterte ich von seinem Schoß, half ihm vom Stuhl und schleppte ihn in mein Zimmer. Ich zog ihm die Lederjacke, das T-Shirt und die Jeans aus, drückte ihn aufs Bett und deckte ihn zu. Mittlerweile war mir klar geworden, dass ich Sandy noch nicht gegenübertreten und ihr erzählen wollte, was vorgefallen war, also legte ich mich neben Ray, obwohl es noch sehr früh war. Ich schmiegte mich an seinen warmen Rücken und schlief ein.

Als ich am nächsten Morgen aufwachte, hatte sich die Sonne verzogen. Ein grauer Himmel blickte trostlos auf mich herab. Die düstere Stimmung passte zu Ray, dem der letzte Tag einen ordentlichen Brummschädel eingebracht hatte. Ich holte ihm eine Tasse Kaffee und setzte mich neben ihn aufs Bett – gespannt, wie er im nüchternen Zustand reagieren würde. Ich hatte keine Ahnung.

»Mir geht's echt beschissen.« Er wischte sich mit dem Arm über den Mund und verzog das Gesicht. »Mein Hals ist staubtrocken.«

Er nahm einen Schluck Kaffee, stellte die Tasse auf den Nachttisch und stopfte sich ein Kissen hinter den Rücken.

»Danke.« Es war mehr ein Grunzen als ein richtiges Wort, aber ich ließ es ihm durchgehen.

Wir schwiegen und lauschten dem Wind, der durch die Gasse pfiff, und dem Klappern der alten Fenster. Der Regen schlug beinahe waagrecht an das trübe Glas.

Ich hörte, wie Sandy ihr Zimmer verließ und in der Küche mit dem Frühstücksgeschirr hantierte. Im Radio lief *Save Your Kisses for Me* von Brotherhood of Man, und Sandy sang lautstark mit. Ich versuchte, sie auszublenden und mich nur darauf zu konzentrieren, was gerade in diesem Zimmer geschah, holte tief Luft.

»Okay.«

Ray sah mich an und lächelte unsicher. Dann zuckte er mit den Schultern. »Okay.« Ich wollte ihn nicht drängen, also wartete ich, bis er weitersprach. »Hör zu, es tut mir wirklich leid. Es tut mir leid, dass ich betrunken nach Hause gekommen bin. Und dass ich überhaupt erst fort bin und dich allein gelassen habe. Es ist nur ...« Er brach ab und seufzte. »Ich war einfach nicht darauf vorbereitet. Und ich bringe es immer noch nicht auf die Reihe. Es ist ein ziemlicher Schock.«

»Schon klar. Aber da bist du nicht der Einzige, Ray. Es ist auch nicht gerade das, was *ich* erwartet habe.«

»Ich weiß.«

Er sah aus dem Fenster. Ich musste ihn fragen, auch wenn ich die Antwort eigentlich gar nicht hören wollte.

»Und hast du es dir mittlerweile überlegt? Bleibst du bei mir?«

Sein Kopf fuhr hoch, und er umfasste meine Oberarme.

»Natürlich bleibe ich bei dir, Jany! Etwas anderes darfst du gar nicht denken. Ich war nur …« Er seufzte erneut und fuhr sich mit der Hand übers Gesicht. »Es tut mir leid, dass du dachtest, es wäre darum gegangen. Überhaupt nicht. Es ist bloß eine riesengroße Sache. Ich muss mich erst an den Gedanken gewöhnen, das ist alles.«

»Wem sagst du das …« Ich grinste schief, und er lächelte. »Hör zu, Ray, ich wollte nicht, dass so etwas passiert. Das wollten wir beide nicht. Wir genießen unser Leben, wir sind beide noch so jung. Aber um ehrlich zu sein, macht es mich auch irgendwie glücklich, dass es jetzt so ist.«

Er runzelte die Stirn. »Glücklich?«

Ich nickte. »Ja. Es ist immerhin ein *Baby*, Ray. Unser Baby. Und das ist doch eine gute Sache, oder?«

Er zuckte mit den Schultern. »Ja, ich denke schon.«

»Es wird alles gut, das verspreche ich dir.«

Ray starrte einen Moment lang ausdruckslos in die Ferne, dann nickte er. »Du hast recht. Es ist bestimmt eine gute Sache. Für uns beide.«

Er klang unsicher, aber das war bestimmt nur der Schock. Ich hoffte, dass er sich bald an den Gedanken gewöhnen und erkennen würde, dass es uns bestimmt gewesen war. Damit wir einander noch näherkamen. Und für immer zusammenblieben.

Er schlug die Decke zurück, und mein Blick fiel auf seinen schlanken, gebräunten Körper. Er trug lediglich eine Unterhose, und ich erschauderte unwillkürlich.

»Warum grinst du so?«

Ich zwang mich, den Blick abzuwenden, und lächelte

verlegen. »Ach, nichts.« Ich spürte, wie ich rot wurde, und ärgerte mich, weil ich plötzlich so schüchtern war.

»Komm her, du.« Er zog mich an sich, und ich legte mich zu ihm und sog seinen Duft ein. Ich war so glücklich, dass er wieder bei mir war, dass ich mir keine weiteren Gedanken darüber machte, was die Zukunft für uns bereithielt.

Denn wenn wir beieinanderblieben, dann würde auch alles andere gut werden. Das wusste ich bestimmt.

Und es wurde auch gut. Zumindest am Anfang.

Irgendwann standen wir auf und gingen am Strand spazieren. Wir zogen uns die Kapuzen tief ins Gesicht, um uns gegen den Wind und den Nieselregen zu schützen, standen an der Ufermauer und blickten auf die düstere Nordsee hinaus. Die weißen Schaumkronen der Wellen vereinten sich zu einem wütenden Strudel, der kurz darauf mit voller Wucht auf den Strand traf. Es war schwer zu sagen, wo das Meer endete und der Himmel begann, denn alles war in einem Nebel aus Grau gefangen, und die Wolken zogen so schnell über den Himmel, dass sie kaum auszumachen waren. Wir hielten uns an den Händen, und irgendwie schien dieser Tag wie der Beginn eines neuen Kapitels.

Als wir schließlich nass bis auf die Knochen waren, flohen wir in ein Café. Die Fenster waren beschlagen, sodass das Leben draußen nur noch durch einen dichten Schleier erkennbar war. Wir bestellten heiße Schokolade und Scones, und während wir warteten, hielten wir über den Tisch hinweg Händchen. Ich grinste glücklich, und Ray lächelte, doch das Lächeln reichte nicht bis zu seinen Augen.

»Was ist denn?«

»Nichts.«

Er ließ mich los und verschränkte die Hände vor sich auf dem Tisch. Dann sah er mich ernst an.

»Wir sollten heiraten.«

»Wie bitte?«

»Du und ich. Wir sollten heiraten. Das wäre jetzt wohl das Richtige.«

Das war zwar nicht der romantischste Antrag, den man sich vorstellen konnte, aber nach allem, was passiert war, würde ich ihm sicher keine Abfuhr erteilen.

»Ist das dein Ernst?«

Er nickte. »Versteh mich nicht falsch. Es wäre mir nie in den Sinn gekommen zu heiraten, wenn du nicht ... du weißt schon.« Er deutete auf meinen Bauch, und ich legte instinktiv eine Hand darauf. »Zumindest noch nicht. Trotzdem ... Ich will das Richtige tun. Ich *muss* das Richtige tun. Also ... was meinst du dazu?«

Ich wollte schreien vor Freude. Okay, er war nicht mit einem glitzernden Diamantring vor mir auf die Knie gefallen, aber er wollte mich heiraten, und das reichte mir, denn es bedeutete, dass er für immer bei mir bleiben würde.

»Ja!« Ich wischte mir eine Träne von der Wange und räusperte mich. »Ich würde dich sehr gern heiraten, Ray.«

»Okay. Gut.« Er steckte eine Hand in seine Hosentasche, und mir kam der alberne Gedanke, dass er vielleicht doch einen Ring gekauft hatte. Aber er zog bloß eine Zigarettenpackung heraus, öffnete sie und hielt sie mir entgegen. »Willst du eine?«

Ich griff mit zitternden Fingern nach einer Zigarette und wartete, bis er mir Feuer gab. Dann saßen wir beide schweigend und rauchend da, bis der bereits vollkommen überhitzte Raum auch noch von blauem Dunst erfüllt war. Ich wusste, dass es unmöglich war, dennoch war ich überzeugt, dass ich das Baby bereits in mir spüren konnte. Es schlug Purzelbäume und versicherte mir, dass alles gut werden würde. Ich legte erneut eine Hand auf meinen Bauch und seufzte. Vielleicht hatte das Baby recht. Vielleicht würde wirklich alles gut werden.

Und so stießen Ray und ich an einem regnerischen Septembertag in einem überhitzten Café mit heißer Schokolade auf unsere Verlobung an, und ich fühlte mich trotz allem so glücklich wie schon lange nicht mehr. Das hier war meine Zukunft. Das spürte ich genau.

Die Tage vergingen, und ich begann endlich wieder zu arbeiten, obwohl ich mir nicht sicher war, wie lange ich meinen Job noch behalten würde, wenn ich mir weiterhin einfach so freinahm. Ich gab mir wirklich Mühe, mir über diese Dinge Gedanken zu machen, in Wahrheit drehte sich alles nur um Ray und darum, dass er mich liebte. Ich war ein dummer, verliebter Teenager.

Sandy freute sich, dass sie mich wiederhatte – sowohl im Laden als auch zu Hause. Eines Morgens war Ray unterwegs, um sich für einen neuen Job zu bewerben, und wir saßen gerade beim Frühstück, als ich ihr alles erzählte. Sie hob die Augenbrauen, als ich ihr von seinem Heiratsantrag berichtete.

»Eine Zweckehe. Wie romantisch.«

»Ach, Sandy, sei doch nicht so! Ich bin wirklich glücklich.«

»Ich weiß. Entschuldige, Jany, es ist nur so, dass … Ich mache mir Sorgen um dich, das ist alles. Ray ist total nett, das ist er wirklich. Aber ich will nicht, dass du verletzt wirst, und es geht alles so wahnsinnig schnell.«

»Ich lasse mich schon nicht verletzen. Ich weiß, was ich tue.«

»Ja, das sagen alle.«

Sie lächelte, um ihren Worten die Schärfe zu nehmen, doch ich war trotzdem wütend. Sandy war meine beste Freundin, warum verstand sie nicht, dass mich diese Beziehung glücklich machte?

Wir nippten schweigend an unserem Tee, im Radio spielte Dolly Partons *Love Is Like a Butterfly*, und das, was wir einander *nicht* sagten, lastete schwer auf uns. Zumindest auf mir. Sandy sagte sowieso immer, was sie dachte.

Sie war es auch, die schließlich das Schweigen brach und damit die Spannung löste. »Aber die Sache mit dem Baby ist toll! Bedeutet das, dass ich bald Tante Sandy werde?«

»Natürlich! Ich will, dass dieses Baby dich fast genauso liebt wie mich. Und seinen Daddy natürlich.«

Sie schwieg einen Moment lang. »Das heißt dann wohl, dass du auszieshst, oder? Ziehst du mit Ray zusammen?«

»Ich … darüber habe ich mir eigentlich noch keine Gedanken gemacht.«

Es klang seltsam, aber es stimmte. Ich war unbewusst davon ausgegangen, dass wir hierbleiben und mit Sandy gemeinsam in unserer hübschen kleinen Seifenblase weiterleben würden. Wir würden mit Sandy und Mal ausgehen, wie wir es bisher getan hatten, nur dass dann auch noch unser Baby dabei wäre.

Natürlich war es ziemlich unwahrscheinlich, dass alles beim Alten bleiben würde, wenn das Baby erst mal da war.

»Also, ich schätze, du solltest dir besser mal ein paar Gedanken darüber machen. Ray wird sicher nicht mit dir und mir und dem Baby in dieser Wohnung bleiben wollen. Und um ehrlich zu sein, weiß ich auch nicht, ob ich das will. Es wäre vermutlich etwas ... seltsam.«

Ich nickte. Sie hatte recht. Es wäre wirklich seltsam. Ich musste unbedingt mit Ray darüber sprechen. Doch letztlich blieb es mir erspart, denn er sprach das Thema zuerst an. Die Sonne ging bereits unter, als er mit strahlendem Gesicht nach Hause kam.

»Ray, was ist denn los?« Er stolperte durch die Tür und roch wieder einmal nach Alkohol. »Oh, Ray, bist du wieder betrunken?«

Er grinste verlegen. »Ich hatte nur ein paar Pints. Ich musste unbedingt mit den Jungs anstoßen, Baby«, erwiderte er und legte seine Arme an meine Taille. Er ließ sich auf Höhe meines Bauches nieder und flüsterte: »Daddy sorgt ab jetzt für dich, das verspreche ich dir.«

Ich schob ihn lachend fort. »Sei nicht albern, es kann dich doch nicht hören!«

Obwohl ich insgeheim froh war, dass er nun endlich akzeptierte, dass das hier real war. Dass er bald Vater werden würde.

»Kann sie wohl!«

»Wie kommst du darauf, dass es weiblichen Geschlechts ist?«, fragte ich lächelnd.

»Ich weiß es einfach. Sie wird Daddys kleines Mädchen. Und selbst wenn sie mich nicht hören kann, gehe ich lieber auf Nummer sicher.« Er drückte mir einen schnellen Kuss auf die Nase.

Ich schloss die Eingangstür und folgte ihm. Sandy saß im Wohnzimmer, doch Ray ignorierte sie und ging sofort in mein Zimmer. Ich zuckte entschuldigend mit den Schultern, als ich an ihr vorbeikam.

Schnell drückte ich die Tür zu und ging zu Ray, der auf der Bettkante saß und mich mit ernstem Blick ansah.

»Ray, was ist passiert?«

Er betrachtete mich noch einen Moment länger, dann begann er plötzlich zu grinsen.

»Nichts ist *passiert* – ich habe ein paar tolle Neuigkeiten!«

»Was denn?«

»Ich habe ein Zuhause für uns gefunden.«

Ich sah mich in dem kleinen Zimmer um, in dem ich vier Jahre lang gewohnt hatte.

»Ich hab doch schon ein Zuhause.«

»Ja, aber wir können doch nicht hierbleiben, wenn das Baby erst mal da ist. Wenn *unser* Baby da ist. Und wenn wir verheiratet sind, wollen wir doch sicher in eine eigene Wohnung ziehen, oder?« Er lächelte, und auch wenn ich eigentlich wollte, dass er solche Entscheidungen nicht über meinen Kopf hinweg fällte, musste ich es unwillkürlich erwidern.

»Ja, ich schätze schon.«

Er nickte. »Gut. Wunderbar. Denn ich habe schon alles in die Wege geleitet. Ich habe uns ein kleines Haus mit zwei Schlafzimmern und einem Garten gemietet, einen Bungalow, damit unser Kind im Freien spielen kann. Und da ist noch etwas.« Er hielt inne, und ich wartete darauf, dass er weitersprach. »Ich habe einen Job!«

»Einen Job? Du hast doch einen Job ... im Prinzip.«

»Ja, ja. Ich weiß, aber auf die Sache mit der Band können wir uns nicht verlassen. Und ich kann nicht für den Rest meines Lebens Kleinkram kaufen und wieder verkaufen. Also habe ich mir einen Job in einer netten kleinen Fabrik in der Stadt besorgt.«

»In einer *Fabrik*?« Ich konnte mich nicht zurückhalten. Ich wusste natürlich, dass er es nur gut meinte, aber das war nicht richtig. »Das willst du doch gar nicht! Überhaupt nicht. Was ist mit deinem Traum, mit der Band groß rauszukommen? Du wirst es niemals schaffen, wenn du den ganzen Tag in einer Fabrik herumsitzt.«

Er schüttelte den Kopf. »Du übersiehst etwas ganz Wesentliches, Jany. Ich muss endlich erwachsen werden. Es geht hier nicht mehr nur um mich und das, was ich will. Es geht um mich, dich und das Kleine.« Er legte seine Hand auf meinen Bauch. »Ich muss mich um euch beide kümmern. Das ist mein Job.«

Ich lächelte. »Ach, Ray, sei nicht albern! Ich liebe dich, weil du so bist, wie du bist. Du musst dich nicht ändern. Ich will nicht, dass du einen Job machst, den du im Grunde hasst, nur um genug Geld nach Hause zu bringen. Wir werden es schaffen, wenn wir beide arbeiten, und ich ertrage es nicht, wenn du deinen Traum dafür aufgeben musst. Die Musik ist ein Teil von dir. Sie ist das, was dich ausmacht.«

Ich setzte mich neben ihn aufs Bett.

»Das stimmt nicht«, erwiderte er. »Die Musik ist nicht mehr das, was mich ausmacht. Das war vielleicht früher so, jetzt ist es anders. Ich werde bald Vater. Und das bedeutet, dass sich alles ändern muss.«

Ich liebte ihn dafür, dass er so viel Begeisterung zeigte und so fest entschlossen war, alles richtig zu machen. Aber diese drastische Kehrtwende bereitete mir auch Sorgen. Es kam so plötzlich und unerwartet. Als ich in sein Gesicht sah, erkannte ich jedoch, dass er es wirklich ernst meinte, und ich durfte ihm das nicht nehmen. Also nickte ich.

»Okay. Danke.«

Ich drückte ihm einen Kuss auf die raue Wange.

»Versprich mir nur eines.«

»Was?«

»Dass du die Band nicht ganz aufgibst. Dafür liebst du die Musik viel zu sehr. Ich will nicht, dass die Entscheidung für oder gegen die Musik einmal zwischen uns steht.«

Er nickte. »Versprochen.«

»Gut. Also, wo ziehen wir hin? Und wann geht es los?«

»Na ja, das ist die andere Sache.« Er senkte den Blick und musterte eingehend den Teppich, um mir nicht in die Augen sehen zu müssen. »Wir ziehen nach Norwich.«

»Nach *Norwich*?« Er nickte stumm, sah mich immer noch nicht an. »Aber ich wohne doch hier. In Cromer. Ich mag es hier am Meer. Es ist mein Zuhause. Ich ... ich bin mir nicht sicher, ob ich in der Stadt wohnen möchte. Vor allem nicht mit einem Baby.«

»Ich wusste, dass du das sagen würdest.«

»Hast du das Haus gemietet, ohne mich vorher zu fragen, weil du Angst hattest, dass ich etwas dagegen haben würde?«

»Nein.« Er hob abrupt den Kopf. »Nein, bestimmt nicht. Ich … ich wollte nur ein einziges Mal die Verantwortung für etwas übernehmen. Ich wollte alles richtig machen. Für dich. Und für das Baby. Ich glaube, dass es in der Stadt einfacher sein wird, weil das Krankenhaus gleich in der Nähe ist. Und meine Arbeit. Ich will, dass wir zusammen sind, Jany. Spielt es da wirklich eine Rolle, wo wir wohnen?«

Ich wollte bereits fauchen, dass es für mich sehr wohl eine Rolle spiele. Hier war mein Zuhause, ich wollte nicht, dass er die Kontrolle an sich riss und sämtliche Entscheidungen allein traf. Und das Haus war zwar in der Nähe *seiner* neuen Arbeitsstelle, dagegen viel zu weit entfernt von dem Laden, in dem ich arbeitete …

Doch irgendetwas in seinem Blick hielt mich davon ab, ihm all das an den Kopf zu werfen. Er wirkte nicht mehr so selbstsicher und großspurig wie sonst. Es schien, als hätte er dieses Mal tatsächlich etwas zu verlieren. Also schluckte ich das, was ich eigentlich sagen wollte, hinunter.

»Nein, vermutlich spielt es keine Rolle. Danke, Ray«, erwiderte ich.

Und das war der Tag, an dem sich mein Leben erneut von Grund auf änderte. Für immer.

8

1977–1979

Ich zog gedankenverloren meine Runden durch den winzigen Garten – durch *unseren* winzigen Garten – und kam dabei immer wieder an derselben Mauer, den Rosen, dem Zaun, dem Rankgitter und der Heckenkirsche vorbei, bis ich erneut bei der Mauer angelangt war und von vorne begann. Meine kleine Tochter wand sich und strampelte in ihrer Decke, und ich versuchte, sie zu beruhigen, indem ich sie fest an mich drückte. Doch jedes Mal, wenn ich auch nur ein wenig langsamer oder schneller ging, begann sie sofort zu weinen, und wenn sie – wie jetzt gerade – eine kurze Pause einlegte, konzentrierte ich mich darauf, ruhig und regelmäßig zu atmen und auf dieselben Pflastersteine und Grashalme zu treten wie beim letzten Mal, damit sie nicht gleich wieder zu jammern begann.

Diese Augenblicke des Friedens waren eine solche Erleichterung und so wertvoll, dass ich sie gar nicht richtig genießen konnte. Meine Schultern waren bereits völlig verspannt. Trotzdem versuchte ich, weiter tief ein- und auszuatmen. Ein und aus. Ein und aus.

Die kleine Kate war gerade einmal drei Wochen alt, doch sie hatte unser Leben bereits total auf den Kopf gestellt. Sie hatte am 12. März 1977 im Krankenhaus von Norwich das Licht der Welt erblickt, und von dem Augenblick an, als ich ihre zusammengekniffenen Augen und den winzigen blonden Schopf auf ihrem kleinen Köpfchen zum ersten Mal sah, liebte ich sie mehr als irgendjemanden sonst auf dieser Welt. Es war, als hätte die Liebe zu meinem Kind alles andere in mir verdrängt, sodass nur noch diese unglaubliche Bewunderung zurückblieb, die so mächtig war, dass es beinahe wehtat. Aber wenn sie immer nur weinte und weinte und nie wieder aufhören wollte, fragte ich mich oft, ob ich es wohl schaffen würde, ob ich überhaupt fähig war, eine gute Mutter zu sein.

Ich hatte mich gerade zum gefühlt hundertsten Mal auf den Weg über das kleine Rasenstück gemacht, als ich plötzlich ein Geräusch hinter mir hörte. Es war Ray, der den Kopf durch die Hintertür steckte. Ich beendete meine Runde und trat anschließend vorsichtig auf die Veranda.

»Hi«, flüsterte ich, denn Kates Ohr lag genau auf meinem Brustbein. Ich wagte es innezuhalten, wiegte mich allerdings weiter sanft hin und her und hoffte, dass sie damit einverstanden sein würde.

»Wie lange bist du schon hier draußen?«, fragte Ray ebenso leise.

»Keine Ahnung. Ein paar Stunden vielleicht ... Wie spät ist es denn?«

Er warf einen Blick auf die Uhr. »Vier.«

»Dann sind es etwa zwanzig Minuten.« Ich sah auf den

flauschigen kleinen Kopf unter meinem Kinn hinunter. »Ich glaube, jetzt ist sie endlich eingeschlafen.«

»Super! Kommst du mit rein und trinkst eine Tasse Tee mit mir?«

Ich nickte, und wir traten gemeinsam in die Küche. Ich ließ mich vorsichtig auf einen der Stühle sinken und lehnte mich seufzend zurück. »Wie war's bei der Arbeit?«

Ray setzte Wasser auf, holte zwei Tassen aus dem Küchenschrank und gab Teeblätter in die Kanne. Seine Haare waren länger als sonst, sie berührten bereits seinen Hemdkragen. Ich sehnte mich danach, mit den Fingern hindurchzufahren, aber vermutlich hätte er mich bloß verärgert weggeschoben. So verhielt er sich in letzter Zeit immer, wenn ich ihm zu nahe kam. Gerade so, als wünschte er sich, dass ich gar nicht da wäre. Es tat verdammt weh, denn es war das genaue Gegenteil von dem, wie er früher war. Ich konnte nur hoffen, dass diese Phase irgendwann vorüberging.

Er zog die Schultern hoch und ließ sie wieder sinken, dann knallte er den Löffel auf die Arbeitsplatte, wandte sich zu mir um, blies die Wangen auf und ließ die Luft ruckartig entweichen.

»Schon okay. So wie immer eben.« Er rieb sich nervös den Nacken. »Morgen bekomme ich wenigstens meinen Lohn.«

Er wirkte geknickt und ganz und gar nicht mehr wie der strahlende, witzige Ray, den ich vor etwas über einem Jahr kennengelernt hatte, und ich spürte, wie sich mein Herz zusammenzog.

»Du weißt doch, dass du diesen Job nicht machen musst,

wenn du nicht willst, oder? Wir kämen schon irgendwie zurecht.«

»Ja, ich weiß, ich kann ihn trotzdem nicht aufgeben, so ist das nun mal. Ich muss mich jetzt um euch beide kümmern.« Er ließ sich auf den Stuhl mir gegenüber fallen und beugte sich vor. »Es ist nur so nervtötend, jeden Tag, Woche für Woche, in dieser Fabrik zu verbringen. Es ist immer dasselbe, und trotzdem denken alle, die Fabrik wäre das Wichtigste auf der verdammten Welt. Es ist echt deprimierend.«

»Dann schmeiß den Job doch hin!«

Ray seufzte. »Das kann ich nicht. Wir müssen immerhin die Miete fürs Haus und noch einige andere monatliche Rechnungen bezahlen. Außerdem müssen wir Lebensmittel kaufen – und jetzt haben wir noch einen Esser mehr. Was natürlich nicht heißt, dass ich jemals etwas daran ändern würde.«

Ein Lächeln umspielte seine Lippen, als er seine Tochter betrachtete, die friedlich in meinen Armen schlief, und einen Moment lang war er wieder der alte Ray, der mein Leben aus den Angeln gehoben und mir die Welt zu Füßen gelegt hatte. Hätte er mich doch wieder einmal so bewundernd angesehen, wie er es früher immer getan hatte …

Doch es hatte sich einiges verändert, seit wir eingezogen waren. Ich verlor mich kurz in der Erinnerung …

Ray war so aufgeregt und voller Hoffnung. Sandy machte ein Foto von uns beiden und Rays Motorrad vor unserer alten kleinen Wohnung, bevor wir schließlich losfuhren, und ich hatte das Gefühl, dass gerade eine ganze Ära zu Ende ging. Es hätte mich wohl traurig gemacht, wenn Ray nicht so aufgeregt gewesen wäre. Und so umarmten Sandy und ich uns lediglich und verabschiedeten uns ohne Tränen voneinander.

Rays Begeisterung war ansteckend, und als wir einige Zeit später vor dem winzigen Bungalow in einem Vorort von Norwich hielten, drehte er sich mit einem Grinsen zu mir um, das ich genauso freudig erwiderte, obwohl mich die Enttäuschung beinahe übermannt hätte, als ich den ungepflegten Garten, die schmutzige Fassade und die durchhängenden Vorhänge vor den Fenstern sah. Ehe wir uns versahen, fühlte sich das kleine Haus auch schon wie ein richtiges Zuhause an. Vielleicht, weil Ray und ich zum ersten Mal allein wohnten und wir uns dadurch so erwachsen fühlten. Wir kauften im Trödelladen am Ende der Straße Bilder für die Wände und verbrachten die Wochenenden damit, Wohnraum und Küche zu streichen und die beiden Schlafzimmer zu tapezieren. Das Kinderzimmer war natürlich das Wichtigste überhaupt, und als Ray schließlich freudestrahlend mit einer gebrauchten Wiege nach Hause kam, wäre ich beinahe vor Glück geplatzt.

Der Umzug in unser eigenes Haus bedeutete eine riesige Umstellung für ihn, denn er war überzeugt, dass er von jetzt an Verantwortung für unser Leben tragen musste. Natürlich änderte sich mein Leben genauso – ich hatte meinen Job in dem Bekleidungsgeschäft in Cromer aufgegeben, den ich sehr geliebt hatte, und bereitete mich auf unser erstes Baby vor –, doch die Veränderungen für Ray waren sehr viel tiefgreifender.

Bis zu diesem Zeitpunkt hatte er tun und lassen können, was er wollte. Er hatte sich in kleinen Pubs und Clubs um den Verstand gespielt und jedes Mal seine ganze Energie in den Auftritt investiert, auch wenn nur zwei oder drei Gäste anwesend gewesen waren. Er hatte niemandem Rechenschaft ablegen müssen. Selbst als er mich kennengelernt hatte, hatte sich sein Leben nicht maßgeblich verändert. Ich hatte mich einfach von ihm mitreißen lassen und jede Minute, die ich mit ihm verbringen durfte, genossen.

Doch seit er erfahren hatte, dass er bald Vater werden würde, nahm er seine Aufgabe sehr ernst. Anstatt seine Energie darauf zu verwenden, seine Karriere als Bassgitarrist voranzutreiben, machte er Überstunden, um die Rechnungen zu bezahlen, am Wochenende renovierte er das Haus. Er fing sogar an, seine Haare mit Gel nach hinten zu kämmen, um seine wilden Locken zu zähmen, was mir leider überhaupt nicht gefiel. Aber ich sagte nichts. Er bemühte sich so sehr.

Unsere Hochzeit fand in sehr kleinem Rahmen statt – nur Ray und ich, Sandy und Rays Freund Pete. Wir trafen uns am Standesamt, und ich trug ein hübsches grünes Kleid, das ich in einem Secondhandladen die Straße runter gefunden und ein wenig umgenäht hatte, sodass mein langsam dicker werdender Bauch auch in den kommenden Monaten noch Platz darin finden würde. Anschließend tranken wir zur Feier des Tages einige Gläser im Pub. Nun war ich also nicht mehr Miss Bennett, sondern Mrs. Wood. Mir gefiel der Klang meines neuen Namens und das Gefühl, das er mit sich brachte.

Meist gefiel mir auch der neue Ray, obwohl ich den witzigen, sorglosen Ray vermisste, in den ich mich verliebt hatte. Außerdem machte ich mir ständig Sorgen, dass unser Traum bald platzen würde. Uns war beiden klar, dass dieses neue Leben nicht zu ihm passte. Und auch wenn ich keine Sekunde daran zweifelte, dass er mich liebte, hatte ich Angst, dass sich unser Leben viel zu dramatisch und viel zu schnell verändert hatte. Vielleicht würde Ray eines Tages aufwachen und erkennen, was aus seinem Leben geworden war. Er würde Kate und mich verlassen, und ich hatte keine Ahnung, was wir dann tun würden.

Genau das war also der Grund, warum ich nicht wollte, dass er einen Job behielt, den er hasste. Denn wenn er es tat, kam der Tag der Erkenntnis vielleicht früher als erwartet.

Ich erwachte aus meinen Träumereien.

»Willst du sie mal halten?«

Ray nickte, und ich stand auf und legte ihm vorsichtig seine schlafende Tochter in die Arme. Er sah im Vergleich zu dem zerbrechlichen kleinen Körper so riesig aus, dass mein Herz beim Anblick der beiden beinahe zerschmolz. Ray sah mit feuchten Augen auf Kate hinunter und drückte ihr einen sanften Kuss auf die weichen, flaumigen Haare.

»Sie ist das alles mehr als wert, weißt du? Das seid ihr beide.«

Er sprach so leise, dass ich mir nicht sicher war, ob ich ihn richtig verstanden hatte, doch als er aufsah und mich anlächelte, wusste ich es. Ich setzte mich umständlich auf seine Knie, schmiegte mich an ihn, um seine Wärme zu spüren.

Es war nicht wirklich bequem, und mein Nacken begann sofort zu schmerzen, aber ich war in diesem kurzen Moment, in dem wir alle drei zusammen waren, so glücklich, dass ich mich nicht von der Stelle rührte. Zumindest nicht, bis das Teewasser auf dem Herd zu blubbern begann.

Ich goss den Tee auf und trug Kanne und Tassen zum Tisch, wo wir uns schließlich schweigend gegenübersaßen und zusahen, wie der Dampf in Richtung Decke stieg. Man hörte nur das Brummen der Autos, die am Haus vorbeifuhren, und hin und wieder Kates leises Murmeln, die eng an die Brust ihres Daddys geschmiegt schlief.

Ich schenkte uns ein, nippte an meinem Tee und verbrannte mir dabei die Zunge.

»Warum gehst du heute Abend nicht aus und amüsierst dich? Ich kümmere mich um Kate.«

Ich wusste, dass er seine Freunde vermisste. Früher hatte er sich mit ihnen treffen können, wann auch immer ihm der Sinn danach stand. Obwohl er sie immer noch ab und zu sah, wusste ich, dass er ihnen meistens eine Abfuhr erteilte und erklärte, dass er zu Hause bleiben müsse. Ich hoffte, dass ihn etwas Zeit mit ihnen ein wenig aufheitern würde.

»Ich weiß nicht. Ich habe ja keine Ahnung, was sie heute so vorhaben.«

»Dann mach dich doch einfach auf die Suche nach ihnen.« Ich blies sanft in meinen Tee und sah zu, wie die Wellen über die Oberfläche tanzten. »Sie können ja nicht so schwer zu finden sein, und ein freier Abend würde dir sicher guttun.«

Er seufzte. »Hm …«

»Geh schon. Wir kommen zurecht. Ehrlich.« Ich nahm ihm die schlafende Kate ab und drückte ihm einen Kuss auf die Stirn. »Na los!«

Er stemmte sich hoch und strich die Hose glatt. »Okay, mal sehen, ob ich jemanden finde, mit dem ich ein paar Pints kippen kann. Aber ich komme nicht zu spät nach Hause, versprochen. Okay?«

»Okay.«

Vor der Tür zum Bad drehte Ray sich noch einmal um. »Jany?« Ich hob den Blick. »Danke! Du bist die Beste.«

»Ich weiß.« Ich grinste, und er zwinkerte mir zu.

Zehn Minuten später hörte ich, wie die Haustür ins Schloss fiel, und es blieb nichts als eine Wolke Aftershave in der Wohnung zurück.

Ich war wohl auf dem Sofa eingeschlafen, denn als ich aufwachte, lag Kate schlafend auf meinem Bauch, und die Lampe brannte noch. Ich setzte mich vorsichtig auf, um die Kleine nicht zu wecken, und legte sie anschließend sanft auf ein Kissen. Sie drehte ihr Köpfchen von links nach rechts und reckte sich, bevor sie mit einem zufriedenen Seufzen weiterschlief. Ich ging in die Küche und warf einen Blick auf die Uhr über der Spüle. Halb drei. Verwundert runzelte ich die Stirn. War Ray noch nicht nach Hause gekommen? Oder hatte er uns gesehen und beschlossen, uns schlafen zu lassen?

Ich tappte den Flur hinunter zu unserem Schlafzimmer und öffnete leise die Tür. Die Straßenlaterne vor dem Fenster tauchte den Raum in ein orangefarbenes Licht, und ich hörte ruhiges Schnarchen. Rays Jacke hing über einem Stuhl, seine Füße ragten über das Bettende hinaus. Ich trat näher. Er war vollständig bekleidet, sein Atem roch nach Bier, Whiskey und Zigaretten.

Ich kehrte ins Wohnzimmer zurück, wo Kate noch tief und fest schlief. Da ich jedoch aus Erfahrung wusste, dass sie bald aufwachen und Hunger haben würde, machte ich ihr ein Fläschchen und trug sie anschließend in ihr Zimmer. Hier war es dunkler als im Elternschlafzimmer, und ich tastete mich vorsichtig zum Lehnstuhl vor, ließ mich gähnend darauf nieder. Ich versuchte, mir keine Gedanken darüber zu machen, wo und mit wem Ray unterwegs gewesen war. Ich wusste immerhin, dass er mich liebte, und ich musste ihm zugestehen, dass er mir nie einen Grund gegeben hatte, ihm zu misstrauen. Außerdem hatte ich ihn doch selbst auf die Idee gebracht, an diesem Abend auszugehen, weshalb ich mich eigentlich nicht beschweren durfte. Trotzdem störte es mich, dass er mich nicht geweckt hatte, sondern sich einfach aufs Bett hatte fallen lassen, ohne sich vorher auszuziehen. Es störte mich sogar gewaltig.

Plötzlich sah ich vor mir, wie er mit einer anderen Frau in einem rauchigen Club zusammensaß, und diese Bilder ließen mich nicht mehr los. Allein der Gedanke daran, dass er vielleicht mit einer anderen zusammen gewesen war, war so schmerzhaft, dass ich es kaum ertrug.

Im nächsten Moment riss mich auch schon ein lautes Brüllen aus meiner Starre. Kate war aufgewacht und verlangte nach ihrem Fläschchen. Dankbar für die Ablenkung griff ich eilig danach und sah ihr anschließend zu, wie sie gierig daran nuckelte.

Am nächsten Tag beharrte Ray darauf, dass er nicht wirklich spät nach Hause gekommen war und außerdem nur ein paar Pints mit seinen Jungs getrunken hatte.

»Ihr habt so friedlich ausgesehen, da wollte ich euch nicht wecken«, erklärte er.

»Okay.« Ich nickte. Ich hatte ihm den Rücken zugewandt und strich weiter Butter auf meinen Toast.

Plötzlich schlang er von hinten die Arme um mich und legte sein Kinn auf meinen Kopf. »Komm schon, Jany, sei doch nicht so. Du hast doch gesagt, dass ich gehen soll. Du musst lernen, mir zu vertrauen.«

Ich zuckte mit den Schultern. »Das tue ich ja«, erwiderte ich, »das tue ich.«

Doch wenn ich mit Kate allein zu Hause saß, während Ray um die Häuser zog, fiel es mir schwer, mich an seine Worte zu erinnern, und ich konnte mich kaum noch selbst davon überzeugen, dass alles okay war. Ray erlebte eine neue Veränderung – er wurde nicht wieder zu dem Mann, der er früher einmal gewesen war, dem Mann, der jede freie Minute mit mir hatte verbringen wollen. Der Abend, an dem ich ihn ermuntert hatte, mal wieder auszugehen, hatte das Bedürfnis nach Freiheit in ihm wiedererweckt, hatte ihm klargemacht, was er verpasste, wenn er mit Frau und Kind zu Hause saß.

Bald begann Ray, beinahe jeden Abend auszugehen. Er

kam von der Arbeit in der Fabrik nach Hause, aß mit mir und verschwand mit dem Versprechen, nicht zu spät zurückzukommen. Und manchmal hielt er sein Versprechen auch. Dann saßen wir im Wohnzimmer und unterhielten uns über Kate und unseren Tag. Ab und zu half er mir sogar, Kate ins Bett zu bringen, und zog mich anschließend mit sich ins Schlafzimmer. Diese Abende waren es auch, die trotz allem den Glauben aufrechterhielten, dass alles gut werden würde.

In vielen Nächten bekam ich ihn überhaupt nicht zu Gesicht, dann stolperte er in den frühen Morgenstunden betrunken und nach Zigarettenrauch stinkend durch die Tür. Auch wenn er mit der Band auftrat, womit er irgendwann wieder begann, kam er immer erst sehr spät nach Hause. Manchmal war ich gerade wach und fütterte oder beruhigte Kate, doch er ging an uns vorbei und schien uns gar nicht zu sehen.

Ich war am Boden zerstört, denn obwohl ich mir einredete, dass Rays Verhalten durchaus normal war und er nur Dampf abließ, fühlte ich mich zurückgewiesen und einsam. Ich hasste es, dass er lieber mit Gott weiß wem um die Häuser zog und sich betrank, anstatt zu Hause bei seiner Frau und seinem Baby zu sein. Sein Verhalten uns gegenüber machte mir schließlich klar, wie verschieden wir eigentlich waren.

Die Tage, an denen er in der Fabrik arbeitete, brachte ich so gut wie möglich hinter mich, doch in Wahrheit war ich einsam. Ich hatte in Norwich noch keine neuen Freunde gefunden, und manchmal sprach ich den ganzen Tag über mit keiner Menschenseele. Ich vermisste das Rauschen des

Meeres, das Kreischen der Möwen und die salzige Luft und hatte immer öfter das Gefühl, in der heißen Stadtluft zu ersticken.

Trotzdem hätte ich Ray niemals verlassen.

Und so blieb alles beim Alten.

Zumindest vorerst.

Als Kate zweieinviertel war, hatte ich eine Nachricht für Ray, von der ich hoffte, dass sie alles zum Guten wenden würde.

Ich wartete sehnsüchtig darauf, dass er aus der Fabrik nach Hause kam. Ich hatte ihm sogar sein Lieblingsessen gemacht – Speck, Eier und Pommes frites –, da ich wollte, dass er sich zu mir an den Tisch setzen und nicht gleich wieder losziehen würde.

Während ich in der Küche stand und die Pommes frites aus der Fritteuse nahm, fragte ich mich, ob Ray an diesem Tag genauso mürrisch sein würde wie sonst, wenn er aus der Fabrik zurückkam. Kate saß auf dem Küchenboden, spielte mit ein paar Kunststoffdosen und Holzlöffeln und lachte fröhlich. Ich stellte gerade die Teller auf den Tisch, als Ray die Haustür öffnete, und mein Herz machte einen Sprung. Wenige Sekunden später stand er in der Küche.

»Was ist denn hier los?« Er deutete mit dem Kopf auf den Tisch.

Ich zuckte nervös mit den Schultern. »Ich dachte nur, dass es nett wäre, ein wenig zusammenzusitzen und sich zu unterhalten. Ich sehe dich in letzter Zeit ja kaum noch.«

Er starrte mich einige Sekunden lang an, dann wanderte

sein Blick zu Kate. Schließlich schlüpfte er aus seiner Jacke, hängte sie über die Stuhllehne, hob Kate hoch, drückte ihr einen zärtlichen Kuss auf die Wange, bevor er sie auf den Boden stellte, und setzte sich.

»Okay, warum nicht. Ich muss heute sowieso erst später los.«

Ich biss mir auf die Zunge, denn ich wollte ihn nicht verärgern. Ich wollte, dass er mir zuhörte.

Ich gab uns auf und setzte mich ebenfalls. Ray nahm Messer und Gabel und begann, das Essen in sich hineinzuschaufeln, während ich es von einer Seite des Tellers zur anderen schob und nur ab und zu ein Kartoffelstäbchen aufspießte und es langsam kaute.

Er hob den Blick. »Isst du gar nichts?«

»Ich habe keinen Hunger.«

Er zuckte mit den Schultern. »Ich weiß, dass ich mich ständig über die Arbeit beschwere, aber ich liebe Kate und dich, das weißt du doch, oder? Es ist nur … Na ja, du kennst mich ja. Ich brauche meine Freiheiten, und in der Fabrik bekomme ich sie eben nicht.« Er lächelte. »Wenigstens hast du nichts dagegen, dass ich am Abend losziehe und Spaß habe.«

Ich lächelte schwach. Ich wagte es nicht, ihm zu gestehen, dass ich sehr wohl etwas dagegen hatte und dass ich ihn wieder öfter bei mir – bei uns – zu Hause haben wollte. Fort von all den Versuchungen. Dieser Abend war nicht der richtige Zeitpunkt. Also nickte ich bloß und holte tief Luft.

»Ray, es ist etwas passiert.«

Seine Gabel hielt auf halbem Weg zu seinem Mund inne,

und er legte sie langsam zurück auf den Teller. Sein Gesicht war kalkweiß und seine Augen geweitet. Er wirkte vollkommen verängstigt, als würde gerade ein Zehn-Tonnen-LKW auf ihn zurasen und er hätte keine Chance mehr, rechtzeitig auszuweichen. Ich hatte keine Ahnung, was er erwartete – es waren auf alle Fälle keine guten Neuigkeiten.

»Etwas?« Seine Stimme war heiser, und er räusperte sich, versuchte es noch einmal. Dieses Mal klang es besser. »Was für eine Art Etwas?«

Ich zögerte einen Augenblick, dann platzte ich einfach damit heraus. »Ich bin wieder schwanger.«

Die Stille schien den Raum beinahe zu sprengen. Mir wurde schwindelig. Warum sagte er nichts?

Ich sah zu, wie sein Gesicht langsam rot wurde und die Schultern nach unten sackten. Ich wusste nicht, was gerade in ihm vorging, aber ich erinnerte mich noch gut daran, was beim letzten Mal passiert war. Er war gegangen, und ich hatte gedacht, es wäre vorbei. Ich war mir nicht sicher, ob ich so etwas noch einmal ertragen würde.

Das Klappern von Messer und Gabel und das Kratzen des Stuhls auf dem Küchenboden durchbrachen schließlich die Stille, und ich hielt den Atem an und fragte mich, was er wohl tun würde. Ray stand einen Moment lang schweigend da, und sein Blick wanderte von mir zu Kate und wieder zurück.

»Wow, das ist ...« Er brach ab, senkte den Blick und hob ihn wieder. »Das ist eine große Sache, Jany.« Ich nickte, denn ich wusste nicht, was ich darauf erwidern sollte. Eine große *gute* Sache oder eine große *schlechte* Sache? Ich wartete, während Kate im Hintergrund mit sich selbst plapperte. »Ich weiß nicht, was ich sagen soll. Damit hätte ich nicht gerechnet.«

»Ich doch auch nicht, Ray. Aber es ist nun mal passiert.«

»Wir haben doch kaum ...«

»Ich weiß. Wir waren in letzter Zeit kaum zusammen.« Ich versuchte, nicht zu verbittert zu klingen. »Aber es ist eben nur ein einziges Mal notwendig, Ray. Ein einziges Mal.«

Er nickte. »Ja, das ist wahr. Mein Gott.«

»Das ist nicht die Reaktion, auf die ich gehofft habe.«

Er sah mich verständnislos an. »Und was *hast* du gehofft, Jany? Wolltest du, dass ich vor Freude zu tanzen anfange? Dass ich dich schnappe und durch die Luft wirble?«

»Keine Ahnung«, fauchte ich. »Ich dachte bloß, *hoffte*, dass du begeisterter reagieren würdest. Glücklicher.« Meine Stimme versagte.

»Es tut mir leid, ich denke nun mal ... Hör mal, es ist schon in Ordnung. Das ist eine gute Nachricht. Ich muss bloß ...« Er nahm seine Jacke vom Stuhl und warf sie sich über den Arm. »Ich muss raus. Tut mir leid. Ich komme später wieder, versprochen.«

Er schlüpfte in die Jacke, steckte sich die Bierdose, die ich ihm auf den Tisch gestellt hatte, in die Tasche und verschwand.

Wieder einmal.

Es hätte nicht so schlimm sein sollen wie beim letzten Mal, und zum Teil war es das auch nicht. Immerhin hatte er gesagt, dass er wiederkommen würde. Trotzdem wurde ich das Gefühl nicht los, dass es hier um mehr ging, als darum, dass wir noch ein Baby bekamen. Er war ohnehin kaum zu Hause. Welchen Unterschied machte es für ihn, ob da zwei oder drei Menschen auf ihn warteten? Ich musste ständig an das Flackern in seinen Augen denken, als ich es ihm gesagt hatte. Er hatte so wütend ausgesehen. Als hätte ich das alles eingefädelt, um ihm eine Falle zu stellen.

Ich stand wie in Trance auf, nahm meinen halb vollen und Rays fast leeren Teller und warf die Essensreste in den Mülleimer. Dann setzte ich mich wieder, um Kate zuzusehen, die mit ihrem Trinkbecher spielte. Sie hatte keine Ahnung, was hier gerade los gewesen war, und das war auch gut so. Ich wollte gar nicht daran denken, was passierte, wenn sie eines Tages erkannte, dass ihr Daddy im Grunde nie da war.

Trotzdem liebte ich Ray – und wir brauchten ihn. Wir alle drei. Also wartete ich und hoffte, dass er es irgendwie auf die Reihe brachte. Und dann würde ich ihn zurücknehmen, mit unserem Leben weitermachen und beten, dass es dieses Mal tatsächlich anders werden würde.

Man sagt, dass ein Mensch nicht aus seiner eigenen Haut kann, und ich weiß aus Erfahrung, dass es in den meisten Fällen tatsächlich so ist, doch dieses Mal überraschte Ray mich wirklich, denn er kam nicht viel später nach Hause. Er war zwar ein wenig angeheitert, aber ich hatte ihn schon schlimmer erlebt. Ich saß auf dem Sofa im Wohnzimmer, und Kate lag schlafend auf meinem Bauch, damit ich mich nicht so einsam fühlte. Der Fernseher flackerte tonlos im Hintergrund.

Ray blieb im Türrahmen stehen und musterte uns. Sein Gesicht wurde nur vom Licht des Fernsehers erhellt, weshalb ich den Ausdruck darauf nicht deuten konnte. Ich sah im Grunde nur einen Umriss.

»Jany?« Er trat ins Zimmer und setzte sich vorsichtig neben mich, sah mich ernst an und runzelte die Stirn. »Es tut mir so leid.«

»Ist schon okay«, flüsterte ich, um Kate nicht zu wecken. »Ich lege die Kleine nur schnell in ihr Bettchen, dann komme ich wieder.«

»Ist gut …«

Ich trug sie in ihr Zimmer, brachte sie zu Bett und wischte mir eine Träne von der Wange. Ich wollte nicht, dass Ray mich weinen sah. Er war zurückgekommen, und es schien ihm leidzutun, dass er fortgegangen war. Ich musste ihm die Chance geben, mir alles zu erklären.

Ich ließ Kate schlafend zurück und ging wieder zu ihm. Er hatte seine Jacke ausgezogen und saß mit zurückgelehntem Kopf und geschlossenen Augen auf dem Sofa. Als er mich hörte, sah er auf. Er schien um Jahre gealtert. Ich fragte mich, welche düsteren Gedanken wohl in seinem Hirn tobten.

»Du bist zurück.«

Er nickte. »Das hattest du nicht verdient, dass ich schon wieder weggelaufen bin.« Er hielt inne, und sein Blick wanderte durchs Zimmer. Zum Fernseher, dem elektrischen Kamin, dem Sideboard. »Ich war bloß total überrascht.«

»Ich doch auch! Aber der Schock kann doch kaum so groß sein wie beim letzten Mal ...«

Er zuckte mit den Schultern. »Ich weiß auch nicht. Damit hab ich überhaupt nicht gerechnet, um ehrlich zu sein.«

»Bleibst du bei mir?«

Es war schrecklich, wie verzweifelt ich klang, trotzdem konnte ich nicht anders. Ich brauchte ihn.

Er nickte. »Natürlich, Jany. Ich würde dich nie verlassen, glaub mir.« Er strich sich die Haare aus dem Gesicht. »Von jetzt an bin ich der beste Dad und Ehemann, den man sich vorstellen kann. Du wirst mich nicht wiedererkennen. Versprochen.«

Sein Blick war so ernst, dass ich tatsächlich lachen musste. »Sei nicht albern, ich *will* dich doch wiedererkennen! Immerhin liebe ich dich und nicht irgendeinen Fremden. Ich möchte, dass du hier bist. Bei mir und Kate und ... dem Baby, wenn es erst mal auf der Welt ist.«

»Ich weiß. Und du hast recht. Das werde ich. Ich werde da sein.«

Er strich mir über die Wange, und diese Berührung allein reichte aus, mich erschaudern zu lassen. Ich wusste, dass ich ihn nicht verlieren durfte. Ich würde alles dafür tun, um ihn zu behalten.

Ray hielt sein Wort, und von da an wurde tatsächlich alles anders. Er kam jeden Tag nach der Arbeit nach Hause, statt mit seinen Freunden durch die Pubs zu streifen. Ehrlich gesagt war die Veränderung so gravierend, dass es mir manchmal sogar ein wenig auf die Nerven ging.

»Was hast du denn nun schon wieder gekauft?«, fragte ich eines Tages, als Ray mit einem großen, in braunes Papier gewickelten Rahmen ins Wohnzimmer trat. Er stellte ihn vorsichtig ab, und kurz darauf erschien sein grinsendes Gesicht hinter dem Paket.

»Ein Bild. Für den Kamin.«

Ich warf einen Blick auf die leere Wand über dem hässlichen elektrischen Kamin. Ach, Ray!, dachte ich. Er meinte es gut und versuchte mit allen Mitteln, das Haus zu einem hübschen Zuhause zu machen. Jeden Tag kam er mit neuem Kram aus dem Trödelladen an: mit Kissen, Überdecken, Bildern und Spielzeug für Kate und das Baby. Er schmiedete Pläne und redete von der Zukunft und den wunderbaren Dingen, die wir unternehmen würden, wenn die Kinder erst mal größer waren.

»Wir könnten Ferien am Meer machen oder vielleicht sogar ins Ausland fliegen. Man kommt mittlerweile schon recht günstig nach Spanien, weißt du?« Oder: »Wir könnten uns ein größeres Haus mit Garten kaufen, wo die Kinder den ganzen Tag draußen spielen können.«

Ich brachte es nicht über mich, Ray darauf hinzuweisen, dass sein Lohn dafür viel zu niedrig war.

»Du kannst dich ruhig ab und zu mit deinen Freunden treffen, weißt du?«, erklärte ich ihm eines Tages. »Du musst das nicht ganz aufgeben.«

»Ich weiß. Aber ich will es so. Ich will hier sein, bei dir.«

Es machte mich glücklich, dass er sich – vor die Wahl gestellt – für uns und gegen seine Freiheit entschieden hatte. Ich liebte diesen neuen Ray, den fürsorglichen, rücksichtsvollen Ray, der Zeit mit seiner Familie verbringen wollte. Trotzdem machte ich mir ständig Sorgen, dass ihm dieses glückliche Familienleben eines Tages nicht mehr reichen und er wieder verschwinden würde. Ich ging mehr oder weniger davon aus, dass es bald so weit sein würde, doch ich versuchte, meine Angst hinunterzuschlucken und sagte nicht, wie ich mich fühlte. Ich nahm mir vor, unser Glück zu genießen und mich selbst in dem Glauben zu lassen, dass unser Leben von nun an so weitergehen würde.

Ab und zu organisierte ich einen Babysitter, damit ich mitkommen konnte, wenn Ray mit der Band spielte und er sah, dass ich auch einen Beitrag leistete für unsere Beziehung. Ich hatte einen Teil unseres alten Lebens zurückgewonnen, und ich fühlte mich wieder wie ein Teenager.

Tatsächlich sah unsere Zukunft sogar recht rosig aus. Zumindest redete ich mir das so lange ein, bis ich es selbst glaubte.

Mein Bauch wurde langsam runder. Ray half mir, wo er nur konnte, und behandelte mich wie ein zerbrechliches Pflänzchen. Er war außer sich, wenn ich auch nur einen Teller aus dem Schrank über der Spüle holte oder einen Korb Bügelwäsche vom Badezimmer in die Küche trug.

»Lass mich das machen!«, sagte er dann und befahl mir, mich hinzusetzen. »Du musst besser auf dich achtgeben!«

Es war ziemlich ermüdend, aber ich schaffte es nicht, mich dagegen aufzulehnen. Glücklicherweise war er tagsüber in der Fabrik, und ich konnte wenigstens ein paar Stunden wirklich ich sein.

Eines Morgens verabschiedeten wir uns zum letzten Mal voneinander. Ich sage das, als könnte ich mich nicht mehr an das genaue Datum erinnern, was natürlich nicht stimmt.

Es war der 10. September 1979, um 8:35 Uhr, und ich stand mit Kate in der Tür unseres Bungalows, um Ray nachzuwinken. Wir blieben, bis er um die Ecke bog, und kehrten anschließend ins Haus zurück.

Es war ein wolkenverhangener, feuchter Morgen. Ich hatte das Gefühl, als würde die stickige Luft an mir kleben und mir sämtliche Luft zum Atmen nehmen. Wir verbrachten den Vormittag im Haus und spielten auf dem neuen Teppich, den Ray ein paar Tage zuvor mitgebracht hatte. Mein Bauch war schon ziemlich rund, obwohl ich erst im vierten Monat war. Kate streichelte immer wieder darüber und murmelte leise »Baby«, und in solchen Momenten quoll mein Herz vor Liebe über. Zum Mittagessen gab es Sandwiches mit Fischaufstrich, und als ich danach aus dem Fenster sah, kämpfte sich bereits die Sonne durch die Wolken.

»Sollen wir rausgehen und draußen spielen?«

Kate grinste, und ich holte ihren Hut. Wir setzten uns im Garten in den Schatten, wo es nicht zu warm war, sie fuhr mit dem Dreirad ein wenig herum. Ich streckte die Beine in die Sonne und legte den Kopf in den Nacken. Es war herrlich. Wir waren noch nicht lange im Garten, als ich plötzlich ein seltsames Klopfen hörte. Eher gesagt hämmerte jemand kräftig an unsere Haustür.

»Das ist bestimmt Tante Sandy«, erklärte ich Kate und hob sie hoch, um zur Tür zu eilen.

Es kam mir gar nicht in den Sinn, dass es jemand anderes sein könnte. Normalerweise rief Sandy zwar an, bevor sie vorbeikam, aber es kam auch immer wieder mal vor, dass sie sich spontan dazu entschloss, uns zu besuchen, wenn sie einen freien Tag hatte. Ich hastete durch die Küche und den Flur zur Eingangstür, an der wir Ray wenige Stunden zuvor verabschiedet hatten. Mein Blick fiel auf den Schatten vor der Glastür, und ich runzelte die Stirn. Die Person war sehr viel größer als Sandy und auch um einiges breiter. Dort draußen stand ein fremder Mann.

Ich blieb wie angewurzelt stehen, und Kate sah mich fragend an. Für einen Augenblick wusste ich nicht, was ich tun sollte. Ich hatte keine Ahnung, wer da stand, und abgesehen von Sandy kam mich niemand besuchen. Allerdings hatte mich der Mann inzwischen vermutlich ebenfalls gesehen, weshalb ich nicht so tun konnte, als wäre ich nicht zu Hause. Trotzdem verharrte ich noch kurz im Flur. Mein Herz pochte, mein Mund war vollkommen ausgedörrt, und ich wusste nicht, was ich tun sollte.

Doch dann dachte ich kopfschüttelnd: Ach, komm schon, Jane! Es ist vermutlich nur der Postbote oder ein Nachbar. Mach nicht so ein Drama.

Ich trat auf die Tür zu und öffnete sie.

Der Mann war tatsächlich groß und breit, und sein weißes Hemd spannte über seinen Schultern. Er sah mich mit ernstem Gesicht an, und ich starrte zurück und wartete darauf, dass er etwas sagte. In diesem Moment sah ich die Frau zu seiner Linken, die etwas abseits stand. Sie war kleiner und hatte ihre blonden Haare im Nacken zu einem straffen

Knoten zusammengefasst. Ihre Augen waren geweitet, und sie senkte eilig den Blick, als ich sie ansah. Sie schien sich extrem unwohl zu fühlen. Ich sah von einem zum anderen und versuchte, nicht in Panik zu geraten, drückte Kate an mich. Eilig blickte ich die Straße hinauf und hinunter, doch es war niemand zu sehen.

»Kann ich Ihnen behilflich sein?«

Meine Stimme zitterte ein wenig, und ich verfluchte mich dafür. Ich wollte stark klingen – und nicht vollkommen verängstigt.

»Mrs. Wood?«, fragte der Mann mit tiefer Stimme.

Ich nickte. »Ja, worum geht es?« Er warf einen Blick auf die Frau, und mein Herz begann, noch schneller zu schlagen. »Geht es um Ray? Ist etwas passiert?«, fragte ich panisch und verlor endgültig die Kontrolle.

»Es tut mir sehr leid, Mrs. Wood. Ich bin Constable McDonald und das ist Constable Greene. Ich fürchte, wir haben schlechte Nachrichten. Ihr Mann – Mr. Wood – hatte einen Unfall …«

Ich begann zu zittern und umklammerte Kate fester, damit sie mir nicht aus den Armen rutschte. »Einen Unfall?« Meine bebende Stimme war mir mittlerweile egal.

»Dürfen wir reinkommen?«

Ich hätte am liebsten zu schreien begonnen. *Nein, sagen Sie es mir gleich jetzt und hier! Spannen Sie mich doch nicht so auf die Folter!* Doch stattdessen trat ich einen Schritt beiseite, bat die beiden Polizisten ins Haus und führte sie in die Küche. Die Reste des Mittagessens standen noch auf dem Tisch, und der Boden war voller Krümel. Wir setzten uns, und ich nahm Kate auf meinen Schoß. Dieses Mal ergriff Constable Greene als Erste das Wort.

»Es tut mir leid, Ihr Mann wurde von seinem Motorrad geschleudert. Er war gerade im Zentrum unterwegs. Er hatte keine Chance …«

Keine Chance.

Keine Chance weiterzuleben.

Keine Chance, bei mir zu sein und seine Kinder aufwachsen zu sehen.

Keine Chance.

Ich wollte schreien. Wollte die Luft in meine Lunge saugen und sie in einem einzigen, ohrenbetäubenden Brüllen wieder ausstoßen, doch das Brüllen blieb mir im Hals stecken, und ich konnte kaum noch atmen. Denk an Kate, dachte ich, und an das Baby.

»Nein!« Dieses eine Wort war alles, was ich herausbrachte.

Ich wollte es nicht wahrhaben – obwohl ich wusste, dass es die schreckliche Wahrheit war.

Und dann spürte ich plötzlich einen leichten Stups in meinem Bauch, als wollte mir mein Baby versichern, dass es da war und dass alles wieder gut werden würde.

Es hatte mich gerade zum ersten Mal getreten.

9

Ich wollte die Stadt und auch alles andere so schnell wie möglich hinter mir lassen, denn überall lauerten Erinnerungen an Ray: seine Hoffnungen in unsere Zukunft, wenn er vor dem kleinen Bettchen unserer Tochter stand, die Freude, als er dieses lächerlich große Bild für den Kamin anschleppte. Das Haus rief mir jeden Tag aufs Neue in Erinnerung, was ich verloren hatte.

Die Beerdigung brachte ich irgendwie hinter mich, auch wenn ich mich später kaum daran erinnern konnte. Da waren lediglich Bruchstücke: die mitleidsvollen Blicke von Rays Kollegen, Sandys Umarmung und der Schmerz in meiner Brust, als würde ich nie wieder richtig atmen können.

Sobald alles vorbei war, musste ich fort.

Ich packte das Notwendigste für mich und Kate zusammen und entschied mich aus einer Laune heraus für ein kleines Dorf etwas südlich von Norwich, in dem in letzter Zeit einige neue Häuser errichtet worden waren. Es war zwar nur eine Busfahrt vom Stadtzentrum entfernt, doch ich kannte dort niemanden, und es war weit genug weg, um die schlechten Erinnerungen hinter sich zu lassen. Die Miete war erschwinglich. Das hoffte ich zumindest.

Ich hatte unser zukünftiges Haus in der Zeitung entdeckt, und Sandy hatte mir mit dem Verkauf des Bungalows und den Formalitäten geholfen. Sie war sogar mit ihrem nagelneuen Morris Marina hingefahren, um den Schlüssel abzuholen. Als wir schließlich an einem warmen Nachmittag Ende September dort ankamen, hatte ich zum ersten Mal seit Rays Tod das Gefühl, dass ich es vielleicht schaffen würde.

Vielleicht.

Es war ein kleines Reihenhaus mit zwei Schlafzimmern – einem für mich und einem für Kate und das Baby.

»Es ist wirklich hübsch«, meinte Sandy und ließ die Hand über die geblümte Tapete im kühlen Flur gleiten.

Ich hingegen konnte nur daran denken, dass ich ohne Ray hier wohnen würde.

»Danke, Sandy.« Ich klammerte mich an ihr fest, um nicht mitten in der Eingangstür zusammenzubrechen. »Für alles.«

Meine Freundin schlang die Arme um mich. »Sei nicht albern, Jany! Ich werde immer für dich da sein.« Sie ließ mich los und sah mir in die Augen. »Immer. Hast du verstanden?«

Ich nickte benommen und wankte durch den Flur in die Küche. Für Kate und mein ungeborenes Kind musste ich stark sein, musste ich das Beste aus der Situation machen – auch wenn ich das Gefühl hatte, nie wieder normal atmen zu können.

Das Haus wurde zu meinem Zufluchtsort, den ich kaum noch verließ. Ich empfing keinen Besuch, abgesehen von

Sandy, die ab und zu vorbeikam. Ich schloss keine neuen Freundschaften, und ich sprach mit niemandem, außer mit der Frau in dem kleinen Gemischtwarenladen an der Ecke, wenn es sich beim Einkaufen nicht vermeiden ließ. Mir war klar, dass sich die Nachbarn bereits wunderten, wer ich war und warum ich schwanger und mit einem Kleinkind hergezogen war, aber ich konnte es ihnen einfach nicht erzählen.

Ich konnte ihnen nicht von Ray erzählen, der mitten in Norwich von seinem Motorrad geschleudert worden und dessen Kopf so hart auf dem Asphalt aufgeschlagen war, dass er noch an der Unfallstelle starb. Ich konnte ihnen nicht erzählen, was ich alles verloren hatte. Von den Hoffnungen auf eine gemeinsame Zukunft, die in dem Moment zerschlagen worden waren, als die zwei Polizisten an einem sonnigen Tag an meine Tür geklopft hatten. Ich fand nicht die richtigen Worte. Ich konnte doch nicht einmal daran *denken*. Wie sollte ich da darüber sprechen?

Es war also einfacher, mich im Haus einzuschließen und in aller Einsamkeit zu trauern. Ich musste versuchen, über den Schmerz hinwegzukommen, ohne Kate zu vernachlässigen.

»Bitte sag Bescheid, wenn du irgendetwas brauchst. Egal was«, meinte Sandy eines Tages. Sie kam regelmäßig vorbei und kochte für mich, und ich zwang mich, das Essen zum Wohle des Babys hinunterzuwürgen, obwohl ich ständig das Gefühl hatte, es würde mir im Hals stecken bleiben.

»Ja, versprochen. Danke, Sandy.«

Sandy war in diesen ersten Wochen wie ein Fels in der

Brandung und der einzige Mensch, zu dem ich Kontakt hatte.

Ehe ich michs versah, war es Oktober, und mein Bauch wurde runder. Nach Rays Tod hatte ich überrascht festgestellt, dass er mir ein Bankkonto mit etwas Geld hinterlassen hatte. Es war zwar nicht viel, aber mehr, als ich erwartet hatte. Doch mittlerweile ging auch dieses Geld langsam zur Neige, und mir war klar, dass ich mir eine Arbeit suchen musste, sobald das Baby auf der Welt war. Vielleicht kannst du Kleider flicken oder bügeln, dachte ich.

»Ich kann dir aushelfen«, hatte Sandy erklärt, aber ich wollte mich nicht auf sie verlassen, egal, was sie sagte. Außerdem hoffte ich, dass mich die Arbeitssuche auf andere Gedanken bringen und mir helfen würde, mich aus dem Nebel der Trauer zu befreien, der mich gefangen hielt.

Ich verbrachte meine Tage damit, mit Kate zu spielen und das Haus zu putzen. Ich bemühte mich, ständig beschäftigt zu sein, und konnte es kaum erwarten, dass das Baby endlich auf die Welt kam, auch wenn es erst im neuen Jahr so weit sein sollte.

Und dann kam dieser Tag Ende November, an dem sich erneut alles änderte.

Ich fühlte mich bereits beim Aufwachen ein wenig unwohl, konnte das Gefühl aber nicht wirklich einordnen. Ich zitterte kaum merklich und hatte leichte Unterbauchschmerzen. Kate interessierte mein Zustand herzlich wenig, sie rief bereits frühmorgens lautstark nach mir. Ich stemmte mich mühevoll hoch und tappte mit einer Hand auf dem Bauch zu ihr. Es war ziemlich kühl, und ich fröstelte. Als ich die Tür zu ihrem Zimmer öffnete, saß sie im Bett.

»Guten Morgen, mein Liebling!« Ich ging zu ihr und drückte ihr einen Kuss auf die Stirn.

»Hallo, Mummy!«

Ihr Lächeln brachte jedes Eis zum Schmelzen, und ich hob sie aus dem Bett und setzte sie auf meine Hüfte, während ich die Vorhänge öffnete. Es war ein wolkenverhangener windstiller Tag. Die Straße vor dem Fenster war verlassen, abgesehen von einer kleinen schwarzen Katze, die kreuz und quer über die Fahrbahn hetzte. Wir blieben einen Moment lang stehen und sahen ihr zu.

»Sollen wir frühstücken gehen?«

»Jaaaaaa!«

Ich trug Kate bis zur Treppe, doch die Schmerzen in meinem Bauch waren immer noch da, und so stellte ich sie ab und hielt ihre kleine Hand, während sie langsam und vorsichtig eine Stufe nach der anderen nach unten stieg. Mit meiner Hilfe zählte sie die Blumen auf dem Teppich.

In der Küche setzte ich sie in ihren Hochstuhl, holte Geschirr und Besteck und stellte einen Topf mit Wasser auf den Herd. Ich gab etwas Müsli in Kates Schüssel und übergoss es mit Milch. Mein Bauch schmerzte nun stärker, und ich fühlte mich ein wenig benommen, weshalb ich mich mit einem schweren Seufzen auf den Stuhl Kate gegenüber sinken ließ und wartete, bis das Teewasser zu kochen begann.

»Soll Mummy dich füttern?«

Kate streckte mir freudenstrahlend den Löffel entgegen, und ich lehnte mich nach vorn, um ihn ihr abzunehmen. In diesem Moment durchfuhr ein höllischer Schmerz meinen Bauch und meinen unteren Rücken, und ich schnappte erschrocken nach Luft. Kurz darauf war er aber schon wieder verschwunden. Ich runzelte die Stirn. Vermutlich ist es nichts, worüber du dir Sorgen machen musste, sondern nur ein Krampf oder ein eingeklemmter Nerv, dachte ich.

Ich fütterte Kate, und sie kicherte aufgeregt, als ich den Löffel wie eine summende Biene um ihren Kopf kreisen ließ.

»Mehr!«, rief sie, und der Löffel bewegte sich erneut auf ihren Mund zu.

Als wir fertig waren, schnitt ich Kate eine Banane in kleine Stückchen und schenkte mir einen Becher Tee ein. Danach setzte ich mich wieder an den Tisch, nippte an der dampfenden Flüssigkeit und sah zu, wie Kate die Banane aß. Mir war kalt, aber ich schaffte es nicht, nach oben zu gehen und mir eine Jacke zu holen, also schlang ich meine Hände um den Becher und blies mir den Dampf ins Gesicht.

Nach dem Frühstück hob ich Kate aus ihrem Stuhl, doch im nächsten Moment durchfuhr mich neuerlich ein Schmerz. Ich hätte sie beinahe fallen lassen. Dieses Mal verschwand das Stechen allerdings nicht gleich wieder, sondern wurde noch stärker. Es fühlte sich an, als hätte jemand einen engen Bleigürtel um meinen Bauch geschnallt, der sich immer weiter zusammenzog.

Ich setzte Kate eilig auf dem Boden ab und ließ mich auf meinen Stuhl fallen, beugte mich vor und versuchte, wieder zu Atem zu kommen. Doch das Engegefühl ließ nicht nach, und mein Herz hämmerte. Die Küchenwände bewegten sich auf mich zu, und ich atmete so langsam wie möglich ein, während sich alles zu drehen begann. Ich schaffte es nicht, eine Position zu finden, in der der Schmerz nachließ, also versuchte ich es erst gar nicht mehr, sondern konzentrierte mich nur auf meine Atmung. Mir war klar, dass Kate mich beobachtete, aber ich hatte keine Ahnung, was ich tun sollte.

»Mummy geht es gut«, sagte ich. »Hol dein Spielzeug, mein Liebling.«

Doch sie schüttelte den Kopf und kam mit ängstlichem Blick näher. Ich schlang einen Arm um sie, drückte ihr einen Kuss auf die Wange und versuchte, nicht in Panik zu geraten.

Schließlich ließ der Schmerz etwas nach, und ich stand mit wackligen Beinen auf. Ich hielt mich mit einer Hand an Kates kleinem Arm fest und umklammerte mit der anderen die Stuhllehne, dann schlurfte ich langsam ins Wohnzimmer.

Ich öffnete Kates Spielzeugkiste, und wir holten ihren Teddy, Autos und den kleinen Kinderkassettenrekorder heraus, den Sandy ihr geschenkt hatte. Anschließend setzte ich sie zum Spielen auf den Teppich und legte mich neben ihr aufs Sofa, wo sie mich immer im Blick hatte.

Ich starrte an die Decke und versuchte, nicht daran zu denken, was diese Schmerzen womöglich zu bedeuten hatten. Es war noch viel zu früh für Wehen. Ich war gerade mal im siebten Monat. Das Baby durfte noch nicht auf die Welt kommen. Ich musste mich entspannen.

Einige Zeit blieb ich so liegen und lauschte Kates Plappern und dem Brummen der Autos, die an unserem Haus vorbeifuhren. Die Stores versperrten den Blick auf die Straße, und das düstere Tageslicht schaffte es nicht, den Raum zu erhellen, der furchtbar leer und farblos wirkte. Ich atmete gleichmäßig ein und aus, bis sich mein Herzschlag langsam beruhigte.

Der Schmerz war noch immer da, doch er war zu einem dumpfen Stechen abgeflaut, als hätte ich zu lange eine viel zu enge Hose getragen. Ich wünschte, Ray wäre bei mir gewesen, dann hätte ich vielleicht nicht so viel Angst gehabt. Doch ich musste das hier – wie alles andere in unserem Leben – allein durchstehen.

»Mummy ...« Kate stand neben mir und legte ihre kleine Hand auf meinen Bauch.

»Hi, mein Liebling. Mit Mummy ist alles in Ordnung.«

Ich drückte ihr einen Kuss auf die winzige Nase, und sie sah mich skeptisch an. Als sie sich schließlich davon überzeugt hatte, dass es mir wirklich gut ging, kehrte sie zu ihren Autos zurück.

Ich konnte natürlich nicht den ganzen Tag auf dem Sofa liegen. Ich musste aufstehen, und wenn die Schmerzen dadurch schlimmer wurden, würde ich zum Arzt gehen. Er würde wissen, was mir fehlte, und danach nahm die Schwangerschaft sicher wieder ihren natürlichen Gang.

Also schwang ich die Beine vorsichtig vom Sofa, stellte die Füße auf den Boden und setzte mich auf. So weit, so gut. Ich stemmte mich hoch und streckte langsam die Beine durch. Doch sobald ich aufrecht dastand, kehrte der Schmerz mit voller Wucht zurück, er schien sogar noch stärker als zuvor. Ich schnappte nach Luft, umklammerte meinen Bauch und fiel rücklings aufs Sofa zurück.

Kates Kopf fuhr herum, und sie sah mich mit großen Augen an. Ich versuchte zu lächeln, doch ich schaffte es nicht, und sie musterte mich mit ernstem Blick.

Ich hatte das Gefühl, als hätte jemand ein Messer in meinen Bauch gerammt ... mein ganzer Körper stand in Flammen. Der Schmerz durchfuhr mich bis tief in meine Gebärmutter, wo etwas entzweizureißen schien.

Ich musste ins Badezimmer! Das hier durfte nicht im Wohnzimmer in Kates Beisein passieren.

Ich schaffte es mit übermenschlicher Anstrengung aufzustehen und die Treppe hochzusteigen. Jeder Schritt war die reinste Qual. Plötzlich hörte ich einen schrillen Schrei und dachte, es wäre Kate, doch mir wurde klar, dass ich selbst es gewesen war. Ich sank auf die Knie, stützte mich mit den Händen auf dem Boden ab und konnte nur zusehen, wie sich eine Blutlache unter mir ausbreitete. Am liebsten hätte ich jedes Mal erneut gebrüllt, wenn sich mein Körper verkrampfte, doch ich wollte Kate nicht noch mehr erschrecken. Ich musste so schnell wie möglich zu ihr, konnte bloß hoffen, dass es ihr gut ging und dass sie immer noch auf dem Teppich spielte.

Und dann schwanden mir die Sinne.

Ich habe keine Ahnung, wie lange mein Zustand andauerte. Vielleicht waren es lediglich Sekunden, vielleicht auch mehrere Minuten oder eine Stunde. Als ich wieder zu mir kam, lag ich zitternd und blutend neben einem kleinen, blutverschmierten Bündel. Ich ertrug es nicht, einen Blick auf die kalten, leblosen Überreste meines zweiten Kindes zu werfen. Sie waren ein Symbol für alles, was ich verloren hatte.

Irgendwie gelang es mir, mich hochzustemmen und ein Handtuch zu holen, das Baby darin einzuwickeln und es beiseitezulegen. Ich musste zu Kate, doch zuerst musste ich mich waschen. Ich zog mich unter beinahe unerträglichen Schmerzen aus, stieg in die Badewanne, ließ lauwarmes Wasser auf meinen Körper prasseln und sah zu, wie ein hellrosa Rinnsal den Abfluss hinunterrann. Anschließend griff ich zitternd nach einem Badetuch, wickelte es mir um den Körper, schlüpfte in ein frisches Paar Unterhosen, in die ich eine Binde legte, bevor ich mich so schnell es ging auf den Weg nach unten machte. Ich musste mich am Geländer festhalten, um nicht die Treppe hinunterzustürzen.

Als ich schließlich ins Wohnzimmer trat, wäre mein Herz beinahe stehen geblieben. Kates Spielzeug lag verlassen auf dem Teppich, sie selbst war nirgendwo zu sehen. Mir wurde schwindelig, und ich klammerte mich am Türrahmen fest. O Gott, nicht Kate auch noch! Wo war sie?

Ich sah mich hektisch in unserem kleinen Wohnzimmer um, und dann entdeckte ich endlich ein paar Haarbüschel, die hinter meinem Lehnstuhl hervorblitzten. Kate saß zusammengekauert hinter dem Stuhl und hatte die Arme um die Knie geschlungen. Ihr Gesicht war tränenverschmiert und ihr Blick verängstigt.

Rasch streckte ich die Arme aus, und sie kam auf mich zu. Ich drückte sie fest an mich. Ich zitterte in dem dünnen

Badetuch, doch das war mir egal. Ich hatte Kate wieder, und sie war in Sicherheit. Sie war alles, was mir geblieben war.

Wir setzten uns vorsichtig auf einen Stuhl, und ich schlang meine Arme um meine Tochter, während sie ihre warme kleine Wange an meine Schulter presste. Lange Zeit saßen wir eng umschlungen da. Ich vergrub meine Nase in ihren weichen Haaren, und sie sah zu mir hoch. Sie hatte endlich aufgehört zu weinen.

»Mummy weint?«

Ich drückte ihr zarte Küsschen auf die Augen, die Nase und ihren kleinen Schmollmund. »Ja, Mummy hat geweint, aber jetzt ist alles wieder gut. Ich bin hier. Und ich werde dich nie wieder allein lassen. Nie wieder.«

Sie lächelte.

Eine Weile saßen wir einfach so da und hörten zu, wie die Uhr tickte. Ab und zu drangen Stimmen von der Straße ins Haus. Es fühlte sich so vollkommen falsch an, dass das Leben dort draußen weiterging, während sich für uns so viel verändert hatte.

Ich stand auf und nahm Kate mit nach oben, um mich anzuziehen. Wie benommen schlüpfte ich in meine Hose und meinen Pullover und fasste meine Haare zu einem Pferdeschwanz zusammen. Die Bauchkrämpfe wurden langsam erträglicher.

Später setzte ich Kate in ihren Buggy und ging mit gesenktem Kopf zum Spielplatz. Ich dachte an gar nichts, während ich die Schaukel anstieß oder der Kleinen die Leiter zur Rutsche hochhalf. Und so blieb es, bis ich Kate ins Bett brachte und anschließend in ein schäbiges altes Nachthemd schlüpfte. Erst als alles erledigt war, konnte ich mich dazu durchringen, mich den Ereignissen des Tages zu stellen.

Ich drückte die Badezimmertür auf und hoffte inständig, dass das Zimmer wie durch ein Wunder wieder sauber war, als wäre überhaupt nichts geschehen. Doch es sah natürlich noch aus, wie ich es verlassen hatte. Ich blickte in den Spiegel. Mein Gesicht war blass und grau, meine Haare klebten an meinem Kopf, meine Augen waren blutunterlaufen und geschwollen. Ich hob mein Nachthemd hoch und sah auf meinen Bauch hinunter. Er war noch immer leicht gewölbt, doch die Hinweise, dass darin am Morgen noch ein Baby gewesen war, verschwanden bereits. Zurück blieben nur Blut und Schmerzen.

Es wurde Zeit, sich dem kleinen, in ein Handtuch gewickelten Bündel zuzuwenden. Ich atmete tief durch, wandte mich um und richtete den Blick auf die Scherben meiner Hoffnungen und Träume für die Zukunft. Wie sollte ich das nur schaffen? Mein Magen zog sich zusammen, und ich hatte Angst, mich zu übergeben.

Ich sah erneut in den Spiegel und erblickte nur noch eine Hülle dessen, was ich ein paar Monate zuvor gewesen war. Ich war vollkommen leer.

Und ich hatte nichts mehr zu verlieren.

Also hob ich das Bündel schließlich hoch, die Arme weit von mir gestreckt. Das war die einzige Möglichkeit, wie ich es irgendwie schaffte, es zu halten. Ich musste mir einreden, dass es nur ein normales Badetuch war. Und nicht mehr.

Vorsichtig stieg ich die Treppe hinunter, ging in die Küche und öffnete die Hintertür. Die Luft war kühl, und es war Gott sei Dank schon seit einiger Zeit dunkel. Nur der fast volle Mond spendete ein wenig Licht. Ich war froh, dass mich niemand sehen konnte. Es widerstrebte mir, mein kleines Baby im Garten zu vergraben, doch ich wollte Kate nicht länger allein lassen, und ich musste etwas tun. Also legte ich es vorsichtig im feuchten Gras ab. Ich hatte keinen Spaten, deshalb nahm ich einen Stock und grub ein kleines Loch in die weiche Erde neben dem Schuppen. Es dauerte eine Ewigkeit, und so sank ich schließlich auf die Knie und buddelte mit bloßen Händen weiter. Ich hörte erst auf, als das Loch tief genug war. Keuchend wischte ich mir die Hände an meinem Nachthemd ab und fragte mich, was ich hier eigentlich tat. Konnte ich wirklich so weitermachen, als wäre nichts geschehen? Verlor ich langsam den Verstand?

So saß ich einige Minuten zusammengekauert neben dem Loch, bis mir die Kälte schließlich in die Knochen drang. Ich nahm das Bündel und hielt es einen Moment lang fest in den Armen, hob es schließlich an meine Wange.

»Auf Wiedersehen, mein Kleines. Es tut mir leid, dass wir uns nie kennengelernt haben«, flüsterte ich, »aber ich werde dich trotzdem nie vergessen. Ruhe sanft, mein Kind.«

Tränen tropften in das kleine Grab, als ich mein Baby hineinlegte und es anschließend mit Erde bedeckte.

Und in diesem Moment wusste ich, dass ich nie wieder dieselbe sein würde.

10

Am nächsten Morgen schien die Sonne. Sie drängte sich an den Vorhängen vorbei in mein Schlafzimmer. Ich kniff die Augen zu und betete, dass der gestrige Tag nur ein schrecklicher Albtraum gewesen war, doch schon im nächsten Moment machten mir die Schmerzen in meinem Bauch, meiner Brust und meinem Herzen mit aller Deutlichkeit klar, was ich ohnehin bereits wusste: Es war tatsächlich passiert.

Ich rollte mich zur Seite und legte sanft einen Arm um Kates kleinen Körper. Ich hatte die ganze Nacht nicht geschlafen, und um drei Uhr morgens hatte ich sie schließlich zu mir geholt, weil ich nicht mehr allein sein konnte. Ihre Brust hob und senkte sich mit jedem Atemzug, ich konnte kaum glauben, dass sie hier bei mir war und ich sie nicht auch noch verloren hatte.

Mein Gesicht war feucht und das Kissen von Tränen durchnässt, ich hatte überhaupt nicht gemerkt, dass ich weinte. Rasch wischte ich mir mit dem Handrücken über die Wangen und richtete mich auf. Da war dieses dumpfe, pochende Ziehen in meinem Bauch, das mir erneut in Erinnerung rief, was am Tag zuvor passiert war.

Ich wusste, dass ich jemandem davon erzählen musste,

und ich hatte auch schon einen Plan. Ich würde ins Krankenhaus fahren und alles erklären. Würde mich untersuchen lassen und mich anschließend auf die Suche nach jemandem machen, der hierherkam und sich um das Grab kümmerte. Ich konnte mein Baby doch nicht dort draußen im Garten lassen. Ich musste mich in aller Ruhe von ihm verabschieden, damit ich mit den Geschehnissen abschließen konnte. Es würde natürlich schwer sein zuzugeben, was ich getan hatte, aber ich hoffte, dass die Ärzte meine unendliche Trauer verstehen würden, da ich vor Kurzem doch auch Ray verloren hatte.

Ich hoffte es inständig.

Schließlich ging ich hinunter in die Küche und ließ Kate schlafend zurück. Es war noch sehr früh, und in der Küche war es so kalt, dass mein Atem beinahe kleine Wölkchen bildete. Ich trat ans Fenster, das zum Garten hinausführte, und starrte zu der Stelle, an der ich in der vergangenen Nacht das Loch gegraben hatte. Es war nur ein kleiner Fleck Erde am Rand des Rasens neben dem Schuppen, den wohl jeder übersehen hätte, der nicht wusste, was für eine Bedeutung er hatte. Der vergangene Abend erschien mir so unwirklich, doch dann sah ich auf meine Hände hinunter, die den Rand der Spüle umklammerten, und dort war der Beweis, dass es wirklich passiert war: Meine Nägel waren zersplittert und voller Erde, obwohl ich in der Nacht meine letzte Kraft darauf verwendet hatte, sie sauber zu bekommen. Ich drehte das Wasser auf, wartete, bis es warm genug war, und schrubbte erneut, bis meine Finger wund waren. Doch die Erde ließ sich einfach nicht abbürsten.

Untröstlich wandte ich mich vom Fenster ab, denn ich ertrug den Anblick nicht mehr. Ich war wie benommen. Mein Körper schien nicht mehr mir selbst zu gehören, und meine Arme und Beine fühlten sich an wie Blei. Ich füllte ein Glas mit eiskaltem Wasser und leerte es in einem Zug. Es brannte meinen Hals hinunter, und ich hieß das unangenehme Gefühl willkommen, als hätte ich nichts anderes verdient. Dann stellte ich das Glas in die Spüle und ging zu Kate.

Sie regte sich gerade, als ich das Zimmer betrat, und ich setzte mich auf die Bettkante und sah ihr zu, wie sie sich die Augen rieb und sie langsam öffnete. Mein kleines Mädchen blinzelte und sah sich verwirrt um. Als es mich entdeckte, breitete sich ein strahlendes Lächeln auf ihrem Gesicht aus.

»Mummy!«

»Guten Morgen, mein Liebling. Hast du gut geschlafen?«

Sie nickte und sah sich noch einmal um. »Mummy Zimmer?«

»Ja, wir sind in Mummys Zimmer. Mummy brauchte jemanden zum Kuscheln. Ist das okay?«

Kate musterte mich mit ernstem Blick und nickte bedächtig. Sie war zwar kaum zweidreiviertel, aber manchmal schien sie sehr reif für ihr Alter.

Sie setzte sich auf, und ich hob sie aus dem Bett. Wir machten Frühstück, und während Kate ihr Müsli aß, musste ich unwillkürlich daran denken, dass ich am Tag zuvor um dieselbe Zeit noch keine Ahnung gehabt hatte, was auf mich zukommen würde.

Es war immer noch früh am Morgen, und ich fragte mich, ob wir vielleicht noch ein wenig warten sollten, bis wir uns auf den Weg ins Krankenhaus machten. Allerdings wollte ich es so schnell wie möglich hinter mich bringen. Ich wünschte mir nicht zum ersten Mal, dass Ray bei mir gewesen wäre. Oder Sandy. Sie hätte bestimmt gewusst, was zu tun war. Aber ich ertrug es nicht, sie in die Sache mithineinzuziehen. Was allerdings bedeutete, dass ich ganz allein war. So war das nun mal – und so würde es auch in Zukunft sein.

Ich beschloss, bis nach dem Mittagessen zu warten, denn ich hoffte, dass Kate ihren Mittagsschlaf in ihrem Buggy halten würde. Nachdem wir ein Dosengericht gegessen hatten, zog ich ihr schließlich Mantel und Handschuhe an und setzte ihr einen Hut auf.

»Wir machen jetzt einen kleinen Ausflug, ja, mein Liebling?«, fragte ich, und sie nickte.

Als ich mit Kate zur Bushaltestelle fuhr, begannen die Bauchkrämpfe erneut. Ich hatte mehrere Einlagen benötigt, um das viele Blut aufzufangen, und ich fühlte mich schrecklich. Ich hatte das Gefühl, als würde man mir ansehen, was ich getan hatte, doch niemand blickte auch nur einen kurzen Moment lang in unsere Richtung. Es war, als wären wir unsichtbar – und das war gut so.

Während wir auf den Bus warteten, begann es zu nieseln. Ein feuchter Film legte sich auf unsere Gesichter, Haare und Mäntel, ich zitterte in der kalten Novemberluft.

Endlich kam der Bus, und wir stiegen ein. Ich setzte Kate auf meine Knie und klappte den Buggy zusammen. Wir sahen beide aus dem Fenster, und Kate deutete aufgeregt auf Hunde, Babys und Autos, die daran vorbeizogen. Ich versuchte, mich auf sie zu konzentrieren, doch ich musste immer daran denken, was mich im Krankenhaus erwartete. Ich konnte mir einfach nicht vorstellen, jemandem vom vergangenen Tag zu erzählen – mochte mir die Gesichter des Krankenhauspersonals, die sicher Missbilligung, Verachtung und Ekel widerspiegeln würden, nicht ausmalen. Ich hatte keine Ahnung, wie ich das schaffen sollte, aber ich wusste, dass mir keine andere Wahl blieb.

Auch aus einem anderen Grund hatte ich Angst, ins Krankenhaus zurückzukehren. Seit Rays Tod hatte ich keinen einzigen Termin bei meiner Hebamme wahrgenommen, und als wir schließlich umgezogen waren, hatte ich nicht einmal meine neue Adresse bekanntgegeben. Ich war bei keinem Arzt gewesen, und ich hatte Angst, ihnen allen – vor allem der Hebamme – gegenüberzutreten und mich ihrem Mitgefühl zu stellen.

Plötzlich stieß der Bus ein geräuschvolles Fauchen aus und hielt an, und als ich den Kopf hob, sah ich, dass wir im Stadtzentrum angekommen waren. Kate und ich stiegen aus, und ich setzte die Kleine wieder in ihren Buggy, bevor wir uns die geschäftige Straße hinunter auf den Weg zum Krankenhaus machten. Wir kamen an zahllosen, mit Einkaufstüten beladenen Menschen vorbei, die alle ihr Leben lebten, als wäre nichts geschehen, während mich die Schmerzen mit jedem Schritt daran erinnerten, was am Tag zuvor passiert war.

Ich konzentrierte mich auf das Rumpeln des Buggys, umfasste die Griffe instinktiv fester, als wir die Fußgängerunterführung durchquerten und an mehreren Straßenmusikanten und Bettlern vorbeikamen. Als wir auf der anderen

Seite heraustraten, war es nur noch ein kurzer Fußmarsch zum Krankenhaus, und mein Herz pochte so laut, dass es in meinen Ohren dröhnte. Ich blieb kurz stehen, hielt mich an einer Mauer fest und atmete tief durch. Es würde alles gut werden. Ich musste es nur so schnell wie möglich hinter mich bringen.

Ich wurde immer langsamer, je näher wir unserem Ziel kamen, während Kate lachend auf die vorbeizischenden Busse deutete. Und dann standen wir schließlich vor dem Krankenhaus.

Mein Blick fiel auf den schwarzen Gusseisenzaun, der das rote Backsteingebäude von der Straße trennte. Das Krankenhaus selbst lag etwas zurückversetzt, und als ich schließlich durch das Tor trat, wurde mein Herz schwer. Ich überquerte den Vorplatz und ging seitlich am Hauptgebäude vorbei zu dem großen Betonbau dahinter, in dem sich die Geburtsstation befand, versuchte, möglichst selbstbewusst durch die Tür zu treten und die hochschwangeren Frauen zu ignorieren, die bald das wertvollste Geschenk ihres Lebens erhalten würden. Mit gesenktem Blick hielt ich direkt auf den Empfangsschalter zu.

Doch kurz davor hielt ich abrupt inne. Was zum Teufel machte ich hier? Ich konnte doch nicht einfach auf die arme Frau an der Rezeption zugehen und ihr sagen, dass ich gestern eine Frühgeburt erlitten und mein Baby im Garten vergraben hatte. Ich musste vorher die zuständigen Personen finden. Und vor allem musste ich nachdenken.

Also ging ich am Empfangsschalter vorbei zu den Aufzügen. Davor hing eine Tafel mit den verschiedenen Stockwerken und Abteilungen, die ich gedankenverloren überflog, während wir auf den Aufzug warteten. Endlich öffneten sich die Türen, und ich schob den Buggy hinein.

»Kate drücken!«, rief Kate und streckte ihre Hände nach einem Knopf aus.

Es war die Nummer 5. Ich überflog die Liste erneut. 5: Geburtsstation. Also Mütter mit ihren Babys. Das war gut, denn vermutlich würde ich dort jemanden finden, der mir helfen konnte. Ich zuckte mit den Schultern.

»Okay, dann also die 5.«

Die Türen schlossen sich, und wir fuhren nach oben. Wir hielten einige Male an, um andere Leute ein- und aussteigen zu lassen, doch schon bald waren wir im fünften Stock angekommen. Ich sah nach rechts und links den Korridor entlang. Es war überraschend ruhig, man hörte nur ab und zu das leise Weinen eines Neugeborenen, bei dem sich mein leerer Magen jedes Mal zusammenzog. Ich umklammerte die Griffe des Buggys so fest ich konnte und ging den Korridor entlang in die Richtung, aus der die meisten Geräusche kamen: das Quengeln der Babys, leises Stimmengewirr und sanfte Schritte auf dem Linoleumboden. Es war wie in einem Traum, und ich erwartete, jeden Moment aufzuwachen und immer noch schwanger in meinem Bett zu liegen. Die blassgrünen Wände schwankten kaum merklich, und ich schüttelte den Kopf, um dieses seltsame Gefühl loszuwerden. Ich musste schnell jemanden finden, dem ich mich anvertrauen konnte, der mir die Verantwortung endlich abnehmen würde, sodass ich mir keine Sorgen mehr machen musste.

Im nächsten Augenblick hatte ich das Gefühl, als würde der Boden unter mir nachgeben, und ich stützte mich an der Wand ab, um nicht auf die Knie zu sinken. Ich ließ mich auf den nächstbesten Stuhl fallen und steckte den Kopf zwischen die Knie, während ich darauf wartete, dass das Schwindelgefühl vorüberging.

»Alles in Ordnung, Schätzchen?«

Ich riss den Kopf hoch. Vor mir stand eine Frau in blauer Dienstkleidung. Eine Krankenschwester. Ich musste es ihr sagen! Doch ich brachte kein einziges Wort heraus, also nickte ich nur.

»Mhm.«

Sie blieb noch einen Augenblick vor mir stehen, als müsste sie überlegen, ob sie mir glauben sollte, doch sie hatte es vermutlich zu eilig, um sich länger mit mir zu beschäftigen. So wandte sie sich schließlich ab und hastete mit quietschenden Sohlen auf die Aufzüge zu.

Als sie fort war, stand ich vorsichtig auf, ging auf die Schwingtüren zu, die auf die Station führten, und drückte sie mit dem Buggy auf. Ich erwartete, dass sämtliche Augen auf mich gerichtet sein und sich die Patientinnen und Besucher sofort fragen würden, was ich hier unter all den frischgebackenen Müttern zu suchen hatte, doch niemand nahm Notiz von mir. Schwestern eilten mit in Decken gewickelten Babys, Milchflaschen und frischen Handtüchern an mir vorbei, und überall sah ich Daddys mit Blumen, die verloren durch die Station wanderten. Ich war zur Besuchszeit gekommen und schien daher vollkommen unsichtbar.

Eine Weile stand ich mitten auf dem Flur und hoffte, dass

mich jemand ansprechen, mich noch einmal fragen würde, ob alles in Ordnung sei, doch niemand bemerkte mich. Vermutlich sah ich aus wie eine ganz normale Besucherin und nicht wie eine Mutter, die gerade ein Kind verloren hatte.

Ich schaffte es nicht, jemanden anzuhalten und um Hilfe zu bitten, also ging ich einfach immer weiter. Viele Türen waren geschlossen, doch ab und zu erhaschte ich einen Blick auf die Besucher, die sich glücklich lächelnd und mit Freudentränen in den Augen um die Betten in den Wöchnerinnenzimmern scharten. Mein Herz wurde schwer, und ich versuchte, nicht an mein armes Baby zu denken, das ganz allein in der Kälte im Garten hinter dem Haus begraben lag. Ich hatte das Gefühl, als müsste ich mich übergeben.

Schließlich ließ ich mich auf einem Stuhl vor einem der Zimmer nieder und zog Kates Buggy näher heran, damit er niemandem im Weg war. Zum Glück war sie eingeschlafen und stellte somit keine Fragen. So klein sie war, war sie doch sehr sensibel, wenn sie spürte, dass es mir nicht gut ging.

Ich blieb eine ganze Weile so sitzen, bemühte mich, normal zu atmen und mich wieder zu beruhigen. Es war ein Fehler gewesen hierherzukommen. Ich hätte besser unten im Eingangsbereich bleiben sollen, so weit wie möglich von den Neugeborenen entfernt. Ich hätte zu der Telefonzelle in der Nähe meines Hauses gehen und meine Hebamme verständigen sollen. Oder Sandy um Hilfe bitten. Ich schaffte es nicht allein. Ich konnte nur noch so schnell wie möglich nach Hause zurückkehren und mit der Sache ein für alle Mal abschließen.

Als ich den Kopf hob, öffnete sich die Tür gegenüber.

Eine sehr junge Frau, die ihr dunkles Haar zu einem nachlässigen Knoten zusammengerafft hatte, trat in den Flur, ganz offensichtlich immer noch von der Geburt erschöpft. Ein Teil von mir hatte Mitleid mit ihr, ein anderer hasste sie dafür, dass ihr Baby am Leben war und meines nicht.

Ich schüttelte den Kopf und verdrängte den Gedanken. Das war doch nicht ihre Schuld! Sie sah mich kurz an, und plötzlich hatte ich das Gefühl, sie von irgendwoher zu kennen – einen Augenblick später wusste ich, woher. Sie war das Mädchen aus dem Pub. Aus *den Pubs*. Das Mädchen, das immer da gewesen war und Ray und mich beobachtet hatte. Ich war mir vollkommen sicher. Was zum Teufel hatte sie hier verloren? Mein Blick wanderte von der Dunkelhaarigen in ihr Zimmer und wieder zurück. Und dann sah ich, dass sie ein Päckchen Zigaretten in der Hand hielt. Sie wollte nach draußen, um zu rauchen. Und richtig – sie lief in Richtung Ausgang. Die Zimmertür ließ sie offen.

Erneut sah ich in das Zimmer, das sie gerade verlassen hatte, und entdeckte zwei kleine Gitterbetten am Fußende ihres Bettes. Zwei! Sie hatte also *zwei* Babys bekommen. Und ich hatte keines.

In diesem Moment packte mich eine unglaubliche Wut. Ich erhob mich und ging langsam auf ihr Zimmer zu. Ich wollte mir die Babys nur ansehen. Es befand sich keine andere Wöchnerin hier, zwei der drei Betten standen leer.

Die beiden kleinen Bündel in ihren Bettchen hatten die Augen geschlossen und schliefen tief und fest. Mein Herz quoll beinahe über vor Liebe, und meine Arme sehnten sich danach, das Baby zu halten, das ich eigentlich hätte bekommen sollen. Ohne nachzudenken, nahm ich eines der beiden Neugeborenen auf den Arm. Ich wollte es nur einen Moment lang halten. Ich drückte es an meine Brust und senkte den Kopf, um an seinem Köpfchen zu schnuppern. Der Geruch war einfach überwältigend. Mein Bauch zog sich zusammen, und die Milch schoss in meine schmerzenden Brüste. Mein ganzer Körper stöhnte vor Trauer über das, was ich verloren hatte.

Schnell wandte ich mich ab und ging zurück zu Kate, die ich in ihrem Buggy im Flur zurückgelassen hatte. Sie schlief tief und fest, und ich schob sie langsam mit einer Hand den Flur entlang zu den Schwingtüren. Das fremde Baby drückte ich fest an meine Brust.

Die Türen wirkten endlos weit entfernt, und mir war klar, dass ich es niemals schaffen würde, ohne dass mich jemand aufhielt. Ich erwartete jeden Moment, eine schwere Hand auf meiner Schulter zu spüren. Man würde mich auffordern, das Baby zurückzugeben. Und ich hätte es getan, das weiß ich bestimmt. Ich wusste, dass man mich ertappen würde, doch ich ging einfach weiter. Mir würde schon eine Erklärung einfallen. Im Moment zählte nur, dass ich dieses Baby solange wie möglich in den Armen halten konnte. Ich brauchte es.

Und ich hatte es verdient.

Inzwischen waren wir bei den Aufzügen angekommen.

Mit einem Ellbogen drückte ich den Knopf, und wie durch ein Wunder öffneten sich im nächsten Moment die Türen. Der Aufzug war leer. Wir stiegen ein und fuhren bis ins Erdgeschoss, ohne anzuhalten.

Als wir aus dem Aufzug traten, tat mir der Arm weh, mit dem ich den Buggy schob, und ich riskierte es, einen Augenblick stehen zu bleiben und die Seite zu wechseln. Doch auch das fiel niemandem auf. Niemand würdigte mich auch nur eines Blickes, und ehe ich michs versah, standen wir draußen vor dem Krankenhaus. Mittlerweile hatte es zu regnen aufgehört, und es war heller geworden. Ich zog meinen Mantel über das Baby, um es warm zu halten. *Es*. Ich hatte noch nicht einmal nachgesehen, ob es ein Junge oder ein Mädchen war, und jetzt war auch nicht der richtige Zeitpunkt dafür.

Vor dem Krankenhaus standen mehrere Menschen und rauchten, doch von der Mutter des Babys war nichts zu sehen. Von der jungen Frau, die mich so lange in meinen Träumen verfolgt hatte. Ich hatte nie herausgefunden, ob sie wirklich versucht hatte, Ray zu verführen – er hatte immer darauf bestanden, dass sie nichts dergleichen getan hatte –, aber das hatte mich nicht davon abgehalten, mir ständig darüber Gedanken zu machen. Ich fragte mich, wohin sie wohl gegangen war und ob sie mittlerweile wieder in ihr Zimmer zurückgekehrt war und Alarm geschlagen hatte.

Ich legte etwas an Tempo zu und eilte an dem roten Backsteingebäude vorbei zu dem schwarzen gusseisernen Zaun, der das Gelände umschloss. Es kam mir wie eine Ewigkeit vor, seit ich hier entlanggegangen war. Ich erwartete, jeden Moment Schritte hinter mir zu hören und Menschen, die laut »Stopp!« riefen, doch nichts geschah. Und so trat ich kurze Zeit später hinaus auf die Straße und sah plötzlich aus wie eine ganz normale Mutter, die das Krankenhaus mit ihrem Neugeborenen verlässt.

Eine Stimme in meinem Hinterkopf bekniete mich inständig, in den fünften Stock zurückzukehren und das Baby dorthin zurückzubringen, wo es hingehörte. Zu seiner Mutter. Und zu seinem Geschwisterchen. Doch da war auch noch eine andere Stimme, die mir versicherte, dass ich dieses Baby verdient hatte und dass ich einfach weitergehen und nicht mehr zurückschauen sollte. Vielleicht würde es nur ein paar Minuten dauern, bis man mich schnappte, vielleicht aber auch ein paar Stunden oder gar Tage. Doch im Grunde war es mir egal, ich schaffte es nicht, das Kind freiwillig zurückzubringen.

Ich wollte es solange wie möglich behalten.

Also ging ich weiter, durchquerte die Fußgängerunterführung und eilte erneut die geschäftige Straße entlang. Während ich auf den Bus wartete, fiel mir ein, dass ich keine Nahrung für das Kleine hatte. Ich konnte versuchen, es zu stillen, ja. Aber was, wenn es nicht bei mir trinken wollte? Auf der anderen Straßenseite befand sich ein Drogeriemarkt. Sollte ich es riskieren, gleich hier ein paar Notwendigkeiten einzukaufen, oder war es besser, den Bus zu nehmen und so schnell wie möglich zu verschwinden? Anstatt lange darüber nachzudenken, schob ich Kates Buggy über die Straße und kaufte mit dem Baby im Arm eine Packung Trockenmilch, mehrere Fläschchen und Windeln. Ich hatte das Gefühl, als wäre alles, was ich tat, viel zu offensichtlich, und ich war mir sicher, dass bald jemand Alarm schlagen würde, doch niemand nahm Notiz von mir. Ich war nur eine ganz normale Mutter mit einem Kleinkind und einem Neugeborenen, die Windeln und Babynahrung kaufte.

Kurz darauf saßen wir im Bus und ließen das Krankenhaus und das schreckliche Verbrechen, das ich gerade begangen hatte, hinter uns.

Wir waren auf dem Weg nach Hause.

11

1979–1980

Ich hatte mir das kleine Mädchen lediglich ausgeliehen und wollte es früher oder später wieder zurückgeben, doch irgendwann stellte sich heraus, dass es wohl eher später werden würde ...

In den ersten Stunden dachte ich kein einziges Mal an die arme Mutter im Krankenhaus und an den Schmerz, den sie verspürt haben musste, nachdem sie entdeckt hatte, dass ihr Kind fort war. Ich dachte kein einziges Mal an die hektische Suche der Polizei und an die Familie, die sicher ins Krankenhaus gestürmt war, um die verzweifelte Mutter zu trösten, als es auch nach mehreren Stunden keine Spur gab.

Genauso wenig machte ich mir in den folgenden Tagen darüber Gedanken, welche Konsequenzen es für mich haben würde, wenn herauskam, dass ich ein Kind aus dem Krankenhaus mitgenommen hatte. In den schlaflosen Nächten hatte ich allerdings mehr als genug Zeit, um darüber nachzudenken. Langsam erkannte ich, dass das hier kein Spiel war. Ich war nicht nur eine trauernde Mutter, die Trost suchte, indem sie das Kind einer anderen im Arm hielt.

Ich hatte ein Kind entführt.

Und obwohl ich mir einredete, dass ich dieses Baby im Gegensatz zu seiner leiblichen Mutter tatsächlich verdient hatte, wusste ich tief in meinem Inneren, dass ich etwas Schreckliches getan hatte und dass ich es zurückbringen musste.

Aber wie? Wie sollte ich die Kleine ihren Eltern wiedergeben, ohne dass jemand herausfand, was ich getan hatte? Ich konnte wohl kaum ins Krankenhaus gehen und sie jemandem in die Arme drücken, denn dieser Jemand hätte sicher Fragen gestellt. Und ich würde sie ganz sicher nicht irgendwo in der Kälte aussetzen und hoffen, dass sie jemand fand.

Das Hauptproblem ging allerdings weit über diese durchaus praktischen Überlegungen hinaus. Es bestand darin, dass ich die Kleine überhaupt nicht zurückbringen *wollte*.

Es war schlichtweg unmöglich. Sie hielt meine Trauer um meinen Mann und mein Baby im Zaum, und wenn ich sie ebenfalls verloren hätte, wäre es noch tausende Male schlimmer gewesen, denn sie war immerhin ein echtes, atmendes Wesen, das ich bereits in den Armen gehalten, an meine Brust gedrückt und geküsst hatte.

Ein Kind, das ich liebte, als wäre es mein eigenes.

Und das war es auch.

Ich konnte es noch nicht zurückgeben.

Also ließ ich mir Zeit – bis es schließlich zu spät war.

Kate hatte zum Glück nie Fragen gestellt, und so fanden sie, das Baby und ich schnell unsere tägliche Routine. Auf dem

Krankenhausbändchen stand *Louisa Foster*, doch ich nannte die Kleine Georgie.
Georgina Rae Wood.
Der Name passte zu ihr, und ich war mir sicher, dass sie mich jedes Mal anlächelte, wenn sie ihn hörte. Ich hatte Glück, dass ich keine Freunde in der neuen Nachbarschaft hatte, denn so musste ich niemandem erklären, warum Georgie einen dunklen Haarschopf hatte, während Kate und ich blond waren. Allerdings musste man sich nur ein Foto von Ray ansehen, und es war klar, woher ihre Haarfarbe kam, weshalb ich bezweifelte, dass mich jemals jemand darauf ansprechen würde. Trotzdem war es zu Beginn leichter, allein mit den Mädchen zu Hause zu bleiben. Und so schlossen wir uns wie in einen Kokon ein und lebten in einer hübschen kleinen Seifenblase.

Mit jeder Stunde, die verging, löste sich der Knoten in meiner Brust ein wenig mehr. Trotzdem konnte ich nicht vollkommen entspannen. Meine Furcht ging schließlich so weit, dass ich Sandy nicht ins Haus lassen wollte, als sie mich spontan besuchen kam. Ich öffnete vorsichtig die Tür, und sie stand freudig lächelnd vor mir, als wäre alles in Ordnung. Und für sie war es das ja auch.

Sie durfte auf keinen Fall sehen, dass ich nicht mehr schwanger war. Ich konnte nicht darüber sprechen, und ich konnte ihr auch nicht das Baby zeigen, das bereits auf der Welt war. Ich hatte keine Ahnung, was ich zu ihr sagen sollte, obwohl mir natürlich klar war, dass ich früher oder später eine gute Geschichte parat haben musste.

»Lässt du mich nicht rein?«, fragte sie stirnrunzelnd,

während ich misstrauisch durch den schmalen Türspalt nach draußen blickte.

»Nein, ich äh ...« Ich brach ab und warf einen schnellen Blick über die Schulter. Hoffentlich begann Georgie nicht ausgerechnet jetzt zu weinen.

»Jane, ist alles in Ordnung?«

Ich nickte eilig. »Ja. Klar, Sandy. Ich bin bloß müde, das ist alles. Macht es dir etwas aus, wenn du heute mal nicht reinkommst?«

Ich sah, wie verletzt sie war, aber ich hatte keine andere Wahl.

»Ob mir das etwas ausmacht? Ich bin den ganzen weiten Weg hierhergefahren, nur um sicherzugehen, dass es dir gut geht.« Sie trat einen Schritt vor, und ich schob die Tür ein wenig weiter zu. Sie merkte es natürlich und wich zurück, dann musterte sie mich eingehend. »Jane, bist du sicher, dass alles in Ordnung ist? Du siehst so blass aus. Und ... irgendwie wirkst du ganz durcheinander. Bitte lass mich rein!«

»Es geht mir gut. Ehrlich. Es tut mir leid, Sandy, aber ich muss jetzt wieder rein.«

Ich schlug ihr die Tür vor der Nase zu und ging zurück ins Wohnzimmer, wo Kate auf dem Boden spielte und Georgie in Kates alter Wiege schlief.

Mein Herz hämmerte, und ich bekam kaum noch Luft. Ich sank aufs Sofa und blinzelte die Tränen fort. Sandy war doch meine beste Freundin ... Was hatte ich getan? Ich brauchte sie im Moment mehr denn je! Ein Teil von mir sehnte sich danach, die Haustür aufzureißen und ihr nachzulaufen, doch ein anderer Teil wollte sein kleines Mädchen nicht verlieren und hielt mich zurück. Ich wusste zwar, dass Sandy mich nicht sofort verraten hätte – dieses Geheimnis war dennoch so schrecklich, dass ich mir nicht sicher war, wie lange sie es für sich behalten würde. Also ließ ich sie gehen, obwohl sie sich vermutlich fragte, was zum Teufel sie falsch gemacht hatte. Ich konnte nur hoffen, dass sie schon bald wiederkommen würde – und dass ich dann bereit war, mich ihr anzuvertrauen.

In der nächsten Zeit schien die Zeit praktisch stillzustehen, bis ich mich irgendwann dazu entschloss, zum ersten Mal das Haus zu verlassen. Georgie war ständig hungrig. Ich hatte versucht, sie zu stillen, doch ich hatte kaum Milch, und als sie nach ein paar Tagen ganz versiegte, gab ich ihr nur noch Fläschchen. Nun war ich gezwungen, neue Säuglingsnahrung und etwas zu essen für Kate und mich zu besorgen.

Seit wir das Krankenhaus verlassen hatten, hatte es beinahe durchgehend geregnet, doch an diesem Tag war es trocken. Wir standen wie gewöhnlich auf, zogen uns an, wechselten Georgies Windel und aßen etwas altbackenes Brot, das wir mit dem letzten Rest Butter und Marmelade bestrichen, der noch im Kühlschrank war, zum Frühstück.

»Hunger, Mummy!« Kate deutete auf ihren Mund und schlug mit der Faust auf den Tisch.

»Ja, ich weiß. Wir müssen einkaufen gehen.«

Ich hob sie aus ihrem Stuhl, und sie machte sich auf den Weg zu ihrem Buggy, doch ich schüttelte den Kopf. »Heute nicht, Schätzchen. Du musst zu Fuß gehen. Mummy muss doch Georgies Wagen schieben.« Ich deutete auf den gebrauchten Kinderwagen in der Ecke, den ich schon für unser Baby gekauft hatte, als ich noch schwanger gewesen war.

»Ich will aber!«

»Nein, du musst heute ein braves Mädchen sein und mit Mummy zu Fuß gehen. Georgie braucht den Wagen.«

»Neeeeeeiin!«

Der Schrei war so durchdringend, dass ich zurückwich und mir den Kopf am Türrahmen stieß. Im selben Moment wachte Georgie auf und stimmte in das Gebrüll mit ein. Mein Kopf begann zu dröhnen, und ich ließ mich auf einen Küchenstuhl sinken, presste mir die Hände auf die Ohren. Ich hätte am liebsten auch mitgemacht, doch ich hatte nicht genügend Kraft dazu.

Die beiden Mädchen machten keine Anstalten, sich zu beruhigen, also nahm ich Georgie und legte sie kurzerhand in den Kinderwagen. Ihr Gesicht war knallrot. Ich deckte sie zu, setzte ihr eine Mütze auf, stopfte meine Tasche in den Korb des Wagens und nahm Kates Hand, um sie zur Haustür zu schleifen.

Als sie merkte, dass ich ihr keinerlei Beachtung schenkte, hörte sie endlich auf zu schreien. Langsam und schweigend ging sie neben mir her und hielt sich an mir fest, bis wir den Laden am anderen Ende des kleinen Dorfes erreicht hatten. Wir kamen an dem einen oder anderen Nachbarn vorbei und nickten einander zu, während mein Herz wie verrückt hämmerte. Sah man mir womöglich an, was ich getan hatte?

Nein, natürlich nicht! Niemand sagte auch nur ein Wort, und so kamen wir ohne Zwischenfälle ans Ziel. Ich zog den Kinderwagen die Stufe, die in den Laden führte, herauf.

»Sie können ihn gern draußen stehen lassen, da passiert schon nichts!«, rief mir die Frau hinter dem Ladentisch durch die weit offen stehende Tür zu.

Ich warf einen Blick auf den Kinderwagen, dann ließ ich ihn die Straße hinauf- und hinunterwandern. Nein, das war unmöglich! Ich konnte die Kleine auf keinen Fall in der Kälte stehen lassen, wo sie womöglich jemand mitnahm. Sie sollte in meiner Nähe bleiben. Für immer. Egal, wohin ich ging. Ich würde meine beiden Mädchen nie mehr aus den Augen lassen, denn ich wusste besser als jeder andere, was passieren konnte, wenn man nicht aufpasste.

Also versuchte ich es einfach weiter, und schließlich hatte ich es geschafft. Ich lächelte der Frau hinter dem Ladentisch zu. Ich hatte bereits ein paarmal hier eingekauft, als ich noch schwanger gewesen war, war aber bisher jedem Gespräch aus dem Weg gegangen, weil ich nicht darüber reden wollte, wo mein Mann geblieben war. Doch jetzt hatte ich ein Baby dabei, und mir war klar, dass mir keine Wahl bleiben würde.

»Oh, dann ist das Baby also schon da? Sie haben noch gar nicht so ausgesehen, als ob es schon so weit wäre. Die Schwangerschaft ist Ihnen wohl gut bekommen.« Sie trat um den Ladentisch herum und warf einen Blick in den Kinderwagen. Ich lächelte schwach. »Hallo, Schätzchen, du bist aber süß!«, säuselte sie und strich sanft über Georgies Wange.

Ich hätte am liebsten gebrüllt, dass sie die Hände von meinem Kind lassen soll, doch ich biss mir auf die Zunge.

Natürlich wollte sie noch mehr wissen, ich war jedoch noch nicht bereit, ihre Fragen zu beantworten. Die Wunden waren zu frisch. Also nickte ich nur und rang mir neuerlich ein Lächeln ab.

»Ja, es war hart, aber jetzt geht es mir gut. Uns allen.« Ich zog Kate näher heran und drückte ihre Hand.

»Große Schwester«, sagte Kate stolz und deutete auf Georgie.

»Ach, du bist auch allerliebst.« Kate strahlte die Frau an, und sie lachte, als sie hinter den Ladentisch zurückkehrte. Sie war offensichtlich enttäuscht, dass sie nicht mehr von mir erfahren hatte. »Also, was hätten Sie gern?«

»Ich brauche eine Packung Säuglingserstnahrung, bitte«, erwiderte ich. »Außerdem Brot, ein Stück Käse, zwei Liter Milch, Butter, Fruchtsaft und Obst.«

»Die Säuglingsnahrung habe ich hier.« Sie deutete auf das Regal, vor dem sie stand. »Die gekühlten Lebensmittel sind dort im Kühlregal. Den Rest finden Sie an der Wand dort drüben. Ach, was sage ich da? Sie kennen sich ja schon aus.«

Ich machte mich auf den Weg, packte Brot, Äpfel, Orangen und ein paar Konservendosen in meinen Korb, den ich anschließend auf den Ladentisch stellte, wo bereits Säuglingsnahrung, Käse, Milch und Butter standen. Das war sehr aufmerksam, und ich war der Frau wirklich dankbar. Ich legte noch eine Zeitung dazu, zahlte, verstaute die Einkäufe in den Kinderwagenkorb und lief zur Tür.

»Warten Sie, ich helfe Ihnen!«

Die Frau – deren Namen ich immer wieder vergaß – hielt mir die Tür auf, während ich versuchte, die Stufe hinunterzuhoppeln, ohne den Wagen mit seiner wertvollen Fracht umzuwerfen. Schließlich hatte ich es geschafft, und ich bedankte mich herzlich.

»Sagen Sie einfach Bescheid, falls Sie irgendwann mal Hilfe benötigen. Dann werden Sie vielleicht merken, dass die Leute hier im Dorf recht nett sind.«

Die Fältchen um ihre Augen tanzten, als sie mich anlächelte. Ich musste unwillkürlich zurücklächeln, und dieses Mal fiel es nicht mehr so verhalten aus.

»Danke«, murmelte ich leise, und sie schloss die Tür und kehrte in den Laden zurück.

In einem kleinen Drogeriemarkt kaufte ich noch zwei große Packungen Binden, da ich sehr starke Blutungen hatte. Dann machte ich mich langsam auf den Rückweg. All das war nicht so schlimm gewesen, wie ich gedacht hatte. Vielleicht würde ich irgendwann tatsächlich Freunde im Dorf finden.

Wenn die Zeit reif war.

Gegen Abend saß Kate auf dem Wohnzimmerboden vor dem Kamin und aß Käsesandwiches, während Georgie satt und müde neben ihr lag. Da fiel mir die Zeitung wieder ein, die ich gekauft hatte. Ich holte sie aus meiner Tasche und faltete sie auseinander. Es war eine Regionalzeitung, doch auf der Titelseite ging es um einen Überfall auf eine Botschaft in London. Ich warf einen Blick auf das Datum. Die Zeitung war bereits mehrere Tage alt. Das fand ich zwar seltsam, es spielte aber im Grunde keine Rolle, denn ich hatte schon seit Wochen keine Nachrichten mehr verfolgt.

Mein Blick glitt über die kleineren Schlagzeilen am Rand, bevor ich weiterblätterte. Ein Artikel stach mir ins Auge, und mein Herz blieb einen Moment stehen. Ich schnappte nach Luft und hätte die Zeitung beinahe fallen lassen. Meine Hände zitterten, und auch die Zeitung bebte, sodass die Worte vor meinen Augen verschwammen. Ich versuchte, mich zu konzentrieren. Wie viel wussten sie bereits? Ich zwang mich, den Artikel zu lesen.

BABY AUS KRANKENHAUS ENTFÜHRT!

Ein neugeborenes Mädchen wurde gestern Nachmittag aus der Geburtsstation des Krankenhauses von Norwich entführt.

Eine bisher unbekannte Person nahm die kleine Louisa zwischen 16:00 und 16:30 Uhr aus dem Gitterbettchen am Fußende des Bettes ihrer verzweifelten Mutter Kimberley Foster, Louisas Zwillingsbruder Samuel ließ sie zurück.

Die achtzehnjährige Ms. Foster, wohnhaft in der Colindale Avenue in Sprowston, steht unter Schock und konnte nicht befragt werden. Sie wird derzeit von ihrer Mutter Margaret betreut. Pamela Newsome, eine weitere junge Mutter, stand uns Rede und Antwort: »Das ist der schlimmste Albtraum jeder Mutter, und ich kann nicht glauben, dass so etwas tatsächlich passiert ist. Ich verstehe nicht, warum niemand etwas gesehen hat. Kim muss ihr Baby unbedingt wiederbekommen.«

Die Polizei sucht nach Zeugen oder Personen, die über Hinweise auf mögliche Täter verfügen. Bitte wenden Sie sich an die unten stehende Nummer oder an das Polizeirevier von Norwich.

Mein Herz schlug so schnell, dass es mir beinahe aus der Brust gesprungen wäre. Natürlich war mir von Anfang an klar gewesen, dass die Kindesentführung eine riesige Story werden würde, doch es war etwas vollkommen anderes, es mit eigenen Augen zu sehen. Ich war so in meiner kleinen Seifenblase gefangen gewesen, dass mir die richtige Welt wie ein vollkommen anderer Ort erschienen war, der keinerlei Einfluss auf mein Leben hatte.

Doch jetzt sah ich es schwarz auf weiß vor mir – und alle anderen Leserinnen und Leser ebenfalls. Noch schlimmer als der Text war allerdings das Foto der Mutter, die mich vorwurfsvoll anstarrte. Ihre Augen wirkten leer und doch voller Schmerz, sie schien mich anzuflehen, ihr Kind zurückzubringen. Sie hieß Kimberley und war noch sehr jung, doch ihre Stirn war bereits von tiefen Falten durchzogen. Und das war allein meine Schuld. Ich hatte ihr diesen Schmerz zugefügt.

Ich zwang mich, den Blick von ihren traurigen Augen abzuwenden. Plötzlich hatte ich das Gefühl, als müsste ich mich übergeben. Ich saß einige Sekunden vollkommen still und wartete darauf, dass die Übelkeit vorüberging. Ich durfte meine Mädchen nicht verlieren. Das durfte einfach nicht passieren. Ich hatte doch schon alles verloren.

Was hatte ich nur getan?

»Mummy!«

Kates Stimme riss mich aus meinen Gedanken, und ich sah sie verständnislos an. Sie deutete auf ihren Teller, auf dem nur noch ein paar Krümel lagen, und ich war froh über die Ablenkung. Ich faltete die Zeitung wieder zusammen, damit ich Kimberleys Gesicht nicht mehr sehen musste, und legte sie vorsichtig auf das Sofa, bevor ich aufstand, um Kates Teller vom Boden aufzuheben. Den stechenden Schmerz, der durch meinen Bauch schoss, als ich mich hinunterbeugte, ignorierte ich. Im nächsten Moment schlang Kate ihre kleinen Arme um meinen Hals und schmiegte sich an meine Schulter.

»Mummy lieb.« Ich ließ den Teller sinken, und die Krümel fielen zu Boden, als ich meine Arme um meine Tochter schlang und sie so fest es ging an mich zog. Sie roch nach Shampoo, Sandwiches und Gras, und ich nahm ihren Duft in mich auf. Sie sah zu mir hoch. »Mummy traurig?«

»Wie bitte? Nein, Mummy ist nicht traurig.«

Sie deutete auf mein Gesicht, und ich merkte, dass ich weinte. Schnell wischte ich die Tränen fort und lächelte. »Das sind Glückstränen. Mummy ist glücklich, weil sie dich hat, das ist alles.« Ich drückte ihr einen Kuss auf den Scheitel.

»Gogi auch.« Kate zeigte auf ihre kleine Schwester, und wir beugten uns beide zu ihr und küssten ihren weichen, warmen Kopf.

Ich betrachtete die beiden Mädchen im Schein des Kaminfeuers, und mein Herz ging vor Liebe über. Meine Töchter waren der Grund, warum es nicht in tausende Stücke zerbrochen war, nachdem ich Ray und danach auch noch unser Baby verloren hatte. Und sie waren die einzigen beiden Menschen, die mir dabei helfen konnten, meine Wunden zu heilen. Ich durfte die zwei nicht auch noch verlieren. Das hätte ich nicht ertragen.

Ich sammelte die Krümel ein, stand auf und ging in die Küche. Dort ließ ich Wasser in die Spüle laufen und tauchte meine Hände in die seifige Lauge, während ich aus dem Fenster sah. Ich schaffte es nicht, zum Schuppen hinüberzusehen, wo mein Baby begraben lag. Ich musste mich auf die beiden Mädchen im Wohnzimmer konzentrieren und versuchen, alles andere zu vergessen. Also starrte ich stattdessen blicklos hinaus und dachte an alles, was seit der Frühgeburt passiert war. Ich dachte an die traurigen, verzweifelten Augen von Georgies leiblicher Mutter, dennoch hoffte ich, dass mir niemand auf die Schliche kommen würde und dass meine beiden Mädchen in Sicherheit waren.

Und ich schwor mir, sie niemals gehen zu lassen.
Niemals.

Im Laufe der nächsten Woche kaufte ich jeden Tag die Zeitung und durchforstete sie nach Neuigkeiten. Ich wollte unbedingt wissen, wie nah die Polizei der Lösung des Falles bereits gekommen war. Ich wollte wissen, ob ich meine Kinder bald verlieren würde – oder ob ich endlich sicher sein konnte, dass ich sie für immer behalten konnte.

Es wurde zu einer regelrechten Routine: Wir standen auf, zogen uns an und gingen zum Laden, um Milch, Brot und die Zeitung zu kaufen. Ich war wie besessen davon. Es gefiel mir, dass die Tage einander auf diese Weise ähnelten. Es gab unserem Leben Struktur.

Sandy war noch nicht wieder zu Besuch gekommen. Vermutlich war sie tief verletzt und fragte sich, warum ich sie so mies behandelt hatte. Aber ich hatte kein Telefon und wusste auch ihre private Nummer nicht mehr, weshalb ich sie nicht einfach von der Telefonzelle aus anrufen konnte. Ich konnte nur warten und hoffen, dass sie bald wiederkam – ich war mir ziemlich sicher, dass sie es noch einmal versuchen würde.

Abgesehen von Sandy bekam ich eigentlich nie Besuch. Nur meine Nachbarin Mrs. Doyle kam einmal vorbei. Ich fütterte gerade Georgie, die genüsslich an ihrer Flasche nuckelte, und öffnete die Tür umständlich mit einem Ellbogen, während ich das Baby im Arm hielt.

»Hallo, meine Liebe! Es tut mir leid, wenn ich Sie störe, aber ich dachte, Sie würden die hier vielleicht mögen.« Sie stellte einen kleinen, mit einem weißen Geschirrtuch bedeckten Weidenkorb auf das Beistelltischchen, das neben der Haustür stand. »Das sind ein paar Scones, die ich gestern gebacken habe. Es sind viel zu viele für mich, und ich dachte, dass Sie und Ihre Kleine« – sie deutete mit dem Kopf auf Kate, die gerade hinter der Wohnzimmertür hervorspähte – »vielleicht ein paar mögen.«

»Danke, das ist sehr nett von Ihnen!«

Sie merkte, dass ich sie nicht hereinbat, zögerte und musterte Georgie und mich einen Augenblick. »Hören Sie, Sie können jederzeit vorbeikommen, wenn Sie Hilfe brauchen, ja? Egal, worum es geht«, sagte sie dann.

Ich war überwältigt von ihrer Freundlichkeit und musste alle Kraft zusammennehmen, um nicht zu weinen. Also atmete ich tief durch und murmelte ein weiteres Mal: »Danke«, bevor ich die Tür wieder schloss.

Mir war natürlich klar, dass ich mich ziemlich unhöflich

verhielt, aber ich war einfach noch nicht bereit, mit jemandem zu sprechen.

Ich wachte jeden Tag mit dem Gefühl auf, dass es so weit sein würde. Meine Nerven waren zum Zerreißen gespannt, die Brust war wie zugeschnürt, mein Atem ging flach, und meine Schultern waren ständig verspannt. Mir blieb nichts anderes übrig, als so selten wie möglich das Haus zu verlassen – nur so glaubte ich es zu schaffen.

Schließlich wuchs die Hoffnung, dass die Medien die Geschichte vergessen hatten – und mit ihnen vielleicht auch die Polizei. Doch eines Tages gab es Neuigkeiten. Die Polizei hatte endlich einen ernst zu nehmenden Verdacht.

Ich sah die Schlagzeile, als ich draußen am Laden vorbeiging, und blieb wie angewurzelt stehen, sah mich gehetzt um, als würde mich jeden Moment ein Polizist von hinten packen und mich an Ort und Stelle verhaften. Ich nahm die Zeitung aus dem Ständer und versuchte, nicht zu stark zu zittern. Ich las den Artikel, und die Erleichterung, die mich überkam, war so groß, dass meine Beine beinahe unter mir nachgegeben hätten.

Bei der Verdächtigen handelte es sich nicht um mich. Die Polizei hatte vielmehr die Schwester des Vaters der Kleinen im Visier. Anscheinend waren Kimberley und er kein Paar mehr, er war mehr oder weniger untergetaucht. Samuel – Georgies Zwillingsbruder – und Kimberley wohnten bei Kimberleys Mutter Margaret. Das wusste ich schon. Es wurde allerdings nicht näher erläutert, warum die Polizei ausgerechnet nach der Schwester des Vaters suchte.

Ich las den Artikel dreimal, um sicherzugehen, dass ich nichts falsch verstanden hatte. Ich war nicht naiv genug, um davon auszugehen, dass mir keine Gefahr mehr drohte und ich mir keine Sorgen mehr machen musste, aber immerhin fahndete die Polizei inzwischen nach einer anderen Frau, was bedeutete, dass sie zumindest im Moment nicht nach *mir* suchten. Und je länger die Fahndung andauerte, desto unwahrscheinlicher wurde es, dass sie mich irgendwann doch noch verdächtigen würden.

Kate watschelte neben mir her, während ich den Kinderwagen in den Laden manövrierte und zur Kasse ging, um die Zeitung zu bezahlen. Mittlerweile kannte ich die Frau, die den Laden betrieb, ziemlich gut, denn ich sah sie ja fast jeden Tag. Ihr Name war Joyce, und sie lächelte, als wir auf sie zukamen. Ich legte die Zeitung auf den Ladentisch und lächelte zurück. Meine Hände zitterten noch immer.

Sie deutete mit dem Kopf auf die Schlagzeile. »Schlimm, oder?«

Ich wagte es nicht, noch einen Blick auf die Zeitung zu werfen und bemühte mich, möglichst unbeeindruckt zu wirken. »Ja, sehr.«

Sie sah zu Georgie hinunter, die friedlich in ihrem Kinderwagen schlief, und meine Ohren dröhnten. Hatte sie ... Würde sie ...?

»Ich meine, stellen Sie sich nur mal vor, das wäre Ihre Kleine gewesen! Es muss einer Folter gleichkommen, nicht zu wissen, wo das eigene Kind ist. Die arme Mutter.« Sie sah mich an, und mir wurde klar, dass sie auf eine Antwort wartete.

»Ja, das ist das Schlimmste, was man sich vorstellen kann.«

Wir standen uns eine Weile schweigend gegenüber und betrachteten Georgie. Das Dröhnen wurde lauter. Dann seufzte Joyce und meinte: »Ich darf gar nicht darüber nachdenken.«

»Nein. Ich auch nicht.«

Sie seufzte. »Also, brauchen Sie heute sonst noch etwas?«, fragte sie einen Moment später.

Ich schüttelte den Kopf. »Nein, nur die Zeitung. Danke.«

»Zehn Pence, bitte.«

Ich gab ihr das Geld und wollte den Laden gerade verlassen, als sie sich erneut an mich wandte: »Wissen Sie, ich habe das neulich wirklich ernst gemeint. Dass ich Ihnen gern helfen würde, meine ich. Es muss schwer sein allein mit den zwei Kleinen. Wenn Sie mal eine Pause oder sonst etwas brauchen, sagen Sie Bescheid, okay?«

»Ja, das mache ich. Danke.« Ich setzte meinen Rückzug fort, denn ich brauchte unbedingt frische Luft, doch dann blieb ich abrupt stehen.

»Eigentlich gibt es da tatsächlich etwas …«

Ihr Gesicht hellte sich auf. »Ja? Was denn?«

»Ich muss etwas Geld dazuverdienen, allerdings kann ich die Mädchen nicht allein lassen. Also habe ich mir überlegt, dass ich vielleicht Wäsche bügeln oder Kleider ausbessern könnte. Etwas, das ich von zu Hause aus machen kann. Glauben Sie, dass die Leute einen solchen Dienst in Anspruch nehmen würden?«

Joyce nickte. »Aber ja, da bin ich mir ganz sicher! Vor

allem, wenn ich ein gutes Wort für Sie einlege.« Sie griff unter den Ladentisch und zog einen Bogen Papier hervor. »Wissen Sie was? Schreiben Sie doch gleich mal eine Annonce und hängen Sie sie ins Fenster. Und ich werde die Leute auch darauf aufmerksam machen.«

Mir gefiel der Gedanke überhaupt nicht, dass meine Adresse in aller Öffentlichkeit prangte und dass demnächst womöglich Fremde vor meiner Tür sehen würden, doch ich musste einfach etwas Geld verdienen. Wir hatten beinahe alles aufgebraucht, ich bekam kaum Unterstützung vom Staat, und ich musste die Miete und das Essen bezahlen. Wir konnten nicht von Luft und Liebe allein leben.

»Ja, okay. Danke.«

Ich entwarf eine kurze Annonce mit meinen Kontaktdaten, und Joyce nahm sie entgegen und legte anschließend eine Hand auf meine.

»Ich finde etwas für Sie, keine Sorge!«

Es war Wochen her, seit mich ein anderer Mensch berührt hatte, und es fühlte sich überraschend gut an. Ich machte mich lächelnd auf den Weg, und bevor ich um die Ecke gebogen war, sah ich, dass Joyce das Papier bereits ins Schaufenster geklebt hatte.

Zu Hause angekommen, setzte ich Kate in ihren Hochstuhl, gab ihr etwas zu essen und zu trinken und nahm mir endlich die Zeit, darüber nachzudenken, was diese neue Entwicklung für mich bedeutete. Ich strich die Zeitung glatt und las den Artikel erneut. Ich hatte ihn tatsächlich nicht falsch verstanden. Es sah so aus, als hätte ich nichts zu befürchten – zumindest im Moment nicht. Als ich ihn zum gefühlt hundertsten Mal las, klingelte es plötzlich an der Tür. Ich wäre beinahe in Ohnmacht gefallen. Das war doch sicher noch kein Nachbar, der auf meine Annonce reagiert hatte, oder? Vielleicht war es ja auch nur Mrs. Doyle.

Ich ließ Kate im Hochstuhl sitzen und Georgie in ihrem Kinderwagen schlafen und ging zur Eingangstür. Auf halbem Weg dorthin kam mir der Gedanke, dass es auch die Polizei sein könnte. Vielleicht war der Artikel nur dazu gedacht gewesen, mich in die Irre zu führen. Vielleicht hatten sie mich bereits aufgespürt und wollten nicht, dass ich in letzter Sekunde die Flucht ergriff.

Mein Herz pochte wie verrückt, als ich mich der Tür näherte. Ich hatte keine Ahnung, wie ich diesen ständigen Stress überstehen sollte. Womöglich bekam ich noch einen Herzinfarkt. Ich öffnete die Tür und blinzelte vorsichtig hinaus.

»Sandy!«

Erleichtert riss ich die Tür auf, stürzte auf sie zu und umarmte sie innig. Sie drückte mich von sich und sah mich verwirrt an.

»Alles okay, Jane?«

Ich nickte stumm und begann zu weinen. Ich hatte mich so danach gesehnt, sie zu sehen, und solche Angst gehabt, dass sie nie mehr wiederkommen würde. Und nun war sie hier, und ich wollte, dass sie für immer bei mir blieb.

»Darf ich reinkommen?«

»Wie bitte? Oh! Ja, sicher.« Ich trat einen Schritt beiseite, und sie kam ins Haus und schlüpfte aus ihrer Jacke. Ihr Anblick, der Geruch und ihre bloße Anwesenheit waren mir so vertraut, dass ich plötzlich einen Kloß im Hals hatte. Ich war so einsam gewesen, doch jetzt war sie endlich hier. Meine beste Freundin.

Wir gingen in die Küche, und Sandy hob Kate aus ihrem Hochstuhl. »Hallo, meine Kleine! Ich habe dich vermisst!« Kate kicherte glücklich, und Sandy hob sie über ihrem Kopf in die Luft. Anschließend setzte sie sich auf die Hüfte. Ihr Blick wanderte zu meinem Bauch, und sie hob fragend die Augenbrauen. »Mir ist klar, dass wir uns eine Weile nicht mehr gesehen haben, aber ... du hast das Baby tatsächlich auf die Welt gebracht, ohne es mir zu sagen?«

Meine Wangen brannten, ich brachte kein Wort heraus. Sandy sah sich um und entdeckte im nächsten Moment auch schon den Kinderwagen in der Ecke. Sie trat darauf zu und warf einen Blick hinein, und die Angst schnürte mir die Kehle zu. Sandy kannte mich besser als jeder andere ... Würde sie merken, dass etwas nicht stimmte? Sie blieb einen Moment stehen und betrachtete die schlafende Georgie. Ich hatte eine Geschichte vorbereitet: Ich wollte ihr sagen, dass das Baby viel zu früh gekommen und ich noch nicht bereit dafür gewesen war. Dass es ein Schock gewesen war und ich niemanden hatte sehen wollen. Doch ich brachte nichts heraus, stand einfach so da und wartete verzweifelt darauf, dass sie etwas sagte. Sogar eine Anschuldigung wäre mir recht gewesen. Alles wäre besser gewesen als dieses Schweigen.

»Sie sieht aus wie ihr Dad, meinst du nicht auch?« Die Worte waren draußen, bevor ich weiter darüber nachdenken konnte.

Sandy sah mich an, bevor sie sich wieder zu Georgie

umwandte. »Vermutlich hat sie die dunklen Haare von Ray geerbt.« Sie musterte mich erneut nachdenklich. Ihr Blick war so durchdringend, dass ich das Gefühl hatte, sie würde direkt in mein Innerstes schauen und meine geheimsten und dunkelsten Gedanken erraten. Doch dann begann sie zu lächeln. »Sie ist wunderschön! Und so winzig. Ich kann immer noch nicht glauben, dass du mir nichts von ihr erzählt hast! Vor allem, da sie ja viel zu früh gekommen ist.«

»Ja, tut mir leid. Ich ... der Geburtstermin wurde falsch berechnet. Na ja, es war ein ziemlicher Schock, und ich hatte keine Gelegenheit, es dir zu sagen. Ich wollte andauernd zur Telefonzelle und dich im Laden anrufen ... Es war alles so kompliziert ...«

Mir war klar, dass ich unwichtiges Zeugs plapperte, aber ich musste irgendetwas gegen das Schweigen unternehmen.

»Das habe ich geahnt. Deshalb bin ich ja auch vorbeigekommen. Ich habe dich so vermisst. Dein Verhalten beim letzten Mal ... Ich denke, das waren die Hormone, oder?«

»Ich ... ich denke auch. Sandy, ich habe dich ebenfalls vermisst. Sehr sogar. Ich wünschte, du würdest hier in der Nähe wohnen.«

»Vielleicht ziehe ich ja bald hierher.«

»Dann wärst du auch näher bei Mal, nicht wahr?«

Sie schüttelte den Kopf. »Mal und ich sind nicht mehr zusammen.«

»O nein, was ist passiert?«

Sie zuckte mit den Schultern. »Wir haben einfach nicht zusammengepasst. Außerdem hatte er es satt, dass ich ständig nur von dir gesprochen habe. Er hatte das Gefühl, du würdest mir mehr bedeuten als er, und meinte, ich solle dich in Ruhe lassen. Aber so etwas braucht er mir nicht sagen. Dieser Dummkopf.« Sie lächelte traurig, und ich hatte furchtbares Mitleid mit ihr.

»Das tut mir so leid, Sandy!«

Sie nickte. »Ist schon okay. Eigentlich hatte er sogar recht. Du bedeutest mir tatsächlich mehr als er, und das sagt wohl eine Menge über unsere Beziehung aus.« Da war wieder dieses traurige Lächeln. »Okay, ich würde sagen, wir setzen uns mal, oder? Die Kleine hier wird mir langsam zu schwer.«

»Klar. Willst du eine Tasse Tee?«

»Später.«

Wir setzten uns einander gegenüber, und Sandy stellte Kate auf den Boden. Sie tappte davon, um Spielsachen zu holen.

»Also, wie geht es dir mit ... O mein Gott, ich habe noch nicht mal gefragt, wie die Kleine heißt!«

»Georgie. Georgina Rae Wood.«

Sandys Kopf fuhr hoch, und sie sah mich fragend an. »Sie trägt Rays Nachnamen?«

Ich runzelte die Stirn. »Ja, sicher. Warum nicht?«

»Keine Ahnung. Tut mir leid. Natürlich sollte sie denselben Nachnamen haben wie Kate und du, ich dachte nur ... Na ja, ehrlich gesagt weiß ich gar nicht, was ich mir bei der Frage gedacht habe. Ignorier es einfach.«

Ihre Wangen glühten, und sie wirkte verwirrt. Ich überlegte kurz, was sie wohl hatte sagen wollen, doch ich wagte es nicht, sie danach zu fragen. Ich war mir nicht sicher, ob ich die Antwort hören wollte.

»In Ordnung.«

»Es ist schwer, so ganz allein, oder?«

Ich nickte. »Ja, ich vermisse Ray jede wache Minute. Aber mir geht es ganz gut, danke. Ich komme zurecht.« Ich schaffte es nicht, ihr von dem Baby erzählen, das ich verloren hatte. Das würde für immer mein Geheimnis bleiben.

»Ich weiß. Du bist stark. Das warst du schon immer.«

Wir schwiegen eine Weile. »Willst du vielleicht jetzt einen Tee?«, fragte ich dann und sprang auf.

Ich konnte nicht mehr länger still sitzen. Es war seltsam, dass ich mich in Sandys Gegenwart so verlegen fühlte, aber ich hatte furchtbare Angst, dass sie mich sofort durchschauen würde, wenn ich ihr nur die geringste Gelegenheit dazu gab.

»Ja, Tee wäre wunderbar. Danke.«

Ich stellte einen Topf mit Wasser auf den Herd und lehnte mich an die Arbeitsplatte. »Willst du sie vielleicht halten, wenn sie aufwacht?« Ich warf einen schnellen Blick auf die Uhr. »Eigentlich müsste sie bald Hunger bekommen. Du könntest sie füttern, wenn du möchtest.«

»Das würde ich sehr gern. Ich danke dir.«

Ihre Worte klangen irgendwie geziert, aber ich führte mein Gefühl auf die Tatsache zurück, dass ich ihr beim letzten Mal die Tür vor der Nase zugeschlagen hatte, obwohl sie mir nur hatte helfen wollen. Danach wäre wohl jeder ein wenig vorsichtig.

Wie auf ein Stichwort hin durchschnitt in diesem Moment ein schriller Schrei die Stille, und ich setzte schnell Wasser auf, hob Georgie aus ihrem Kinderwagen und legte sie in Sandys Arme. Sandy betrachtete sie eingehend. Würde ihr bald auffallen, dass Georgie weder mir noch Ray ähnlich sah? Würde sie jemals Verdacht schöpfen?

Sandy hob den Blick, und in ihren Augen schimmerten Tränen. »Sie ist wirklich wunderschön, Jany!«

»Danke«, murmelte ich.

Meine Stimme war über Georgies Geschrei kaum zu hören. Sandy musterte mich noch einige Sekunden, und ich befürchtete schon, mich irgendwie verraten zu haben. Doch dann war der Augenblick auch schon wieder vorüber.

»Okay. Die kleine Dame verlangt nach ihrer Milch!«

»Einen Augenblick noch.«

Ich gab Trockenpulver in ein Fläschchen, gab das abgekochte Wasser hinzu und vermischte es mit schon abgekühltem. Dann stülpte ich den Sauger darauf, schüttelte und gab es Sandy, die gleich begann, Georgie zu füttern. Die Kleine verstummte augenblicklich. Ich seufzte erleichtert.

Sandy lachte. »Sie hat eine kräftige Lunge, was?«

»Ja, die hat sie!«

Ich goss den Tee auf, und wir saßen schweigend zusammen, während Sandy Georgie das Fläschchen gab und Kate es sich auf meinem Schoß bequem gemacht hatte. Ich hatte mich schon lange nicht mehr so wohl gefühlt. Vielleicht, weil ich zum ersten Mal jemanden hatte, der mir half. Ich hatte aber auch das Gefühl, die erste und schwerste Hürde überwunden zu haben. Wenn Sandy mir glaubte, dass Georgie meine Tochter war, warum sollte dann irgendjemand anders daran zweifeln?

Im Laufe der nächsten Wochen und Monate beruhigte ich mich zusehends, und langsam wuchs in mir der Gedanke, dass ich meine Familie vielleicht doch nicht verlieren würde.

Ich las noch immer fast jeden Tag wie besessen die Zeitung, hielt nach Neuigkeiten und Hinweisen der Polizei Ausschau. Ich brauchte das, um mir selbst zu versichern, dass alles in Ordnung war. Es gab keine neuen Verdächtigen mehr, und eines Tages war die Geschichte plötzlich aus der Zeitung verschwunden. Es schien, als hätten alle vergessen, was passiert war – na ja, zumindest *fast* alle.

Die Mädchen wurden größer, und die Leute nickten nur und lächelten, wenn ich ihnen erklärte, sie sehe aus wie ihr verstorbener Vater. Ich begann, neue Freunde zu finden, doch ich bemühte mich, sie immer ein wenig auf Abstand zu halten, sodass ich nie das Gefühl hatte, ich müsste ihnen mein Herz ausschütten. Es schien mir einfach zu riskant.

Und ich hatte Arbeit gefunden: Ich bügelte die Wäsche anderer Leute, nähte und besserte ihre Kleidung für sie aus. Zu Beginn hatten wir kaum genug Geld, aber mit der Zeit etablierte sich mein Geschäft. In unserem Haus zischte fast ständig das Bügeleisen oder die Nähmaschine surrte.

Das Haus war der Mittelpunkt unseres Lebens. Ich sorgte dafür, dass sie in Sicherheit waren und dass ihnen kein Leid geschah. Ich hatte mir geschworen, dass ich sie niemals gehen lassen würde. Niemals.

Manchmal dachte ich an Kimberley und daran, was ich ihr angetan hatte, aber im Grunde war sie mir egal. Ich kannte sie ja nicht mal. Es tat mir nicht wirklich leid, was ich getan hatte. Immerhin hatte ich Georgie bekommen.

Und falls sie jemals die Wahrheit herausfinden und glauben sollte, mir nie verzeihen zu können, weiß ich doch, dass sie mich tief in ihrem Herzen liebt. Und ich liebe sie. Für immer.

Denn die Liebe ist das, was am Ende zählt.

TEIL DREI
Georgie

12

28.–30. Oktober 2016

Im Haus ist es ruhig. Matt ist im Büro, Clem ist noch in der Schule. Georgie ist froh, dass sie sich die ganze Woche krankgemeldet hat, auch wenn sie so etwas eigentlich verabscheut. Aber sie kann nicht mehr länger warten. Sie muss etwas unternehmen.

Sie setzt sich an den Esstisch und öffnet fest entschlossen ihren Laptop, doch dann hält sie inne und starrt blicklos auf den Bildschirm. Neben dem Computer liegen die Zeitungsausschnitte, die sie schon so viele Male gelesen hat. Sie hat sie so oft zusammen- und auseinandergefaltet, dass sie bereits von weißen Linien durchzogen sind. Kimberleys Blick wirkt nun weniger durchdringend als zuvor, doch die Traurigkeit ist noch deutlich zu sehen.

Georgie streicht mit der Hand über das Papier und liest den Artikel erneut, obwohl sie ihn mehr oder weniger auswendig kennt.

Ein neugeborenes Mädchen wurde gestern Nachmittag aus der Geburtsstation des Krankenhauses von Norwich entführt.

Eine bisher unbekannte Person nahm die kleine Louisa zwischen 16:00 und 16:30 Uhr aus dem Gitterbettchen am Fußende des Bettes ihrer verzweifelten Mutter Kimberley Foster, Louisas Zwillingsbruder Samuel ließ sie zurück.

Louisas Zwillingsbruder Samuel.
Sie hat einen Zwillingsbruder.
Das ist das einzige Detail ihrer schrecklichen Entdeckung, das sie noch nicht vollständig begriffen hat, ganz egal, was sie am Tag zuvor zu Tante Sandy gesagt hat.
Georgie steht auf und tritt vor den Spiegel über dem Kamin. Ihr Blick gleitet über ihre dunklen Haare, die großen grünen Augen, die Stupsnase, die hohen Wangenknochen. Sie sieht ihrer Mutter absolut nicht ähnlich und ihrem Vater – Ray – auch nicht. Abgesehen von den dunklen Haaren natürlich. Trotzdem hat sie Jane all die Jahre nie darauf angesprochen. Weil es einfach keinen Grund gab.
Bis jetzt.
Georgie zeichnet ihre Lippen mit dem Finger nach und versucht, sich einen Mann vorzustellen, der so aussieht wie sie. Bei dem Gedanken daran wird ihr schwindelig.
Sie kehrt wieder an den Tisch zurück und atmet tief durch.
Sie öffnet Google, denn das ist wohl die naheliegendste Option, um mit der Suche zu beginnen. Natürlich könnte sie auch noch einmal in die Bibliothek zurückkehren, doch dazu müsste sie eigens nach Norwich fahren, weshalb es mit dem Laptop einfacher ist. Außerdem hat sie lediglich einen Namen und eine fast vierzig Jahre alte Adresse.

Ihre Hand zittert, als sie »Kimberley Foster« und »Colindale Avenue, Sprowston« eintippt.

Einen Sekundenbruchteil später hat sie hunderttausend Ergebnisse und schluckt. Sie hat nicht wirklich erwartet, gleich beim ersten Versuch Glück zu haben. Vielleicht ist Kimberley mittlerweile verheiratet oder bereits tot. Andererseits muss sie ja irgendwo beginnen.

Sie arbeitet sich von oben nach unten durch die Liste, wobei sie die meisten Ergebnisse nach dem ersten Blick als unbrauchbar abhaken kann. Nur ein Eintrag erregt ihre Aufmerksamkeit: Es geht um eine Kimberley Foster, die an der Volkshochschule Englisch unterrichtet. Doch als sie auf das Foto klickt, sieht sie sofort, dass diese Kimberley viel zu jung ist – sogar noch jünger als sie selbst.

Sie scrollt weiter und sucht nach Hinweisen und Bildern mit denselben traurigen, leeren Augen wie in dem Artikel, auch wenn sie sich nicht ganz sicher ist, ob sie Kimberley überhaupt wiedererkennen würde.

Nach etwa einer halben Stunde gibt sie schließlich auf und reibt sich die schmerzenden Augen. Sie ist keinen Schritt weitergekommen. Es gibt keine Kimberley Foster in und um Norwich, zumindest keine, die sich auf irgendeine Weise einen Eintrag im Internet verdient hätte. Georgie ist sich nicht sicher, ob das gut oder schlecht ist. Sie versucht es auf Facebook, doch auch hier ohne Erfolg. Google war zwar einen Versuch wert, aber offenbar muss sie sich etwas anderes einfallen lassen. Vielleicht sollte sie ihre Suche auf die ganze Familie ausdehnen? Was wäre, wenn sie stattdessen nach ihrem Vater suchen würde?

Sie blättert die Ausschnitte durch, bis sie den Artikel mit seinem Namen findet. Georgies Eltern hatten nur eine kurze Affäre, weshalb Barry Thomson vermutlich keinen Kontakt mehr zu Kimberley hat, trotzdem ist es einen Versuch wert. Georgie tippt »Barry Thomson, Norwich« in den Suchbalken ein und erhält erneut unzählige Ergebnisse. Sie überfliegt die Einträge und erkennt kurz darauf, dass der Barry Thomson, den sie sucht, nicht darunter ist. Sofern sie das aufgrund ihrer spärlichen Informationen überhaupt sagen kann.

Sie lehnt sich seufzend zurück. Der Bildschirm des Laptops taucht das Zimmer in ein seltsames Licht. Es ist genau so, wie sie es befürchtet hat, nämlich nicht so einfach.

Es wird Zeit, loszuziehen und an ein paar Türen zu klopfen.

Es ist noch nicht spät, aber es wird bereits dunkel, als Georgie schließlich in die Colindale Avenue biegt. Es regnet, und sie kann kaum etwas erkennen. Sie parkt, stellt den Motor aus und blickt durch das regennasse Fenster nach draußen. Die Straße ist ziemlich schmal, an beiden Seiten stehen Autos. Die Häuser sind klein, dennoch zum Großteil gepflegt. Georgie versucht vergeblich, die Hausnummer des Gebäudes zu entziffern, vor dem sie angehalten hat, weshalb sie sich schließlich ihre Kapuze überstülpt und in den strömenden Regen hinaustritt. Sie ist sich nicht sicher, was sie sich eigentlich erhofft, aber da sie nun schon mal da ist, will sie nicht gleich wieder nach Hause fahren. Sie tritt näher an die Hausnummer heran. *38.* In einem der

Fenster macht sie eine Bewegung aus, bevor die Vorhänge zugezogen werden.

Georgie tritt einen Schritt zurück, und ihr Blick wandert die Straße hinauf und hinunter. Sie ist lang, und sie weiß nicht, wo sie anfangen soll. Soll sie wirklich an eine beliebige Tür klopfen und fragen, ob sich die Bewohner vielleicht an eine Frau erinnern können, die in den 1970ern in dieser Straße wohnte? Und was, wenn sie Kimberley tatsächlich kennen? Georgie kann sich wohl kaum als deren leibliche Tochter vorstellen, oder? Doch nicht nach all den Jahren.

Trotzdem.

Sie muss irgendetwas tun ...

Bevor sie es sich anders überlegen kann, marschiert sie auf das nächste Haus zu und klingelt. Wasser tropft ihr in die Augen, und sie wischt es ungeduldig fort. Einige Augenblicke später geht das Licht hinter der Glastür an, und ein alter Mann öffnet die Tür. Er schiebt seine Brille die Nase hoch.

»Ja, bitte?«, fragt er.

»Oh! Äh ... Hallo ... Ich ... ich suche eine Frau, die früher mal hier gewohnt hat, und ich frage mich, ob Sie sich vielleicht an sie erinnern können.«

»Hier? Ja, möglich wär's. Ich wohne schon seit dreißig Jahren hier.«

»Eigentlich ist es sogar noch länger her. Etwa ...« Georgie bricht ab, sie ist sich nicht sicher, was sie sagen soll. »Etwa vierzig Jahre ...«

»Hmmm.«

»Ihr Name ist Kimberley Foster. Sie war damals circa achtzehn, also müsste sie jetzt Ende fünfzig sein.«

Der Mann schüttelt den Kopf. »Nein, der Name sagt mir nichts. Tut mir leid.«

Der Alte will die Tür bereits schließen, doch Georgie ist noch nicht fertig. »Kennen Sie vielleicht jemanden, der mir weiterhelfen könnte?«

Er öffnet die Tür noch einmal und seufzt. »Nein. Es tut mir leid, junge Frau, ich kann Ihnen wirklich nicht mehr sagen.«

Georgie tritt hinaus in den strömenden Regen. Sekunden später ist sie klatschnass. Das Wasser rinnt von ihren Haaren über ihren Nacken und tropft von ihrer Nase. Sie sieht sich erneut um und hofft auf eine innere Eingebung. Vermutlich wird sie den ganzen restlichen Abend und auch noch einen Großteil des nächsten Tages hier verbringen, wenn sie wirklich an jede einzelne Tür klopfen will. Sie beschließt, sich auf zehn Häuser zu beschränken und ihr Vorhaben dann für diesen Tag aufzugeben.

Sie klopft an die nächste Tür und an die übernächste und immer so fort. Die Leute, die ihr aufmachen, könnten unterschiedlicher nicht sein, einige knallen ihr sofort die Tür vor der Nase zu. Manche wohnen nur zur Miete hier, manche sind jung, manche sind alt und manche sind gar nicht zu Hause, während andere sich interessiert zeigen, ihr aber trotzdem nicht weiterhelfen können. Und ehe sie sichs versieht, hat sie die zehn Häuser abgeklappert und immer noch keine neuen Informationen. Sie wirft einen Blick auf die Uhr. Es ist gerade mal eine Stunde vergangen. Sie ist nass bis auf die Haut, und ihr ist klar, dass sie ein wenig verrückt wirkt, wenn sie so, wie sie aussieht, an eine fremde Tür klopft und sich nach einer unbekannten Frau erkundigt.

Langsam kommen die ersten Anrainer von der Arbeit nach Hause. Georgie beschließt, doch noch eine Weile weiterzumachen. Sie kann nicht aufhören, bis sie das Gefühl hat, alles getan zu haben. Wenn das hier nichts wird, was soll sie dann tun? Es ist die aussichtsreichste Möglichkeit, ihre Mutter ausfindig zu machen, und auch wenn es am Ende nicht zum Ziel führt, kann sie jetzt nicht einfach aufgeben. Noch nicht.

Mittlerweile hat sie beinahe das Ende der Straße erreicht. Das nächste Haus hat die Nummer 182. Ihre Füße tun weh, und ihr Handy hat einige Mal geklingelt, doch sie hat es ignoriert und weder mit Clem noch mit Matt gesprochen. Georgie will ihnen erst von ihrer Suche erzählen, wenn sie zu Hause im Trockenen sitzt und ihre Verzweiflung ein wenig nachgelassen hat.

Sie tritt vor die Haustür, deren Farbe abgeblättert ist, und betätigt den Türklopfer. Der Regen prasselt auf das Vordach, doch im Inneren des Hauses bleibt es ruhig. Georgie will bereits aufgeben und weitergehen, als sie das Rasseln der Türkette hört. Im nächsten Moment erscheint ein schmales weißes Gesicht im dunklen Türspalt. Die Frau hat tiefe Falten und krause graue Haare und starrt Georgie mit ihren tiefliegenden Augen ausdruckslos an. Sie sagt kein Wort, sondern mustert sie nur schweigend. Das ist ziemlich beunruhigend.

»Hallo, ich … äh … Können Sie mir vielleicht helfen? Ich … ich suche jemanden.« Georgie räuspert sich. »Es geht um eine Frau, die vor etwa vierzig Jahren hier gewohnt hat. Kimberley Foster.«

Die Frage hängt zwischen ihnen in der Luft, und Georgie ist sich nicht sicher, ob die Frau sie überhaupt verstanden hat. Es ist nur das Rauschen der Autos zu hören, die gemächlich durch die tiefen Pfützen auf der Straße gleiten. Georgie will den Namen bereits wiederholen, als die Frau plötzlich zu sprechen beginnt.

»Ja, ich kannte sie.«

Georgie wird schwindelig, sie klammert sich am Türrahmen fest, um nicht zu Boden zu gehen. »Wirklich?«, krächzt sie und räuspert sich erneut. »Wann ... wann war das? Und wissen Sie, wo sie jetzt lebt?«

Die alte Frau schüttelt den Kopf, Georgies Hoffnung zerspringt in tausend Stücke. »Sie ist vor langer Zeit fortgezogen. Aber früher hat sie gleich dort drüben gewohnt, mit ihrer Mutter und ihrem Kleinen ...« Sie streckt den Arm durch den Türspalt und deutet über die Straße. »Nummer 181. Kimberley war ein nettes Mädchen. Und sie hat so furchtbar gelitten.«

Georgies Blick wandert zu dem Haus auf der gegenüberliegenden Straßenseite. Es sieht beinahe so aus wie das Haus, vor dem sie steht, nur ein wenig gepflegter. Die Fenster sind hell erleuchtet. Georgie versucht, die Menschen dahinter zu erkennen, als könnten sie ihr einen Hinweis auf die Familie geben, die früher einmal hier gewohnt hat.

Sie bemüht sich, so gefasst wie möglich zu klingen, obwohl sich alles dreht. »Wissen Sie nicht mehr über Kimberley? Zum Beispiel, wo sie hingezogen ist?«

Die alte Frau schüttelt erneut den Kopf. »Nein. Kimberley hatte so einen netten kleinen Jungen. Er hieß Sam und kam immer gern vorbei, wenn seine Mum wieder einmal … eine ihrer Phasen hatte.« Sie stellt das Wort Phasen in Anführungszeichen, die sie mit den Fingern in die Luft zeichnet. »Sie sind fortgezogen, als er etwa zehn Jahre alt war. Ich fand es schade, denn ich hatte ihn gern hier bei mir. Er brachte Leben ins Haus.« Sie seufzt. »Seine Mutter war nach der Sache mit ihrem kleinen Mädchen nicht mehr dieselbe.« Sie mustert Georgie, und die Falten um ihre Augen werden tiefer. »Aber warum wollen Sie das alles wissen? Wer sind Sie?«

Georgie schluckt. Ihr Mund ist staubtrocken. »Äh … ich bin bloß eine alte Freundin. Na ja, eigentlich vielmehr meine Mum. Sie kannte Kimberley, und ich dachte es wäre nett, sie ausfindig zu machen. Als Überraschung …«

Sie verstummt. Sie will sich keine weiteren Lügen ausdenken und auch nicht über die Konsequenzen dessen nachdenken, was ihre Mutter getan hat. Und was sie selbst gerade tut. Ist sie im Begriff, das Leben einer ganzen Familie zu zerstören?

»Ach so.« Die Augen der Frau werden schmaler. »Nun ja, es tut mir leid, aber ich kann Ihnen nicht mehr über sie erzählen.«

Georgie schluckt ihre Enttäuschung hinunter. Sie hat sich große Hoffnungen gemacht, dass ihr die alte Frau einen Blick in ihre Vergangenheit gewähren würde. Sie versucht es ein letztes Mal. »Und Sie wissen nicht zufällig, wo die Familie hingezogen sein könnte?«

Die alte Frau schließt die Augen, und Georgie fragt sich bereits, ob sie vielleicht auch sie vergessen hat, doch dann öffnete sie sie plötzlich wieder und lächelt. »Irgendwo in die Nähe der Mile End Road, glaube ich. Nein, in die Woodcock Street! Alle drei sind sie dorthin gezogen. Samuel, Kim und Margaret – das war Kims Mutter. Ich mochte sie nicht besonders, sie war eine schroffe, eigenbrötlerische Frau. Trotzdem hat sie sich recht gut um die beiden gekümmert, also war sie wohl doch nicht so übel.« Sie zuckt mit den Schultern und sieht Georgie in die Augen. »Tut mir leid, dass ich Ihnen nicht mehr sagen kann.«

Georgies Hoffnung erwacht aufs Neue. Es ist zwar eine alte Spur, aber es ist wenigstens ein Anfang, auf den sie aufbauen kann. »Das ist schon okay. Sie haben mir sehr geholfen. Ich danke Ihnen.«

»Richten Sie ihnen doch bitte schöne Grüße aus, wenn Sie sie finden, ja? Von Mrs. Moore. Hazel. Sie erinnern sich sicher an mich.«

»Das mache ich. Danke noch mal.«

Die alte Frau schließt sanft die Tür, und Georgie bleibt noch einen Augenblick stehen, als würde sie auf weitere Hinweise hoffen. Schließlich wendet sie sich ab, geht zurück zum Auto und fährt nach Hause.

Die neuen Informationen fahren in ihrem Kopf Achterbahn. Sie will jetzt gleich in die Woodcock Street fahren und ihre Suche fortsetzen, doch sie muss nach Hause zu ihrer Familie.

Ihre *andere* Familie muss bis zum kommenden Tag warten.

»Erde an Mum?«

Clems Stimme reißt Georgie aus ihren Gedanken, und sie hebt überrascht den Blick, als hätte sie gar nicht mitbekommen, dass ihre Tochter auch da ist.

»Oh, tut mir leid! Ich war gerade meilenweit fort.«

Clementine zieht eine Schnute und lässt ihren schlaksigen Körper in einen der Stühle am Esstisch sinken, wobei sie etwas Tee verschüttet. Sie wischt ihn mit dem Ärmel fort, und Georgie sieht ihr schweigend zu. Sie hat im Moment andere Sorgen als einen Teefleck.

Sie ist gereizt und ruhelos. Der gestrige Tag war zwar erfolgreich gewesen, aber am Ende hatte sie frustriert feststellen müssen, dass ihr die Zeit davongelaufen war. Also war sie nach Hause gefahren, obwohl sie ihre Suche am liebsten sofort fortgesetzt hätte. Sie war so müde und durchnässt gewesen, dass sie sich erst mal in die Badewanne gelegt hatte, bevor sie zusammen mit Matt und Clem zu Abend gegessen hatte. Sie hatte kaum ein Wort gesprochen.

Erst später, als Clem in ihr Zimmer gegangen war, um Hausaufgaben zu machen, hatte sich endlich die Gelegenheit ergeben, Matt von ihren Nachforschungen zu erzählen.

Das Gespräch läuft wie ein Film vor ihrem geistigen Auge ab.

»Und was machst du jetzt?«, fragte Matt, nachdem sie von ihrem Tag berichtet hatte.

»Ich fahre morgen in die Woodcock Street und versuche mein Glück.«

»Aber du weißt doch gar nicht, ob sie überhaupt noch dort

wohnen«, wandte Matt sanft, aber bestimmt ein. »Es ist ja schon so lange her. Da kann sich viel ändern.«

»Ich weiß. Aber das ist nun mal der einzige Anhaltspunkt, den ich im Moment habe.«

»Ich mache mir Sorgen, Georgie« sagte er. »Ich will nicht, dass du dir zu große Hoffnungen machst. Und außerdem ...« Er brach ab und sah sie besorgt an. »Ich meine, was hast du eigentlich vor, wenn du deine leibliche Mutter ausfindig gemacht hast? Was, wenn sie gar nicht mehr gefunden werden will? Oder wenn sie nicht damit klarkommt, dass du plötzlich wieder da bist? Du könntest am Ende mehr Probleme verursachen, als du löst.«

Georgie seufzte schwer. »Ich weiß. Daran habe ich auch schon gedacht. Aber ich habe keine andere Wahl.« Sie trank einen großen Schluck Wein. »Ich versuche andauernd, mir vorzustellen, wie ich reagieren würde, wenn eine vermisste Person, die mir nahegestanden hat, nach vierzig Jahren plötzlich wieder auftaucht, aber ich schaffe es nicht. Trotzdem muss ich sie finden, Matt. Meinst du nicht auch?«

Matt nickte. »Ja, ich schätze schon.« Er nahm ihre Hand und drückte sie. »Aber du musst mir etwas versprechen.«

»Was denn?«

»Geh kein Risiko ein. Mir ist klar, dass diese Leute deine Familie sind, dennoch weißt du nichts über sie. Vielleicht sind sie wirklich nett, vielleicht sind sie auch ... Egal, sei einfach vorsichtig, hörst du? Das wird eine große Sache für sie, die sie nicht erwartet haben. Vielleicht hat Kimberley mittlerweile mit den Ereignissen abgeschlossen und will dich gar nicht kennenlernen. Darauf musst du vorbereitet sein.«

»Ich weiß«, murmelte Georgie.

»Dann versprichst du mir also, dass du vorsichtig bist?«
Sie nickte. »Versprochen.«
Später saßen sie gemeinsam vor dem Fernseher, doch Georgie starrte nur blicklos vor sich hin, bis plötzlich ihr Handy piepte. Eine Nachricht von Kate. Georgie runzelte die Stirn. Sie hatten nicht mehr miteinander geredet, seit sie Kate erklärt hatte, dass sie ihre leibliche Familie finden wollte, und sie hatte nicht erwartet, so bald von ihr zu hören. Sie öffnete die Nachricht.

Ich mache mir Sorgen um Mum. Es geht ihr schlecht. Der Arzt kommt morgen um 12 Uhr. Wäre gut, wenn du auch dabei wärst. Kate

Die Nachricht war ungewohnt knapp und endete nicht wie sonst mit Lieben Grüßen *oder* Küsschen. *Georgie stiegen die Tränen in die Augen. Natürlich hatte ihr Wunsch, ihre leibliche Familie kennenzulernen, Kate verletzt, und sie wollte sich auf keinen Fall zwischen den beiden Familien entscheiden. Aber sie hatte keine andere Wahl. Sie konnte nicht mit ihrem Leben weitermachen, ohne zu wissen, woher sie kam.*

Georgie las die Nachricht noch einmal, dann klickte sie sie fort. Sie wollte auf keinen Fall zu ihrer Mutter. Sie erinnerte sich noch zu gut an ihr letztes Treffen und konnte ihre Gefühle immer noch nicht richtig einordnen. Außerdem hatte sie schon etwas anderes vor.

Sie zeigte Matt die Nachricht.
»Du gehst doch hin, oder?«
Sie schüttelte den Kopf. »Das kann ich nicht, Matt.«
»Warum nicht? Weil du die beiden nicht sehen willst, oder weil du lieber deine leibliche Mutter suchen willst?«
Georgie zuckte mit den Schultern. »Beides, nehme ich an.«

Er betrachtete sie schweigend. »*Dir ist aber schon klar, dass du hinmusst, oder? Du kannst Kate nicht im Stich lassen, egal was zwischen euch vorgefallen ist.*«

»*Aber ...*«

»*Georgie! Jane ist deine Mutter. Und bevor du mir widersprichst: Ich weiß, dass sie es vielleicht gar nicht ist. Trotzdem war sie es dein ganzes Leben lang, und Kate ist noch immer Kate. Deine Schwester braucht dich, und es klingt, als wäre es wichtig für sie. Du würdest es dir nie verzeihen, wenn du nicht hingehen würdest.*«

Georgie wusste nicht, was sie sagen sollte. Natürlich hatte er recht, aber sie war sich nicht sicher, ob sie den Anblick der beiden ertragen würde. Außerdem wollte sie ihre Suche unbedingt fortsetzen und sie keinesfalls einen Tag aufschieben.

»*Ich komme mit, wenn es dir lieber ist.*«

Georgie schüttelte den Kopf. »*Nein, ist schon in Ordnung, Matt. Du hast recht. Ich gehe hin. Ich muss es tun.*«

Matt nickte. »*Und dann kannst du weitersuchen. Es ist ja nur ein Tag.*«

Georgie nickte niedergeschlagen.

Und jetzt sitzt sie hier, obwohl sie viel lieber in die Woodcock Street fahren würde. Sie muss warten, bis es Mittag wird, um Kate und ihre Mutter zu treffen. *Jane.*

Georgie schaut auf die Uhr. Es ist erst kurz nach acht. Sie öffnet ihren Laptop und tippt den Straßennamen und »Margaret Foster« ein, da sie davon ausgeht, dass Kimberleys Mutter denselben Nachnamen trägt wie ihre Tochter. Sie versucht alle möglichen Kombinationen und probiert es auch noch einmal auf Facebook. Doch scheinbar gibt es im näheren Umkreis keine Frau mit diesem Namen.

Seufzend klappt sie den Laptop zu. Clem sitzt ihr immer noch gegenüber und starrt wie gebannt auf ihr Handy. Das Licht des Displays erhellt ihr Gesicht. Sie wirkt schon so erwachsen und ganz anders als sie selbst in ihrem Alter. Erfahrener.

Georgie kann sich noch gut an Clementines Geburt erinnern. An den Moment, als sie das perfekte Gesicht ihrer Tochter zum ersten Mal sah. Clem hatte ihr aus einer dicken Decke entgegengeblickt. Ihre Haare waren so dunkel wie ihre eigenen gewesen, während die blauen, neugierig aufgerissenen Augen sie an Matt erinnert hatten.

Georgie hat noch nie jemanden so sehr geliebt wie dieses Kind, und sie weiß, dass es für immer so bleiben wird. Sie kann sich nicht vorstellen, wie schmerzhaft es sein muss, einen solchen Schatz zu verlieren, bevor man überhaupt die Gelegenheit hatte, ihn besser kennenzulernen.

Sie steht auf und drückt ihrer Tochter einen Kuss auf den Scheitel. Der Duft des Zitronenshampoos beruhigt ihre Nerven. Clem hebt den Blick und sieht ihre Mum fragend an.

»Wofür war denn das?«

»Für gar nichts. Ich hab dich einfach lieb, das ist alles.«

»Okay. Ich dich auch, Mum.«

Damit wendet sie sich wieder ihrem Handy zu, als könnte nichts auf dieser Welt ihr Sorgen bereiten.

»Ich fahre gleich zu Grandma.« Georgie wirft erneut einen Blick auf die Uhr. »Musst du nicht zur Schule?«

»Ja, schon. Aber es ist doch Samstag, und wir haben Projektwochenende. Da macht es nichts, wenn ich etwas zu spät komme.«

»Clementine George!«

»Okay, okay. Ich gehe ja schon!« Clem steht auf. Ihre Tochter ist beinahe so groß wie sie selbst. Es wird nicht mehr lange dauern, dann hat sie sie überholt. »Bye, Mum. Richte Grandma und Tante Kate liebe Grüße aus!«

»Mach ich«, murmelt Georgie.

Ihre Antwort geht in dem Lärm unter, den Clem beim Aufbrechen veranstaltet. Die Tür fällt ins Schloss, und einen Augenblick später ist es vollkommen still. Georgies Blick gleitet über die Müslischalen, die schmutzigen Teller und die halb leeren Kaffeetassen auf dem Küchentisch. Der Stapel mit der Post und den Zeitungen sieht aus, als würde er jeden Moment umstürzen. Sie muss sich unbedingt darum kümmern, doch sie weiß jetzt schon, dass sie es nicht so bald tun wird.

Georgie räumt die Küche auf, geht nach oben, duscht und schminkt sich sorgfältig. Sie will aussehen, als hätte sie alles unter Kontrolle, wenn sie ihrer Schwester und ihrer Mutter gegenübertritt. Das wird ihr helfen. Kurz nach zehn ist sie schließlich fertig. Es ist immer noch zu früh, aber sie nimmt ihren Mantel und die Tasche und verlässt das Haus. Sie will es endlich hinter sich bringen.

Draußen ist es bereits ziemlich kalt, und die Winterluft dringt durch ihren viel zu dünnen Mantel, sodass sie sofort zu zittern beginnt. Die Sonne steht tief am Himmel, ihre Strahlen schaffen es nicht mehr, bis zum Boden durchzudringen. Georgie steigt eilig ins Auto, macht die Heizung an und reibt sich die Hände, während sie daran denkt, was vor ihr liegt. Eigentlich müsste sie sich Sorgen um Jane machen, doch nach allem, was sie erfahren hat, fällt es ihr schwer, Mitleid zu empfinden.

Sie fährt langsam los. Für die eigentlich zwanzigminütige Fahrt braucht sie dieses Mal beinahe vierzig Minuten, weil sie unterwegs noch einen Zwischenstopp einlegt, um einen Kaffee zu trinken. Als sie schließlich vor dem Haus ihrer Mutter – dem Haus, in dem sie aufgewachsen ist – parkt, packt sie mit einem Mal die Nostalgie. Sie sieht Kate und sich selbst als Kinder auf der Treppe vor der Haustür sitzen und ein Picknick für ihre Teddybärenfamilie veranstalten. »Kommt rein, ihr zwei, ihr sollt doch nicht vor dem Haus herumsitzen. Das ist viel zu gefährlich«, hatte ihre Mutter sie ermahnt, und sie waren pflichtschuldig ins Haus zurückgekehrt. Keine Sekunde lang hatten sie sich gefragt, wovor ihre Mum solche Angst hatte. Jane hatte ihren Mädchen vieles verboten, weil sie es für zu gefährlich hielt.

Georgie sieht das Haus vor sich, wie es damals ausgesehen hat – mit dem altmodischen geblümten Teppich im Wohnzimmer, der unermüdlich tickenden Uhr auf dem Kaminsims und dem Zimmer, das sie sich mit Kate geteilt hat. Auf jeder Seite standen ein schmales Bett und ein Schreibtisch – doch damit hörten die Gemeinsamkeiten auch schon auf. Kates Seite war immer makellos sauber. Die Wände waren rosarot, es gab eine Überdecke mit rosafarbenen Blüten, ordentlich gerahmte Hundefotos, eine Menge Cola-Dosen aus Sammeleditionen und hübsche Schwarz-Weiß-Bilder von Babys. Ihre Bücher standen in Reih und Glied auf einem kleinen Regal, ihre Kleider hingen im Schrank.

Georgies Seite hingegen war ein wildes Durcheinander. Die Wände waren mit Fotos, Ausschnitten aus Magazinen, Schnappschüssen von Freunden und Bildern von Dingen vollgeklebt, die sie einfach gern ansah. Auf ihrem Schreibtisch lagen Zettel und Bücher verstreut, ihre Klamotten hingen über der Stuhllehne oder lagen auf dem Boden. Ihre Unordnung hat ihre Schwester oft fast in den Wahnsinn getrieben, doch das war ihr egal. Sie mochte es so.

Georgie geht in Gedanken die Treppe hinunter und tritt in die Küche, in der sie als Kinder so viel Zeit verbracht haben.

Sie stand gern an die Arbeitsplatte gelehnt da und lauschte den beruhigenden Geräuschen im ansonsten vollkommen stillen Haus. Dem Klicken der wärmer werdenden Heizkörper, dem Knarren der Bodendielen, dem Zwitschern der Vögel und dem leisen Brummen von Mr. Pritchards Rasenmäher, der wieder einmal sein ohnehin perfektes Gras in Form brachte. Der Küchenboden war ziemlich abgewetzt, in den Ecken, wo der Besen nicht hinkam, lagen ständig Krümel, und der kleine Küchentisch war voller Becherränder, die sich im Laufe der Jahre angesammelt hatten. Auf der Arbeitsplatte, wo der Teekessel stand, war ein großer dunkler Ring zu sehen. An einer Stuhllehne war eine Latte gebrochen, und Mums Bügeleisen stand rund um die Uhr in der Küche, wobei das Kabel nachlässig auf den Boden hing, weil sie es nie aufwickelte. Das Bügelbrett lehnte an der Wand, ihre Nähmaschine stand in einer Ecke und wartete auf den nächsten Einsatz.

Es war chaotisch, aber es war ihr Zuhause gewesen. Ein Platz, an dem sie sich sicher und geliebt – wenn auch ein wenig eingesperrt gefühlt hatte.

Und nun ist das alles in Gefahr.

Georgie atmet tief durch, steigt aus dem Auto und geht auf die Haustür zu. Sie kann kaum glauben, dass es erst wenige Tage her ist, seit sie ihre Mutter mit der Wahrheit konfrontiert hat. Sie ist so enttäuscht von Janes Reaktion gewesen, und jetzt ist sie entsetzt, weil sich ihr Verhalten so dramatisch verschlechtert hat. Zuerst war Jane lediglich verwirrt gewesen und schließlich etwas zerstreut und vergesslich, doch an diesem Tag hat sie wie eine leere Hülle gewirkt. Böse und verängstigt. Jane hat innerhalb weniger Wochen buchstäblich ihren Verstand verloren, und Georgie fragt sich unwillkürlich, was sie wohl an diesem Tag erwartet.

Die Tür geht auf, und plötzlich steht Kate vor ihr und sieht sie ausdruckslos an.

»Komm rein.« Es gibt keine Umarmung – ganz im Gegenteil. Kate weicht weit zurück, so als könnte sie es nicht ertragen, Georgie nahe zu kommen. Georgie tut so, als hätte sie nichts bemerkt, schlüpft aus ihren Schuhen und stellt sie wie immer unter die Garderobe. Sie trägt dicke Strümpfe, aber der Fußboden fühlt sich trotzdem kalt an, und sie erschaudert. Vielleicht ist es auch die frostige Stimmung zwischen ihr und ihrer Schwester, die das bewirkt. »Mum macht ein Nickerchen.«

Georgie nickt und geht weiter in die Küche. Kate folgt ihr. In der Küche hält Georgie überrascht inne. Sandy steht mit dem Rücken zu ihnen an der Spüle und macht den Abwasch.

»Hallo, Tante Sandy! Ich wusste nicht, dass du auch kommst.«

Sandy dreht sich lächelnd um. »Hallo, Liebes!« Sie drückt Georgie einen Kuss auf die Wange, und etwas Schaum tropft von ihren Händen auf den Boden. Ihr Blick huscht zu Kate. »Deine Schwester hat mich darum gebeten. Sie dachte, dass es vielleicht hilfreich wäre. Ich bin in letzter Zeit ja oft bei eurer Mum, weißt du, und ...«

Sandy bricht ab, sie fühlt sich offensichtlich unwohl. Georgie zuckt zusammen. Das ist ihre Schuld. Ihre Entscheidung, sich auf die Suche nach ihren leiblichen Eltern zu machen, hat bereits für eine tiefe Kluft zwischen ihr und den Menschen gesorgt, die sie liebt. Und plötzlich fühlt es sich an, als wären es Fremde. Wie weit können sie sich noch voneinander entfernen, bis das Band endgültig reißt? Ist es vielleicht ohnehin schon zu spät?

»Ich bin froh, dass du da bist!«

Georgie sieht auf die Uhr. Der Arzt kommt erst in einer Stunde, und sie hat keine Ahnung, wie sie die Zeit herumbringen soll. Sie hat sich in Kate und Tante Sandys Gegenwart noch nie so unwohl gefühlt, doch da ist neuerdings so viel Ungesagtes zwischen ihnen, dass man es unmöglich ignorieren kann.

»Möchtest du einen Tee?«

»Ja, gern.«

Kate setzt Wasser auf, nimmt geräuschvoll drei Becher vom Tassenständer, Milch aus dem Kühlschrank und Teebeutel aus dem Küchenschrank, während Georgie sich umsieht.

Die Küchenschränke wurden irgendwann ausgetauscht, und es sieht mittlerweile nicht mehr so vollgestopft aus, trotzdem ist noch alles so vertraut, dass es ihr beinahe den Atem nimmt. Wie können sich die Erinnerungen an ein Haus, in dem man sein Leben lang gewohnt hat und in dem aus einem Kind ein Teenager und schließlich eine junge Erwachsene wurde, plötzlich so falsch anfühlen?

Kate gießt den Tee auf und reicht ihr kurz darauf einen Becher, und sie sieht aus dem Fenster in den heruntergekommenen Garten. Dort, wo früher Blumen waren, wächst jetzt Unkraut, die Hecke zum Nachbargrundstück ist seit Langem nicht mehr gestutzt worden. Die Blumentöpfe auf der Veranda sind leer, die weißen Gartenstühle haben Grünspan angesetzt.

»Wir haben früher so gern draußen gespielt«, sagt Kate und nippt betreten an ihrem Pfefferminztee.

Georgie hat das Gefühl, dass sie irgendetwas erwidern muss. »Ja, stimmt. Erinnerst du dich an das Klettergerüst?«

»Klar! Ich glaube, es war schon im Garten, als wir hier eingezogen sind. Es war vermutlich höllisch gefährlich, aber es hat Spaß gemacht, daran zu turnen, oder?«

»Ja, stimmt.«

Sie schweigen erneut und starren nun beide gedankenverloren aus dem Fenster. Sandy wischt die Anrichte sauber und verstaut das Geschirr. Georgie fragt sich, wie lange es wohl dauern wird, bis Kate sie fragt, wie das Gespräch mit ihrer Mutter gelaufen ist. Obwohl Sandy ihr vermutlich schon alles erzählt hat. Tatsächlich ergreift Kate das Wort.

»Ich hasse das, was gerade mit uns passiert, weißt du?«

Georgie blickt zu ihrer Schwester. »Ich auch«, sagt sie schnell.

Ihre Blicke treffen sich.

»Es spielt keine Rolle, wie wütend ich gerade bin«, fährt Kate fort. »Ich werde dich trotzdem immer liebhaben, das weißt du doch, oder?«

Georgies Augen brennen, und sie nickt. Sie räuspert sich. »Also, was genau ist mit … Mum los?« Das Wort »Mum« wäre ihr beinahe nicht über die Lippen gekommen, aber sie lässt sich nichts anmerken.

»Ihr Zustand verschlimmert sich zusehends«, antwortet Kate. »Sandy und ich befürchten, dass sie Alzheimer hat.« Sie stellt den Teebecher auf die Arbeitsplatte und fährt mit dem Finger den Rand entlang.

»Sie ist böse auf alles und jeden«, sagt Sandy. Die Schwestern drehen sich zu ihr um. Sandy sieht nun Georgie an. »Wir, also Kate und ich, haben den Arzt verständigt, weil uns aufgefallen ist, dass eure Mum nichts mehr isst. Vielleicht hat sie vergessen, wie man kocht. Oder sie weiß nicht, ob sie schon etwas gegessen hat oder nicht. Das würde zu unserer Vermutung passen.«

»Der ganze Kühlschrank war voller Lebensmittel«, erklärt Kate. »Ich habe für sie gekocht und ihr Essen vorbeigebracht, aber sie hat nichts davon angerührt. Es ist mir erst aufgefallen, als es hier zu stinken begann, und da habe ich Tante Sandy angerufen. Sie machte sich ebenfalls große Sorgen.«

Kate hat also zuerst Tante Sandy angerufen. Georgie versucht, den stechenden Schmerz zu ignorieren. Doch das ist jetzt unwichtig. »Und wie ging's weiter?«

»Der Arzt kommt heute vorbei, weil Mum sich weigert, zu ihm zu fahren. Sie ist der Meinung, dass alles okay ist mit ihr. Wir glauben, dass sie Hilfe braucht. Mehr als sie im Moment hat. Hilfe bei den alltäglichen Dingen. Und das schaffe ich nicht allein.« Kate schnieft und wischt sich mit der Hand über die Augen, bevor sie wieder aus dem Fenster schaut.

Georgie ist natürlich klar, dass das schreckliche Neuigkeiten sind. Sie weiß seit einiger Zeit, dass sich der Zustand ihrer Mutter immer weiter verschlechtern wird, aber es geht ihr nicht so nahe, wie es eigentlich sollte. Sie wirft erneut einen Blick auf die Uhr. Sie will am liebsten rauslaufen.

»Es ist halb zwölf. Sollen wir sie wecken?«

Kate schüttelt den Kopf. »Geben wir ihr noch ein paar Minuten.«

»Okay.«

Die drei Frauen setzen sich an den Tisch, und Georgie zählt die Sekunden, während sie an ihrem Tee nippt. Jede hängt ihren eigenen Gedanken nach, das Schweigen ist erdrückend. Eigentlich ist so viel Wärme zwischen ihnen, doch an diesem Tag ist da nur Leere, und es herrscht Stille.

Plötzlich erklingt ein Poltern im Flur, und die drei Frauen springen eilig auf. Sie laufen hinaus und sehen gerade noch, wie eine Porzellanfigur die Treppe hinunterfliegt und mit einem Krachen auf den Fliesen landet. Die Scherben springen in alle Richtungen.

Georgie, Kate und Sandy heben den Blick und sehen Jane, die mit wutverzerrtem Gesicht am oberen Ende der Treppe steht.

»Mum!«

Kate steigt über die Scherben und hastet die Treppe hoch. Jane tritt einen Schritt zurück und sieht sie erschrocken an.

»Warum hast du mich nicht geholt?«

»Ich dachte, du würdest schlafen, Mum«, antwortet Kate sanft.

»Aber du solltest mich doch wecken! Jetzt komme ich zu spät«, erklärt Jane mit tränenerstickter Stimme. »Du hast es versprochen. Ich werde alles verpassen.«

Georgie betrachtet die Frau, die sie ihr ganzes Leben lang »Mum« genannt hat. Sie spürt Groll, aber auch Scham. Jane wirkt verängstigt und einsam. Sie hat abgenommen. Weil sie so viele Strickjacken übereinandergezogen hat, sieht sie trotzdem pummelig aus. In diesem Moment gesellt sich bei Georgie Mitleid zu Groll und Scham.

Kate steigt langsam die letzten Stufen hoch und streckt beschwichtigend die Arme aus. »Komm, Mum! Jetzt ziehen wir erst mal die Strickjacken aus und kämmen deine Haare, und dann gehen wir runter. Einverstanden?«

Kate klingt sanft und ruhig, und Georgie fragt sich, wie sie angesichts eines solchen Albtraums so geduldig bleiben kann. Wobei sie selbst sich unter normalen Umständen wohl auch so verhalten hätte. Leider sind die Umstände nun alles andere als normal.

»Nein, ich will jetzt sofort runter!«

»Aber Mum ...«

Jane drängt sich an Kate vorbei und steigt die Treppe hinunter, sie klammert sich am Geländer fest, um nicht das Gleichgewicht zu verlieren. Unten angekommen, mustert sie Georgie, als wäre sie eine vollkommen Fremde, dann schüttelt sie den Kopf und geht weiter in die Küche. Sie murmelt etwas vor sich hin, doch Georgie versteht kein Wort. Kate folgt Jane, die die Hintertür öffnet und in den Garten hinausmarschiert. Sie weiß offenbar genau, wo sie hinwill, und ist plötzlich nicht mehr die verängstigte Frau, die noch vor wenigen Augenblicken am oberen Ende der Treppe stand.

Georgie und Kate beobachten entsetzt und fasziniert zugleich, wie ihre Mutter vor dem Schuppen in die Knie geht und beginnt, mit bloßen Händen in der Erde zu wühlen.

»Jane, was machst du denn da? Hör auf damit!«, ruft Sandy und läuft auf ihre Freundin zu. Feuchte Erdklumpen und Steine fliegen durch die Luft, Jane ist vollkommen auf ihr Vorhaben fixiert. Als Sandy neben sie tritt und sie am Arm packt, dreht sie sich um. Tränen laufen über ihr Gesicht.

»Aber ich muss sie herausholen. Sie ist hier. Gleich hier.« Sie bekommt kaum Luft, und Sandy hilft ihr auf die Beine. Jane wischt sich die Erde von den Händen. Ihre Fingernägel sind schwarz. »Warum machst du das? Ich muss weitermachen! Das hier geht dich nichts an!« Sie versucht, sich von Sandy zu befreien, doch es gelingt ihr nicht. Die beiden Frauen ringen miteinander.

»Jane, komm schon, hör auf damit! Gehen wir lieber

wieder rein.« Sandy klingt ruhig, doch das Zittern in ihrer Stimme ist nicht zu überhören. Sie versucht, ihre Freundin zurück zum Haus zu ziehen, doch Jane reißt sich los.

»Lass mich! Ich muss sie ausgraben!«, schreit sie. »Warum mischst du dich ständig in alles ein? Warum weißt du immer alles besser? Kümmere dich verdammt noch mal um deine eigenen Angelegenheiten, Miststück! Und sag mir nicht, was ich tun soll!« Georgie hat Janes Gesicht noch nie so wutverzerrt gesehen, sie hat keine Ahnung, was sie tun soll. Wie kann sie dieser schrecklichen Schimpftirade ein Ende setzen? »Ist es, weil dich sonst keiner liebt?«, kreischt Jane. »Wolltest du mich deshalb immer für dich haben? Du mischst dich in alles ein, weil du eine einsame alte Jungfer bist, für die sich niemand mehr interessiert!«

Sandy schnappt nach Luft und lässt Janes Arme so abrupt los, dass diese das Gleichgewicht verliert. Beinahe wäre sie gefallen.

»Wie kannst du so etwas sagen, du bösartige alte Frau?«, zischt Sandy. Kate und Georgie beobachten die Szene gebannt. »Nach allem, was ich für dich getan habe!«

Jane sackt in sich zusammen. Ihre Wut ist verpufft und hat sie vollkommen erschöpft zurückgelassen. Sie schwankt kaum merklich, und plötzlich erwacht Kate zum Leben. Sie eilt zu ihrer Mutter, nimmt ihren Arm und führt sie zum Haus zurück.

»Es tut mir leid! Sie weiß nicht, was sie sagt«, flüstert Kate Sandy zu, als sie an ihr vorbeikommt.

Doch Sandys Blick verrät, dass es zu spät ist. Ihre Mutter ist zu weit gegangen. Sie wirbelt herum und folgt den anderen zur Hintertür, wo sie sich an ihnen vorbeidrängt und den Eingang blockiert. Ihre Wut ist so groß, dass sie den ganzen Türrahmen ausfüllt, und zum ersten Mal hat Georgie Angst vor dieser freundlichen, sanften Frau, die sie schon ihr ganzes Leben lang kennt. Ihre Wangen beginnen zu glühen.

»Das war's! Es tut mir leid, Kate und Georgie. Aber ich kann nicht mehr. Ich war mehr als vierzig Jahre für eure Mutter da und habe ihr geholfen, wo ich konnte. Ich habe ihre schmutzigen kleinen Geheimnisse für mich behalten – und glaubt mir, sie hat keine Ahnung, *wie viel* ich weiß. Mit dieser ... dieser Wut dagegen komme ich nicht zurecht. Es geht nicht. Ich bin am Ende.«

»Aber ...«, murmelt Jane reumütig, und ihre Augen füllen sich mit Tränen. »Es tut mir leid!«

Sandy mustert ihre Freundin, und Georgie glaubt einen Moment lang, dass sie ihr vergeben wird. Dass alles wieder gut wird. Doch dann schüttelt sie kaum merklich den Kopf, wendet sich ab, geht durch die Küche in den Flur, öffnet die Haustür und schließt sie entschieden hinter sich.

Georgie ist wie angewurzelt stehen geblieben. Sie kann nicht glauben, was gerade passiert ist. Sie sieht hinaus zu dem Fleckchen Erde, in der ihre Mutter gewühlt hat, und fragt sich, was sie dort wollte.

Plötzlich erschaudert sie. Sie erlebt eine Art Déjà-vu. Als hätte sie das alles schon einmal gesehen. Doch wann war das, und was hat es zu bedeuten?

Kate reißt sie schließlich aus ihren Gedanken. »Hilfst du mir bitte, Mum zurück ins Haus zu bringen, Georgie?«

Georgie nimmt gehorsam Janes anderen Arm und führt sie mit Kate zusammen ins Wohnzimmer, wo die Uhr lauter tickt denn je. Ihre Schwester versucht, es ihrer Mutter so bequem wie möglich zu machen. Sie schüttelt die Kissen auf und hilft Jane aus den Strickjacken, doch Georgie erträgt es nicht, ihr nahe zu kommen. Also geht sie in die Küche und holt Schaufel und Handfeger, um die Scherben im Flur zusammenzukehren. Sie kann den Ausdruck auf Janes Gesicht nicht vergessen, als sie Tante Sandy angefahren hat. Sie hat ihre Mutter noch nie so erlebt und auch noch nie gehört, dass sie so mit jemandem redet. Schon gar nicht mit ihrer einzigen Freundin.

Sie hört Janes und Kates Stimmen im Wohnzimmer. Kate redet sanft auf ihre Mutter ein, um sie zu beruhigen. Sie ist so geduldig und scheint zu verstehen, dass das hier nicht Janes Schuld ist. Eine solche Einstellung ist genau das, was ihre Mutter im Moment braucht. Georgie erträgt es hingegen kaum, sie anzusehen. Wie um alles in der Welt soll sie es jemals schaffen, Jane ruhig und beherrscht zur Seite zu stehen?

Sie kehrt in die Küche zurück, öffnet den Mülleimer, wirft die Scherben hinein und lässt den Deckel zuknallen.

Sie schafft das nicht! Sie kann nicht so tun, als würde sie sich Sorgen um Jane und ihren geistigen Verfall machen, obwohl es so viele andere Dinge gibt, die sie beschäftigen.

Sie kann nichts dagegen machen.

Sie muss aus dem Haus!

Ohne lange darüber nachzudenken, nimmt sie ihre Tasche und macht sich auf den Weg zur Tür. Sie hat ein schlechtes Gewissen, weil sie ihre Schwester in dieser Situation allein lässt, Jane gegenüber hält es sich hingegen in Grenzen.

Georgie öffnet die Tür und schließt sie leise hinter sich, ohne sich umzudrehen und nachzusehen, ob Kate sie gehört hat. Sie könnte ihr ohnehin nicht ins Gesicht sehen.

Schnell geht sie zu ihrem Auto, steigt ein und fährt los, bevor sie ihre Meinung ändern kann. Die vereiste Scheibe taut nur langsam auf, und sie kann kaum etwas erkennen, aber sie muss hier fort, um so viel Abstand wie möglich zwischen sich und ihre Mutter zu bringen – selbst wenn es bedeutet, dass das ohnehin bereits bis zum Zerreißen gespannte Band zwischen ihr und Kate endgültig kaputtgeht.

Sie kann nur hoffen, dass ihre Schwester ihr eines Tages verzeihen wird.

Als Georgie am nächsten Morgen aufwacht, ist der Himmel grau und wolkenverhangen. Hoffentlich ist es kein Zeichen, wie der Tag verlaufen wird, denkt sie. Gestern war schon schlimm genug.

Sie war beinahe die ganze Nacht wach und hat darüber nachgedacht, was passieren wird, wenn sie ihre leibliche Familie ausfindig macht. Trotzdem fühlt sie sich furchtbar unvorbereitet. Und was ist, wenn sich die Spur als Sackgasse erweist? Wenn sie nichts Neues herausfindet? Was macht sie dann?

Sie schlüpft in einen Pullover, fährt sich mit den Fingern durch die Haare und wirft einen Blick auf ihr Spiegelbild.

Wird sie noch heute einem Mann gegenüberstehen, der genauso aussieht wie sie? Sie erschaudert.

Georgie geht nach unten, wo Clem mit einer Schale Müsli am Küchentisch sitzt. Sie hebt kaum den Blick, als ihre Mutter den Raum betritt. Georgie beobachtet ihre Tochter einen Moment lang, und die Liebe zu ihr ist plötzlich übermächtig. Sie kann sich nicht einmal ansatzweise vorstellen, sie zu verlieren oder nicht zu wissen, wo sie ist und was sie gerade tut. Sich zu fragen, ob sie glücklich und in Sicherheit oder überhaupt noch am Leben ist. Sie schüttelt den Gedanken ab und schlingt die Arme um Clem.

»Ich hab dich lieb, mein Schatz.«

»Ich dich auch, Mum.« Clem schaufelt weiter ihr Frühstück in sich hinein, während Georgie wieder den Geruch des Zitronenshampoos einatmet. Sie hofft, dass das, was sie an diesem Tag womöglich herausfindet, Clems Welt nicht komplett aus den Fugen hebt. Sie hat noch keine Ahnung, was los ist, und sie schafft es nicht, ihrer Tochter davon zu erzählen. Noch nicht. Zuerst muss sie wissen, woran sie ist.

»Ich habe Kaffee gekocht.« Matt deutet auf eine dampfende Tasse auf der Arbeitsplatte.

»Danke!« Sie nimmt einen großen Schluck und stellt die Tasse anschließend wieder ab. Etwas Kaffee schwappt über den Rand. »Tut mir leid!«

»Nervös?«, fragt Matt leise. Georgie nickt.

»Soll ich nicht doch mitkommen?«

»Nein danke. Ich muss das allein durchziehen.«

Er akzeptiert ihren Entschluss. »Okay. Aber ruf an, wenn

du mich brauchst. In Ordnung?« Sie nickt erneut. »Und geh kein Risiko ein.«

»Auf keinen Fall.« Georgie wirft einen Blick auf Clem. Sie ist in die Klatschmeldungen des Tages vertieft und achtet nicht auf ihre Eltern. »Ich liebe dich!«

Georgie drückt Matt einen schnellen Kuss auf die Lippen und macht sich auf den Weg. Wenn sie nach Hause kommt, wird ihr Leben vielleicht nicht mehr dasselbe sein. Sie darf nicht zu lange darüber nachdenken, sonst beginnt sich alles zu drehen.

Sie geht mit zitternden Knien zum Auto und atmet einige Male tief durch, bevor sie auf die Straße biegt. Sie fährt wie in Trance und zwingt sich, nicht darüber nachzudenken, wohin sie unterwegs ist und was sie tun wird, wenn sie erst einmal dort ist.

Da sie selten in diese Ecke von Norwich kommt, muss sie sich auf ihr Navi verlassen. Schließlich biegt sie in eine ihr vollkommen unbekannte Straße. Sie fühlt sich verloren.

Jetzt ist sie also hier. In der Woodcock Street. Ihr Magen zieht sich zusammen, und ihr Kopf dröhnt. Sie bleibt noch einen Augenblick im Auto sitzen und versucht, den Mut aufzubringen auszusteigen.

Sie holt ihr Smartphone heraus und versucht noch einmal, online herauszufinden, ob Kimberley noch in dieser Straße wohnt, in die sie laut Hazel Moore vor so vielen Jahren gezogen ist. Ihre Suche bleibt allerdings erfolglos, weshalb sie sich wohl unter den Nachbarn umhören und hoffen muss, dass ihr jemand helfen kann. Das Internet hat anscheinend doch nicht auf alles eine Antwort.

Georgie sieht auf die Uhr. Es ist Sonntag. Sie hofft, dass sie niemanden aus den Federn holt, wenn sie gleich an einer der Türen klingelt. Sie steigt aus und lässt den Blick über die unauffälligen Häuser schweifen. Die Straße ist kurvenreich, sodass sie nicht sehen kann, wie lang sie ist. Es ist hier nicht so hübsch wie in Sprowston, die sozialen Wohnbauten sind nicht gerade gepflegt. Von den Fenstern blättert Farbe, die baufälligen Gartenmauern sind mit Graffiti beschmiert, und es herrscht eine unterschwellig feindselige Stimmung, sodass Georgie unbewusst die Schultern hochzieht. Sie drückt ihre Tasche an sich und macht sich auf den Weg zum ersten Haus.

Ihr Herz klopft wie verrückt, während sie auf den Klingelknopf drückt und darauf wartet, dass die Tür geöffnet wird, und als klar ist, dass niemand zu Hause ist, bekommt sie endlich wieder Luft. Hätte sie doch bloß Matts Angebot angenommen, sie zu begleiten!

Georgie geht zum nächsten Haus weiter, doch der alte Mann, der dort wohnt, versteht sie kaum und kann ihr auch nicht helfen. Danach trifft sie auf eine Mutter mit einem brüllenden Kleinkind auf dem Arm und einen jungen Mann in Jogginghosen und nacktem Oberkörper, der aussieht, als hätte sie ihn geweckt. Seine Haare stehen zu Berge, und er hat dunkle Ringe unter den Augen.

Kurz darauf drückt sie den Klingelknopf des Hauses daneben. Es dauert so lange, bis jemand kommt, dass sie schon aufgeben und weitergehen will, doch dann schwingt die Tür plötzlich auf, und sie steht vor einem Mann in ihrem Alter. Tatsächlich weiß sie, dass er sogar auf den Tag genau gleich alt wie sie ist. Georgie schnappt nach Luft, ihre Beine beginnen zu zittern.

Das ist er!

Samuel.

Sie bringt kein Wort heraus. Der Mann vor ihr hat grüne Augen und leicht geschwungene Augenbrauen. Er wartet geduldig darauf, dass sie etwas sagt.

»Alles in Ordnung? Sie sind ja kalkweiß!« Seine Stimme klingt freundlich und warm und dringt bis tief in ihr Herz.

»Ja ...« Sie räuspert sich und versucht es noch einmal. »Ja, mir geht es gut, danke! Ich ... Ich suche bloß nach jemandem, aber ich glaube, ich habe mich im Haus geirrt. Tut mir leid!« Sie kann ihm nicht in die Augen sehen. Es war ein schrecklicher Fehler herzukommen. Sie kann ihm doch nicht hier, zwischen Tür und Angel, die Wahrheit sagen. Sie hätte sich das alles besser überlegen sollen, doch jetzt ist es zu spät. Sie muss fort. »Entschuldigen Sie bitte die Störung.« Sie will sich gerade abwenden, als er noch einmal das Wort ergreift.

»Wen suchen Sie denn? Ich kenne eine Menge Leute hier in der Straße, immerhin wohne ich schon fast mein ganzes Leben lang hier.«

Georgie dreht sich zögernd um und richtet den Blick auf den Türrahmen neben ihm. Dann legt sie die Hände an die Wangen und hofft, dass ihm die Ähnlichkeit nicht auffällt. Aber warum sollte sie? Er geht mit Sicherheit nicht davon aus, dass seine so lange verloren geglaubte Schwester ausgerechnet an diesem Tag an seiner Tür geklingelt hat. Das ist total lächerlich.

»Ich ... ich suche nach Kimberley Foster.«

Ihre Stimme zittert so stark, dass sie sich sicher verraten hat, doch als der Mann den Namen hört, hellt sich sein Gesicht auf.

»Das ist meine Mutter!«

Georgie sagt ihm nicht, dass sie das bereits weiß. Und dass Kimberley auch *ihre* Mum ist. Trotzdem rauben ihr seine Worte den Atem.

»Oh ... oh ... okay«, stammelt sie schließlich. »Können Sie ... können Sie mir vielleicht sagen, wo sie wohnt?«

Er deutet auf das Haus. »Hier.« Er zuckt mit den Schultern und grinst schief. »Ich weiß. Es ist ziemlich erbärmlich, in meinem Alter noch bei seiner Mum zu wohnen ...« Er ist so offen und freundlich und weder misstrauisch noch abwehrend, und Georgie hat ein schlechtes Gewissen, weil sie hier ist. Sie hätte nicht herkommen sollen. Nicht so.

»Wer sucht denn nach ihr?«

»Äh ...«

»Ich meine: Wer sind Sie?« Sein Lächeln ist ihr bereits so vertraut, dass ihr schwindelig wird. Sie fährt sich mit den Händen übers Gesicht. »Äh ... meine Mum war eine alte Freundin Ihrer Mutter ... und ich ... ich wollte nur Hallo sagen. Aber ich komme besser ein anderes Mal wieder.«

Georgie tritt einen Schritt zurück, und in diesem Moment verliert sie das Gleichgewicht. Samuel fängt sie auf.

»Mein Gott, alles okay?«, fragt er. »Wollen Sie vielleicht reinkommen und ein Glas Wasser trinken? Sie sehen schrecklich aus.«

Georgie schüttelt den Kopf. »Nein, mir geht es gut. Tut mir leid. Es ist nur … Ich sollte jetzt gehen …«

»Ich sage Mum, dass Sie hier waren, okay? Sie ist mit Grandma unterwegs und sollte in …«, er wirft einen Blick auf die Uhr, »… in einer Stunde wieder da sein.«

»Danke.«

Georgie hastet zum Auto zurück, springt hinein und bleibt wie erstarrt sitzen. Sie hat das Gefühl, als würde der Himmel über ihr einstürzen. Die Haustür ist wieder zu, sie kann kaum glauben, was gerade passiert ist. Was hat sie sich bloß dabei gedacht, einfach hier aufzutauchen? Was glaubte sie, würde passieren?

Sie schließt die Augen und versucht, das warme, freundliche Gesicht des Mannes – ihres *Bruders* – heraufzubeschwören, der ihr die Tür geöffnet hat, doch sie schafft es nicht. Sie will zurück und einen weiteren Blick auf ihn werfen. Sie will sich die vertrauten Gesichtszüge einprägen. Seine Haut, die Augen, die dunklen Haare. Sie klappt die Sonnenblende nach unten und betrachtet ihr Spiegelbild. Abgesehen von den dunklen Ringen darunter sehen ihre Augen so aus wie Samuels: die Form, die Farbe … Sie rückt ein wenig zurück und lächelt, während sie ihr Gesicht betrachtet. Ist ihr Lächeln genauso warm und freundlich wie seines? Eher nicht.

Georgie legt den Kopf zurück und seufzt. Sie weiß, dass sie später noch einmal klingeln wird. Und dann wird sie hoffentlich ihrer leiblichen Mutter gegenüberstehen. Sie hat keine Ahnung, was sie sagen wird, ihr ist dennoch klar, dass durch ihren Besuch gleich mehrere Leben aus den Fugen geraten werden – einschließlich ihres eigenen.

Sie muss eingenickt sein, denn plötzlich hört sie einen Schrei und reißt die Augen auf. Sie braucht einen Moment, um sich zurechtzufinden, dann sieht sie aus dem Fenster. Ein kleiner Junge läuft an ihr vorbei. Es ist nur der Haarschopf zu sehen. Eine Frau mit einem Buggy eilt hinter ihm her.

»Tyler, bleib sofort stehen!«, ruft sie.

Georgie beobachtet, wie die Frau den Jungen einholt, ihn packt und in den Buggy setzt. Kurz darauf hört sie Schritte und dreht sich um. Zwei Frauen mit schweren Einkaufstüten kommen die Straße entlang. Die ältere der beiden humpelt kaum merklich. Als sie nahe genug sind, um ihre Gesichter zu erkennen, stockt Georgie der Atem.

Es sind Kimberley und Margaret.

Georgie umklammert das Lenkrad und hält die Luft an, bis sie am Auto vorbeigegangen sind, als hätte sie Angst, ihre Aufmerksamkeit zu erregen. Doch sie gehen weiter, ohne Notiz von ihr zu nehmen, und ihr Blick folgt ihnen aus der Sicherheit des Autos. Die beiden bleiben vor dem Gartenzaun stehen, unterhalten sich kurz und gehen dann den schmalen Weg entlang zum Haus. Kimberley klingelt, und Georgie sieht zu, wie ihr Bruder die Tür öffnet und seine Mutter und Großmutter ins Haus lässt. Sein Blick wandert zu ihrem Auto, und sie hofft, dass er sie nicht sieht. Doch er wendet sich ab und nimmt seiner Großmutter den Mantel ab. Georgie atmet seufzend aus und wartet, bis sich ihr Herzschlag normalisiert hat und sie wieder ruhig atmen kann.

Ein Teil von ihr will sofort hinübergehen, sich vorstellen, will sehen, wie sie reagieren, wenn ihnen klar wird, wer vor ihnen steht. Ein anderer Teil würde am liebsten fortlaufen und so tun, als hätte sie sich niemals auf die Suche gemacht. Und dann würde sie einfach ihr wunderbar perfektes Leben weiterleben.

Aber Georgie weiß, dass das unmöglich ist. Dafür ist sie schon zu weit gegangen. Zu viel hat sich verändert und wurde bereits zerstört. Sie muss alles wieder in Ordnung bringen.

Also steigt sie langsam aus und drückt ihre Handtasche an ihren Körper. Ihre Beine sind schwer, es bedeutet eine große Anstrengung, einen Fuß vor den anderen zu setzen und langsam den Weg zur Haustür hochzugehen. Sie muss sich zwingen, die Hand zu heben und zu klingeln, doch bevor sie es tut, hält sie noch einen Moment lang inne. Es ist verrückt, dass die nächsten Minuten ihr Leben für immer verändern werden: Sobald sich die Tür öffnet, wird nichts mehr sein, wie es einmal war.

Und dann klingelt sie tatsächlich, tritt eilig einen Schritt zurück und wartet.

13

30. Oktober 2016

Es fühlt sich an wie eine Ewigkeit, bis die Tür endlich aufgeht und Samuel erneut vor ihr steht. Georgie muss sich zusammenreißen, um nicht hörbar nach Luft zu schnappen, als sie ihn sieht. Er schenkt ihr ein weiteres freundliches Lächeln, das ihr bereits so vertraut ist, und tritt einen Schritt zurück.

»Hallo!«, sagt er. »Mum ist gerade zurückgekommen. Ich habe ihr erzählt, dass jemand nach ihr gefragt hat. Das hat sie ganz verwirrt. Kommen Sie rein, ich bin mir sicher, sie freut sich, Sie zu sehen.« Samuel sieht sie erwartungsvoll an.

Georgie sieht hinunter auf die Türschwelle und stellt sich vor, sie zu übertreten. Sie sieht vor sich, wie sie ihren Fuß hebt und auf dem grauen Teppich auf der anderen Seite wieder abstellt. Es ist nur eine einfache Bewegung – aber sie wird ihr ganzes Leben auf den Kopf stellen.

Schnell wirft sie einen Blick zurück. Es ist noch nicht zu spät, um sich umzudrehen und davonzulaufen. Weit, weit weg von hier. Sie könnte immer weiter laufen, bis sie irgendwann zu Hause ist, und so tun, als wäre nichts geschehen.

Als hätte sie nie an dieser Tür geklingelt und auch diesen Mann nie kennengelernt. Und vielleicht wäre es sogar das Beste. Für alle Beteiligten. Vielleicht hätte sie nie hierherkommen und das Leben dieser Familie zerstören sollen. Vielleicht sollte sie wieder gehen. Jetzt sofort.

Sie zögert einen weiteren kurzen Augenblick, dann tritt sie, ohne noch einmal nachzudenken, in den schmalen Flur. Es ist, als hätte ihr Körper seinen eigenen Willen entwickelt.

Samuel schließt die Tür, und Georgie steht im Haus. Jetzt gibt es kein Zurück mehr. Die Wände scheinen sich auf sie zuzubewegen, sie stützt sich mit der Hand an der Wand ab und atmet tief durch.

Ihr Zwillingsbruder sieht sie fragend an und wartet darauf, dass sie ihm folgt. Sie lässt sich die Haare ins Gesicht fallen und geht hinter ihm den Flur entlang. Einen schweren, angsterfüllten Schritt nach dem anderen. Ihre Hand gleitet die Wand entlang, die ihr ein falsches Gefühl der Sicherheit vermittelt. Jeder Schritt kostet sie enorme Überwindung, als würde sie zu ihrer Hinrichtung schreiten.

Und ehe sie sichs versieht, ist sie auch schon da. Sie steht in der Küchentür, und ihr Blick fällt auf den Hinterkopf ihrer Mutter. Ihre Haare sind bereits grau. Georgies Herz pocht, während sie darauf wartet, dass Kimberley sich umdreht. Sie hat das Gefühl, gleich in Ohnmacht zu fallen.

»Mum, das hier ist die Frau, die dich besuchen wollte.« Sam spricht langsam und bedacht wie mit einem kleinen Kind.

Kimberley dreht sich nicht sofort um, sondern verbringt

noch einige quälend lange Sekunden damit, Geschirr in einem der Schränke zu verstauen. Jede Bewegung erscheint wie in Zeitlupe. Georgie hätte am liebsten losgebrüllt: *Jetzt dreh dich endlich um und sieh mich an!* Doch sie tut nichts dergleichen. Sie steht einfach vollkommen ruhig da und wartet.

Dann ist es endlich so weit. Es dauert eine Weile, bis Kimberley Georgie von Kopf bis Fuß gemustert hat. Ihr Blick wandert über ihr Gesicht, die Haare, den Mantel, die Schuhe und schließlich wieder zurück zu ihrem Gesicht. Offenbar erkennt sie ihre Tochter nicht auf den ersten Blick. Warum auch? Georgie wartet geduldig, bis es so weit ist.

Und schließlich ist der Moment gekommen – Kimberley dämmert die Wahrheit. Ihr Gesicht wird aschfahl, sie schnappt hörbar nach Luft. Langsam macht sie einige Schritte auf Georgie zu, um sie eingehender anzusehen, und Georgie tritt reflexartig zurück. Ihr wird übel.

»Louisa …«

Kimberleys Stimme bricht. Sie presst sich eine Hand auf die Brust und sinkt auf einen Stuhl.

»Mum?« Sam klingt besorgt.

Doch Kimberley antwortet nicht, sondern starrt lediglich Georgie an. Die Frau vor ihr ist beinahe vierzig Jahre älter als auf dem Foto in der Zeitung, doch sie wirkt trotzdem so vertraut. Und letztlich sind es ihre Augen, die Georgie das Herz brechen. Da ist so viel Schmerz, Leid und Verzweiflung. Sie will die Arme nach Kimberley ausstrecken, sie festhalten und ihr sagen, dass alles gut werden wird, doch stattdessen steht sie nur bewegungslos da und wartet darauf, dass dieser armen, gebrochenen Frau die Bedeutung dessen klar wird, was gerade in ihrer Küche passiert.

»Mum! Mum, was zum Teufel ist hier los?« Samuel sieht von einer Frau zur anderen, und auf seiner Stirn bildet sich eine tiefe Falte.

Kimberleys Blick wandert zu ihrem Sohn und dann zurück zu Georgie. Schließlich flüstert sie mit heiserer Stimme: »Sie ist es. Das ist Louisa.«

Samuel betrachtet Georgie eingehender, ihr Gesicht scheint unter seinem Blick in Flammen aufzugehen. Es dauert nicht lange.

»Verdammt! Das darf doch nicht wahr sein!«

Er erstarrt, und sein Gesicht ist so kalkweiß wie das seiner Mutter.

Einen Augenblick sind nur das Klopfen der Heizung und das Knacken des abkühlenden Wasserkessels zu hören. Sie schweigen betreten. Georgie hat das Gefühl, sie müsste etwas sagen, um die Spannung zu durchbrechen. Irgendetwas. Sie sollte erklären, wie sie hierhergefunden hat. Aber ihr fehlen die Worte.

Plötzlich wird die Stille abrupt durchbrochen.

»Was ist denn hier los? Habt ihr einen Geist gesehen?«

Margaret tritt an Georgie vorbei, geht zum Küchentisch und lässt sich außer Atem auf einem Stuhl nieder. Ihre Stimme ist rau und hart, und wäre sie nicht so schmächtig, hätte Georgie vermutlich Angst vor der alten Frau.

Georgie beobachtet, wie Margaret sie mustert, und wartet, bis sie es ebenfalls erkennt. Es dauert auch bei ihr nicht lange. Es ist auf einmal so, als hätten alle drei die letzten

Jahre auf diesen Augenblick gewartet. Als wäre es keine riesige Überraschung, dass ein verloren geglaubtes Baby nach so langer Zeit als erwachsene Frau durch ihre Tür tritt. Weil sie die ganze Zeit damit gerechnet haben.

»Ich glaube es nicht ...« Margarets Blick wandert zu ihrer Tochter, die Georgie immer noch anstarrt. »Ihr habt ja *wirklich* einen Geist gesehen.«

Samuel findet als Erster die Fassung wieder und zieht einen Stuhl für Georgie heraus. »Willst du dich vielleicht setzen? Du siehst aus, als würdest du jeden Moment in Ohnmacht fallen.«

Georgie macht mit zitternden Knien einige Schritte auf den Tisch zu und lässt sich dankbar nieder. Kimberley hat den Blick von ihrer Tochter losgerissen und auf Samuel gerichtet. Sie zittert am ganzen Körper.

»Was ...? Wie ...?« Sie bricht ab, schluckt und versucht es an Georgie gewandt noch einmal. »Bist du ... bist du es wirklich?« Ihr Blick ist ungläubig und hoffnungsvoll zugleich.

Georgie nickt kaum merklich. »Ja, ich glaube schon.«

»Klar ist sie es! Sie sieht aus wie Sam, sieh sie dir doch an!« Margaret beugt sich vor und steckt sich eine Zigarette an.

Kimberley lässt den Kopf in die Hände sinken und atmet ein paarmal tief durch. Als sie den Kopf wieder hebt, laufen Tränen und Mascara über ihre Wangen, sie sieht aus wie ein Clown. Sie fährt sich mit dem Handrücken übers Gesicht und wischt ihn an ihren Jeans trocken.

»Ich dachte, du wärst tot.« Sie nickt, als würde sie mit

sich selbst reden, und hält den Blick in die Ferne gerichtet. Ihre Stimme klingt beinahe teilnahmslos. »Ich meine, nicht gleich am Anfang. Da war ich noch der Meinung, dass sie dich finden würden. Dass du nach Hause kommen würdest und alles gut werden würde. Aber als sie nach so langer Zeit keinen einzigen Hinweis gefunden hatten, dachte ich, du wärst tot.«

Sie bricht ab und lehnt sich zurück, als hätte ihr Geständnis sie erschöpft.

»Also, wie kommt es, dass du hier bist?«, fragt Samuel, und Georgie sieht ihm zum ersten Mal in die Augen. Er erwidert ihren Blick. »Ich meine: Was ist passiert, dass du ausgerechnet heute hierhergekommen bist?«

Georgie räuspert sich. Ihr Mund ist staubtrocken. »Ich ... ich habe es erst jetzt herausgefunden. Vor ein paar Tagen. Dass meine Mum nicht meine Mum ist, meine ich. Und was sie getan hat. Mir war klar, dass ich euch finden muss, und ... Na ja, es sieht so aus, als wäre es mir geglückt.« Ihr Blick wandert von Samuel zu Kimberley und weiter zu Margaret, deren faltiges Gesicht schmerzverzerrt ist.

»Deine *Mum*?« Margaret speit Georgie die Worte entgegen, es ist so, als ob sie mit einem Klatschen auf dem Tisch landen würden. »Deine Mum? Du meinst die Frau, die dich uns weggenommen hat? Die Frau, die unser Leben zerstört hat? Die nennst du ›Mum‹?«

Die Worte der alten Frau sind so hasserfüllt, dass Georgie am liebsten den Stuhl zurückschieben und verschwinden würde.

»Mum!« Kimberleys Stimme klingt unerwartet fest.

»Was? Sollen wir einfach nicken, sie in die Arme schließen und die Wahrheit ignorieren?«

»Vielleicht bist du mal einen Augenblick still und lässt mich nachdenken«, zischt Kimberley. »Ich glaube, wir sollten einen Schritt nach dem anderen machen. Uns trifft keine Schuld an dem, was passiert ist – und Louisa auch nicht.« Georgie zuckt zusammen, als sie den Namen hört. Er erinnert sie daran, wie wenig sie über die Frau weiß, die ihr das Leben geschenkt hat. »Wir müssen alle nachdenken, okay? Und das, was du sagst, ist nicht gerade hilfreich.«

Margaret presst die Lippen aufeinander und verschränkt die Arme vor der Brust, als wäre sie es nicht gewöhnt, dass ihr jemand sagt, was sie tun muss. Aber sie schweigt, wie Georgie erleichtert und dankbar feststellen muss.

»Es tut mir leid. Ich hätte nicht einfach so hier auftauchen sollen. Aber ich … ich musste euch einfach ausfindig machen. Ich hatte keine andere Wahl.«

»Wie …« Kimberley verstummt, sie scheint unfähig weiterzusprechen. »Wie hast du es herausgefunden? Wer du wirklich bist, meine ich.«

»Ich habe das hier entdeckt …« Georgie zieht die Zeitungsausschnitte heraus, die sie in der Bibliothek gefunden hat und seitdem in ihrer Handtasche mit sich trägt. Die Artikel, die sie auch den anderen gezeigt hat. Sie faltet den mit dem Foto auseinander, streicht ihn glatt und gibt ihn Kimberley. Kimberleys Blick wandert über die Seite und das verschwommene Foto ihres jüngeren Ichs, und sie wird erneut aschfahl. Sie gibt Georgie den Bericht mit zitternden

Händen zurück. Georgie hat das Gefühl, dass sie ihr mehr erklären sollte.

»Ich habe auf dem Dachboden meiner Mutter nach meiner Geburtsurkunde gesucht. Ich war eigentlich noch nie dort oben, aber ... Na ja, Mum geht es nicht sehr gut, und ich wollte sie nicht danach fragen, also bin ich selbst hinauf, als sie einmal nicht zu Hause war. Ich habe meine Geburtsurkunde nicht gefunden, nur die Urkunde meiner Schwester und ihr Krankenhausarmbändchen. Von mir gab es überhaupt keine Erinnerungsstücke, und das fand ich seltsam.« Sie bricht ab und räuspert sich. »Ich glaube, tief in meinem Inneren habe ich so etwas Ähnliches schon die ganze Zeit über vermutet. Ich meine, nicht genau das, aber ... ein schmutziges Geheimnis, das irgendwann ans Tageslicht kommen würde. Also bin ich in die Bibliothek, und da habe ich diese Artikel gefunden ...« Sie hält inne und ballt die Fäuste. »Meine Geburtsurkunde konnte ich auch in der Bibliothek nicht finden. Den offiziellen Aufzeichnungen zufolge existiere ich gar nicht. Allerdings habe ich Samuels Geburtsanzeige gelesen und ... Louisas. Besser gesagt meine, wie sich herausgestellt hat. Danach dauerte es ehrlich gesagt nicht mehr lange, bis ich alle Puzzleteile zusammengefügt hatte.«

»O mein Gott, wie schrecklich!«

»Für mich?«

Kimberley nickt.

»Ja, das war es. Und das ist es immer noch. Aber für Sie ... für dich ... muss es noch sehr viel schlimmer gewesen sein. Ich ertrage es kaum, darüber nachzudenken, obwohl ich es erst seit einigen Tagen weiß. Du musst vollkommen den Verstand verloren haben, als ich plötzlich fort war.« Georgie sieht der Frau, die sie zur Welt gebracht hat, in die Augen. »Ich habe selbst eine Tochter, und ich glaube nicht, dass ich ohne sie weiterleben könnte. Ich würde es nicht ertragen.«

»Ich hatte keine Wahl.« Kimberleys Stimme ist so leise, dass Georgie sie kaum versteht. »Ich musste auch an Sam denken. Ich musste durchhalten.« Ihr Blick wandert zu Samuel, und sie lächelt schwach. »Also habe ich einfach einen Tag nach dem anderen hinter mich gebracht.«

»Wohl kaum!«, faucht Margaret hasserfüllt. »Du hast nicht *einfach einen Tag nach dem anderen hinter dich gebracht!* Du hast dich durch jeden Tag *gekämpft*. Du wolltest dich sogar mehrere Male umbringen. Tut mir leid, Sam, aber du weißt ja, wie es war, in diesem Haus aufzuwachsen.« Ihre Stimme trieft vor lange unterdrücktem Zorn.

»Mum, hör auf!«

»Nein, das werde ich nicht! Ich werde nicht hier sitzen und dir dabei zuhören, wie du so tust, als hättest du dich durchgeschlagen. Als wärst du zurechtgekommen. Das Mädchen soll die Wahrheit erfahren. Es soll wissen, was seine sogenannte *Mutter* – dieses Weibsstück – dir angetan hat.« Sie bricht ab und ringt nach Atem.

Kimberley wendet sich wieder an Georgie. »Es tut mir leid, Loui…« Sie verstummt und schnappt nach Luft. »O mein Gott, ich … ich weiß nicht mal, ob du Louisa genannt wirst.«

Georgie schüttelt den Kopf und hasst sich selbst dafür.

Prompt sacken Kimberleys Schultern nach unten. »Nein. Ich heiße Georgina. Georgie.«

»Georgie.« Kimberley probiert den Namen aus, doch dann schüttelt sie den Kopf. »Nein, das passt nicht, überhaupt nicht!« Sie wirkt aufgebracht, und Georgie streckt die Hand nach ihr aus, doch Kimberley zieht sich so ruckartig zurück, als hätte sie sich verbrannt. »Tut mir leid. Es war nur … solch ein Schock.«

»Das ist die Untertreibung des Jahrhunderts!« Samuel lacht, ohne wirklich fröhlich zu klingen. Georgie wagt es nicht, etwas darauf zu erwidern. Die Stimmung ist gekippt. Die Spannung ist deutlich spürbar, und sie will nichts Falsches sagen. »Ich glaube, wir sollten unser Gespräch jetzt beenden«, sagt Samuel schließlich. »Das hier war ein riesiger Schock für uns alle, und Mum – oder besser gesagt *wir alle* – brauchen Zeit, um über alles nachzudenken. Um es zu verarbeiten, meine ich.«

Georgie nickt und steht auf. Sie sind beinahe gleich groß. »Du hast recht. Es tut mir leid, dass ich einfach so hergekommen bin. Aber ich wusste nicht, was ich sonst tun soll. Ich hoffe nur, dass ich … Darf ich euch wiedersehen?«

Sie sieht in die verschlossenen Gesichter der Frauen und hat keine Ahnung, woran sie ist. Samuel legt ihr eine Hand auf die Schulter und führt sie zur Tür.

»Ich habe keine Ahnung, wie sich diese Neuigkeiten auf meine Mutter auswirken werden. Ihr Zustand ist labil – auch wenn sie mal einen guten Tag hat. Und ehrlich gesagt weiß ich auch nicht, wie wir anderen damit umgehen werden. Du musst uns Zeit geben, um zu begreifen, dass du noch am Leben und zu uns zurückgekommen bist.«

Georgie nickt. »Wann darf ich wiederkommen?«

»Gib mir deine Nummer. Ich rufe dich an.« Er zieht sein Handy heraus und tippt Georgies Nummer ein. »Ich sage das nicht, um dich loszuwerden, versprochen! Ich glaube nur … Weißt du was, gib uns einfach ein bisschen Zeit, und dann können wir uns weiterunterhalten, okay? Ich würde dich gern besser kennenlernen.« Er bricht ab und schüttelt den Kopf. »Meine geheimnisvolle, verloren geglaubte Schwester.«

Samuel legt seine Hand an Georgies Wange. Sie fühlt sich warm an. »Ich habe mir so oft gewünscht, du wärst nicht entführt worden. Und unser Leben wäre genau so, wie es sein sollte. Doch es gab auch Zeiten, da wünschte ich mir mehr als alles andere auf der Welt, du wärst gar nicht *geboren* worden. Denn dann hätte ich so viel mehr gezählt.« Er zieht seine Hand zurück und öffnet Georgie die Tür.

»Es tut mir leid«, flüstert sie, bevor sie sich abwendet und zum Auto geht.

Ihr Rücken brennt unter Samuels starrem Blick, sie hat keine Ahnung, ob sie diesen Mann – ihren Bruder – jemals wiedersehen wird.

Georgie steigt ins Auto und bleibt kurz mit gesenktem Kopf und geschlossenen Augen sitzen. Sie wagt es nicht, zum Haus hinüberzusehen, falls sie beobachtet wird. Schnell startet sie den Motor und fährt nach Hause.

Das Haus ist leer, und sie ist dankbar, dass sie etwas Zeit für sich allein hat.

Erst als sie sich setzt, um das Erlebte zu verarbeiten, kommt ihr wieder in den Sinn, was am Tag zuvor zwischen Kate und ihr vorgefallen ist. Sie hat kein Wort von ihrer Schwester gehört, seit sie das Haus ihrer Mutter fluchtartig verlassen hat, und dieses Schweigen spricht Bände. Sie verspürt ein übermächtiges Verlangen, Kate anzurufen und ihr vom heutigen Tag zu erzählen. Von den Menschen, die sie kennengelernt hat, und von der seltsamen Verbindung zu ihrem Bruder.

Georgie nimmt ihr Handy und tippt eine Nachricht, um sich für ihr Verhalten zu entschuldigen, doch dann hält sie inne. Kate hat klargestellt, dass sie nichts mit ihrer Suche zu tun haben möchte, und nach dem gestrigen Tag bezweifelt sie, dass ihre Schwester überhaupt etwas von ihr hören will.

Also stellt sie das Handy aus und legt sich ausgestreckt aufs Sofa. Und dann kommen die Tränen. Für sich selbst, für die Familie, die sie nie hatte, für ihre Kindheit, die eine einzige Lüge war, und für Kimberley, diese traurige, gebrochene Frau, die ihr das Leben geschenkt hat.

14

4.–5. November 2016

Es dauert beinahe eine Woche, bis Georgie den ersehnten Anruf erhält. Sie hat schon nicht mehr daran geglaubt und befürchtet, dass sie Kate, ihre Mutter und auch alles andere für nichts und wieder nichts aufs Spiel gesetzt hat. Seit sie ihre Mutter und ihren Bruder kennengelernt hat, kann sie an nichts anderes mehr denken. Da ist einfach kein Platz in ihrem Kopf.

Das schrille Klingeln ihres Handys hallt durch das Café in der Nähe der Bibliothek, in dem sie gerade ihre Mittagspause verbringt, und sie nimmt das Gespräch eilig an.

Es ist eine unbekannte Nummer, ihr Herz klopft wie verrückt. Ihr Atem geht stockend.

»Hallo?«

Einen Moment lang herrscht Stille, und Georgie glaubt bereits, dass sie sich falsche Hoffnungen gemacht, dass sich der Anrufer nur verwählt hat. Doch dann hört sie jemanden tief Luft holen, und eine vertraute Stimme sagt: »Georgie? Hier ist Sam!«

»Sam«, haucht sie. »Danke, dass du anrufst.«

»Es tut mir leid, dass es so lange gedauert hat. Die letzten Tage waren echt hart.«

»Das kann ich mir vorstellen.« Sie hält sich mit der freien Hand das Ohr zu, um den Lärm im Café auszublenden. Sie will kein einziges Wort versäumen. »Also ... äh ... Wie geht es dir?« Das ist eine lächerliche Frage, aber mehr fällt ihr im Moment nicht ein.

»Ganz gut.« Samuel schluckt geräuschvoll. »Ich wollte fragen ... *Wir* wollten fragen, ob du vielleicht noch einmal vorbeikommen möchtest? Wir könnten uns auch irgendwo treffen. Wenn du dich damit wohler fühlen würdest.«

Georgie schüttelt den Kopf. »Nein, nein. Ich würde gern vorbeikommen. Wann?«

»Schaffst du es heute Abend?«

»Ja, heute Abend passt.«

»Okay. Sagen wir um sieben? Nach dem Abendessen?«

»In Ordnung. Danke, Sam.«

»Bis später. Und ... Georgie?«

»Ja?«

»Mach dir keine Gedanken wegen Grandma. Sie macht ihrem Ärger gern lautstark Luft, aber sonst ist sie harmlos. Sie will niemandem etwas Böses.«

Dann ist die Leitung tot, und Georgie steckt das Handy in ihre Tasche. Sie merkt erst jetzt, wie ihre Hände zittern. Ihr Blick fällt auf ihr halb gegessenes Sandwich, doch sie hat keinen Appetit mehr. Sie steht auf, wirft das Sandwich in den Müll und tritt hinaus in den kalten, sonnigen Tag. Der Himmel ist wolkenlos, doch die Sonne hat kaum Kraft. Georgie zittert vor Kälte, als sie sich eilig auf den

Weg zurück in die Bibliothek macht. Sie hat keine Ahnung, wie sie sich den Rest des Tages konzentrieren soll, aber vielleicht ist die Arbeit auch eine willkommene Ablenkung, bis es endlich sieben Uhr ist.

Zumindest hofft sie das.

Es war ein langer, qualvoller Tag, doch jetzt ist es endlich so weit. Matt hat erneut angeboten, sie zu begleiten, aber Georgie weiß, dass sie es allein durchziehen muss. Hoffentlich versteht er es und denkt nicht, dass sie ihn ausschließt. Obwohl sie in gewisser Weise genau das tut.

Sie fährt die dunklen, unbeleuchteten Straßen entlang in Richtung Norwich, ihre Gedanken rasen. Sie hat so viele Fragen an die Menschen, die in gewisser Weise ein Teil von ihr sind. Ihr ist bereits bei dem letzten Treffen klar gewesen, dass Kimberleys Zustand nicht gerade stabil und der Grat zwischen der Normalität und einer Depression für sie sehr schmal ist. Wie oft hat sie die Grenze wohl schon überschritten, bevor man sie wieder auf die helle Seite gezerrt hat? Und haben die schrecklichen Erlebnisse die Krankheit ausgelöst, oder hat sie immer schon in ihr geschlummert?

Georgie denkt an Margaret und den Zorn, der sich in ihrem schmächtigen Körper festgesetzt hat, wo er sich über die Jahre verhärtet hat. Und an Sam, ihren Zwillingsbruder, mit dem sie sich auf so unerklärliche Weise verbunden fühlt wie mit niemandem sonst – nicht einmal mit Kate. Es hat sich so richtig und gut angefühlt, in seiner Nähe zu sein, und sie will ihn unbedingt richtig kennenlernen. Erfahren, was er mag und was nicht, und was er sich erhofft und erträumt. Sie will wissen, wie es war, so viele Jahre im Schatten einer verloren geglaubten Schwester zu leben.

Georgie erschaudert, obwohl die Heizung voll aufgedreht ist, denn ihr ist gerade klar geworden, dass ihre Familie vermutlich auch mehr über sie erfahren will. Was, wenn sie sich als Enttäuschung entpuppt?

Sie parkt in der Straße vor dem Haus, bleibt aber noch einen Augenblick im Auto sitzen und atmet tief durch. Sie schafft das! Sie hat gar keine andere Wahl.

Langsam steigt sie aus, geht mit wackeligen Knien zur Haustür und klingelt. Sie hat das Gefühl, als würde sie neben sich stehen. Als wäre sie gar nicht hier, sondern würde sich nur von der Ferne aus beobachten. Ein Schatten erscheint hinter dem marmorierten Glas, und sie kneift die Augen zusammen, um besser erkennen zu können, um wen es sich handelt.

Die Tür schwingt auf, und sie steht vor ihrem männlichen Ebenbild. Ihr Bruder lächelt, er sieht ihr noch ähnlicher, als sie es in Erinnerung hat. Wie ist es möglich, dass er sie damals nicht gleich erkannt hat? Andererseits hatte er ja auch nicht mit ihr gerechnet.

Sie starren einander einen Augenblick an, dann macht Sam plötzlich einen Schritt auf sie zu, schlingt die Arme um ihre Schultern und zieht sie ungelenk an sich. Es kommt vollkommen unerwartet, doch es fühlt sich richtig an, weshalb sie seine Umarmung erwidert. Als er sich von ihr löst, ist sein Gesicht knallrot, und er hat den Blick gesenkt.

»Komm rein!« Sie folgt ihm in die enge Küche an der

Hinterseite des Hauses. »Setz dich doch! Ich sage Mum und Grandma Bescheid, dass du da bist.«

Georgie lässt sich nervös am Tisch nieder und sieht sich um. Viele Details sind ihr beim letzten Mal gar nicht aufgefallen. Die Küchenmöbel sind ziemlich alt, in den Ecken ist die Wandfarbe abgeblättert, einige Fliesen sind gesprungen, doch es sieht heute sauberer aus. Als hätte sich jemand eigens für sie Mühe gegeben. Sie ist irgendwie gerührt. Auf der Arbeitsplatte steht ein Teller mit Plätzchen, und Georgie lächelt. Man kauft keine Plätzchen für ungebetene Gäste.

Sie nimmt eine Bewegung hinter sich wahr und dreht sich um. Es sind Sam und Kimberley. Kimberley hat die Haare zu einem straffen Pferdeschwanz zusammengefasst, sodass ihr Gesicht noch schmäler wirkt und die Falten auf ihrer Stirn und um die Lippen betont werden. Trotzdem sieht man deutlich, dass sie sich bemüht hat. Sie trägt ausgeblichene schwarze Jeans und einen grauen Pullover, der sich an ihren schlanken Körper schmiegt. Sie wirkt jünger als bei Georgies erstem Besuch. Sie lächelt unsicher.

Georgie steht auf und streckt Kimberley die Hand entgegen. Es ist eine viel zu formelle Begrüßung, aber ihre leibliche Mutter ist noch eine Fremde für sie. Sie hat im Grunde keine Ahnung, wie sie sich verhalten soll. Kimberley nimmt Georgies Hand und umklammert sie zitternd. Ihre Hände sind eiskalt und trocken.

»Danke, dass du noch einmal gekommen bist. Es tut gut, dich zu sehen.«

Kimberley geht zum Herd, stellt den Wasserkessel auf

und trägt den Teller mit den Plätzchen zum Tisch. »Bitte, bediene dich. Möchtest du Tee?« Sie spricht langsam und bedacht, und Georgie fragt sich, ob sie vielleicht etwas zur Beruhigung genommen hat.

»Tee wäre wunderbar, danke.«

»Oder lieber Kaffee? Ich habe auch Kaffee.« Kimberley greift nach einer Dose mit Instantkaffee, doch Georgie schüttelt den Kopf. »Tee ist in Ordnung, danke.« Sie klingt schrecklich geziert. Es wird wohl einige Zeit dauern, bis sie sich entspannt.

Sie setzt sich wieder und wippt unter dem Tisch nervös mit den Beinen, während Kimberley durch die Küche huscht und Tee zubereitet. Seltsamerweise erinnert Kimberley Georgie an ihre Mutter. An *Jane*. Sie ist genauso nervös, und es fällt ihr offenbar schwer stillzuhalten, wenn sie unsicher ist.

Georgie hätte Kimberley am liebsten gesagt, dass sie sich beruhigen soll. Dass sie es ihr nicht unnötig schwermachen und ihr keine Fragen stellen wird, die sie nicht beantworten will. Sie will Kimberley nur besser kennenlernen. Doch sie bringt kein Wort heraus, weshalb sie geduldig wartet und zusieht, wie Sam sich ihr gegenüber niederlässt und sich ein ganzes Plätzchen auf einmal in den Mund stopft. Er wischt die Krümel vom Tisch und hebt entschuldigend die Augenbrauen.

Endlich setzt sich auch Kimberley zu ihnen. Sie verschüttet etwas Tee, als sie die Becher auf dem Tisch abstellt. Sie sitzen einander eine Weile schweigend gegenüber und nippen an dem brühend heißen Getränk. Georgie hebt den Becher und lässt ihre Wangen von dem aufsteigenden Dampf wärmen, sodass ihr Gesicht wie im Nebel verschwindet.

Sam ergreift als Erster das Wort. »Also ... Seit du das letzte Mal hier warst, reden wir von nichts anderem mehr. Dürfen wir ... Wäre es okay, wenn wir dir ein paar Fragen stellen?« Seine Stimme zittert, und er wirft Kimberley einen fragenden Blick zu, die kaum merklich nickt.

»Ja, natürlich. Aber ich weiß im Grunde nicht viel darüber, was damals passiert ist. Ich habe es ja erst vor Kurzem herausgefunden.«

Sam schüttelt den Kopf. »Nein, darum geht es nicht. Wir wollen einfach mehr über dich erfahren. Du weißt schon, wie dein Leben bis jetzt verlaufen ist. Wie du so bist. Ich würde zum Beispiel gern wissen, ob wir etwas gemeinsam haben. Ich habe ja außer dir keine Geschwister.« Er bricht ab, und die Worte bleiben ihm im Hals stecken, als er sich ihrer Bedeutung plötzlich bewusst wird. »Entschuldige. Ich sollte nicht so viel reden ...«

»Ist schon okay. Das tust du nicht. Ehrlich gesagt gibt es nicht viel zu erzählen. Ich bin mit Mum und meiner Schwester Kate aufgewachsen.« Georgies Herz wird schwer, als sie ihre Schwester erwähnt. Sie vermisst sie. »Sie ist zweieinhalb Jahre älter als ich und war lange Zeit meine einzige Freundin. Und dann gab es da auch noch Tante Sandy, die nicht wirklich meine Tante ist, sondern eine Freundin unserer Mutter. Sie war immer für mich da. Für uns, meine ich. Mum ...« Georgie wirft einen Blick auf Kimberley, um zu sehen, wie sie auf dieses Wort reagiert, doch Kimberleys

Gesicht gleicht einer Maske. Sie starrt auf einen Punkt an der Wand hinter Georgie. Vielleicht hört sie gar nicht zu, sondern ist an einem vollkommen anderen Ort, an dem sie sich nicht mit der Tochter herumschlagen muss, die sie vor so vielen Jahren verloren hat. An einem Ort, an dem es keine Probleme gibt. Georgie spricht trotzdem weiter, denn sie spürt, dass Sam sie ganz genau beobachtet. »Mum wollte nicht, dass wir unsere freie Zeit mit anderen Kindern verbrachten, also waren Kate und ich meistens allein. Wir sind nie fortgefahren oder haben etwas unternommen. Tatsächlich war ich noch nie im Ausland oder weiter weg im Urlaub – deshalb habe ich ja überhaupt erst nach meiner Geburtsurkunde gesucht. Ich wollte einen Reisepass beantragen. Meinen Dad habe ich nie kennengelernt. Er starb vor meiner Geburt, und es gibt nur wenige Fotos von ihm. Aber jetzt habe ich Matt – wir sind nicht verheiratet, jedoch seit der Schulzeit zusammen. Wir haben eine Tochter. Clementine. Sie ist elf.«

Georgie verstummt. Ihr wird klar, dass sie gar nicht lange geredet hat. Trotzdem ist sie beinahe mit ihrem Leben durch. Ist es wirklich so langweilig?

Sie hebt den Blick und sieht, dass Sam sie mustert. Was sieht er wohl in ihr, wenn er sie ansieht? Sie fährt sich verlegen durch die Haare.

»Dann habe ich also eine Nichte?« Sam lächelt, und Georgie nickt. »Ja. Sie ist … sie ist toll. Sie weiß allerdings nichts von alldem. Noch nicht. Ich bin noch nicht bereit, mit ihr zu reden. Aber ich werde es tun – jetzt, da ich euch gefunden habe.« Sam nickt. »Und was ist mit dir? Hast du jemanden? Wo arbeitest du?« Sie will auch alles über ihn erfahren.

Sam schüttelt den Kopf. »Ich bin allein. Abgesehen von Mum und Grandma natürlich.« Er lächelt müde. »Ich bin nie ausgezogen, und die Frauen mögen es nicht sonderlich, wenn ein Mann noch bei seiner Mutter wohnt.« Sein Lächeln ist nun traurig, und er presst die Handflächen aufeinander, sodass die Knöchel weiß hervortreten. »Ich arbeite an der Tankstelle die Straße hinunter. Das bringt mich über die Runden.« Er atmet tief durch. »Ehrlich gesagt war es hart. Ziemlich hart sogar. Mum ist nie darüber hinweggekommen, dass sie ihr Baby verloren hat. *Dich*, meine ich.« Er wirft einen Blick auf Kimberley. Sie hat die Lippen zusammengepresst, als könnte sie ihre Gefühle nur mit Mühe zurückhalten. Doch der Schmerz in ihren Augen ist nicht zu übersehen, und Georgies Herz wird schwer. Wie konnte ihre Mum – Jane – einer anderen Frau so viel Leid zufügen und gleichzeitig so wenig Reue zeigen? Sie versteht es einfach nicht. »Mum hat nichts dagegen, dass ich dir die Wahrheit sage. Sie hat die meiste Zeit meines Lebens unter schweren Depressionen gelitten. Deshalb gab es oft nur mich und Grandma.« Er legt seine Hand auf Kimberleys zur Faust geballte. »Ich weiß, dass Mum mich liebt, aber es ist, als wäre ein Teil ihres Herzens damals mit dir verschwunden, und sie hat ihn nie wiedergefunden. Diese fürchterliche Geschichte hat einen Schatten auf unser ganzes Leben geworfen. Und das hier« – er deutet auf sie alle –, »dass du hierhergekommen bist, dass es dich überhaupt gibt – das hat uns irgendwie aus der Bahn geworfen.« Er fährt sich mit der

Hand übers Gesicht und atmet tief durch. »Wem mache ich hier eigentlich etwas vor? Es hat unsere Familie tief erschüttert, um ehrlich zu sein.«

»Mein Gott, es tut mir so leid! Ich wollte nicht ...«

»Es ist nicht deine Schuld. Nichts davon. Jedoch auch nicht unsere. Und unsere Familie hat am meisten gelitten.« Er bricht ab und starrt an die Wand. »Ich habe meinen Dad auch nie kennengelernt. Er hat sich davongemacht. Die meiste Zeit hatte ich allerdings auch keine Mutter. Wegen dem, was deine Mutter getan hat. Und das ist nur schwer zu verkraften. Ich weiß nicht, ob ich es jemals schaffe.«

Georgie seufzt leise. »Ich versuche zu verstehen, was du durchgemacht hast. Ich fühle mich total verloren und entwurzelt, seit ich es herausgefunden habe. Es ist erst gut eine Woche her, dennoch habe ich das Gefühl, als wäre seit damals ein ganzes Leben vergangen. Ich habe versucht, mit meiner Mutter darüber zu reden, aber ... ich habe nicht viel aus ihr herausgebracht.«

Kimberleys Kopf fährt hoch. »Warum nicht? Meiner Meinung nach hat sie uns eine Menge zu erklären!«

Ihre Stimme klingt unerwartet hartherzig, und Georgie fragt sich, was sich wohl hinter der ruhigen, emotionslosen Fassade verbirgt. Wut, ein gebrochenes Herz – und was noch? Eine schwere psychische Erkrankung vermutlich.

Sie atmet tief durch. »Es ist kompliziert. Meiner Mutter geht es nicht gut. In den letzten Wochen – oder besser gesagt Monaten – wurde sie immer verwirrter. Sie vergisst viel und wird oft grundlos zornig. Wir warten noch auf die offizielle Diagnose, aber es ist ziemlich sicher Alzheimer.

Wir machen uns große Sorgen um sie. Ich kann im Moment nicht mit ihr reden, zumindest nicht, wenn ich mir auch Antworten erhoffe. Außerdem ertrage ich es nicht, ihr gegenüberzutreten. Ich weiß nicht, was ich zu ihr sagen soll. Es ist, als hätte man mir meine Kindheit gestohlen – und sie ist schuld daran. Viel schlimmer ist jedoch, dass ich auch meine Schwester Kate verloren habe.« Ihre Stimme bricht, und sie senkt den Blick.

»Und ich habe meine Schwester wiedergefunden«, erklärt Sam sanft. Als Georgie aufsieht, lächelt er verlegen. »Ich kann nichts dagegen tun, aber ich bin irgendwie froh, dass es deiner Mutter schlecht geht. Wir haben so lange gelitten – und meine Kindheit wurde mir ebenfalls gestohlen. Noch bevor sie überhaupt begonnen hatte.« Er zuckt mit den Schultern. »Tut mir leid, wenn das zu hart klingt.«

»Nein, ich verstehe das. Wirklich.« Georgie spielt nervös mit dem Gurt ihrer Handtasche.

Auf einmal dringt ein Klappern aus dem Obergeschoss und Bodendielen knarren. Georgie fällt erst jetzt auf, dass Margaret nicht da ist.

Sam merkt ihren fragenden Blick und sieht zur Tür. »Grandma war sich nicht sicher, ob sie dich sehen will. Aber sie wird sich irgendwann beruhigen. Sie hat Angst, dass sie ihren Zorn nicht unter Kontrolle hat. Noch nicht.«

Laut der Uhr auf dem Küchenherd ist es erst halb acht, doch Georgie hat das Gefühl, schon eine Ewigkeit in dieser Küche zu sitzen. Sie hat keine Ahnung, wie lange sie es noch aushalten wird. Ihr wird ein wenig übel. Die Wände scheinen immer näher zu kommen, und die Decke senkt sich ab, während ihre Lunge sich zusammenzieht, bis sie keine Luft mehr bekommt. Sie stemmt die Füße in den Boden, aber es ist sinnlos. Die Welt kippt, und Georgie klammert sich am Tisch fest. Im nächsten Augenblick sackt sie vornüber und fällt. Immer tiefer und tiefer ...

Georgie öffnet die Augen und blinzelt. Das helle Licht der Neonröhre über ihrem Kopf blendet sie. Sie liegt auf dem Rücken auf einem kalten Fliesenboden und hat einen Moment lang keine Ahnung, wo sie ist. Doch da taucht ein vertrautes Gesicht auf, und alles ist wieder da. Das Entsetzen packt sie von Neuem, und sie versucht panisch, sich aufzusetzen.

»Was ist passiert?«

»Mach lieber langsamer!« Sam kniet neben ihr, seine Hand liegt auf ihrem Arm. »Du bist in Ohnmacht gefallen. Jetzt ist alles wieder gut.«

Georgie legt sich eine Hand auf die Stirn. Sie schwitzt, obwohl es ziemlich kalt ist. »Mein Gott, das ist mir ja noch nie passiert. Ich ... ich habe keine Luft mehr bekommen.«

»Du hattest eine Panikattacke. Ich kenne das.«

Kimberley steht auf der anderen Seite des Zimmers und lehnt sich an die Arbeitsplatte. Ihre Stimme klingt so ausdruckslos, als wäre sie ein Roboter und würde die Worte irgendwo ablesen. Georgie fragt sich erneut, was sie wohl genommen hat. Und wie viel.

Sie stemmt sich hoch und steht verlegen mitten in der Küche.

»Es tut mir wirklich leid. Ich glaube, es war wohl alles zu viel.« Sie nimmt ihre Tasche.

»Vielleicht sollten wir es für heute gut sein lassen.« Sam zuckt mit den Schultern. »Wir könnten uns das nächste Mal woanders treffen. An einem neutralen Ort. Das klingt wie im Krieg, aber ich glaube, du weißt, was ich meine.«

Georgie nickt. »Ja, ich sollte jetzt wirklich gehen. Wie wär's mit morgen?«

Sie sieht Kimberley und Sam fragend an, doch Kimberley starrt aus dem Fenster in die Dunkelheit hinaus.

»Tut mir leid wegen Mum. Sie hat etwas zur Beruhigung genommen, dadurch wirkt sie so abwesend. Wir können uns gern morgen treffen.« Sam sieht zu seiner Mutter hinüber, die immer noch nicht reagiert. »Sie wird sicher mitkommen.«

»Okay. Wollt ihr vielleicht zu mir kommen?«

Sam schüttelt den Kopf. »Nein, ich glaube nicht, dass ich schon so weit bin. Es gibt da ganz in der Nähe ein kleines italienisches Restaurant. Mario's.« Er deutet aus dem Fenster. »Es ist nichts Besonderes, aber wir könnten uns zum Mittagessen treffen. Vielleicht ist es einfacher, wenn wir während des Gespräches noch etwas anderes zu tun haben ...«

Er lächelt matt, und Georgie erwidert sein Lächeln. Es gefällt ihr, dass er immer sagt, was er denkt. Sie weiß gern, woran sie ist.

»Okay.« Sie streckt die Hand aus, und er ergreift sie verlegen, bevor er sich an seine Mutter wendet. »Mum, Georgie geht jetzt. Willst du dich verabschieden?«

Kimberley dreht langsam den Kopf und runzelt die Stirn. »Du willst schon wieder los?«

»Ja, tut mir leid. Ich fühle mich nicht so gut. Aber vielleicht … sehen wir uns morgen.«

Kimberley legt den Kopf schief und zuckt kaum merklich mit den Schultern. »Ja, vielleicht. Danke, dass du gekommen bist.«

Ihre emotionslosen Augen sehen direkt durch Georgie hindurch, ihre Stimme klingt, als würde sie absichtlich Abstand halten, um sich zu schützen.

Georgie ist froh, als sie schon wenige Minuten später den schmalen Weg vom Haus zum Auto entlanggeht und schließlich einsteigt. Sie hat sich darauf gefreut, ihre Familie besser kennenzulernen und mehr über ihre Mutter, ihren Bruder und ihre Großmutter zu erfahren, doch mittlerweile ist ihr klar geworden, dass es nicht so einfach werden wird, wie sie es sich erhofft hat. Ihre Familie ist am Boden zerstört. Sam scheint – zumindest auf den ersten Blick – okay, aber Kimberley balanciert am Abgrund, und Margaret ist so wütend, dass sie ihre Enkelin nicht einmal sehen will. Vielleicht hat sie tatsächlich einen Fehler gemacht. Kate hatte recht. Vielleicht hätte sie sich von ihnen fernhalten sollen.

Nein, das wäre unmöglich gewesen. Sie kann nicht den Rest ihres Lebens in dem Wissen verbringen, dass es da eine Familie gibt, in die sie in Wahrheit gehört. Es wäre, als würde sie eine Lüge leben, und sie würde sich bei jeder Begegnung mit anderen fragen, ob diese Frau vielleicht ihre Mutter und dieser Mann ihr Bruder ist.

Georgie wirft noch einen letzten Blick auf das Haus, bevor sie losfährt. Am Schlafzimmerfenster steht eine Gestalt und beobachtet sie. Margaret. Die Alte zuckt nicht zurück, als sie merkt, dass Georgie sie entdeckt hat, und die beiden Frauen mustern einander herausfordernd. Dann wendet Georgie den Blick ab, startet den Motor und fährt los. Es fühlt sich an, als würde die alte Frau ein Loch in ihren Rücken starren.

Es wird nicht einfach werden, Margaret für sich zu gewinnen.

Georgie ist etwas zu früh dran und entscheidet sich für einen Vierertisch, obwohl sie keine Ahnung hat, wer kommen wird. Sie nippt an ihrem Wasser und lässt die Tür nicht aus den Augen. Jedes Mal, wenn sie sich öffnet, zuckt sie zusammen, und ihr Herz pocht, bis ihr klar wird, dass es sich nicht um ihre Familie handelt. Sie hat Angst, und ihre Nerven sind zum Zerreißen gespannt. Sie will nur, dass *irgendjemand* kommt. Damit das Warten endlich ein Ende hat.

Sie hat lange über den vergangenen Abend nachgedacht und ist fest entschlossen, dass es heute besser laufen wird. Sie will herausfinden, was für Menschen Samuel, Kimberley und Margaret sind und was hinter der Tragödie steckt, die vor so vielen Jahren über sie hereinbrach. Und sie gibt unumwunden zu, dass sie sich wünscht, dass ihre Familie sie mag. Vor allem Sam.

Sie fällt beinahe vom Stuhl, als das Glöckchen über der Tür erneut klingelt und Sam mit hängenden Schultern das Restaurant betritt. Sie stellt enttäuscht fest, dass er allein gekommen ist. Der Kellner deutet auf ihren Tisch, und Georgie nutzt die wenigen Sekunden, in denen Sam auf sie zukommt, um ihn zu mustern. Er trägt eine Mütze und eine dicke Jacke und hat sein Gesicht tief im Mantelkragen vergraben. Sein Blick wirkt unsicher. Er lässt sich ihr gegenüber nieder.

»Hi!«

»Hallo!« Sie sieht zur Tür. »Du bist allein?«

Er zieht seine Mütze vom Kopf, steckt sie sich in die Tasche und schlüpft aus seinem Mantel. »Nein, Grandma kommt nach.« Ein ungutes Gefühl steigt in Georgie hoch, als sie an die alte Frau denkt. »Ich habe mich gestern Abend lange mit ihr unterhalten und ihr erklärt, dass du uns einfach besser kennenlernen willst, und da hat sie sich ein wenig beruhigt. Du musst nachsichtig sein. Sie war die letzten Jahre so fruchtbar erbittert, das lässt sich nicht von einem Moment auf den anderen abstellen.«

»Ich weiß. Das verstehe ich. Wirklich.«

»Mum kommt nicht, tut mir leid. Sie hat eine ihrer Phasen. So nennt es Grandma immer. Sie hat sich vollkommen in sich zurückgezogen, will mit niemandem reden und auch niemanden sehen. Nicht mal mich. Es ist vermutlich der Schock.«

»O Gott, ich bedaure das so sehr, Sam! Ich wollte keinen Ärger machen. Das verstehst du doch, oder?«

Er nickt. »Ja. Es gibt keine bessere Art, eine solche Situation zu klären. Nicht wirklich. Ich hätte es genauso gemacht.«

Georgie ist dankbar für Sams Verständnis, auch wenn es ihre Schuldgefühle nicht mindert. Sam fährt fort: »Aber Mum wird wieder. In ein paar Tagen hat sie es überstanden.

Das ist jedes Mal so. Sie will dann sicher noch mal mit dir reden.«

Georgie nickt und faltet ihre Serviette zweimal, bevor sie sie auf dem Tisch glattstreicht. Sie hebt den Blick und sieht ihrem Bruder in die Augen.

Ihrem Bruder. Sie hat dieses Wort ihm gegenüber noch nie ausgesprochen. Es fühlt sich immer noch seltsam an.

»Also, worüber willst du dich heute unterhalten? Um ehrlich zu sein, weiß ich gar nicht, wo ich anfangen soll.«

»Ich weiß, was du meinst. Es gibt so viel zu sagen, dass es irgendwie einfacher wäre zu schweigen, oder?«

Georgie nickt. »Genau! Aber du hast da bei unserem ersten Treffen etwas gesagt. Nämlich, dass du dir manchmal gewünscht hast, ich wäre nie geboren worden ...«

»O Gott, Georgie! Das hat sicher schrecklich geklungen.«

»Nein, hat es nicht. Ich meine, zuerst schon. Ich habe jedoch lange darüber nachgedacht, und es ist verständlich, dass du manchmal dieses Gefühl hattest. Das hätte jeder. Ein verschwundenes Kind nimmt einfach mehr emotionalen Raum ein als das Kind, das zurückbleibt.«

Sam nickt. »Ja, genau so ist es. Wenn es Mum gut genug ging, dass sie sich auch wirklich wie eine Mum verhielt, war sie trotzdem mehr als die Hälfte der Zeit in Gedanken bei ihrer verschwundenen Tochter – *bei dir* –, und für mich blieb kaum etwas übrig. Als wäre ich weniger wichtig gewesen, weil ich da war. Und wenn sie eine ihrer Phasen hatte, wäre es ihr nicht mal aufgefallen, wenn ich ebenfalls verschwunden wäre.« Er bricht ab und fährt mit dem Finger über den Rand des leeren Glases. »Trotzdem habe ich es nicht ernst gemeint. Ich habe mich ständig gefragt, ob du wohl noch am Leben bist und falls ja, ob wir uns ähneln. Und jetzt, da wir uns kennengelernt haben, ist es echt unglaublich, Georgie! Es fühlt sich so richtig an, mit dir zusammen zu sein. Klingt das verrückt?«

Das Licht im Restaurant ist gedämpft, aber Georgie sieht, dass Sam rot geworden ist.

»Nein, überhaupt nicht«, erklärt sie leise. »Mir geht es genauso.«

Einen Moment lang sitzen sie einfach da und hängen ihren Gedanken nach, ohne einander anzusehen. Eine Bewegung reißt sie schließlich aus ihrer Starre. Es ist der Kellner.

Sie bestellen eine Karaffe Hauswein und einen Korb Brot. »Hoffentlich kommt Grandma bald. Ich bin am Verhungern.«

»Ich auch.« Georgie hebt den Blick. »Erzähl mir doch von deinem Vater. Von *unserem* Vater. Was weißt du über ihn?«

Sams Gesichtszüge verhärten sich einen Moment lang, doch dann ist der Ausdruck auch schon wieder verschwunden. Seine Stimme klingt jetzt allerdings kühler. »Wir reden nicht über ihn. Das haben wir nie. Mum weigert sich kategorisch, und Grandma meint, er sei es nicht wert.«

»Du weißt also überhaupt nichts über ihn?«

Sam schüttelt den Kopf. »Nur dass es ein One-Night-Stand war. Und als er erfuhr, dass Mum schwanger ist, wollte er nichts mehr mit ihr zu tun haben. Grandma nennt ihn einen Loser. Er war noch sehr jung damals. Er ist vermutlich untergetaucht, weil er höllische Angst hatte.« Sam hält einen Moment lang inne und denkt nach. »Es war irgendwie seltsam. Denn als du entführt wurdest, hat die Polizei zunächst die Schwester unseres Vaters verdächtigt. Sie ist wohl etwas älter als er und ein wenig verrückt. Man hat auf jeden Fall keine Beweise gefunden, und irgendwann wurde der Fall zu den Akten gelegt. Nur in unserer Familie nahm die Geschichte kein Ende. Mum hat wohl nie die Hoffnung aufgegeben, dass sie dich eines Tages wiedersehen wird.«

»Hast du jemals darüber nachgedacht, dich auf die Suche nach deinem Dad zu machen?«

»O Gott, nein! Sicher nicht!«

»Oh.«

Sams Kopf fährt hoch. »Was soll das heißen?«

Georgie sieht ihm in die Augen. »Nichts, ich glaube nur, dass …«

»Was?«

»Ich glaube, ich würde wissen wollen, wer mein Dad ist.« Sie hält inne, denn ihr ist durchaus bewusst, dass sie sich hier auf gefährliches Terrain begibt. »Ich habe meinen Dad nie kennengelernt – oder besser den Mann, von dem ich dachte, er wäre mein Dad. Er starb vor meiner Geburt. Aber ich hätte alles getan, um meinen Vater ausfindig zu machen, wenn ich gewusst hätte, er lebt noch.«

»Und du glaubst, weil unser Vater am Leben ist, ist er es wert, ihn kennenzulernen?«, fragt Sam höhnisch.

Georgie hätte am liebsten alles zurückgenommen und noch einmal von vorne begonnen. Dann hätte sie sich vielleicht besser ausgedrückt.

»Na ja, vielleicht …«

»Nein! Auf keinen Fall! Er wollte nichts mit uns zu tun haben. So einfach ist das. Ich habe Mum und Grandma, und mehr brauche ich nicht. Mehr habe ich nie gebraucht.« Sams Stimme wird weicher und sein Blick wärmer. »Und jetzt habe ich auch noch dich. Ich habe eine *Schwester*. Wozu brauche ich einen Vater?«

Georgie muss unwillkürlich an Kate denken. Wäre sie doch nur hier, würde sich mit Sam unterhalten! Aber Georgie ist sich bewusst, dass sie sich durch die Nähe zu ihrer neuen Familie von den Menschen entfernt hat, die sie liebt und die sie bisher geliebt haben. Sie kann nur hoffen, dass Kate ihr eines Tages verzeihen wird. Dass sie versteht, warum sie das alles tun musste, und sie wieder an sich heranlässt. Georgie will Kate nicht verlieren, denn auch wenn sie nicht blutsverwandt sind, wird sie immer ihre große Schwester bleiben.

»Georgie? Alles okay? Du bist so blass.«

»Tut mir leid, ich habe nur an Kate gedacht.«

»An deine Schwester?« Georgie nickt. »Sie ist nicht glücklich damit, dass du uns ausfindig gemacht hast.«

»Nein, das ist sie nicht. Sie meint, ich solle mich besser von euch fernhalten und … egal. Sie wird sich schon beruhigen.« Georgie hat natürlich keine Ahnung, ob sich alles zum Guten wenden wird, sie kann es nur hoffen. »Reden wir von etwas anderem.«

Der Wein wird serviert, und Sam schenkt ihnen beiden ein. Georgie nimmt einen großen Schluck. Sie tupft sich mit der Serviette den Mund ab und lacht. »Das tut gut.«

Sam macht es ihr nach. Anschließend stellt er sein Glas schwungvoll wieder ab.

»Ganz deiner Meinung!«, sagt er.

Sie lächeln sich an und entspannen endlich ein wenig.

»Ist hier noch Platz für eine alte Frau?«

Eine raue Stimme reißt Georgie aus ihren Gedanken, und ihr Blick fällt auf Margaret, die sich auf den Stuhl neben Sam sinken lässt.

»Hi, Grandma.« Sam drückt ihr einen Kuss auf die Wange, doch Margaret hat nur Augen für Georgie.

»Tut mir leid, dass ich zu spät komme. Habe ich viel verpasst?«

Sie ist ein wenig außer Atem, obwohl das Restaurant gleich um die Ecke von ihrem Zuhause ist. Der Kellner bringt ein weiteres Glas und schenkt ihr ein. Sie nimmt einen großen Schluck.

»Vorsichtig, Grandma!« Sam wendet sich an Georgie. »Sie trinkt nicht viel. Alkohol verträgt sich nicht mit ihren Herztabletten.« Margaret wirft ihm einen Blick zu, und er verdreht die Augen. »Aber sie hört nie auf mich.«

»Ich trinke nur ein Glas, Sam. Mach kein Drama.«

Sam betrachtet das mittlerweile bereits halb leere Glas und zuckt hilflos mit den Schultern.

»Redet ruhig weiter, ihr zwei. Ich sitze einfach da und höre zu.«

Doch Margarets Ankunft hat Georgie aus dem Konzept gebracht, und die Leichtigkeit, die langsam in dem Gespräch Einzug gehalten hat, verschwindet so schnell, wie sie gekommen ist.

Georgie nippt ebenfalls an ihrem Glas, um die Verlegenheit zu überspielen.

»Wir haben über ... alles Mögliche gesprochen.«

»Und das heißt?«

»Na ja, über die Familie. Es gibt ja einiges zu erzählen.«

»Was du nicht sagst.«

Margaret steckt sich ein Stück Brot in den Mund, und Georgie nutzt die paar Sekunden, um tief durchzuatmen. Sie wird sich von dieser Frau nicht einschüchtern lassen.

»Wir haben gerade von unseren Vätern gesprochen«, erklärt sie mit hoch erhobenem Kopf und sieht Margaret direkt in die Augen. »Ich meinte, ich hätte meinen gern kennengelernt, und habe Sam gefragt, ob er sich eigentlich einmal auf die Suche nach seinem Dad gemacht hat. Immerhin ist er ja auch *mein* Dad, deshalb dachte ich ...«

Sie bricht ab. Ihr Mut schwindet, als sie den Gesichtsausdruck der alten Frau sieht.

Margaret lässt das Stück Brot fallen, das sie gerade essen wollte, und stellt das Weinglas heftig auf dem Tisch ab.

»Nein, das hat er nicht! Und das wird er auch nie, nicht wahr, Sam?«, zischt sie, und obwohl Sam ähnlich reagiert hat, ist Georgie überrascht, wie viel Unmut dieses Thema in Margaret auslöst. Die alte Frau wendet sich an sie. »Und du, junge Dame, kommst besser gar nicht erst auf die Idee, dich auf die Suche nach ihm zu machen! Die Tatsache, dass du plötzlich wieder da bist, hat Kimberley erneut zurückgeworfen. Ich komme damit klar. Trotzdem kannst du nicht alles noch schlimmer machen, indem du drohst, nach diesem ... *Abschaum* zu suchen!« Sie speit Georgie die

Worte regelrecht entgegen. »Ich will diesen Kerl nie wiedersehen. Niemals!«

Sie leert ihr Glas und schenkt sich nach. Georgie beobachtet sie schweigend, und niemand erhebt Einwand, als Margaret den Kellner an den Tisch winkt und noch eine Karaffe Hauswein bestellt.

Die Unterhaltung, die auf diesen Ausbruch folgt, wirkt seltsam gezwungen. Auch als das Essen kommt, und sie ein wenig abgelenkt sind. Georgie versucht, höflich zu sein, obwohl sie sich maßlos darüber ärgert, wie Margaret mit ihr gesprochen hat. Und zwar vollkommen grundlos. Sie will einfach mehr über ihre Familie herausfinden. Erst als Margaret auf die Toilette verschwindet, entspannen Sam und Georgie sich wieder ein wenig.

»Georgie, Grandma ist nicht absichtlich so … aggressiv. Sie hat halt eine Menge durchgemacht. Das haben wir alle. Sie würde alles dafür tun, um uns zu beschützen.«

»Ich weiß. Aber … ich habe es nicht verdient, dass man so mit mir redet.«

»Nein, das hast du nicht, und ich werde sie noch darauf ansprechen. Sie trinkt eigentlich nie, wie ich schon sagte, und hatte zu viel Wein, weshalb jetzt vielleicht nicht der richtige Zeitpunkt dafür ist.« Er wirft einen Blick auf die Uhr. »Ich sollte sie nach Hause bringen, damit sie ihren Rausch ausschlafen kann. Mum bringt mich um, wenn ich zulasse, dass sie noch mehr trinkt.«

»Okay.« Georgie schiebt den Rest ihres Essens von einem Tellerrand zum anderen. Sie hat keinen Appetit mehr.

»Ich werde mit ihr reden. Und sie wird sich beruhigen. Versprochen. Gib ihr bitte etwas Zeit.«

Sie verstummen, als Margaret zurück an den Tisch kommt, die Stimmung wird schlagartig düsterer.

»Wir sollten zahlen und dich nach Hause bringen«, meint Sam.

»Ich will aber nicht nach Hause! Ich will noch hierbleiben und mich mit Georgie unterhalten.« Margaret lallt ein wenig, und Sam runzelt die Stirn.

»Du hattest schon viel zu viel Wein, Grandma.«

Georgie wendet den Blick ab, sie tut, als würde sie nicht zuhören.

»Ach, das waren doch nur ein paar Gläser.« Margaret nimmt einen weiteren Schluck. »Also ... Wir sind zum Reden hier. Dann lasst uns auch reden.«

Sam zuckt hilflos mit den Schultern und lässt sich in seinen Stuhl zurücksinken. Es ist offensichtlich, dass Margaret noch nicht gehen will, und niemand kann ihre Meinung ändern.

»Dann sollten wir vielleicht ein Dessert bestellen«, schlägt Georgie vor. »Und Kaffee?« Sie sieht Sam an.

»Ja, Kaffee ist eine gute Idee!«

Margaret verdreht die Augen. »Ich will keinen verdammten Kaffee. Heute muss gefeiert werden. Ich meine, es ist immerhin schon fast vierzig Jahre her, dass wir dich zuletzt gesehen haben, Louisa ...«

»Sie heißt jetzt *Georgie*, Grandma.«

»Georgie. Louisa. Das ist doch dasselbe.« Margaret nimmt schon wieder einen Schluck und winkt ab. »Es ist jedenfalls verdammt lange her. Und ich will keine Ausflüchte hören. Wir wollen uns näher kennenlernen, also lernen wir uns näher kennen.« Sie knallt das Glas auf den Tisch, und etwas Rotwein schwappt auf das weiße Tischtuch. Georgie wirft Sam einen Blick zu. Er schämt sich in Grund und Boden, doch er sagt nichts, er lässt lieber zu, dass Margaret den Frust loswird, der sich über die Jahre angestaut hat. Georgie fühlt sich unwohl – als würde gleich etwas Schlimmes geschehen. Das hier geht auf keinen Fall gut aus, denkt sie.

Wenn Margaret nicht gehen will, sollte sie es vielleicht tun?

Georgie steht auf, doch Margaret will davon nichts wissen. »Warte! Was hast du vor?«

»Ich wollte nur ...« Georgie bricht ab und setzt sich wieder.

»Komm schon. Ich wette, er hat dir noch nicht von Kims Depressionen erzählt, oder? Dass er und ich wochenlang auf uns allein gestellt waren, wenn es ihr wieder mal schlecht ging. Dass sie versucht hat, sich umzubringen. Und dass sie sich jahrelang in den Schlaf geweint hat.« Margarets Blick wandert von Georgie zu Sam. »Nein? Seht ihr, es gibt wirklich viel zu besprechen!« Sie leert ihr Glas und füllt es wieder auf. »Und du« – sie deutet auf Georgie –, »weißt du, warum wir nicht über seinen Vater sprechen? Tut mir leid, über *euren* Vater? Weil er ein nichtsnutziger Schuft ist, deshalb! Er wollte nichts mehr von Kimberley wissen, als sie schwanger war, und noch weniger, als du entführt wurdest und Kim höllisch litt. Er hat uns allein gelassen. Obwohl ... Im Nachhinein betrachtet war es vermutlich das Beste.« Margaret hält inne, und Georgie fragt sich, ob sie bereits genug Dampf abgelassen hat. Doch dann beginnt sie von Neuem, ihre Stimme klingt wutentbrannt. »Und was deine verdammte *Mutter* betrifft: Ich kann nicht glauben, dass sie tatsächlich die Frechheit besitzt, sich so zu nennen! Es ist schon schlimm genug, das Baby einer anderen Frau zu klauen. Es auch noch zu behalten und sich keine Sekunde lang Gedanken darüber zu machen, welchen Schmerz man damit verursacht, das ... Mein Gott ...« Die Worte sind wie Schüsse, die vom Tisch abprallen und Georgie mitten ins Herz treffen. »Sie muss dafür bestraft werden.«

»Wie bitte? Was meinst du damit, Grandma?«

Margarets Kopf fährt zu ihrem Enkelsohn herum, bevor sie erneut Georgie fixiert. Ihre Augen sind nur noch schmale Schlitze.

»Ich *meine*, dass ich zur Polizei gehen werde.«

Georgie schnappt nach Luft.

»Aber Grandma! Wir waren uns doch einig. Du hast gesagt, dass du das nicht tun wirst.«

Margaret richtet den Blick erneut auf ihn, sie schwankt ein wenig. »Ja, das habe ich. Aber mittlerweile habe ich meine Meinung geändert. Warum sollte diese *Frau*« – sie macht eine ausladende Handbewegung und wirft dabei beinahe ihr Weinglas um – »damit davonkommen? Sie hat unsere Familie zerstört.« Sie schüttelt den Kopf. »Nein, wir müssen etwas unternehmen.«

Margaret lallt nun richtig, und ihre Augenlider werden

schwer. Sie ist müde. Trotzdem kann Georgie nicht einfach ignorieren, was die alte Frau gerade gesagt hat. Ihre Worte sind wie ein Monstertruck, der alles niederwalzen wird.

»Sam? Wird sie wirklich zur Polizei gehen?«, flüstert Georgie, während Margaret in ihrer Handtasche kramt.

Sam schüttelt den Kopf. »Keine Ahnung. Aber ich glaube nicht.« Er steht auf und schlüpft in seinen Mantel. »Ich muss sie jetzt nach Hause bringen, damit sie ihren Rausch ausschlafen kann. Mum wird mich umbringen, wenn sie herausfindet, wie viel sie getrunken hat.« Er hilft Margaret auf die Beine. »Komm, Grandma! Gehen wir!«

Er dreht sich zu Georgie um. »Es tut mir leid, Georgie. Das war nicht geplant. Ich werde das regeln, versprochen.« Er legt ein paar Geldscheine auf den Tisch, nimmt Margarets Arm und zieht sie mit sich. Georgie sieht ihnen zu, wie sie schwankend auf die Tür zugehen und sie öffnen. Ein kalter Luftzug weht herein, und Sam winkt Georgie ein letztes Mal zu. Sie hebt die Hand, um ihm zu danken, und merkt erst jetzt, dass sie zittert. Im nächsten Augenblick fällt die Tür ins Schloss, und Georgie bleibt allein zurück.

15

6.–7. November 2016

Das Licht, das durch einen Spalt zwischen den Vorhängen ins Schlafzimmer fällt, blendet Georgie, und sie öffnet blinzelnd die Augen. Sie hat das Gefühl, als würde ihr Kopf explodieren. Langsam dreht sie sich zur Seite und wirft einen Blick auf die Uhr auf dem Nachttisch. Zwanzig vor neun. Sie hat tatsächlich einige Stunden durchgeschlafen.

Sie richtet sich auf, und ihr wird schlagartig übel. Ihr fällt wieder ein, wie viel Wein sie am Abend zuvor noch getrunken hat, nachdem sie nach Hause gekommen ist. Und was dazu geführt hat. Zum Glück ist Sonntag.

Sie trinkt einen Schluck Wasser, lehnt den Kopf zurück und versucht zu analysieren, was passiert ist und was das für sie bedeutet.

Da ist zunächst einmal Margarets Drohung, zur Polizei zu gehen. Georgie hat keine Ahnung, ob sie es ernst meint, aber falls ja, muss sie sich überlegen, welche Auswirkungen das haben wird. Georgie hat nicht mit einer solchen Entwicklung gerechnet, als sie sich auf die Suche nach ihren leiblichen Verwandten begeben hat. Jetzt besteht plötzlich die Gefahr, dass ihre Familie noch weiter auseinandergerissen wird. Wie kann sie Margaret nur aufhalten?

Und dann ist da noch die Sache mit ihrem Vater. Trotz Margarets Schimpftirade versteht Georgie nicht, warum niemand etwas mit ihm zu tun haben will. Vielleicht ist er das fehlende Puzzleteil?

Sie massiert ihren dröhnenden Schädel und seufzt. Vielleicht hat Margaret auch recht, und sie sind ohne ihn wirklich besser dran. Vielleicht, denkt Georgie, sollte ich lieber auf sie hören. Immerhin hat ihre Suche bereits mehr als genug Schaden angerichtet.

Das Handy auf dem Nachttisch piept, und Georgie zuckt zusammen. Sie greift danach und liest die Nachricht mit zusammengekniffenen Augen.

Wir müssen reden. K.

Nur das, sonst nichts. *Wir müssen reden.*

Trotzdem ist Georgie unendlich erleichtert. Kate war immer für sie da, wenn sie Trost, einen Ratschlag oder jemanden zum Reden brauchte. Die Trennung von ihr war schrecklich. Und das hier ist definitiv ein Friedensangebot. Knapp – aber immerhin.

Georgie tippt eine Antwort.

Ja, das müssen wir. Heute? G

Sie legt das Handy zurück und wartet.

Die Gedanken daran, was sie über ihre leibliche Familie herausgefunden hat, lassen sie nicht los. Kimberleys schlechte psychische Verfassung, die zweifellos durch den Verlust ihres Kindes bewirkt wurde. Margarets Wut und ihr Entschluss, zur Polizei zu gehen.

Und dann ist da auch noch Sam, ihr Zwillingsbruder. Mit ihm zusammen zu sein und mit ihm zu reden, tut unendlich gut – gleichzeitig hat Georgie aber das Gefühl, Kate dadurch zu verraten. Sie muss mit ihrer Schwester reden. Sie braucht ihre Hilfe. Sie hofft bloß, dass sie bald antwortet.

Georgie dreht den Kopf und wirft einen Blick auf Matts Seite des Bettes. Sie ist leer, sie hört ihn im Untergeschoss. Schnell schwingt sie die Beine aus dem Bett und richtet sich auf. Ihr Schädel dröhnt. Sie bleibt eine Weile sitzen und wartet, bis die Übelkeit vorüber ist, dann steht sie auf, zieht ihren Morgenmantel über und macht sich auf den Weg nach unten. Sie hört, wie Matt in der Küche zu einem Song aus dem Radio pfeift, und lächelt. Manche Dinge ändern sich offenbar nie.

Matt steht in der Küche am Herd, und Georgie wirft einen Blick in die Pfanne. Rührei.

»Mhm! Reicht das für mich auch noch?«

Er drückt ihr einen Kuss auf die Stirn. »Klar, es ist genug da. Wie geht es deinem Kopf?«

»Schlecht.« Sie sieht lächelnd zu ihm hoch. »Tut mir leid wegen gestern Abend! Es war ein harter Tag.«

»Ja, das dachte ich mir schon.« Er hebt grinsend eine leere Flasche hoch. »Und das war die Medizin, oder?«

»Ja, genau.« Georgie lächelt erneut und schlingt ihren Morgenmantel enger um ihren Körper.

»Dann warst du gestern Abend also betrunken, Mum?« Clem späht über dem Rand ihres Buches, ihre Augen blitzen amüsiert.

»Na ja, ein bisschen. Hast du mich gesehen?«

»Nein, ich war ziemlich lange bei Lucy. Dad hat mich um neun abgeholt, und als ich nach Hause kam, hast du schon geschnarcht. Das fand ich irgendwie seltsam.«

»Ich habe im Moment einfach ... viel um die Ohren.«

Sie überlegt, wie viel sie Clem erzählen soll, aber ihre Tochter hat bereits das Interesse verloren und sich wieder ihrem Buch zugewandt. Sie wird ein anderes Mal mit ihr reden.

Matt schaufelt einen riesigen Berg Rühreier in eine Schüssel.

»Reicht das?«

»Mhm ... das ist nicht gerade wenig, oder?«

»Keine Sorge, ich bin am Verhungern.«

Sie setzen sich an den Tisch und beginnen zu essen, und Georgie ist dankbar für diesen Moment der Normalität. Die letzten Tage waren emotional so herausfordernd, dass sie etwas Ruhe und Frieden braucht, um den Kopf freizubekommen. Einen Ort, an dem sie sich auf das Gespräch mit ihrer Mutter und Kate vorbereiten kann. Sie hat vor, ihnen alles zu sagen, was sie bis jetzt herausgefunden hat, und fragt sich einen Moment lang, was wohl noch alles ans Tageslicht kommen wird. Doch dann schiebt sie den Gedanken beiseite.

Matt stellt keine Fragen, solange Clem in der Küche ist, und dafür ist Georgie ihm sehr dankbar. Doch als Clem nach oben geht, um zu duschen, wird ihr klar, dass ihre Schonfrist abgelaufen ist. Also versucht sie, ihm alles so detailliert wie möglich zu erzählen und kann dabei kaum glauben, dass diese schockierenden Enthüllungen wirklich sie und ihre – bis zu diesem Zeitpunkt – vollkommen normale Familie betreffen. Als sie endlich fertig ist, hebt sie den Blick und sieht, dass Matt sie über seinen Kaffeebecher hinweg mit ernsten Augen mustert.

Er stellt den Becher ab, lehnt sich vor und fährt sich durch die Haare.

»Verdammt, Georgie! Ich meine … deine *Mum*? Ich verstehe das einfach nicht! Es ergibt keinen Sinn. Wie kann jemand, der so … *besonnen* ist, nur so etwas tun?«

Georgie zuckt mit den Schultern. »Das will ich unbedingt als Nächstes herausfinden. Natürlich war ich am Anfang furchtbar wütend auf sie, aber mittlerweile frage ich mich, was sie dazu getrieben hat. Hat sie die Entführung geplant? Oder war es eine Kurzschlusshandlung, weil sie die Trauer nach Dads Tod plötzlich überwältigt hat?« Georgie hält inne und denkt nach. »Nein, ich kann mir nicht vorstellen, dass sie es von langer Hand geplant hat. Du etwa?«

Matt schüttelt den Kopf. »Eine so überfürsorgliche Frau spaziert nicht einfach so in ein Krankenhaus und entführt das Baby einer anderen Frau. Es muss etwas Schreckliches passiert sein. Rede mit ihr.«

»Ja, obwohl ich nicht weiß, ob es etwas bringen wird. Du hättest sie neulich sehen sollen. Sie war wie eine Besessene. Trotzdem … Ich muss es zumindest versuchen. Doch zuerst werde ich Kate besuchen. Wir müssen einiges klären.«

Georgie hatte noch nie so große Angst davor, mit ihrer Schwester zu sprechen. Tatsächlich war Kate immer die

Erste und oft sogar die Einzige, zu der sie gegangen ist, wenn etwas schieflief.

Doch als sie vorhin vor dem vertrauten Haus geparkt und den Weg zur Tür hochgegangen ist, hat sie am ganzen Körper gezittert. Ihr Herz war völlig aus dem Rhythmus – wegen dem, was sie Kate zu erzählen hat, und weil sie nicht mehr miteinander geredet haben, seit sie Kate vor einer Woche mit ihrer Mutter allein gelassen hat.

Und jetzt sitzt Georgie in Kates und Joes Haus, um ihrer Schwester endlich zu erzählen, was sie seit ihrer letzten Begegnung herausgefunden hat. Sie haben sich auf zwei gegenüberstehenden Sofas niedergelassen, das Schweigen wird langsam übermächtig.

»Ich bin Louisa Foster«, erklärt Georgie schließlich. »Ich habe dieses Haus betreten und wusste vom ersten Augenblick an, dass Kimberley meine Mutter ist. Und sie hat mich auch sofort erkannt. Sie wurde kalkweiß. Ich dachte, sie würde in Ohnmacht fallen.«

Kate hält den Blick starr auf den Couchtisch gerichtet und fährt mit dem Finger den Rand entlang. Sie sieht nicht auf.

»Und dein Bruder?«, presst sie hervor. »Wie ist er so?«

»Er ist ... echt nett.«

Kate hebt abrupt den Kopf. »Ist er wie du? Sieht er aus wie du?«

Georgie weiß, dass ihre Schwester die Wahrheit eigentlich gar nicht hören will, aber sie kann nicht mehr lügen. Sie nickt. »Nicht ganz gleich, doch er sieht mir ähnlich. Es ist offensichtlich, dass wir verwandt sind.« Kate nickt knapp und starrt wieder auf den Couchtisch. Georgies Herz hämmert. »Es ist eine Katastrophe, Kate.«

»Wem sagst du das!«

»Nein, es ist schlimmer.«

Kates Kopf fährt hoch, und sie runzelt die Stirn. »Schlimmer?«

Georgie nickt. Sie hatte große Angst vor diesem Moment und der Reaktion ihrer Schwester. »Es ist so …« Sie ist sich nicht sicher, wie sie es formulieren soll. »Kimberley ist psychisch krank. Sie nimmt Medikamente. Und dann ist da ihre Mutter. Margaret.« Sie bricht ab und sieht zu Kate hoch. »Sie ist so wahnsinnig wütend, Kate.«

»Na ja, das ist ja wohl ihr gutes Recht. Das wäre jeder«, erwidert Kate mit schneidender Stimme, obwohl sie Margaret gar nicht kennt.

»Sie will zur Polizei gehen.«

Kate reagiert nicht direkt, und Georgie weiß nicht, wie sie ihr Schweigen deuten soll. Sie ist davon ausgegangen, dass Kate vor Wut platzen würde, wenn sie ihr das sagt. Dass sie schreien, weinen und fluchen würde. Doch sie sitzt nur wie erstarrt da und sieht weiter ausdruckslos auf den Tisch, bis Georgie sich fragt, ob ihre Schwester sie überhaupt gehört hat.

»Tante Sandy auch.«

»Was ist mit Tante Sandy?«

»Sie will auch zur Polizei gehen.«

»Wie bitte? Warum das denn?« Georgie glaubt, sich verhört zu haben.

Doch Kate schüttelt traurig den Kopf. »Sie ist verletzt.

Die Art, wie Mum neulich mit ihr umgesprungen ist und wie sie sie die letzten Monate über behandelt hat, hat sie furchtbar verletzt. Sie war immer für Mum da, egal was passiert ist, aber beim letzten Mal ist Mum zu weit gegangen. Sandy hat die Geduld verloren. Es war an dem Tag, als Mum Sandy als Miststück beschimpft hat, dem Tag, an dem du davongelaufen bist. Sie meinte, sie habe Mum lange genug gedeckt und für sie gelogen – jetzt sei es an der Zeit.«

»An der Zeit?«

»Dass Mum dafür bezahlt. Das waren Sandys Worte, nicht meine.«

»O Gott!«

»Ja, genau.«

Da wird Georgie plötzlich etwas klar. »Dann wusstest du also, bevor ich heute hierhergekommen bin, dass ich die Wahrheit gesagt habe? Dass Mum mich tatsächlich entführt hat?«

Kate sieht auf und nickt. »Es war mir schon in dem Moment klar, als du mir den Zeitungsausschnitt gezeigt hast. Ich wollte es mir nur nicht eingestehen. Weil …«, sie bricht ab und räuspert sich, »… weil es bedeuten würde, dass du nicht mehr meine Schwester bist, und das würde ich nicht ertragen. Ich will dich nicht verlieren!«

Die Schwestern sitzen sich wieder eine Weile schweigend gegenüber, es ist nur das Ticken der Uhr auf dem Kaminsims zu hören.

»Du wirst immer meine Schwester sein!«

Georgie sieht Kate in die Augen. Tränen laufen über ihre

Wangen, und Georgie steht auf, setzt sich neben sie und schließt sie in die Arme.

»Danke, Georgie!«

Kate löst sich langsam aus der Umarmung. »Also, was tun wir jetzt? Ich meine, es gibt da gleich zwei Frauen, die wollen, dass Mum endlich für das bezahlt, was sie getan hat. Aber sie kann doch unmöglich ins Gefängnis. Sie ist krank.«

Georgie nickt. »Du hast recht. Ich kann mir auch nicht vorstellen, dass man sie ins Gefängnis steckt. Nicht in ihrem Zustand.«

»Und wenn doch?«

»O Gott, keine Ahnung, Kate.« Georgie fährt sich durch die Haare und verschränkt die Hände, bis die Knöchel weiß hervortreten. »Wir müssen sie davon abhalten, oder?«

Kate nickte. »Weißt du, Tante Sandy hat mir etwas erzählt, das alles ändert.«

»Wirklich?«

Kate nickt, und dann erzählt sie, was geschehen ist nach dem Tag, an dem Sandy wutentbrannt aus dem Haus ihrer Mum gestürmt ist.

Kate fuhr einige Tage später zu Sandy, um mit ihr zu reden, doch die war immer noch wahnsinnig verletzt. Und sie hatte Angst.

»Weißt du, Kate, ich habe deine Mutter schon viel zu lange gedeckt«, vertraute Sandy ihr an. Ihre Stimme zitterte, wie Kate es noch nie zuvor gehört hatte, und sie wirkte unsicher, was sie verwirrte. »Deine Mutter hatte vermutlich immer den Verdacht, dass ich weiß, was passiert ist, aber sie wusste nicht, in welchem

Umfang.« Sie brach ab und wanderte in ihrem winzigen Wohnzimmer auf und ab. »Dann hat Georgie die Zeitungsausschnitte gefunden, und deine Mum hat plötzlich vor dem Schuppen in der Erde gewühlt, und da kam alles wieder hoch. Mir war auf einmal klar, dass ich nicht mehr für sie lügen konnte. Es war falsch. Es wurden zu viele Menschen verletzt.«

»Was weißt du über die Sache, Sandy?«, fragte Kate.

Sandy sah Kate an, als wäre sie eine Fremde, obwohl sie sie schon seit ihrer Geburt kannte. »Ich habe sie gesehen.« Kate fragte nicht, wen sie meinte, sondern wartete einfach darauf, dass Sandy weitersprach. Sie wollte endlich wissen, was vor all den Jahren passiert war und was Sandy nun dazu gebracht hatte, sich doch noch gegen ihre beste Freundin zu wenden. Es dauerte nicht lange, bis Sandy fortfuhr. »Deine Mutter hat ihr Baby verloren, einen Tag, bevor sie Georgie entführt hat. Sie weiß nicht, dass ich sie gesehen habe.« Sandy fuhr sich mit der Hand durch die kurzen Haare und übers Gesicht, das zu einer Grimasse verzogen war. »Ich bin zu ihr gefahren, weil ich nach ihr sehen wollte. Sie hatte mich kein einziges Mal besucht, seit sie weggezogen war. Ich sorgte mich um sie, also machte ich mich auf den Weg zu ihr. Es war schon spät, und du hättest schon längst im Bett sein sollen, deshalb war ich erstaunt, als niemand auf mein Klopfen hin öffnete. Ich ging davon aus, dass sie gerade im Bad war oder dich zu Bett brachte, also warf ich einen Blick durchs Fenster neben der Eingangstür. Die Lichter waren an, und im Wohnzimmer lag Spielzeug verstreut. Deine Mum konnte also nicht weit sein. Ich beschloss, zur Hintertür zu gehen, die sie normalerweise nicht abschloss, wenn sie zu Hause war, und zu warten. Als ich in den Garten kam, hörte ich sie weinen. Ich rief nach ihr, aber sie reagierte nicht. Es war dunkel, doch dann entdeckte ich sie im Mondschein. Sie kniete vor dem Schuppen so wie neulich und wühlte wie eine Verrückte mit bloßen Händen in der Erde. Erde flog durch die Luft. Ich hatte keine Ahnung, was Jane vorhatte, und beschloss zu warten, bis sie fertig war. Ich wollte sie wirklich nicht heimlich beobachten, wollte mich früher oder später zu erkennen geben, doch je länger ich ihr zusah, desto mehr wuchs mein Entsetzen, und ich brachte kein Wort heraus. Schließlich hob sie ein in Decken gehülltes Bündel hoch, ließ es in das Loch gleiten und bedeckte es schluchzend mit Erde. Ich wollte zu ihr und sie in die Arme nehmen, aber ich war so schockiert, dass ich mich nicht rühren konnte. Sie wandte sich ab und ging zurück ins Haus. Durch das Fenster sah ich, wie verzweifelt sie aussah. Doch da war auch eine Besessenheit, die mir eine Höllenangst einjagte. In diesem Moment wusste ich, was geschehen war. Es war das Schlimmste, das man sich für eine werdende Mutter vorstellen kann. Sie hatte ihr Baby verloren und in einem Augenblick des Wahnsinns im Garten vergraben.«

»Oh, Sandy ...«, war alles, was Kate herausbrachte.

Sandy atmete tief durch. »Ich bin wirklich nicht stolz darauf, aber ich habe mich abgewendet, anstatt zu ihr zu gehen und sie zu trösten. Was ich beobachtet hatte, war so schrecklich, dass ich einfach davonlief. Ich stieg in mein Auto und fuhr wie in Trance nach Hause, ohne auch nur ein Wort mit Jane zu reden. Die Geschehnisse verfolgten mich Tag und Nacht. Irgendwann rang ich mich jedoch dazu durch, zu ihr zu fahren, nach ihr zu sehen und ihr die Chance zu geben, mir alles zu erzählen. Doch da erlitt ich den nächsten Schock: Sie hatte ein Baby – Georgie *–, und sie tat, als wäre nichts passiert. Sie behauptete, dieses Kind mit* *den dunklen Haaren selbst zur Welt gebracht zu haben, obwohl es weder ihr noch dir, Kate, ähnlich sah. Und Ray, deinem Dad, auch nicht. Als ich Georgie zum ersten Mal ansah, wusste ich sofort Bescheid. Damals sprachen alle von der schrecklichen Geschichte über das Baby, das aus dem Krankenhaus in Norwich entführt worden war. Es war wochenlang immer wieder in den Zeitungen, sogar im Fernsehen. Mir war sofort klar, dass deine Mum die Kleine mitgenommen hatte, aber ich schwor mir, alles zu tun, um Jane zu schützen. Egal, was sie getan hatte, sie war meine beste Freundin, und ich konnte nicht zulassen, dass sie zuerst die Liebe ihres Lebens und dann auch noch ihre beiden Kinder verlor. Also log ich. Vielleicht habe ich auch nur die Wahrheit verschwiegen – im Grunde ist das ja dasselbe. Ich hab Janes Lügengeschichte mitgetragen, und mittlerweile weiß ich, dass ich sie damit in dem Glauben bestärkte, sie hätte nichts Schlimmes getan. Es half ihr, sich gegenüber sich selbst und dem Rest der Welt zu rechtfertigen.«*

Sie schwiegen, während Kate das Gehörte verdaute. Ihr wurde übel. Dann lag an der Stelle, an der ihre Mutter neulich in der Erde gewühlt hatte, also ein Baby begraben? Sie konnte es kaum glauben.

»Und warum hast du nach all den Jahren deine Meinung doch noch geändert?«

»Ich ... ich konnte es nicht fassen, als Georgie neulich vorbeikam und deine Mum nach ihrer Geburtsurkunde fragte. Sie hatte diese Zeitungsausschnitte dabei. Es war so viel Zeit vergangen, dass ich dachte, es wäre in Vergessenheit geraten. Es war schon so lange her – also musste man auch nie wieder davon sprechen. Doch in diesem Augenblick erkannte ich, dass viele Menschen

verletzt worden waren, die heute noch darunter leiden. Und jetzt, da Georgie ihre Familie ausfindig machen will, wird alles noch realer, nicht wahr? Ich dachte darüber nach, was ich getan hatte, dass ich zum Schmerz anderer Leute beigetragen hatte, und ich hasste mich dafür. Aber als ich sah, wie deine Mum in der Erde wühlte und mich anschrie und beschimpfte, brachte das das Fass zum Überlaufen. Ich war verletzt, Kate. Und mir wurde klar, dass ich es nicht mehr länger aushalte. Wir müssen es jemandem erzählen. Wir müssen zur Polizei gehen. Zumindest das hat sich diese arme Familie verdient.«

Kate atmet tief durch. Georgies Gesicht ist so kalkweiß, dass es beinahe durchsichtig wirkt. »Sie hat ihr *Baby* begraben? Unter dem Fleckchen Erde, in dem sie neulich gewühlt hat, liegt ein Kind? Mein Gott, es muss ihr das Herz gebrochen haben!«

»Ja, das glaube ich auch.«

Georgie runzelt die Stirn. »Wir …« Sie bricht ab, denn sie ist sich nicht sicher, wie sie es formulieren soll. »Wir müssen die Überreste ausgraben, oder? Und das Baby ordentlich beerdigen lassen.«

Kate nickt betreten. »Ja, das glaube ich auch.« Sie erschaudert und möchte das Bild so schnell wie möglich wieder loswerden. »Die arme Mum! Nach dieser Geschichte kann ich verstehen, warum sie es getan hat. Warum sie dich entführt hat, meine ich. Du nicht auch?«

Georgie nickt. »Ja, fast.«

»Außer …«

»Außer was?«

»Außer, dass sie ja auch noch *mich* hatte. War ich ihr denn nicht genug? War ich es nicht wert, alles durchzustehen?« Der Schmerz in Kates Augen ist deutlich zu sehen, und sie blinzelt, um ihn zurückzudrängen.

»Oh, Kate! Ich glaube nicht, dass es etwas mit dir zu tun hatte. Vermutlich hat Tante Sandy recht. Mum war halb wahnsinnig vor Schmerz, nachdem sie Dad und dann auch noch das Baby verloren hatte. Ich meine, sie hat es vergraben. An einer Stelle, die sie jeden Tag an das erinnert, was sie getan hat. Ein geistig gesunder Mensch weiß doch, wie man seine Trauer bewältigen kann, oder? All das erklärt auch, wie sie sich uns gegenüber verhalten hat, warum sie uns nie aus den Augen lassen wollte. Sie hatte es geschafft, unbemerkt ein Baby zu entführen, warum sollte ein anderer es nicht auch schaffen, ihr einfach ihre Kinder wegzunehmen? Und wenn man sie erwischt hätte, wäre genau das passiert.«

Kate nickt nachdenklich. »Was sollen wir jetzt tun?«

Normalerweise ist Kate die Vernünftige, die immer auf alles eine Antwort weiß, die Tatsache, dass sie so verloren und unsicher wirkt, macht alles nur noch schlimmer.

»Sam wird mit seiner Großmutter reden, um sie von ihrem Plan abzubringen«, sagt Georgie. »Und wir müssen dasselbe bei Tante Sandy versuchen.«

»Wir müssen auch mit Mum reden, oder?«

Georgie nickt. »Ja. Aber ich habe Angst, dass ...«

»Dass es zu spät ist?«

Georgie nickt erneut. Ihr wird einmal mehr klar, dass sie ihre Schwester viel zu lange mit diesem Problem allein gelassen hat. »Ja. Und es tut mir so leid, dass ich dich in der letzten Zeit nicht unterstützt habe, Kate! Ich hatte … so viel um die Ohren. Wie … wie geht es Mum? Ich habe dich noch gar nicht gefragt, was der Arzt gesagt hat …« … *nachdem ich dich mit ihr alleingelassen habe.* Georgie spricht die Worte zwar nicht aus, aber sie stehen trotzdem zwischen ihnen.

Kate zögert einen Augenblick, als müsste sie erst überlegen, wie sie es am besten formuliert.

»Es geht ihr gar nicht gut, Georgie. Wir hatten recht. Es ist tatsächlich Alzheimer.«

Vier Worte, die alles verändern, wenn sie die eigene Familie oder einen Freund betreffen.

»Und was heißt das?«

Kate spielt mit den Ringen an ihrer Hand, die Diamanten glitzern bei jeder Drehung im Licht. »Es heißt, dass wir uns um sie kümmern müssen. Und wenn wir es nicht mehr schaffen, muss sie in eine Pflegeeinrichtung.« Sie atmet tief durch, doch ihre Stimme klingt dennoch erstickt. »Es heißt, dass die Verwirrtheit, die Wut und die Tatsache, dass sie scheinbar in der Vergangenheit lebt, immer schlimmer werden.«

»Und außerdem bedeutet es, dass sie uns vielleicht gar nichts mehr über die damaligen Ereignisse erzählen kann, oder?«

Kate nickt. »Genau. Deshalb können wir auch nicht zulassen, dass man sie zur Rechenschaft zieht. Sie würde den Schock nicht verkraften. Es ist zudem vollkommen sinnlos, weil es dafür schlichtweg zu spät ist.«

»Oh, Kate!« Georgie schlingt erneut die Arme um ihre Schwester und spürt ihre warme, weiche Haut auf ihrer. Sie merkt, wie Kate sich langsam entspannt und der Stress von ihr abfällt, bis sie die Umarmung schließlich erwidert. Sie rühren sich eine Weile nicht von der Stelle und genießen den Augenblick, dann löst sich Georgie von ihrer Schwester. »Wir werden immer Schwestern sein – egal was passiert. Das kann uns keiner nehmen.«

»Das habe ich nie bezweifelt.« Kate sieht Georgie in die Augen. »Ich will ihn kennenlernen, Georgie.«

Sie spricht so leise, dass Georgie nicht weiß, ob sie sie richtig verstanden hat. »Was hast du gesagt?«

»Ich will ihn kennenlernen. Sam meine ich. Glaubst du, dass er dazu bereit wäre?«

»Klar wäre er das! Und er wird begeistert von dir sein.«

In Wahrheit hat Georgie natürlich keine Ahnung, ob Sam schon so weit ist, aber sie glaubt, ihn überzeugen zu können. Sie wird ihn um ein Treffen bitten, sie freut sich sehr, dass Kate ihn kennenlernen will.

»Ich … ich will wissen, wie du als Mann wärst.« Kate grinst.

Georgie nickt. »Ich rede mit ihm. Versprochen.«

»Danke. Und ich fahre zu Tante Sandy und versuche, sie umzustimmen, okay?«

»Danke, Kate.«

»Du brauchst mir nicht zu danken. Wir stehen das gemeinsam durch. Das war schon immer so und wird auch weiter so sein. Und daran kann niemand etwas ändern, nicht?«

»Ganz genau!«

Georgie wendet den Kopf ab und blickt durch die hübsche Stoffjalousie hinaus auf die Straße, damit Kate die Tränen nicht sieht, die über ihre Wangen laufen. Sie wird die Liebe ihrer Familie nie wieder aufs Spiel setzen.

16

Januar 2017

Das Zimmer ist voller Menschen, die einander noch nie gesehen haben, einige davon kennt Georgie selbst noch nicht richtig. Trotzdem gehören sie alle zu ihrer Familie. Und sie sind hier. Jetzt. Bei ihr.

Sie sitzt auf dem Sofa in ihrem Wohnzimmer und sieht sich um. Das Schweigen ist erdrückend, sie hat keine Ahnung, was sie dagegen unternehmen soll. Ihre Schultern sind verspannt, und sie ballt ihre Hände zu Fäusten.

Sie wünscht sich so sehr, dass sich die anderen gut verstehen und dass sie nach dem heutigen Tag mit ihrem Leben weitermachen können. Aber manchmal führen zu hohe Erwartungen zu einer herben Enttäuschung. Das weiß Georgie nur zu gut.

Ihr Blick wandert zu Kate. Sie sitzt auf dem Sofa gegenüber, dem cremefarbenen mit der dunkelroten Überdecke. Ihr Rücken ist kerzengerade, ihr knielanger Rock ist hochgerutscht und gibt den Blick auf ihre Oberschenkel frei. Sie presst die Knie zusammen und wirkt angespannt, ihr Blick ist leer. Kate vermeidet es, jemandem in die Augen zu sehen, und Georgie ist da keine Ausnahme. Joe sitzt neben Kate auf der Armlehne des Sofas. Seine Hand liegt auf ihrer, und er wirft ihr immer wieder liebevolle, aufmunternde Blicke zu, die sie jedoch nicht bemerkt. Sie hat viel zu viel Angst hochzusehen.

Georgie sieht zu Sam hinüber, der steif auf einem Stuhl sitzt, den sie aus dem Esszimmer herübergetragen haben. Sie versucht, ihn nicht allzu offensichtlich anzustarren, aber es fällt ihr schwer. Sie will sein Gesicht verinnerlichen, dessen Konturen ihr so vertraut sind, als würde sie es schon ihr ganzes Leben lang kennen.

Sam ist ihr Bruder – nein, ihr *Zwillingsbruder*. Sie kann es immer noch nicht glauben, erschaudert jedes Mal, wenn sie darüber nachdenkt. Georgie hat Angst, dass Kate denkt, sie würde ihr weniger bedeuten als Sam, weil sie keine Zwillinge sind. Eigentlich sind sie überhaupt nicht miteinander verwandt. Georgie hofft, dass Kate weiß, dass es bei der Liebe zwischen Geschwistern um mehr geht als um Blutsverwandtschaft, und dass ihnen nichts und niemand das nehmen kann, was zwischen ihnen besteht. Sie hat sich geschworen, dass sie ihr ganzes restliches Leben dafür sorgen wird, dass Kate das nie wieder vergisst.

Georgie ist wahnsinnig froh, dass Kate und Sam hier sind, hat aber gleichzeitig höllische Angst, dass sie nicht miteinander auskommen werden.

Sam fährt sich immer wieder über die gegelten Haare. Er hat den linken Fuß übers rechte Knie gelegt und lehnt sich vor, wobei er nachdenklich das Kinn auf der Hand abstützt. Er sieht auf, schaut Georgie in die Augen und lächelt angespannt. Dann wandert sein Blick zu Kimberley, die neben ihm auf einem weiteren Stuhl aus dem Esszimmer sitzt.

Kimberley trägt ihr Haar an diesem Tag offen, sie wirkt nicht so hartherzig wie sonst. Allerdings hat sie stark abgenommen, und das kalte Winterlicht fällt auf ihre hervortretenden Wangenknochen. Sie lächelt gedankenverloren, als würde sie an bessere Zeiten zurückdenken, aber ihr Blick wandert suchend umher. Zwischendurch kratzt sie sich immer wieder am Kopf oder am Arm, ohne es zu bemerken. Genauso wenig wie sie merkt, dass Sam ihr ständig prüfende Blicke zuwirft. Sie scheint überhaupt nichts mitzubekommen.

Matt und Clementine sitzen neben Georgie, Matts Hand liegt auf Clems Knie, er will sie wohl beruhigen. Georgie beobachtet ihre Tochter, die sich verärgert im Zimmer umsieht, als würde jeden Augenblick jemand etwas total Lächerliches tun. Vermutlich würde sie überall lieber sein als hier, doch Georgie ist trotzdem froh, dass sie gekommen ist.

Alle scheinen darauf zu warten, dass jemand als Erster das Wort ergreift. Die Luft surrt beinahe vor Erwartung.

Georgie hält es nicht länger aus. »Möchte jemand Tee?« Sie beugt sich vor, hebt die Kanne und sieht in die Runde. Denen, die nicken, füllt sie die Tassen, die auf dem Sofatisch bereitstehen, gibt einen Schuss Milch hinzu und reicht sie der Reihe nach weiter. Man sieht deutlich, wie sehr ihre Hände zittern, und sie ist froh, dass bald darauf jeder eine Tasse hat und sie ihre eigene mit beiden Händen umfassen kann, um ihre eiskalten Finger zu wärmen. Der Dampf steigt hoch, sodass sie sich beinahe vormachen kann, sie wäre allein.

Sam gibt etwas Zucker in seinen Tee, das Klappern des Löffels beim Umrühren ist in dem ruhigen Zimmer beinahe ohrenbetäubend laut. Ein Auto fährt langsam am Haus vorbei und die Straße hinunter, dann senkt sich erneut die Stille über Georgie und die Anwesenden, man hört nur das sanfte Atmen.

Es ist natürlich allen klar, dass zwei Leute fehlen. Und eine davon ist Jane. Kate und Georgie haben gemeinsam beschlossen, dass ihr Zustand zu bedenklich ist, um sie zu diesem Familientreffen einzuladen. Ihre Krankheit ist schon zu weit fortgeschritten, als dass sie irgendwelche Fragen beantworten könnte. Ihre Anwesenheit hätte wahrscheinlich alle aus der Fassung gebracht – sie selbst eingeschlossen. Mehr als das. Das Zusammentreffen mit Jane wäre zu viel für Kimberley gewesen, deren Zustand nach den Ereignissen in letzter Zeit immer noch nicht stabil ist. Und auch Sam ist froh, dass er ihr nicht gegenübertreten muss. Dazu ist er viel zu schockiert.

Die zweite Person, die fehlt, ist Margaret. Ihre Wut ist nach wie vor übermächtig, und sie hat mehr als deutlich gemacht, dass sie nichts mit Georgies Familie zu tun haben will. Sam hat zugegeben, dass es ihn einiges an Überredungskunst gekostet hat, seine Großmutter davon abzubringen, zur Polizei zu gehen. Ihr Wunsch, Jane für den Schmerz, den sie ihrer Familie zugefügt hat, bezahlen zu lassen, war beinahe übermächtig. Doch Georgie gibt Margaret keine Schuld – sie kann sie sogar verstehen. Und sie ist froh, dass es Kate gelungen ist, auch Sandy von ihrem Vorhaben abzubringen und dass die Gefahr – zumindest vorerst – gebannt ist.

»Mum ist bereits genug gestraft, meinst du nicht auch?«, hatte Kate zu Sandy gesagt, und nachdem diese sich etwas beruhigt hatte, hatte sie ihr zugestimmt. Sie hätte beinahe ihre beste Freundin verloren. Sie wollte nicht, dass sie im Streit auseinandergingen.

Deshalb sitzen nun sieben Menschen im Wohnzimmer.

Sieben Menschen, die nicht wissen, was sie zueinander sagen sollen, weshalb sie einfach gar nichts sagen.

Georgie ist klar, dass alle auf sie warten – immerhin hat sie die anderen eingeladen. Doch irgendwie fühlt sich ihr Wohnzimmer an diesem Tag so fremd an, dass sie nicht genau weiß, wie sie sich verhalten soll.

Sie räuspert sich, ihr Hals ist so trocken, dass sie sich nicht sicher ist, ob sie etwas herausbringt. »Also …« Sie hüstelt. »Danke, dass ihr heute gekommen seid. Ich weiß, es wird nicht leicht werden, aber ich bin trotzdem froh, dass ihr euch einverstanden erklärt habt, einander kennenzulernen.« Sie schaut zu Matt, der aufmunternd nickt und lächelt. Kate hat den Blick auf ihre Hände gesenkt. »Ich hoffe nur, dass wir es irgendwie schaffen werden.«

Sam hat wohl bemerkt, wie unwohl sich Georgie in dem Schweigen fühlt, das ihrer kleinen Ansprache folgt, denn er kommt ihr zu Hilfe. »Ich bin mir sicher, das werden wir.« Sein Blick huscht zu seiner Mutter, die nervös mit dem Fuß wippt. Sie wendet sich ihm zu und schaut ihn an, und zum ersten Mal erreicht ihr Lächeln auch ihre Augen.

Jemand hustet, und auf der Straße beginnt eine Alarmanlage zu piepen.

»Oh, ich glaube, das ist meine!«

Sam springt auf, sichtlich froh, einen Augenblick abgelenkt zu sein. Er sieht aus dem Fenster und drückt auf seinen Autoschlüssel. Das Geräusch verstummt, und die darauffolgende Stille ist noch ohrenbetäubender als vorhin.

Sam bleibt stehen und sieht interessiert auf die anderen hinunter. Er ist es gewöhnt, dass seine Mutter abwesend wirkt, dass ihre Medikamente nach und nach Teile ihrer Persönlichkeit an sich gerissen haben, die nie wieder vollständig zurückkehren werden, sodass sie Jahr für Jahr ein bisschen mehr verschwindet. Doch die anderen im Zimmer kennt er kaum, weshalb es sicher schwer ist, einen geeigneten Anfang zu finden. Georgie fragt sich, wie es wohl ist, als Einzelkind in einer zerrütteten Familie aufzuwachsen und dann plötzlich eine Schwester zu haben, die man überhaupt nicht kennt, zudem deren Schwester, die einen ebenfalls kennenlernen will.

Es muss unglaublich sein. Aber so ist es.

Sam merkt, dass Georgie ihn ansieht, und er lächelt. Er geht spontan zu Kate, setzt sich verlegen neben sie und schenkt zuerst ihr und dann Joe ein nervöses Lächeln. Georgie fragt sich, was er wohl tun wird, doch er streckt lediglich die Hand aus und sagt steif: »Hallo, ich bin Sam.«

Sie beobachtet mit angehaltenem Atem, wie Kate eine Sekunde lang zögert, bevor sie seine Hand nimmt und sie schüttelt. Joe folgt ihrem Beispiel.

»Hallo, Sam. Schön, Sie kennenzulernen! Ich bin Kate,

Georgies Schwester.« Georgie erschaudert vor Erleichterung. Das ist ein Anfang. Ein *guter* Anfang.

Kate und Sam mustern sich, und es ist offensichtlich, dass Kate in Sams Gesicht nach vertrauten Zügen Ausschau hält. Für Georgie ist es klar ersichtlich, dass Sam ihr sehr ähnlich sieht, aber sie hat keine Ahnung, ob Kate das auch so empfindet.

Sam betrachtet Kate so eindringlich, als wollte er ihre Gedanken lesen.

Es gibt so vieles zu verarbeiten.

Georgie war klar, dass es nicht einfach werden würde, wenn sich alle auf einmal treffen – und bis jetzt ist das Treffen genauso angespannt verlaufen, wie sie es erwartet hat. Doch Sams mutiger Schritt unter den Augen aller Anwesenden hat eine Wende herbeigeführt. Es ist, als hätte jemand den Stöpsel aus der Badewanne gezogen – sämtliche Spannung versickert langsam, und zurück bleibt nur der überwältigende Wunsch, einander näherzukommen. Georgie würde ihren Bruder, sie liebt dieses Wort, am liebsten umarmen, als sie beobachtet, wie er beginnt, sich angeregt mit ihrer Schwester zu unterhalten.

Sie spürt einen Stich, als die anfängliche Verlegenheit schnell einer Leichtigkeit Platz macht, mit der sie nicht gerechnet hat. Sie konnte Sam in den vergangenen Wochen recht gut kennenlernen, Kate und sie haben ebenfalls langsam wieder zueinander gefunden und die Kluft überwunden, die sich durch Georgies Wunsch, ihre leibliche Familie zu finden, zwischen ihnen aufgetan hat. Und so ist sie einfach nur glücklich, dass Sam und Kate es ihr so leichtmachen.

Georgie steht auf und setzt sich neben Kimberley, doch die bemerkt es nicht, weshalb Georgie ihr sanft eine Hand aufs Bein legt. Kimberley wendet den Kopf und sieht ihre Tochter an. Georgie wünscht sich nichts sehnlicher, als hinter diese dunklen Augen zu sehen. Sie wüsste gern, was Kimberley denkt und fühlt, und sie würde ihr so gern etwas von ihrem Schmerz nehmen.

Doch im Augenblick kann sie sich nur mit ihr unterhalten, ihr sagen, wie leid ihr alles tut.

Sie beginnt zu reden, und plötzlich ist sie umgeben von leisem Stimmengewirr. Georgies Gäste versuchen, eine gemeinsame Zukunft zu finden, und sie spürt, wie sich ein unerwartet warmes Gefühl in ihr breitmacht.

Sie haben noch einen langen Weg vor sich, bis alle Brücken aufgebaut sind, aber sie ist sich sicher, dass sie es eines Tages schaffen werden.

TEIL VIER
Kimberley

17

1975–2017

Er fiel mir sofort auf, als ich in den Bus stieg, und ich setzte mich ihm gegenüber. Der dunkelhaarige junge Mann in der Jeansjacke war der attraktivste Typ, den ich jemals gesehen hatte, und auch wenn es mir absolut nicht ähnlich sah, war mir in diesem Moment klar, dass ich ihn ansprechen musste. Ich beugte mich vor, sodass meine Haare über meine nackten Schultern fielen.

»Hallo, ich bin Kim«, sagte ich lächelnd und versuchte, sexy auszusehen.

Er warf mir einen seltsamen Blick zu und schüttelte kaum merklich den Kopf. »Hallo, Kim«, erwiderte er. »Mein Name ist Ray. Freut mich, dich kennenzulernen.« Er streckte mir die Hand entgegen, und ich schüttelte sie. Es klingt vermutlich abgedroschen, aber ich hatte wirklich das Gefühl, mich hätte der Blitz getroffen, als wir uns berührten, und ich zog meine Hand eilig zurück. Er schien nichts bemerkt zu haben, und so schob ich mir schnell die Hände unter den Po und versuchte, möglichst unbeeindruckt zu wirken, obwohl ich kaum Luft bekam. Ich zwinkerte ihm zu und hoffte, dass es sexy wirkte, obwohl ich vermutlich eher wie ein Hase aussah, der hektisch in das Licht eines herannahenden Autos blinzelt, denn das Nächste, was er sagte war: »Also … Warum sitzt du hier in diesem Bus und nicht in der Schule?«

Meine Wangen glühten, ich war kurz davor, einen Rückzieher zu machen. Ich konnte doch nicht mit einem Mann flirten, der mich für ein kleines Schulmädchen hielt!

»Ich gehe nicht mehr zur Schule. Ich bin schon sechzehn.«

Ich war eigentlich erst vierzehn, aber das musste er ja nicht wissen, also drückte ich stolz die Brust durch und hoffte, dadurch älter auszusehen, obwohl meine Stimme seltsam piepsig klang.

Er grinste. »Ach so. Entschuldige. Und was machst du so?«

Ich steckte mir die Haare hinters Ohr. »Gar nichts momentan. Ich bin auf der Suche nach einem Job«, schwindelte ich und deutete mit dem Kopf aus dem Busfenster, als würde gerade ein Job daran vorbeifliegen. »Ich habe heute noch ein Vorstellungsgespräch. Als Schreibhilfe.«

Ich versuchte, so auszusehen, als wäre es mir egal, ob ich die Stelle bekommen würde oder nicht. Ich wohnte bei meiner Mutter, und auch wenn wir uns ganz gut verstanden, war es nicht einfach mit ihr. Sie war ein ziemlicher Kontrollfreak. Meine Noten in der Schule waren nicht gerade herausragend, und ich plante, sobald wie möglich meinen Abschluss zu machen und als Schreibhilfe zu arbeiten, was mir genug Geld einbringen würde, eine eigene Wohnung zu mieten.

»Wow. Viel Glück!«

»Danke.« Ich sah zu den roten Backsteinhäusern hinaus, die langsam am Fenster vorbeizogen. Ich sprach nicht gern mit Fremden und wurde dabei immer ziemlich verlegen. Aber dieser dunkle, gut aussehende Kerl hatte etwas an sich, das mich anzog, und ich wollte das Gespräch noch nicht beenden. Ich musste mir etwas einfallen lassen. Etwas Lustiges, Unwiderstehliches, damit er mich nie mehr vergaß. »Bist du auf dem Weg zur Arbeit?«

Das war ja brillant, Kim! Wirklich sehr originell! Ich spürte, wie ich erneut rot wurde.

»Ja. Ich arbeite in der Fabrik. Nichts Besonderes.« Sein Blick glitt über mein Gesicht, und meine Haut prickelte. »Aber ich spiele in einer Band. In Pubs und so. Du könntest ja mal vorbeikommen.«

»Das würde ich sehr gern!« Ich räusperte mich, um es zu überspielen. »Das wäre toll.« Ich verkniff mir die Worte »Wenn Mum es erlaubt«, denn das wäre vermutlich uncool gewesen.

Ray nickte und musterte mich eingehend. Ich sah ihn herausfordernd an.

»Okay. Wir spielen am Samstag im *Crown*. Du weißt schon, das ist der Pub in der Innenstadt.«

Ich nickte, obwohl ich keine Ahnung hatte, und in meinem Bauch flatterten Dutzende Schmetterlinge. In diesem Moment bremste der Bus abrupt ab, und Ray wurde nach vorne geschleudert, sodass sein Gesicht nur wenige Zentimeter von meinem entfernt war. Er richtete sich hastig und ziemlich verlegen wieder auf, doch ich konnte trotzdem noch seinen warmen, männlichen Körper riechen und atmete tief ein, um den Geruch für immer zu konservieren.

»Ich muss hier raus.«

Er stand auf, blickte von oben auf mich herunter, und seine dunklen Augen bohrten sich in meine. Dann wandte er sich ab und stieg aus, ohne sich noch einmal umzudrehen. Ich sah ihm lächelnd nach, wie er um die Ecke bog, hinter der das Fabriktor lag. Ich musste am Samstag in diesen Pub – kostete es, was es wollte.

Die Musik dröhnte, als ich mit meiner Freundin Angie das *Crown* betrat. Ich reckte das Kinn und tat, als würde ich ständig an Orten wie diesem herumhängen. Ich hoffte nur, dass ich mit dem Make-up, das ich im Bus aufgetragen hatte, mindestens wie achtzehn aussah.

Wir schlugen uns zur Bar durch und bestellten zwei Wodka Orange – der Barkeeper würdigte uns keines weiteren Blickes. Ich umklammerte mein Glas und nahm einen großen Schluck, damit niemand sah, wie meine Hände zitterten.

»Ist er das?«

Angie deutete auf die Bühne, und ich wandte mich um. Tatsächlich, da war er! Ray. Er stand direkt unter einem Scheinwerfer, und seine straffen, schlanken Arme glänzten vom Schweiß, während er auf der Bassgitarre spielte. Er wirkte hochkonzentriert.

»Ja, das ist er!«

Ich stand wie erstarrt da und beobachtete ihn. Kurz darauf war das Stück zu Ende, und wir applaudierten zusammen mit den anderen Gästen. Ray bedankte sich beim Publikum, sprang von der Bühne und machte sich auf den Weg an die Bar. Und plötzlich stand er direkt vor mir. Ich konnte mich nicht mehr rühren.

»Du bist gekommen!« Er wirkte ehrlich erfreut, mich zu sehen.

Ich spürte, wie mir unter dem viel zu züchtigen Kragen meiner Bluse heiß wurde, und fuhr mir mit der Hand über den Nacken.

»Ja.«

Wir sahen uns einen Augenblick in die Augen, dann wandte er sich zu Angie um. »Und wer ist das?«

»Oh, tut mir leid! Das ist Angie. Meine Freundin.«

»Freut mich, dich kennenzulernen, Angie«, erklärte er und schenkte ihr ein warmes Lächeln. Sie grinste. »Wollt ihr zwei was trinken?«

»Nein danke. Wir haben schon.«

Wir warteten, bis er sich ein Bier und ein Glas mit einer braunen Flüssigkeit besorgt hatte, bei der es sich vermutlich um Whiskey handelte. Er legte den Kopf in den Nacken und stürzte Letzteren in einem Zug hinunter. Dann wischte er sich mit dem Ärmel über den Mund und nahm einen Schluck von seinem Pint. »Wir haben schon ein bisschen gespielt, aber wir treten später noch mal auf. Bleibt ihr länger?«

Ich nickte schweigend. Das hier war alles so seltsam und fühlte sich so erwachsen an. Ich konnte nicht glauben, dass ich tatsächlich in diesem Pub war. Meiner Mutter hatte ich gesagt, ich sei bei einer Freundin. Sie hätte mich umgebracht, wenn sie gewusst hätte, dass ich mich hier mit diesem Typen unterhielt, aber das war mir egal. Wenn er mich gefragt hätte, wäre ich auf der Stelle mit ihm durchgebrannt.

Er fragte mich natürlich nicht.

Wir quatschten ein bisschen, und langsam entspannte ich mich. Es gab allerdings etwas, das *ich* ihn unbedingt fragen musste, also holte ich tief Luft und nahm allen Mut zusammen.

»Äh ...« Ich war mir nicht sicher, wie ich es formulieren sollte. »Bist du eigentlich Single?«

Ich platzte einfach damit heraus, weil es mir am direktesten erschien. Meine Wangen glühten. Diese Vorwitzigkeit passte gar nicht zu mir. Doch er zuckte nicht mal zusammen. Vermutlich war er solche Fragen gewöhnt. Oder er hatte schon damit gerechnet. Er schüttelte bedächtig den Kopf und grinste kaum merklich.

»Nein, bin ich nicht.«

»Oh.«

»Bist du jetzt enttäuscht?«

»Ich ...« Ich wusste nicht, was ich darauf erwidern sollte. Enttäuscht war nicht das richtige Wort. Ich war am Boden zerstört. Mein Herz war gebrochen. In tausend Stücke zerborsten. Ich hatte natürlich gehofft, dass er noch Single war. Und wenn nicht, dass er mich zumindest interessant genug fand, um mich anzulügen. Es war mir egal, dass eine andere Frau zu Hause auf ihn wartete. Eine Frau, die ich nicht kannte und die ich auch nicht kennenlernen wollte. Ich wollte nur ihn. Leider schien ihm diese Frau etwas zu bedeuten, und deshalb wusste ich nicht, was ich sagen sollte. Ich stellte mein Glas ab. »Ich gehe jetzt besser.«

Meine Stimme zitterte, aber ich glaubte nicht, dass er es bemerkte.

Er nahm sanft meinen Arm. »Tu das nicht! Bleib noch! Ich würde dich gern näher kennenlernen.«

»Aber du bist mit jemandem zusammen …«

Er zuckte mit den Schultern. »Das heißt nicht, dass ich mich nicht mit dir unterhalten darf, oder? Ich rede gern mit Menschen. Ich will ja nicht gleich mit dir durchbrennen.«

Er lächelte, und ich lächelte zurück, enttäuscht, dass es mir nicht recht gelang. Ich hatte große Hoffnungen in diesen Abend gesetzt, doch er hatte sie mit wenigen Worten zerschmettert. Trotzdem wusste ich, dass ich bleiben würde. Ich würde nehmen, was ich bekommen konnte.

»Okay.« Meine Stimme brach, ich räusperte mich eilig.

Und ich bemühte mich wirklich sehr. Wir unterhielten uns, wobei ich darauf achtete, erwachsener zu klingen, als ich mich in Gegenwart der um einiges älteren Männer tatsächlich fühlte. Als Ray schließlich auf die Bühne zurückkehrte, wandte ich mich zu Angie um.

»Können wir los?«

»Ach, komm schon! Zuerst schleppst du mich den weiten Weg hierher, und jetzt willst du gehen?« Sie sah auf die Uhr. »Es ist erst halb zehn. Bleiben wir doch noch!«

»Aber …«

»Komm schon, Kim! Wenn wir schon mal hier sind, können wir uns auch ein bisschen amüsieren.«

Ich nickte kläglich. »Okay.«

Ich war so deprimiert, dass ich die nächsten paar Songs nicht einmal hörte. Doch ich tanzte trotzdem und machte ein begeistertes Gesicht. Ich hatte keine Ahnung, was dieser Mann an sich hatte, aber es fühlte sich an, als hätte er mir ein Stück meines Herzens aus der Brust gerissen, und ich würde es nie wiederbekommen.

Ich hoffte, dass der Abend schnell zu Ende gehen würde, damit ich nach Hause fahren und mir an mein Kissen geschmiegt die Augen aus dem Kopf heulen konnte. Also stürzte ich einen Drink nach dem anderen hinunter, bis alles vor meinen Augen verschwamm. Rays Band spielte ihr letztes Stück, und ich hoffte, dass er danach wieder zu mir kommen würde, um sich mit mir zu unterhalten, denn dann hätte ich vielleicht die Chance gehabt, ihm klarzumachen, wie sehr er mich mochte. Doch als er dieses Mal von der Bühne stieg, ging er in die andere Richtung davon, ohne mich eines Blickes zu würdigen. Kurz darauf sank er in die Arme einer anderen Frau – einer jungen, hübschen blonden Frau – und küsste sie leidenschaftlich. Sie sah glücklich aus, als er die Arme um ihre schmale Hüfte schlang und das Kinn auf ihren Scheitel legte, und als er ihren Blick erwiderte, waren seine Augen so voller Liebe, dass mein Herz ein zweites Mal brach.

Ich zog Angie am Ärmel. »Ich möchte jetzt gehen.«

»Ach, komm schon! Nur noch ein paar Minuten.«

Ich schüttelte den Kopf. »Nein. Du kannst ja hierbleiben. Ich gehe nach Hause.«

Ich stand auf, taumelte aus dem Pub und machte mich auf den Weg. Ich ließ Angie, Ray und die schmächtige blonde

Frau hinter mir, als würde allein die Distanz helfen, mein gebrochenes Herz zu heilen.

Es funktionierte natürlich nicht. Die nächsten Wochen, Monate, das ganze Jahr, dachte ich ständig an Ray. Er war jeden Tag bei mir und begleitete mich bis spät in die Nacht, wenn ich schlaflos an die Decke starrte. Ich war krank vor Liebe.

Und Mum wurde es langsam leid.

»Was ist bloß los mit dir? Wo bist du denn andauernd mit deinen Gedanken?«

Ich konnte es ihr natürlich nicht sagen – sie hätte es nie verstanden. Sie hätte mir gesagt, dass ich mich zusammenreißen und endlich erwachsen werden soll. Und dass sie sich nie von einem Mann hatte ablenken lassen. Dad war der Einzige gewesen, den sie je geliebt hatte, doch dann war sie schwanger geworden, und er hatte sie sitzen lassen. Sie hatte sich eine steinharte Schale zugelegt, um nicht wieder verletzt zu werden, weshalb ich unmöglich mit ihr reden konnte.

»Nichts ist los. Es ist alles okay.«

Sie glaubte mir vermutlich nicht, aber sie konnte mir auch nicht das Gegenteil beweisen, also beließ sie es dabei.

Ich muss zu meiner Schande gestehen, dass ich begann, Ray zu allen Konzerten zu folgen, die er in den Pubs in und um Norwich spielte. Zumindest, wenn ich es irgendwie einrichten konnte. Ich erzählte Mum, dass ich mit Freunden ausging oder babysittete, und sie glaubte, dass ich so gern unterwegs war, weil ich nette neue Leute kennengelernt hatte.

Es spielte keine Rolle, ob ich jemanden hatte, der mich begleitete. Manchmal verbrachte ich den ganzen Abend damit, vor der Bühne in der ersten Reihe zu stehen und Ray zu beobachten, während er sich vollkommen in seiner Musik verlor. An anderen Abend hielt ich mich lieber im Hintergrund und nippte an einem Drink. Ich wollte zwar, dass Ray mich bemerkte, aber ich wollte nicht, dass er dachte, ich würde ihn verfolgen.

Mir war klar, dass ich Rays Frau mittlerweile ebenfalls aufgefallen war. Eines Abends bemerkte sie, wie ich sie beobachtete, und sie sah mir direkt in die Augen. Sie flüsterte Ray etwas zu, der sich zu mir umdrehte und sich anschließend schulterzuckend abwandte.

Mir war klar, dass ich einen Narren aus mir machte, aber ich war machtlos. Ich musste ihn einfach sehen. So etwas war mir noch nie passiert, und ich wusste nicht, wie ich damit umgehen sollte. Er war wie eine Droge, ich kehrte immer wieder zu ihm zurück.

Mit der Zeit fielen mir bestimmte Dinge auf. Ray trug plötzlich einen Ehering, und kurz darauf wirkte die Frau, die zu ihm gehörte, dicker als sonst. Sie kam nicht mehr so oft zu seinen Gigs, und ich ahnte, dass sie schwanger war. Es war, als hätte jemand einen Dolch in mein Herz gerammt, aber ich folgte ihm trotzdem zu allen Konzerten, auch wenn Ray sich nur noch selten mit mir unterhielt und oft nicht mal mehr in meine Richtung sah. Es war mir egal. Ich war überzeugt, dass er seine Frau eines Tages verlassen und sich für mich entscheiden würde.

Es war tragisch, aber das merkte ich damals noch nicht.

Eines Tages, seit unserer ersten Begegnung waren schon ein paar Jahre vergangen, und ich arbeitete mittlerweile tatsächlich als Schreibhilfe, stand ich erneut in einem Pub und wartete darauf, dass die Band zu spielen begann. Ich war mit Angie unterwegs, die mich immer noch ab und zu begleitete. Vermutlich hoffte sie, bei einem der anderen Bandmitglieder zu landen. Plötzlich entdeckte ich Rays Frau, die mit einem kleinen Mädchen an der Hand in den Pub kam. Ich warf einen Blick auf die Uhr. Es war erst sieben, und ich sah, wie Ray vor Liebe zu strahlen begann, als sein Blick auf die beiden fiel. Tränen brannten in meinen Augen, während ich sie von meiner Ecke aus beobachtete. Ich wünschte mir nichts sehnlicher, als dass er mich ebenfalls so ansah. Doch in diesem Moment wurde mir klar, dass es nie dazu kommen würde.

Es wurde Zeit, einen Schlussstrich zu ziehen. Ich durfte mich nicht mehr selbst quälen, nur weil ich hoffte, irgendwann einmal mit ihm zusammenzukommen. Ich schwor mir, dass dieser Abend der letzte war.

Ich blieb an der Bar stehen, obwohl Rays Frau und Tochter kurz darauf verschwanden, und kippte einen Wodka Orange nach dem anderen. Langsam begann sich alles zu drehen. Ich brauchte frische Luft. Also kletterte ich umständlich vom Barhocker und klammerte mich an die Bar. Anschließend wankte ich langsam ins Freie, wo mich die Kälte wie ein Hammerschlag traf. Ich wäre beinahe in die Knie gegangen.

»Hoppla, aufgepasst!« Jemand packte mich am Arm und fing mich auf, und ich hob den Blick.

»Danke«, lallte ich. Dann betrachtete ich die Person genauer. »Warte, kennen wir uns?«

Er nickte, und sein kahl rasierter Schädel glänzte wie eine Billardkugel im Licht der Straßenlaternen. »Wir sind zusammen zur Schule gegangen. Barry.«

Ich grinste, und dann zog ich ihn, ohne nachzudenken, näher heran und küsste ihn. Er schmeckte nach Bier, Zigaretten und nicht geputzten Zähnen, aber das war mir egal. Ich wollte endlich vergessen, dass Ray mich nicht wollte, und mir jemanden suchen, der es tat, und Barry schien genau der Richtige, denn er erwiderte meinen Kuss wie ausgehungert, weshalb ich ihn über den Parkplatz zu den Mülleimern zerrte. Mir fiel ein, dass Barry schon immer heiß auf mich gewesen war, und ich wusste, dass er mich nicht zurückweisen würde.

Als er mich schließlich mit dem Rücken gegen die Wand drückte, gab ich ihm zu verstehen, dass ich zu allem bereit war, und wir hatten billigen, schäbigen Sex. Es war mein erstes Mal, und es tat ziemlich weh, aber der Schmerz und die Schande dessen, was ich gerade tat, wurden vom Alkohol betäubt. Als er in der Dunkelheit in mich stieß, versuchte ich mir vorzustellen, es wäre Ray. Als es vorbei war, ertrug ich es kaum, ihm in die Augen zu sehen.

Er tat mir leid, weil ich ihn gar nicht haben wollte. Ich brauchte nur jemanden, der mich von dem Mann in dem Pub ablenkte, der mich nicht begehrte. Ich bereute es, sobald ich mein Höschen hochzog, und als er mich erneut küssen wollte, schob ich ihn fort.

»Danke. Ich muss jetzt gehen.«

»Kommst du nicht noch mal mit rein?«

Er versuchte, meine Hand zu packen, aber ich ertrug seine Nähe nicht mehr. Ich riss mich los, drückte die Handtasche fest an meine Brust und stolperte so schnell ich konnte die Straße entlang zur Bushaltestelle. Tränen liefen über meine Wangen, und die Scheinwerfer der entgegenkommenden Autos blendeten mich, doch ich drehte mich nicht um, um nachzusehen, ob er mir folgte.

In den darauffolgenden Wochen versuchte ich zu vergessen, was an diesem Abend passiert war. Es war die einzige Möglichkeit, um damit fertigzuwerden. Wenn ich nicht mehr daran dachte, so hoffte ich, war es vielleicht irgendwann so, als wäre es nie geschehen. Ich hörte auf, Ray zu verfolgen, und verbrachte die Abende zu Hause, wo ich Mum langsam auf die Nerven ging. Sie fragte allerdings kein einziges Mal, warum ich plötzlich nicht mehr fortging. Ich glaube, sie wollte die Antwort gar nicht hören.

Doch eines Tages fiel mir plötzlich etwas auf. Meine Periode war ausgeblieben. Ich versuchte, nicht zu viel darüber nachzudenken, doch als auch die nächste auf sich warten ließ, wusste ich es.

Und der Arzt bestätigte es.

Ich war schwanger.

Ich hatte es beinahe geschafft, den hastigen, alkoholumnebelten One-Night-Stand hinter den Mülleimern zu verdrängen. Es war nicht gerade ein Moment, auf den man stolz sein konnte. Doch nun gab es einen unumstößlichen Beweis dafür, dass es tatsächlich passiert war, und ich hatte keine Ahnung, was ich tun sollte.

Zuerst versuchte ich, es zu verstecken. Ich trug weite Klamotten und zog mich so gut es ging zurück. Ich glaubte, damit durchzukommen – zumindest eine Zeit lang. Kurz darauf kündigte ich meinen Job, weil ich mich voll und ganz auf das Baby konzentrieren wollte, das in mir heranwuchs. Es spielte keine Rolle, dass ich seinen Vater am liebsten vergessen hätte. Ich liebte dieses Kind von der ersten Sekunde an, und ich wusste, dass ich es behalten wollte. Mit der Zeit wurde es allerdings zu kompliziert, es geheim zu halten, und mir wurde klar, dass ich mit meiner Mutter reden musste. Der Gedanke daran jagte mir Angst ein. Sie war zwar ziemlich klein, aber wenn sie wütend war, konnte sie echt furchteinflößend sein.

Eines Tages fasste ich mir ein Herz. »Ich muss dir etwas sagen, Mum«, begann ich. »Vielleicht möchtest du dich lieber hinsetzen?«

»Nein, ich möchte mich *nicht* hinsetzen.« Sie verschränkte die Arme vor der Brust und starrte mich an. Meine Wangen glühten. »Was hast du denn angestellt, junge Dame?« Sie brach ab und warf einen Blick auf meinen leicht gewölbten Bauch, auf den ich eine schützende Hand gelegt hatte. Ihr Gesicht wurde kalkweiß, und dann setzte sie sich doch. »O nein, du hast dich schwängern lassen, oder?« Ich nickte kaum merklich. »Ach, du dummes Ding!« Sie legte den Kopf in die Hände und schüttelte ihn langsam, kurz darauf sah sie zu mir hoch. »Wer war es?«

»Es war … irgendein Junge. Barry. Wir sind uns in einem Pub über den Weg gelaufen und wir … Es war nur ein einziges Mal, Mum, aber … dabei ist es passiert. Ich habe einen Fehler gemacht. Es tut mir leid.«

»Einen Fehler?«, fauchte sie. »Ja, den hast du wirklich gemacht. Und zwar einen wirklich, wirklich großen Fehler!« Sie schüttelte erneut den Kopf.

»Es tut mir leid.« Meine Stimme war nur noch ein Flüstern.

»Dafür ist es jetzt ein bisschen zu spät, meinst du nicht auch?« Sie warf einen weiteren Blick auf meinen Bauch, dann sah sie zu mir hoch. »Also. Wie weit bist du?«

»Ich bin im vierten Monat. Es soll irgendwann im November kommen.«

»Im vierten Monat.« Ich nickte und wartete darauf, dass sie weitersprach. »Hast du vor hierzubleiben oder willst du mit diesem ... Barry zusammenziehen?«

»Ich hoffe, dass ich hier bei dir bleiben kann. Und dass du mir vielleicht ein bisschen hilfst ...«

»Er will also nichts damit zu tun haben?«

»Ich habe es ihm noch gar nicht gesagt.«

»Das solltest du aber. Auch wenn er das Kind nicht will, sollte er davon erfahren.«

Ich nickte bedrückt. Sie hatte recht, der Gedanke machte mir allerdings Angst.

»Wirst du mir helfen?«

Sie nickte, und als sie weitersprach, klang ihre Stimme sehr viel weicher. »Natürlich. Aber du weißt, dass diese Sache echt verdammt dumm war, oder?«

Ich konnte die Tränen kaum noch zurückhalten. »Ja. Und ... ich wollte wirklich nicht, dass so etwas passiert.«

»Ist schon gut.« Sie stand auf und streckte die Arme aus. »Komm her, du dummes Ding.«

Ich trat dankbar auf sie zu, und wir umarmten einander lange Zeit. Meine Erleichterung war so groß, dass die Tränen endlich zu fließen begannen. Es würde alles gut werden.

Mum drohte, Barry ausfindig zu machen und ihm die Meinung zu sagen, doch ich konnte sie davon abhalten, indem ich mich schlichtweg weigerte, ihr zu sagen, wo er wohnte.

Abgesehen davon verliefen die nächsten Monate ziemlich gut. Ich dachte nicht mehr so oft an Ray, obwohl ich mir manchmal wünschte, ihn noch einmal spielen zu sehen. Aber ich wusste, dass ich mich von ihm fernhalten musste. Er war verheiratet und hatte ein Kind. Außerdem wollte er mich schon damals nicht, und jetzt war die Chance noch geringer.

Eines Tages machte ich mich allein auf den Weg zu Barry. Ich klopfte, und als er öffnete, war mir übel vor Angst. Doch es war, wie ich vermutet hatte. Er zeigte kein Interesse. »Ich brauche deine Hilfe nicht«, sagte ich. »Ich dachte einfach, dass du es wissen solltest.« Ich ignorierte seinen angeekelten Gesichtsausdruck und kehrte mit hocherhobenem Kopf nach Hause zurück. Da war nichts außer Erleichterung. Ich würde es allein schaffen, und es würde alles gut gehen. Ich brauchte niemanden.

Die Schwangerschaft verlief unproblematisch. Mein Bauch wuchs, und langsam war ich bereit. Die Vorfreude wurde immer größer. Ich stellte mir oft vor, wie ich den Kinderwagen die Straße entlangschob. Ich würde so wahnsinnig stolz sein – trotz allem, was passiert war. Ich kaufte eine Wiege, die ich neben mein Bett stellte, und außerdem noch Windeln, Milchpulver, Bodys und einen Teddybären. Ich war bereit.

Eines Tages fiel mein Blick auf eine Schlagzeile in der Zeitung. *MANN BEI UNFALL GETÖTET.* Es waren allerdings nicht die Worte, die meine Aufmerksamkeit erregten, sondern die Fotos. Ich schrie vor Entsetzen auf. Es war Ray. Ich las eilig den Artikel und hoffte verzweifelt, dass ich etwas missverstanden hatte, dass es nicht Ray war, der ums Leben gekommen war. Doch er war es – und als ich am Ende angekommen war, musste ich mich übergeben.

Ich hatte Ray nicht viel bedeutet – um genau zu sein hatte er sich überhaupt nichts aus mir gemacht –, aber er war mir sehr wichtig gewesen. In gewisser Weise war er sogar der Grund, warum ich schwanger geworden war. Ich hatte ihn eifersüchtig machen wollen und mich von der Erkenntnis ablenken, dass er mich nicht haben wollte.

Und jetzt war er tot.

Ich versuchte mir zu sagen, dass es albern war, um jemanden zu trauern, den ich kaum gekannt hatte, doch ich trauerte, und es gab niemanden, mit dem ich darüber reden konnte. Ich musste den Schmerz verdrängen und weitermachen. Und ich machte meine Sache ziemlich gut. Ich überlegte zwar ernsthaft, zu seiner Beerdigung zu gehen, doch am Ende schaffte ich es nicht. Ich konnte seiner Frau nicht gegenübertreten, und ich wollte auch nicht, dass sie mich sah. Also blieb ich zu Hause, auch wenn es hart war.

Mum führte meine schlechte Stimmung auf die Hormone und die Tatsache zurück, dass ich mich mit meinem dicken

Bauch kaum noch bewegen konnte, und versuchte, mich aufzuheitern. Doch das Einzige, das mich dazu brachte, jeden Tag aufzustehen und weiterzumachen, war das neue Leben, das in mir heranwuchs. Ich musste stark sein für mein Baby.

Ich verschwendete keinen einzigen Gedanken daran, was Rays Frau und sein Kind gerade durchmachten. Es war mir egal.

Gut zwei Monate später kam der Tag, über den ich nie mehr hinwegkommen sollte.

Ich war in den frühen Morgenstunden ins Krankenhaus gefahren, weil ich mich seltsam fühlte, und die Ärzte sagten, dass sie mich zur Beobachtung dortbehalten wollten. Und plötzlich, ganz ohne Vorwarnung, setzten die Wehen ein. Der Schmerz, den ich in den nächsten Stunden erlebte, war heftiger als alles, was ich mir bis dahin vorstellen konnte. Als es endlich vorbei war und ich meinen wunderschönen kleinen Jungen in den Armen hielt, dachte ich, dass ich so etwas nie wieder ertragen würde. Doch nur wenige Minuten später blieb mir nichts anderes übrig. Denn da war noch ein zweites Baby, das auf die Welt drängte.

Ich bekam Zwillinge.

Die Schmerzen waren so groß, dass der Schock in den Hintergrund trat, und als man mir schließlich die beiden winzigen, in Krankenhausdecken gewickelten Bündel in die Arme legte, war ich zum ersten Mal seit Monaten wieder richtig glücklich. Diese beiden kleinen Menschen flickten das Loch in meinem Herzen und gaben mir wieder einen

Grund zu leben. Ich rief meine Mutter an, die sich unglaublich für mich freute.

Natürlich war ich nach der Geburt schrecklich erschöpft. Die Zwillinge, die ich Samuel und Louisa nennen wollte, schliefen in zwei identischen Bettchen am Fußende meines Krankenhausbettes, und ich saß einfach so da, sah ihnen beim Schlafen zu und wäre beinahe vor Liebe geplatzt.

Nach dem Mittagessen machte ich ein Nickerchen, und als ich aufwachte, war die Station voller fremder Menschen. Es war Besuchszeit, und Mum hatte sich angekündigt. Sie konnte es kaum erwarten, ihre Enkelkinder kennenzulernen.

Ich wollte unbedingt noch eine Zigarette rauchen, bevor sie kam, und so hievte ich meinen schmerzenden Körper aus dem Bett und holte die Packung aus meiner Tasche. Die Zwillinge schliefen tief und fest. Ich blieb in der Tür stehen und warf einen kurzen Blick auf die Besucher im Flur. Vor meinem Zimmer saß eine Frau mit einem Buggy, in dem ein kleines Mädchen lag, das schlief. Sie kam mir irgendwie bekannt vor, doch sie sah so traurig aus, dass ich sie nicht länger als nötig ansehen wollte. Ich ertrug den Gedanken daran nicht, was sie wohl so traurig gemacht hatte, und so wandte ich mich ab und ging hinaus.

Während ich rauchend auf der Feuertreppe stand, wurde mir klar, wie sehr sich mein Leben verändert hatte. Das Nikotin machte mich ein wenig benommen, und meine Gedanken wanderten immer wieder zu Ray. Ich vermisste ihn furchtbar, doch ich versuchte, an etwas zu denken, das nicht so wehtat, also überlegte ich, ob ich Barry von den

Zwillingen erzählen sollte. Doch vermutlich interessierte es ihn gar nicht, und ich ertrug die Vorstellung nicht, dass jemand die beiden nicht so sehr lieben würde wie ich. Ich sah ihre winzigen, perfekten Gesichter vor mir und war einfach nur glücklich.

Ein Krankenwagen hielt vor dem Gebäude, und die Türen flogen auf. Ich fragte mich kurz, worum es sich bei dem Notfall wohl handelte, dann zog ich ein letztes Mal an meiner Zigarette und drückte den Stummel am Geländer aus. Er fiel fünf Stockwerke tief auf die Straße. Ich öffnete die Tür und eilte so schnell ich konnte den Flur entlang zu meinem Zimmer. Ich sehnte mich nach meinen Babys.

Auf einmal rief jemand meinen Namen. Ich wandte mich um, und mein Blick fiel auf Mum, die breit grinsend auf mich zukam. Es war ein so seltener Anblick, dass ich ebenfalls lächelte.

»Kimberley!« Sie zog mich an sich und schnupperte. »Hast du etwa geraucht?« Ich nickte, und sie musterte mich einen Moment lang. »Na ja, du bist jetzt selbst Mutter, also kann ich es dir wohl kaum verbieten, oder?«

Ich grinste. »Ich erinnere dich das nächste Mal daran!«

Sie strich mir lächelnd die Haare aus dem Gesicht. »Mir ist klar, dass ich das nicht oft genug sage, aber ich bin sehr stolz auf dich, weißt du?«

»Ja, ich weiß.«

Sie legte mir für einen Augenblick die Hand auf die Wange, und in diesem Moment war ich wieder ihr kleines Mädchen. Ich wollte, dass dieses Gefühl ewig anhielt.

»Okay, darf ich jetzt endlich meine Enkelkinder in den Arm nehmen?«

»Ja, wenn sie wach sind.«

Wir gingen die wenigen Meter zu meinem Zimmer. Ich wünschte, ich hätte damals schon gewusst, dass ich auf diesen paar Schritten das letzte Mal in meinem Leben glücklich sein würde, denn dann hätte ich versucht, noch ein bisschen länger daran festzuhalten. Doch im nächsten Augenblick war es zu spät.

Ich wusste sofort, als wir das Zimmer betraten, dass etwas nicht stimmte. Am Ende meines Bettes standen immer noch zwei Bettchen, aber nur in einem lag ein Baby. Das andere Bettchen war leer. Als hätte mein kleines Mädchen nie existiert. Die Welt stand einen Moment lang still, während ich zu verstehen versuchte, was hier vor sich ging. Meine Mutter redete immer noch, aber ich hörte kein Wort von dem, was sie sagte. Ich sah mich panisch in dem Zimmer um, aber mein Baby war nicht da. In meinem Kopf drehte sich alles, und ich musste mich am Türrahmen festhalten.

»Wo ist sie?«

Ich fuhr herum, und Mum sah wohl die Panik in meinen Augen, denn sie packte mich am Arm und fragte: »Was ist denn los? Was ist passiert?«

»Mein Baby ... Louisa ...« Ich deutete auf das leere Bettchen.

Mum versteifte sich jäh. »Es ist sicher alles in Ordnung. Versuch, nicht gleich in Panik zu geraten. Es geht ihr ganz sicher gut. Wahrscheinlich hat eine der Krankenschwestern sie mitgenommen, weil sie geweint hat, während du draußen warst.«

Sie hastete davon und ließ mich allein zurück, um mit jemandem vom Personal zu sprechen. Doch ich wusste bereits in diesem Moment mit absoluter Sicherheit, dass Louisa nicht bei einer der Krankenschwestern war.

Sie war nicht im Babyzimmer.

Sie war fort.

Ich *wusste* es einfach.

Meine Beine gaben unter mir nach, und ich spürte, wie mir jemand hochhalf und mich zum Bett begleitete. Ich hörte Stimmen, die immer lauter wurden und ihren Höhepunkt fanden, als schließlich allen klar wurde, was geschehen war.

In den nächsten Stunden huschten Menschen in mein Zimmer, die mit sanften Stimmen auf mich einredeten. Ich verstand sie nicht. Irgendwann stand ich auf und holte Samuel zu mir, und ich sah meinen schlafenden kleinen Jungen an, während um mich herum Panik herrschte. Ich betrachtete sein Gesicht, die süße kleine Stupsnase und den dunklen Haarschopf, der unter der winzigen Wollmütze hervorblitzte, und versuchte, alles andere auszublenden. Ich musste die Panik in den Griff bekommen, die in mir hochstieg, und das konnte ich nur, wenn ich mich vollkommen von der Außenwelt zurückzog.

Ich weiß nicht, wie es weiterging, nachdem mir klar geworden war, dass mein kleines Mädchen verschwunden war. Irgendwann kam die Polizei und stellte eine Menge Fragen. Krankenschwestern eilten um mich herum, Mum wirkte blass und mit den Nerven am Ende. Sie schien um Jahre gealtert.

Einige Tage später brachte sie mich nach Hause und verfrachtete mich ins Bett. Der kleine Samuel schlief in der Wiege neben mir, und wenn er weinte, stillte ich ihn. Manchmal schreckte ich aus einem unruhigen Schlaf hoch und sah, dass Mum ihn in den Armen hielt und er gierig an einem Fläschchen nuckelte. Doch die meiste Zeit über versuchte ich, nicht zu schlafen. Ich durfte meinen kostbaren Jungen nicht aus den Augen lassen, damit man ihn mir nicht auch noch wegnahm.

Ich fragte mich ständig, wie das alles geschehen konnte. Warum hatte ich die beiden allein gelassen, auch wenn es nur ein paar Minuten gewesen waren? Hätte ich diese Zigarette nicht geraucht, sondern wäre im Zimmer bei ihnen geblieben, wäre das alles nicht passiert.

Die Tage versanken im Schmerz. Ich wachte schreiend auf oder fand mich schluchzend auf dem Badezimmerboden wieder, bis Mum kam und mich wieder ins Bett brachte. Darauf folgten Tage, in denen ich vollkommen lethargisch war und ins Leere starrte. Ich glaube, Mum kam mit dem Schreien und Weinen besser zurecht. Sie wusste, was es bedeutete und wie sie mir helfen konnte. Aber wenn ich mich wieder einmal in mich zurückzog, wurde sie unsicher, schien nicht zu wissen, wie sie zu mir durchdringen sollte. Und ich war zu weit fort, um ihr entgegenkommen zu können.

Ich sprach mit Reportern und mit der Polizei. Sie fragten mich, ob ich eine Ahnung hätte, wer so etwas getan haben könnte, doch mir fiel niemand ein, und das machte es noch schlimmer. Es war, als würde ich Louisa im Stich lassen. Ich hatte ein schlechtes Gewissen, als ich Barrys Namen zu Protokoll gab, aber ich war mir sicher, dass er nichts zu verbergen hatte, und es war besser, die Wahrheit über den Vater der Kinder zu sagen.

Hätte man mich gefragt, hätte ich vermutlich behauptet, dass ich mir in dem Moment, als ich Louisas leeres Bettchen sah, sicher war, dass ich sie niemals wiedersehen würde. Doch in Wahrheit war da immer ein Funken Hoffnung, der zwar mit der Zeit kleiner wurde, aber nie ganz erlosch. Er blieb tief in meinem Herzen.

Es war eine schwere Reise für mich und meinen Jungen, und es gab Zeiten, in denen ich den Glauben daran verlor, dass ich es schaffen würde. Doch ich konnte mich jedes Mal aus dem Abgrund befreien. Für ihn.

Und jetzt sind wir hier – und sie steht vor mir in meiner Küche. Louisa, mein kleines Mädchen, das alle anderen schon vor so vielen Jahren aufgegeben haben.

Meine Louisa.

Der Funken beginnt nach langen, schmerzvollen Jahren endlich zu lodern, und der Glaube, dass alles gut werden wird, wächst.

Danksagung

Es gibt jemanden, der mich zu diesem Buch inspiriert hat und ohne den es nicht existieren würde. Lisa Beith, meine wunderbare Schwägerin. Ich habe ihre Worte, nachdem die entzückende Megan starb, niemals vergessen, und sie brachten mich Jahre später auf die Idee zu diesem Buch. Ich danke dir von Herzen dafür, Lisa, und ich hoffe, dass ich deinen Gefühlen gerecht wurde.

Viele Menschen haben mir bei den Recherchen für dieses Buch geholfen, und ich danke ihnen inständig für ihre Zeit und ihr Fachwissen. Mein Dank gilt der Hebamme Jackie Auger, die erstaunlicherweise nicht nur in den 1970ern in der Geburtsstation des Krankenhauses von Norfolk und Norwich arbeitete, sondern sich auch ganz genau erinnern konnte, auf welchem Stockwerk sich welche Abteilung befand! Die Details, mit denen Sie mich versorgt haben, Jackie, waren unbezahlbar, und etwaige Fehler gehen natürlich auf meine Kappe – abgesehen von dem künstlerischen Freiraum, den ich mir natürlich genommen habe.

Emily Balch ist ebenfalls Hebamme. Sie half mir zu verstehen, wie es zu einer Frühgeburt kommen kann und was dabei passiert. Ich musste ihr einige sehr verstörende Fragen stellen, die sie exzellent beantwortet hat, und ich hoffe, ich bin ihnen gerecht geworden.

Außerdem danke ich Gary Oborne, der mir interessante Informationen über die Polizeiarbeit in den 1970ern lieferte, und obwohl ich viele davon am Ende doch nicht benötigte, hoffe ich, dass das Wissen darum dieses Buch authentischer gemacht hat.

Meine Mutter, Pam Swatman, hat mir geholfen, das Leben in der damaligen Zeit nachzuempfinden. Danke, Mum!

Ich habe mich lange mit den Themen Demenz und Alzheimer beschäftigt und dabei einige nützliche Bücher und Artikel gelesen, nicht zuletzt *Keeper*, eine Geschichte über Erinnerungen, Identität, Isolation, Wordsworth und Kuchen von Andrea Gillies.

Es gibt vermutlich noch viele Menschen, die ich in dieser Danksagung vergessen habe, und ich entschuldige mich vielmals. Ich schätze eure Hilfe deshalb nicht weniger.

Mein Dank gilt der brillanten Judith Murray, die mir half, die Geschichte in die jetzige Form zu bringen, und niemals den Glauben daran verlor, dass ich es schaffen würde. Es ist unglaublich, jemanden wie sie an seiner Seite zu haben. Und natürlich macht die Arbeit mit allen bei Greene und Heaton großen Spaß.

Danke an Victoria Hughes-Williams von Pan Macmillan für die großartige redaktionelle Arbeit. Das Buch wäre ohne deine wunderbaren Ideen nur halb so viel wert. Ich danke auch dem Rest des Teams bei Pan Macmillan, nicht zuletzt Jess, Abbie und Jayne.

Und schließlich gilt mein Dank meinen Freunden und

meiner Familie. Ich würde es mir nie verzeihen, wenn ich meinen wunderbaren kleinen Bruder Mark nicht erwähnen würde, der mich immer in dem unterstützt, was ich tue – vor allem beim Bücherschreiben. Mark, du bist der Beste!

Danke auch an meine Erstleserinnen Serena und Zoe, die immer ein ehrliches Feedback und eine herrliche Tasse Tee für mich bereithalten.

Und wie immer geht natürlich ein Dank an meinen wirklich unglaublichen Mann Tom und meine tollen Jungs Jack und Harry.

Dieses Buch ist auch für euch.

Diese Geschichte beginnt mit einem Ende, aber dieses Ende ist erst der Anfang ...

384 Seiten. ISBN 978-3-7341-0369-8

Zoe und Ed sind ein Traumpaar, doch im Laufe der Jahre ist ihre Beziehung ins Wanken geraten. Nach einer ihrer häufigen Auseinandersetzungen geschieht das Unfassbare: Ed stirbt bei einem Unfall. Zoe glaubt, an ihrem Schmerz zu zerbrechen. Wieso hat sie Ed an diesem Morgen nicht mehr gesagt, wie sehr sie ihn liebt? Nachdem sie wenig später schwer stürzt, erwacht sie in einer Version ihres Lebens, in der Ed noch am Leben ist und sich die beiden gerade erst kennenlernen. Fortan hat Zoe die Chance, ihr gemeinsames Leben zu verändern. Bis der Tag von Eds Unfall unaufhaltsam näher rückt ...

Lesen Sie mehr unter: **www.blanvalet.de**

Sie hatten die perfekte Kindheit.
Bis ein dramatisches Ereignis alles veränderte ...

448 Seiten. ISBN 978-3-7341-0384-1

In einem gemütlichen Cottage in England verbringen die vier Bird-Geschwister eine idyllische Kindheit voller Wärme und Harmonie. Bis zu jenem schrecklichen Osterwochenende, nach dem nichts mehr ist wie zuvor. Die Jahre vergehen, und bald schon scheint es, als wären sie nie eine Familie gewesen ... Doch dann erreicht die in alle Himmelsrichtungen zerstreuten Birds eine Nachricht, die sie in das Haus zurückkehren lässt, in dem sie aufgewachsen sind. Endlich sollen sie die Wahrheit über das erfahren, was an jenem Osterfest vor vielen Jahren wirklich geschah ...

Lesen Sie mehr unter: **www.blanvalet.de**